U0452539

总 主 编：苏文菁
副总主编：许 通　陈 幸　曹宛红　李道振　谢小燕

闽商发展史

●香港卷

本书为2010年度福建省社会科学规划重大项目《闽商发展史》（2010Z004）的结题成果

王日根　林　枫　著

厦门大学出版社　国家一级出版社
XIAMEN UNIVERSITY PRESS　全国百佳图书出版单位

图书在版编目(CIP)数据

闽商发展史.香港卷/王日根,林枫著.厦门:厦门大学出版社,2016.6
ISBN 978-7-5615-6128-7

Ⅰ.①闽… Ⅱ.①王…②林… Ⅲ.①商业史-福建省②商业史-香港 Ⅳ.①F729

中国版本图书馆 CIP 数据核字(2016)第 140741 号

出 版 人	蒋东明
责任编辑	薛鹏志　章木良
装帧设计	李夏凌　张雨秋
责任印制	朱　楷
出版发行	厦门大学出版社
社　　址	厦门市软件园二期望海路 39 号
邮政编码	361008
总 编 办	0592-2182177　0592-2181406(传真)
营销中心	0592-2184458　0592-2181365
网　　址	http://www.xmupress.com
邮　　箱	xmupress@126.com
印　　刷	厦门集大印刷厂
开本	889mm×1194mm　1/16
印张	13.75
插页	4
字数	320 千字
印数	1~2 000 册
版次	2016 年 6 月第 1 版
印次	2016 年 6 月第 1 次印刷
定价	54.00 元

本书如有印装质量问题请直接寄承印厂调换

厦门大学出版社
微信二维码

厦门大学出版社
微博二维码

《闽商发展史》编纂委员会成员名单

编委会主任：雷春美　张燮飞　王光远　李祖可
编委会副主任：翁　卡　臧杰斌　王　玲　张剑珍　陈永正
编委会成员：

陈爱钦	陈春玖	陈　飞	陈国平	陈建强	陈鉴明	陈景河	陈其春
陈秋平	陈少平	陈祥健	陈小平	邓菊芳	冯潮华	冯志农	傅光明
郭锡文	洪　杰	洪仕建	胡　钢	黄海英	黄健平	黄　菱	黄如论
黄　涛	黄信燨	黄忠勇	黄子曦	江尔雄	江荣全	景　浓	柯希平
雷成才	李海波	李家荣	李建发	李建南	李　韧	李新炎	连　锋
林国耀	林积灿	林荣滨	林素钦	林腾蛟	林　云	林志进	刘登健
刘用辉	欧阳建	阮开森	苏文菁	王亚君	王炎平	翁祖根	吴国盛
吴华新	吴辉体	吴泉水	徐启源	许连捷	许明金	杨　辉	杨仁慧
姚佑波	姚志胜	游婉玲	张琳光	张轩松	张祯锦	张志猛	郑玉琳
周少雄	周永伟	庄奕贤	庄振生

专家指导组成员：

苏文菁　徐晓望　王日根　唐文基　王连茂　洪卜仁　郑有国　罗肇前
黄家骅

总　主　编：苏文菁
副总主编：许　通　陈　幸　曹宛红　李道振　谢小燕

总　序

　　闽商是孕育于八闽大地并对福建、中国乃至世界都具有巨大贡献和影响的商人群体，是活跃于国际商界的劲旅，是福建进步和发展的重要力量。千百年来，为了开拓新天地，闽商奔走四方，闯荡大江南北；漂洋过海，足迹遍及五大洲，是海上丝绸之路最重要的参与者与见证者。他们以其吃苦耐劳的秉性，超人的胆略，纵横打拼于商海，展示了"善观时变、顺势有为，敢冒风险、爱拼会赢，合群团结、豪爽义气，恋祖爱乡、回馈桑梓"的闽商精神，赢得了世人的尊敬。

　　盛世修史，以史为鉴，利在当下，功在千秋。为了不断丰富闽商文化内涵，更好地打造闽文化品牌形象，持续提升"世界闽商大会"品牌价值，凝聚人心、汇聚力量，推进福建科学发展、跨越发展，我们把《闽商发展史》研究编纂工作作为闽商文化研究的重大工程，并于2010年8月正式启动。《闽商发展史》全书十五卷，除"总论卷"之外，还包含福建省九个设区市，港、澳、台、海外以及国内异地商会分卷，时间上从福建目前可追溯的文明史开始。2013年6月，我们在第四届世界闽商大会召开前夕出版了《闽商发展史·总论卷》，并以此作为献给大会的贺仪。今天，呈现在各位读者面前、还带着淡淡的油墨芳香的是《闽商发展史》各分卷。《闽商发展史·总论卷》和《闽商发展史》各分卷都是《闽商发展史》的重要组成部分。《闽商发展史·总论卷》的总论注重闽商发展历史的普遍性和统一性；设区市卷和港、澳、台、海外、国内异地商会卷侧重展示闽商发展历史的特殊性和多样性，以丰富的史料与鲜活的案例，为福建的21世纪"海上丝绸之路"核心区文化建设增添了厚实的基础，为中国海洋文化、商业文化建设提供了本土的文化基因。

　　欣逢伟大的时代，是我们每个八闽儿女的幸运；实现伟大的梦想，是我们每个八闽儿女的责任。今后，我们仍将一如既往地深入开展闽商文化研究，以闽商文化研究的优秀成果激励广大闽商，引领弘扬闽商精神，让广大闽商更加积极主动地把爱国热情、创业激情和自身优势转化成实际行动，融入"再上新台阶、建设新福建"的伟大实践中，为全面建成小康社会、实现中华民族伟大复兴的中国梦做出更大贡献！

中共福建省委常委
省委统战部部长　雷春美

前 言

《闽商发展史·香港卷》全面叙述了闽商在香港发展的历史。早在宋元时期，闽商便发挥其善于航海的特长，扬帆海路，进入香港。在宋代，香港地区的航海事业已较为发达，福建等地沿海渔民疍户南迁来港渐多，他们大都仍操旧业，以航海渔捞为生，并带来了原有的宗教习俗。此时九龙半岛的航海业已经比较发达。据九龙浦港岗村《林氏族谱》记载，宋时福建莆田一个名叫林长胜的，举家迁往今日新九龙黄大仙附近的彭蒲围（即今日的大磡村）。一连几代靠行船为生，艚船往来于闽、浙、粤等地。一次，他的孙子林松坚、林柏坚驾驶艚船出海遇到飓风，船毁货失。他们两人力挽船篷，紧抱船上祭祀的林氏大姑神主，浮到东龙岛（南佛堂），安全脱险。他们认为这是神灵保佑，便在南佛堂修建了祭祀林氏大姑的神庙。林松坚的儿子林道义后来又在北佛堂修建了一座同类神庙。这个林氏大姑就是后来人们所称的天后。宋代林氏家族的迁徙史和本地区南北佛堂天后庙的修建，不仅反映了当时该地区航海业的发展，也在一定程度上体现了福建的民间信仰向香港移植及推广的过程。由此可见香港地区的民间信仰，多是从中国内地移植过来，自唐宋而历明清各朝，区内居民相继从邻近之广东、福建等地迁入，他们将其原居地之风俗及信仰，带入香港地区，其后再受当地自然环境及历史影响，因而孕育成今之民间信仰。

闽人的移入不仅极大地推动了香港早期经济的发展，丰富了该地区的民间风俗及信仰，而且为香港早期聚落的形成和扩大做出了巨大贡献。香港开埠前，有文字可考的最早的移民活动始于东晋。之后虽陆续有记载显示汉人移入香港地区，但都比较零星，没有形成大规模的迁移，或是政府方面促成的被动移民。宋元时期，江西、福建、广东等地居民开始大规模移入香港，"新界五大族"即是在这一时期迁入香港的。"新界五大族"即邓、文、廖、侯、彭五姓，作为较早迁入新界定居的汉人代表，因其影响力较大，故被冠以此称，且这一称号至今保留。

进入大航海时代，葡萄牙、英国纷纷进入香港，且后来居上，由于闽商早已建立起了自己的贸易网络，并开辟了较广阔的市场，英国殖民者也不得不借助于闽商，并谋求与闽商建立良好的关系，广州十三行成为承担中英贸易的主要机构，拥有十三行极大控制权的闽籍商人，在此后的中英贸易中发挥了极大作用。十三行作为半官方商业团体，不仅包揽了来华中外贸易，而包括闽籍洋商在内的十三行行商有时还充当中国政府的官方代理和中英贸易的中介。大的行商常为传达外贸主管机关粤海关或地方官府的规定，拟定半官方性的公函。在官府眼中，洋商是外商的代理人，要为外商的不法行为负责。英国东印度公司的大班则把洋商看作是官商，由洋商们分别包揽商船的进出口贸易，使公司的生意比在其他地方方便好做。闽籍洋商不仅在中英贸易中扮演中介的角色,同时也是中英文化交流的使者。商业的沟通从来就是文化的交流与融合,十三行行商作为清政府与西方人联系的纽带,在长期的涉外活动中,成为认识和吸纳西方科技文化的先行者。

香港早期闽商势力的崛起,基本上是和香港开埠、逐步演变为远东转口贸易商埠的整个历程同步展开,并互为动力的。1841年1月28日,英国人强占香港岛,6月7日宣布香港为自由港。比邻地区的闽人随即相继涌入,大量内地居民的涌入致使这个原来只有数千人的小岛人口急剧增加,到1884年时,它已经成了数以十万计华人移民的谋生地,一个崭新的、人口众多的、多族群的、城市型的华人社会形成。在香港的商业圈中,福佬籍贯的商人历来都是一支主力军。尤其是在"南北行"建立前后,除本地族群的商人外,当时香港的其他杰出华商大多出自福佬族群。因此,香港政府除尤其重视本地族群的行商等以外,对福佬族群也青睐有加,曾经做出一些特别的安排,以便吸引福佬商人来港经商。19世纪下半叶,随着闽籍港商经济实力的不断壮大,为了联络同乡情谊,更进一步团结在港闽人的力量,要求建立统一的闽人组织的呼声日益高涨。1893年,香港最早的福建人社团榕庐会所成立,起初为福建海员提供短暂住宿之用,在香港岛的称为三山别墅,在九龙的称为闽庐会所,其后两者扩大合并为榕庐会所。此后,旅港福建商会、旅港福建体育会、旅港福建学校、旅粤泉漳会馆、旅粤汀龙公所、旅粤福建会馆、旅粤鹭航会馆、旅港福建同乡会等闽籍社团陆续涌现。19世纪下半叶是包括闽商在内的华商初次崛起的时代,华商在转口贸易方面依靠金山庄、南北行成功地成为香港贸易最重要的角色。不仅如此,闽商和广商共同将香港纳入了华南(福建、广东、广西)—香港—东南亚的华侨贸易圈中,成为明清以来东亚贸易网络上的重要一环。在经济进步的同时,闽商也积极建立自己的商会、同乡会等组织,力图在香港的政治生活圈中冲破英国人的束缚,发出自己的声音。

民国成立后,军阀割据,连年混战,贫者感生计之困难,富者苦兵匪之蹂躏,纷纷携眷逃往香港,其中不少人开始在港投资创业。此外,这一时期,广大华侨回国投资的风潮方兴未艾,香港因其独特的地理、交通位置和优越的港口、商贸环境,成为侨商们选择投资兴业的桥头堡,而这其中闽籍商人占据相当比重。他们所选择的投资创业领域涉及银行、证券、轮船、酒店、树胶等行业,其中尤以银行业的发展最为突出。

二战后,随着国内外形势的不断变化以及经济发展的需求,大量的海外闽籍华侨及大陆福建居民陆续迁至香港。新移民的到来,不仅为香港提供了宝贵的人力资源,而且带来了工业化所需的资本和技术,改善了人口结构,延缓了人口老龄化。据统计,目前香港闽籍同胞120万人,约占香港总人口的1/6,现有闽籍社团组织130多个。其中包括旅港福建商会和同乡会、体育会、联谊会、宗亲会、校友会、希望工程基金会、经济文化艺术研究团体等。这些在港闽籍社团不仅是一支积极活跃、团结向上、拼搏创业、爱国爱港爱乡的重要力量,也是改革开放以来闽港经济文化合作交流的重要桥梁。在港闽籍社团不仅为香港的经济繁荣和社会进步做出了极大贡献,而且在联络乡谊、服务乡亲方面发挥了重要作用。香港的福建社团,自创立之初就一直与内地保持密切关系。

1978年中共十一届三中全会召开之后,中国改革开放的帷幕从此拉开。1979年,党中央、国务院批准广东、福建在对外经济活动中实行"特殊政策、灵活措施",并决定在深圳、珠海、厦门、汕头试办经济特区,福建成为全国最早实行对外开放的省份之一。福建的开放,进一步密切了闽港间的联系。随着开放进程的不断加深,在港闽人的数量与比例也在不断增加。据统计,香港回归前,香港闽籍同胞有80多万,占香港总人口的15%;如今已增至120万人,比例也达到1/6。在改革开放的大背景下,在港闽籍同胞为香港的繁荣发展,为"九七"之前的平稳过渡和顺利回归,做出了积极贡献,也为福建社会经济发展发挥了重要作用。大量香港闽籍同胞在经济、政治、科技、文化等领域都取得了显著成绩。

闽籍商人作为仅次于粤籍的主要群体,对香港当代社会的发展做出了巨大贡献。他们不仅积极涉足加工制造业、房地产业、金融业、服务业等经济领域,还热心参与政党组织、地方选举、慈善事业等公共政治活动。同时,香港闽商还通过组织文化社团、设立学校、开办移民课程等方式,来帮助新移民增强适应能力,加强同乡情谊,传承和弘扬中华文化。

改革开放以来,香港闽商在中国内地的投资逐步从广东、福建向"长三角"及内陆地区拓展,呈现出"北上西进"的发展趋势,中西部地区吸纳港资的数量稳步增长。从投资金额来看,香港闽商在大陆的投资呈逐年递增态势,尤其是对"长三角"及中、西部地区的投资增幅较大。从投资模式来看,香港闽商在大陆的投资逐步由"前店后厂"的制造业主导模式转向电子、金融、地产、贸易、服务多元化的市场导向模式。香港闽商的投资,不仅为内地经济发展注入了大量资金,带来了先进的技术及管理经验,有效促进了内地经济的持续健康发展,而且香港闽商还充当内地与其他国家和地区交流贸易的桥梁,极大地推动了内地的国际化进程。此外,香港闽商在内地的投资、交流与合作,也促进了自身的发展,带动了香港经济结构的转型升级,实现了香港与内地的双赢。

目前,香港闽商企业发展存在两个方面的优势。一方面,香港自由、开放的经济环境和内地广阔的腹地为香港闽商发展提供了良好的外部环境;另一方面,香港闽商广泛的经营领域、高标准的经营方式和前瞻性的经营理念及闽商自身勇于拼搏的精神为其企业发展奠定了坚实的基础。然而,香港闽商在高科技创新产业方面的发展仍面临不足。以科技、知识创新为主导,发展以金融业、会展服务业、创新科技资讯应用服务业、文化创意产业、医疗保健服务业和教育培训业为支撑的知识型创新产业,成为未来香港闽商企业发展的新方向。

目录 contents

第一章 香港开埠与晚清香港闽商 /1

第一节 开埠前的香港与闽商 /1
一、宋元闽人在亚洲地区的海路网络 /2
二、宋元闽人海上活动与香港早期聚落 /5
三、大航海时代下的东亚海洋贸易圈 /9
四、英人在东亚的贸易及其与闽商的关系 /13

第二节 香港开埠与闽商 /17
一、开埠前的香港地区 /17
二、英国割占香港岛与香港开埠 /22
三、香港开埠与在港闽商的发展 /26

第三节 开埠后的晚清香港与闽商 /30
一、19世纪后半叶香港的发展 /31
二、香港的转口贸易和闽商 /36
三、华人社会组织与闽商 /42

第二章 民国时期香港经济与闽商 /47

第一节 1911—1925年香港经济的持续发展 /47
一、战争对香港转口贸易的影响 /47
二、香港金融业的发展及华南财团的崛起 /48
三、香港的填海工程 /56

第二节 1925—1945年香港经济的曲折发展 /56
一、省港大罢工与香港经济的跌落 /57
二、大萧条与华资银行的沉浮 /59
三、香港工业的发展 /61
四、香港沦陷与日本的经济掠夺 /62

第三节 战后香港经济的恢复 /64
一、港英军政府对香港的统治 /64
二、港英政府的经济恢复政策 /65

第三章 闽人移港与闽商社团 /68

第一节 海外排华事件与闽人移港 /68
一、在港英政府与新中国之关系 /69
二、闽人移港 /75
三、闽人在港社团及其功能 /84

第二节 战后香港经济的发展与闽商的商业活动 /92
一、战后香港经济的发展 /93
二、战后闽商的经营活动与在港闽资企业 /96

第三节 改革开放背景下的闽人在港 /103
一、香港闽人新移民的数量分析 /104
二、新移民群体的多元类型及特征 /106
三、福建籍同乡会的分化和整合 /109
四、闽籍移民聚居区与社区文化——以北角为中心 /112

第四节 闽商社团之组织架构与个案分析 /115
一、旅港福建商会 /115
二、香港福建社团联会 /123
三、香港泉州慈善促进总会 /126

第四章 闽商与当代香港社会 /130

第一节 香港经济转型与闽商产业 /130
一、闽商与香港发达的加工业 /130
二、闽商与香港文化事业 /134
三、回归前后的香港闽商经济 /137
四、香港经济国际化与闽商机遇 /140

第二节 闽商与当代香港社会政治 /144
一、闽商与推动香港回归祖国 /144
二、闽商与香港地方选举及公民政治 /147
三、闽商与香港社会慈善活动 /149

第三节 闽商与香港的中华文化传承 /152
一、香港福建同乡会的爱国爱港爱乡情怀 /153
二、香港福建体育总会的文化追求 /156
三、香港福建中学与人才培养 /159

第五章 香港闽商与祖国社会经济繁荣 /164

第一节 香港闽商和福建经济建设 /164
一、香港闽商的乡土情缘 /164

二、香港与福建的经济互补/167

三、香港闽商与福建改革开放30年经济/170

四、香港闽商与海西发展战略/175

第二节 香港闽商与"大珠三角"经济发展/178

一、香港闽商与港深发展/178

二、香港闽商与粤港澳区域经济一体化/182

三、香港闽商在"珠三角"经济发展中的作用/186

第三节 香港闽商的其他内地投资/189

一、香港经济的持续发展与香港闽商产业优势/189

二、香港闽商在内地各省区/193

三、香港闽商的前景/196

参考文献/200

后　　记/207

第一章

香港开埠与晚清香港闽商

香港，这个东方之珠日益放射出璀璨的光芒，并非只是英国殖民者的功劳，而是世世代代来自不同地域的人们胼手胝足、辛勤耕耘、经商贸易的结果，这其中，闽人的贡献尤其值得关注。因为闽人是较早涉足海洋的族群，也是较早打通商业贸易渠道的族群，在闽人构筑的海洋贸易航线上，香港是一个重要的商业纽结，滨下武志先生对香港"腹地"的分析显示：香港的国际商业中心、国际金融中心的地位之奠定，都多多少少浸润着闽商的运行伟业。

早在宋元时期，闽人已经开始较大规模移居香港，新移民的到来极大地推动了香港早期经济的发展。明清时期，世界历史进入大航海时代，闽人成为亚洲海域贸易的重要参与者，香港亦成为东亚海洋贸易网络的重要一环。随着香港贸易地位的日益凸显，英人开始觊觎香港。1840年中英鸦片战争的爆发，导致了英国对香港的侵占和近代香港的开埠。英国占领香港地区以后，当地经济的发展经历了曲折的道路。在开埠后的经济发展过程中，香港闽商发挥了重要作用。

第一节　开埠前的香港与闽商

自宋代开始，大批闽人纷纷出海贸易，他们的足迹东至日本，南至南海诸国，北至高丽，形成了巨大的海上贸易网络。作为闽商赴南海各国贸易重要途经地的香港，逐渐被发现和认识，并吸引了大批闽人迁居至此，新移民的到来不仅为香港早期聚落的形成奠定了重要基础，而且极大地推动了制盐、采珠、种香、航运等早期香港经济的发展，带动了香港文化的丰富和繁荣。

明清时期，统治者一改宋元时期宽松的海外贸易政策，推行官方控制下的朝贡贸易体制，厉行海禁政策，严格限制民间海外贸易发展，处在夹缝中的福建海商依然能够冲破重重阻碍，远赴东西洋各国，建立起亚洲海域的贸易网络。与此同时，欧洲迎来了全新的大航海时代，葡萄牙、西班牙、荷兰、英国等西欧船队开赴世界各地，以海洋为航线，以帆船为交通工具，建立起世界各地的紧密联系，并派使者和商人屡次到达中国东南沿海，试图叩开中国的贸易大门。后来居上的英国，在东印度公司的积极经营下，其势力在亚洲海域迅速扩大,并最终于1842年占领香港岛,开始其一步步侵略中国的步伐。

一、宋元闽人在亚洲地区的海路网络

闽人,自古即有善贾习俗,且具有悠久的航海历史传统;闽商,作为一个地方商帮,在唐末五代时期就开始形成。早在10世纪初,这批生活在中国东南沿海偏远地区且与外界隔绝的居民,就已经把自己的目光投向了大洋彼岸的异国他乡。根据中国古代典籍记载,闽人在海外积极经商,其足迹遍布北起高丽、南至苏门答腊岛的东西洋各商埠。随着海上贸易的发展,部分长期在外经商的闽人开始旅居国外,有的甚至长期侨居异国。由于闽人的适应力极强,他们很快便能融入当地社会,依靠各种制度化安排的机制来保护或促进其商业利益的发展。这些背井离乡的闽商侨居群体在亚洲海域诸港埠逐渐地发展壮大,构建起巨大的族群关系网络和海路贸易网络。

自北宋至元,在宽松的海外贸易环境下,闽人出海贸易的国家和地区逐步增多,贸易范围日渐扩大。早在唐代,闽商已与阿拉伯及南海商人有商贸往来。五代后期,闽人(尤其是闽南商人)争相出海贸易,时人黄滔的一首《贾客》生动描述了闽商不畏艰险、随波逐利的生动情形:"大舟有深利,沧海无浅波。利深波也深,君意竟如何,鲸鲵齿上路,何如少经过。"入宋以来,闽人出海贸易日趋频繁,史书对此记载也日渐增多。《文献通考》、《夷坚志》、《宋史》等史书对闽商的贸易足迹皆有记载,但较为零散。例如,《夷坚志》记载"泉州僧本称之兄为海贾赴三佛齐",《宋史》亦载:高丽"王城有华人数百,多闽人因贾舶至者"。从上述史料记载可见,闽商的贸易范围远至高丽及南海各国。成书于南宋开禧二年(1206年)赵彦卫的《云麓漫钞》系统记载了福船所到达的地区,据记载当时福建市舶司的船舶常到的国家和地区有31个:大食、嘉令、麻辣、新条、甘杬、三佛齐、真腊、三泊、绿洋、登流眉、西棚、罗斛、蒲甘、渤泥、阇婆、占城、目丽、木力干、胡麻巴洞、宾达浓、新洲、佛罗安、朋丰、达逻啼、达磨、波斯兰、麻逸、三屿、蒲哩噜、白蒲迩、高丽。① 据曾任泉州市舶司提举的赵汝适所撰《诸蕃志》一书记载,南宋时期与福建有通商关系的国家和地区已达58个。总的来看,宋代福建海外贸易到达的国家和地区有:东亚诸国,主要是高丽和日本;南海诸国,即今东南亚地区,包括中南半岛诸国、印尼、菲律宾,主要有占城、真腊、罗斛、三佛齐、阇婆、兰无里、凌加斯加、渤泥、麻逸、三屿等国;南亚诸国,自南海诸国往西,是印度次大陆,当时称为"西天诸国",在今印度西南部马拉巴尔一带有南毗国,奎隆一带有故临国,在今印度东南部沿海有注辇国,今孟加拉有鹏茄罗国,今斯里兰卡有细兰国等;阿拉伯诸国,阿拉伯在宋代称为"大食";非洲、欧洲诸国,与阿拉伯半岛相连,地处北非的易斯里遏根陀(今埃及亚历山大港)、默伽猎(今摩洛哥),东非海岸的层拔(今坦桑尼亚桑给巴尔)、弼琶哕(今索马里柏培拉)、昆仑层期(今马达加斯加岛)以至欧洲的斯

---

① (宋)赵彦卫:《云麓漫钞》卷五,《福建市舶司常到诸国舶船》,清咸丰涉闻梓旧本。

加里野（今意大利西西里岛）等国家。①至元代，福建对外贸易的范围又有很大扩大，与福建有关的国家和地区多达近100个。汪大渊所著《岛夷志略》中所涉及的海外国家几乎皆与福建有贸易往来，正如《闽书》中所言："志所载凡百国，皆通闽中者。"②

宋代是中国海外贸易发展十分活跃的时代。居于东南沿海的福建，作为两宋时期重要的经济区域和海外贸易重镇，在宋代海外贸易版图中占有重要的一席，宋人苏辙即言："长乐大藩，七闽之冠；衣冠之盛，甲于东南。工商之饶，利尽南海。"③两宋时期，通过海路同福建有贸易关系的国家和地区很多，东起朝鲜半岛、日本列岛，南至南洋群岛，西到阿拉伯半岛乃至东非海岸，都有福建商船的航迹，闽商在海外贸易进程中所扮演的角色和作用日益突出，逐渐成为国内沿海商人的代表。

两宋时期，闽人的出海航路有南海航路和东海航路两条。南海航路通达南太平洋西部及印度洋地区诸国，港口贸易以泉州、广州最为繁盛。作为闽人重要出海港口的泉州位于福建东南海边，为江海交汇之所，有优良的港湾。海上交通线入宋以来日益发展，空前繁荣。当时泉州与各国的海上航线主要有以下几条：(1)由泉州入海，经西沙群岛（时称万里石塘），至占城，然后可再往三佛齐、阇婆等地。据《诸蕃志·占城国》载，自泉州至占城，顺风20余日即达。(2)自泉州起航，经南海，过三佛齐，越马六甲海峡，至天竺的故临，然后可往波斯湾。南宋时，泉州与波斯湾之间，商船往来不断。按《诸蕃志·大食国》记载，从泉州到大食，往返大约需要两年时间。至波斯湾后，再沿阿拉伯海岸西南行可至亚丁湾和东非沿岸地区。(3)从泉州出航，取道南海，过占城，绕渤泥，而后可抵麻逸、三屿（菲律宾各岛）。明中期以后，才由泉州经澎湖、台湾直通菲律宾。④东海航路通往高丽、日本，重要港口有明州（今宁波）、临安（今杭州）等。闽南商人多经东海航路远赴日本、高丽经商贸易。曾任福州太守的蔡襄，在其所著的《荔枝谱》中记道："舟行新罗、日本、琉球、大食之属。"尤为值得一提的是，赴高丽的中国海商主要为闽商，而非在地域上更为临近的浙商。1138年之后的数年间，闽商与高丽王国之间的海上贸易步入了繁荣时期。可以确认的是，1147—1152年的6年间，共有16批中国海商前往高丽贸易，总人数达到1332名。而且，其中绝大多数人是闽南商人。⑤

两宋时期，福建沿海的贸易虽已十分活跃，闽人的出海航路也已开辟，但泉州名副其实地作为南海贸易的中枢港繁荣起来却在南宋以后。元朝疆域辽阔，国力强盛，统治者实行对外开放政策，鼓励海外贸易，因此元代海外贸易出现了空前的蓬勃发展。汪大渊在《岛夷志略·自序》中曾言："皇元混一声教，无远弗届，区宇之广，旷古所未闻。海外岛

---

① 胡沧泽：《宋代福建海外贸易的兴起及其对社会生活的影响》，《中国社会经济史研究》1995年第1期。
② （明）何乔远编撰，厦门大学古籍整理研究所、历史系古籍整理研究室《闽书》校点组点校：《闽书》第5册，福州：福建人民出版社，1995年，第4362页。
③ （宋）苏辙：《栾城集》卷三十，《林积知福州》，四部丛刊景明嘉靖蜀藩活字本。
④ 仇宇浩：《宋代海外贸易》，《历史教学》1996年第5期。
⑤ 钱江著，亚平、路熙佳译：《古代亚洲的海洋贸易与闽南商人》，《海交史研究》2011年第2期。

夷,无虑数千国,莫不执玉贡深,以修民职,梯山航海,以通互市。中国之往复商贩于殊庭异域者,如东西州焉。"寥寥数语,元代中国海外贸易之盛况已跃然纸上。元代之前的海外贸易"大率夷人入市中国",而到元代,形势为之一变,以闽商为代表的中国海商异军突起,一跃成为海外贸易的主人,并且执中国与印度之间海上航运的牛耳,甚至远航"回回田地里",足迹遍及西太平洋、印度洋沿岸。①

宋元时期,福建的海外贸易之所以如此繁盛,福建海商之所以能够远渡重洋,构建起庞大的贸易网络,皆与当时的社会大环境密不可分。两宋时期,农业、手工业、商业都取得令人惊叹的成就,为海外贸易的发展奠定了雄厚的物质基础;而海外交通的空前发达和造船、航海技术的巨大进步,则为私人航海开展贸易活动提供了有利条件。及至元代,社会上经商风气很盛,上自皇室贵族,下至普通百姓,都普遍从事商业活动,而且元代海陆交通发达,海外人士大量进入中国,他们除了做官之外,大多都以经商为业。除当时社会商品经济发展及经商风气盛行对海外贸易的推动外,福建人多地狭的社会现实,迫使诸多百姓不得不出海经商,寻找新的出路。福建的地理环境,政府的贸易政策,造船、航海技术的进步及闽人的擅贾传统亦是不容忽视的重要因素。

其一,背山面海的地理环境。福建背山面海、山岭环绕,是一个陆域环境相对封闭的自然地理单元,但"闽在海中",即意味着福建这个华南沿海省份的社会经济和日常生活与海上活动密不可分。汉唐以后随着航运技术的发展,海洋成为闽浙、闽粤等地及海外交往的有利条件。从地理位置来看,福建是我国大陆通往台湾、日本、东南亚、大洋洲、中东及西非等地最便利的出海口之一。福建境内重峦叠嶂,山地丘陵面积占80%以上,素有"东南山国"之称。我国东南一带海拔1000~2000米的高峰几乎都集中在福建境内。这种地貌使福建耕地资源比较短缺,种植业发展受到很大限制。随着人口增长,自南宋以来就出现了粮食短缺问题,北依浙江的温、台,南赖广东的惠、潮,西贩江西、湖广,这是福建传统的粮食进口办法,而后从台湾、东南亚进口米粮更成为一条主要渠道。②可以说,福建的"特殊环境与历史条件不仅促使该地区海商的孕育,而且规定了该地区海商的发展道路"③。可以说,自然环境是福建海商崛起的重要因素和基础条件。

其二,宽松的海外贸易政策。宋元时期,国家推行了一系列的政策,支持海外贸易发展。"通洋裕国"被列为国策,在官方的鼓励下,"福建一路,多以海商为业",闽船、闽贾活跃于亚洲海域。元祐二年(1087年),政府不仅在泉州设立市舶司,专管海外贸易,还推行了诸多鼓励海外贸易的政策。一是加大政府采购力度,积极扩大海外贸易额。二是采取种种措施扶植、奖励发展民间贸易,甚至用"补官"、"转(升)官"来奖励成绩突出的舶商和市舶官员。三是弛禁舶货贸易。④ 南宋还特许前来贸易的蕃舶,只要经过市舶司

---

① 廖大珂:《元代私人海商构成初探》,《南洋问题研究》1996年第2期。
② 王晓文:《试析历史地理环境中福建海商的兴衰》,《经济地理》2003年第5期。
③ 陈支平、詹石窗:《透视中国东南:文化经济的整合研究》,厦门:厦门大学出版社,2003年,第385页。
④ 王侠:《宋元福建对外贸易发展及原因初探》,《中国市场》2012年第36期。

"抽解和买入官"后,其余物品可以在福建境内自由买卖。宋元时期相对开放、宽松的海洋政策极大地推动了闽商的海外贸易发展。

其三,造船、航海技术的进步。中国古代的造船技术由来已久,早在三国时期孙吴就在闽中设典船校尉,专门督造船只,并设温麻船屯于今霞浦故县。宋元以来,福建一直是中国海船,尤其是远洋海船的制造中心,造船技术相当精良,所造的"福船"代表了福建乃至中国木帆船造船业发展的巅峰,时人曾言:"南方木性,与水相宜,故海舟以福建为上。"①当时,海运业也逐渐掌握了帆、桨、舵等操船技术和指南针、航海图、天文航海及海洋、气候预测等航海技术,帆、桅、橹、浆、篙、舵、锚等齐全的航器设备也是航海技能提高的明证。在轮船出现以前,福建的木帆船航运一直居于世界领先地位,东非沿岸以东的广大海域任由福建的海商、舟师们纵横驰骋。② 高超的造船技术和航海技能,成为福建海商赖以驰骋天下的利器,为扬帆远洋提供了技术保证。

其四,闽人的擅贾习俗。闽人自古即有高昂的经商热情,具有相较于传统社会"重末轻本"的社会风气,唐人独孤及称"闽越旧风,机巧剽轻,资货产利,与巴蜀埒富,犹无诸、余善之遗俗"③。此外,闽人不惧艰险、孜孜求利的商业性格,有力保障了其在贸易竞争中的优势。在海外贸易发展的过程中,福建商帮融入了较农业民族更为丰富的性格内涵。他们摆脱了株守故土的观念,或下海以商,或外出为工,具有了一种义无反顾、无远弗届的流动性格;他们在与海洋打交道的过程中亦培养了积极的冒险性格;他们在与外界的交往中衍生出开放的性格。④ 换言之,福建商帮在浓厚的商业气氛中发育、成长起来,以流动、冒险、开放为特征的商人性格日益压服了定居、苟安、封闭的农业社会品格,进一步开拓和保障了自己的海外贸易发展之路。

二、宋元闽人海上活动与香港早期聚落

宋代以来,被称为闽商、闽贾、闽船的福建商人们的活动,开始为社会所注目,⑤尤其是福建海商的活动显得日益重要且日趋活跃,其足迹遍布北起高丽、南至苏门答腊岛的东西洋各商埠。就东南亚的贸易中心而言,占城、安南、爪哇等地皆是闽商最为青睐的商埠。古代的汉文典籍经常提及这些穿梭于南海诸国的闽商。992年,福建建溪富商毛旭率领一个朝贡使团从阇婆国(位于今爪哇岛)远航而来,之所以如此,皆因毛旭经常前往爪哇贸易,与该国统治者私交甚笃。14世纪30年代,汪大渊附舶泛海,与闽南商人一行

---

① (宋)吕颐浩:《忠穆集》卷二,《论舟楫之利·上边事善后十策》,清文渊阁四库全书本。
② 王晓文:《试析历史地理环境中福建海商的兴衰》,《经济地理》2003年第5期。
③ (清)冯登府:《闽中金石志》卷一,《成公李椅去思碑》,民国希古楼刻本。
④ 林枫:《明清福建商帮的性格与归宿——兼论中国封建社会的长期延续》,《中国经济史研究》2008年第2期。
⑤ (日)斯波义信:《宋代福建商人的活动及其社会经济背景》,《中国社会经济史研究》1983年第1期。

航抵古里地闷(今帝汶岛),在当地获悉昔日泉州曾有一吴姓家族率乡族百余人,发舶前来该港埠贸易。同样的情况亦发生在位于今越南中部沿海的占城。1166年,有一位名为陈应的闽人头目,率领了五艘帆船与占城当地商民市易。这支贸易船队于翌年返回福建,船上除了满载的乳香和象牙之外,还有一个占城国王派遣的朝贡使团。之后不久,又有两批闽南商人,分别由吴兵和陈应祥带领,前往占城经商贸易。

除了东南亚的众多港埠及商品集散地之外,北宋中期以后,高丽这个东亚地区极富影响力的王国及贸易中心也同样是闽商往来贸易的重要之地。根据高丽历史学家郑麟趾的记载,在当时前往高丽贸易的宋代商贾中,闽商是经营高丽贸易最重要的生意伙伴和最大的商人群体,而且几乎每年都有一批来自福建泉州的商人航抵高丽。在某些年份,赴高丽贸易的闽商人数甚至达到数百位之多。据郑麟趾《高丽史》一书所载数字显示,仅1012—1192年间,就有117批宋朝商人前来高丽贸易,总人数高达4548人,[①]且这些商人大部分来自福建,特别是福建南部的泉州。

远赴海外诸国贸易的闽商,除贩运商品外,有时还扮演中国与外国之间外交信使的角色。例如,1068年,两名泉州商人黄慎和洪万来,受宋王朝的派遣,携带宋神宗的密函前往高丽,表明宋朝希望与高丽王国建立友好外交关系的意愿。黄慎和洪万来在高丽朝廷受到了热烈欢迎和盛情款待。翌年,他们带着高丽王国礼部的正式答复返回泉州。根据中国史料的记载,黄慎在1070年被再次派往高丽,但他第二次出访高丽的目的却只字未提。鉴于1068年恰好是赵顼(即宋神宗)的登基之年,很有可能是这位新登基的皇帝急于要为宋王朝在亚洲区域打开一个外交新局面,建立起一个稳定的外部新环境。然而,朝廷却苦于找不到可以直接与高丽王国进行沟通交流的外交渠道,无奈之下,只好求助于经常往返泉州和高丽之间的闽商,使其作为信使,为两国之间的官方交往传递重要信息。[②] 远赴高丽贸易的闽商,不仅作为中国的信使,同时也帮助高丽王国向中国传递信息。1075年,一个名叫傅旋的泉州商人携带高丽王国礼部的公函,传递高丽希望借用中国的朝廷乐师到该国宫廷去表演的愿望。此外,高丽朝廷有时还委托闽商代为在中国购买书籍等商品,泉州商人徐戬即是其中的代表。徐戬因贸易缘故频繁往来高丽,故与高丽王室熟稔,高丽朝廷曾委托他到杭州的印刷作坊,为其特别印制夹注《华严经》近3000件,徐戬很好地完成了这一委托,且得到了大批赏银。

在大批闽人远赴海外经商的同时,亦有不少人迁居香港,内地新移民的到来不仅极大地推动了制盐、采珠、种香、航运等早期香港经济的发展,而且带动了香港文化的丰富和繁荣,为香港早期聚落的形成和扩大奠定了重要基础。闽人迁居香港地区的经过,宋代以前已难以考证。香港地区生产海盐、莞香、珍珠,航运业发达。北宋时期因中原战乱的影响,不少人从中原迁居这一地区。现今新界的五大族:锦田邓族、新田文族、上水廖

---

① 钱江著,亚平、路熙佳译:《古代亚洲的海洋贸易与闽南商人》,《海交史研究》2011年第2期。

② 钱江著,亚平、路熙佳译:《古代亚洲的海洋贸易与闽南商人》,《海交史研究》2011年第2期。

族、河上乡侯族及粉岭彭族,都是先后在宋元时期迁徙至新界开村立业的。①

考古发现,香港在旧石器时代已经有人类居住与活动,秦汉时期,被正式纳入中原王朝的版图,但直至宋元时期,江西、福建、广东等内地居民才开始较大规模移入香港。早在公元前4000年,香港地区已经有人类的足迹。考古学家发现,当时定居香港地区的居民已懂得制造陶器,他们栖身海湾沙堤,以渔猎采集为主。及至公元前3000年左右,这批居民可能因为自然环境变迁之故,突然在香港地区销声匿迹。公元前1500年左右,即夏商之际,古越族人开始从广东移居香港地区。他们使用的几何印文陶和刻画纹陶器,与福建、广东等地的古越族遗址所出土的陶器极为相近。秦汉以前,香港尚未受中原王朝管辖,及至秦始皇平定南越,置南海郡、桂林郡、象郡三郡,香港被纳入南海郡番禺县。秦始皇下令征平民戍边开发岭南,促成越人与汉人的同化,亦改变了香港落后的经济面貌。汉武帝时期,政府为增加国库收入,实行盐铁专卖。汉室于番禺县设立东西两处盐官,香港的盐业亦得到相当发展。② 唐代初年,香港属广州府宝安县管辖,唐至德二年(757年)改宝安县为东莞县。此后,历经五代、宋、元,至明隆庆六年(1572年),香港地区一直属东莞县管辖。从明万历元年(1572年)起,到清道光二十一年(1841年)英国开始逐步侵占香港地区为止,该地区一直属广州府新安县管辖。

古代香港地区的经济除农业、渔业外,制盐、采珠、种香也是该地区的支柱产业。香港地区海岸线漫长,沿海许多地方皆是适合产盐的潮墩、草荡,自古为海盐出产要地。香港的制盐业历史悠久,汉武帝时即在番禺县设立盐官,专管官盐的产销。三国时期,番禺设司盐校尉,监管珠江口包括香港在内的盐场。至宋代,制盐业成为该地区社会生产的重要部门,区内设有海南栅和官富场。香港的采珠业亦开始很早,早在五代南汉时期,香港就成为重要的采珠基地。新界东部的大埔海(今吐露港一带),盛产珍珠,被称为"媚珠池"。香木种植业作为古代香港重要的经济产业之一,开始亦较早。该地出产的香木称"莞香",莞香原产于越南、印度、泰国等地,唐代传入广东,宋时香港地区开始广泛种植。制盐、采珠、种香三大产业虽在香港历史悠久,但直至宋代才开始取得较大规模的发展,以江西、福建、广东为主的内地新移民的到来,无疑为三大产业的发展注入了活力,无论从劳动力,还是从技术层面都极大地推动了香港早期经济的发展。

自汉代以来,广东航运业随着外贸业的发展而发展起来。隋唐两代粤东沿海交通渐趋活跃。宋元时期,同广州通航的国家和地区大大增加,航运业更发达。随着广东外贸和航运业发展起来,香港地区亦开始了早期航运业。香港屯门作为广州的外港,紧扼广东珠江口外,江海交通的咽喉,地势险要,是重要的水路交通枢纽。自南朝刘宋时,该处已成为一个重要海门,凡波斯、阿拉伯、印度、中南半岛及南洋群岛等海外使节商旅的船

---

① 丁新豹:《香港早期之华人社会(1841—1870)》,香港大学博士学位论文,1988年,第11页,转引自余绳武、刘存宽主编:《19世纪的香港》,北京:中国社会科学出版社,2007年,第2页。
② 周子峰:《图解香港史(远古至一九四九)》,香港:中华书局,2010年,第2、4页。

舰,欲由海路到中国,进入珠江口岸,必须经过屯门和在屯门等候传召才能进入广州。①及至宋代,香港地区的航海事业已较为发达,福建等地沿海渔民疍户南迁来港渐多,他们大都仍操旧业,以航海渔捞为生,并带来了原有的宗教习俗。宋代本地区九龙半岛的航海业已经比较发达。据九龙浦港岗村《林氏族谱》记载,宋时福建莆田一个名叫林长胜的,举家迁往今日新九龙黄大仙附近的彭蒲围(即今日的大磡村)。一连几代靠行船为生,艚船往来于闽、浙、粤等地。一次,他的孙子林松坚、林柏坚驾驶艚船出海遇到飓风,船毁货失。他们两人力挽船篷,紧抱船上祭祀的林氏大姑神主,浮到东龙岛(南佛堂),安全脱险。他们认为这是神灵保佑,便在南佛堂修建了祭祀林氏大姑的神庙。林松坚的儿子林道义后来又在北佛堂修建了一座同类神庙。这个林氏大姑是后来人们所称的天后。② 宋代林氏家族的迁徙史和本地区南北佛堂天后庙的修建,不仅反映了当时该地区航海业的发展,也在一定程度上体现了福建的民间信仰向香港移植及推广的过程。香港地区一向依赖海洋为生的古代渔民,寄望于天后保佑,祈求风调雨顺与海上安全,妈祖信仰在香港得到很大程度的发展。可见,香港地区的民间信仰,多是从中国内地移植过来,自唐宋而历明清各朝,区内居民相继从邻近之广东、福建等地迁入,他们将其原居地之风俗及信仰,带入香港地区,其后再受当地自然环境及历史影响,因而孕育成今所仍存之民间信仰。③

闽人的移入不仅极大地推动了香港早期经济的发展,丰富了该地区的民间风俗及信仰,而且为香港早期聚落的形成和扩大做出了巨大贡献。香港开埠前,有文字可考的最早的移民活动始于东晋。之后虽陆续有记载显示汉人移入香港地区,但都比较零星,没有形成大规模的迁移,或是政府方面促成的被动移民。宋元时期,江西、福建、广东等地居民开始大规模移入香港,"新界五大族"即是在这一时期迁入香港的。"新界五大族"即邓、文、廖、侯、彭五姓,作为较早迁入新界定居的汉人代表,因其影响力较大,故被冠以此称,且这一称号至今保留。

新界五大族中最早迁入的为锦田邓氏,该族入迁始祖邓符协,又名邓符,原籍江西吉水,北宋神宗熙宁二年(1069年)进士,广南东路阳春县令。在赴任途中经过新界屯门,对当地风土美景十分欣赏,任满辞官后,便举家迁至岑田(今新界锦田),成为新界邓氏始祖。北宋末年,进士侯五郎搬至东莞县,其子侯卓峰迁往今河上乡筑茶寮,开始在此定居。宋代以后,廖、文、彭等族相继迁入。在五大族中,其中的廖姓是在元代从福建迁入新界的。其开基始祖廖仲杰,原籍福建汀州,元朝末年迁居广州府东莞县,初住屯门,再迁福田,三迁双鱼境内(今双鱼河两岸之地)。④ 其子孙在原居地的基础上,不断扩大居住范围,传至明万历年间(1573—1620年),七世祖廖南沙建立了今日的围内村,因处梧

---

① 叶农:《宋元以前香港地区的工商业及发展》,《暨南学报(哲学社会科学版)》1998年第4期。
② 刘蜀永:《香港的历史》,北京:新华出版社,1996年,第9~10页。
③ 萧国健:《香港历史与社会》,香港:香港教育图书公司,1994年,第47页。
④ 萧国均、萧国健:《族谱与香港地方史研究》,香港:显朝书室,1982年,第43页。

桐河上,故名上水乡,因此廖姓大族又称为上水廖氏。现在的香港北区双鱼河地区居民,多数是自元朝以后陆续赴港的廖氏族人后代。①

五族迁入后,经过辛勤耕耘,控制了新界水源充足、地势平坦的大片肥田沃土。他们聚族而居,筑围自固,保留至今的还有锦田邓氏吉庆、永隆围,上水廖氏围内村,新田文氏仁寿围,粉岭彭氏中心围等。同时,他们还不断开垦新的土地,如锦田邓氏在香港岛开垦的黄泥涌、香港仔和薄扶林的土地,上水廖氏开垦的扫秆埔的土地。此外,他们还建立墟市,以满足当地居民生活。盛清时期新界地区是香港之经济重心,迁界令取消后,新界经济得以恢复,居民主要以耕种及捕鱼为主,村落和人口数目远较香港岛为多。为满足村民交换农产品的需要,各地墟市(即乡村定期集市)陆续涌现。据萧国健考证,当时可考的墟市共有五个:元朗(旧)墟、大埔(旧)墟、石湖墟、隔圳墟、厦村墟。② 其中,石湖墟为嘉庆初年廖氏、侯氏及邓氏族人所创。五大族在开垦土地、发展经济的同时,亦不忘建立宗祠,凝聚族力。其中,上水的廖万石堂,不仅是全港最大的廖氏宗祠,而且堪称全港现存最大、最为华丽的中国传统祠堂建筑。该祠堂建于1751年。因廖氏祖先廖刚及四个儿子曾在北宋时任职高官,且他们的俸禄加在一起共一万石而得名"廖万石堂"。祠堂分前堂、天井、中堂、天井和后堂,其建筑格局中轴对称,有前、中、后厅,堂内壁画、人物雕刻等一应俱全。由此可见,包括廖姓在内的五大族的迁入,不仅充实了当地的人口,成为香港早期新移民的主体,而且为香港经济、文化发展做出了巨大贡献。

宋元时期,香港的福建移民,除林、廖两大族外,很大一部分为南宋遗民。在与元军进行最后决战的南宋军民中,有不少福建人,他们中的一部分人在宋亡后不愿臣服元朝,便迁至香港。近代著名学者许地山认为:"香港自南宋以来,即有居民,大都系福建移民遗裔。……福建沿海岛屿,大都密迩大陆,异于广东岛屿,如万山群岛,东沙、西沙群岛之远距大陆。宋亡,福建人亦不乐臣元者,乃乘船而南,移植各岛,视为海外桃源,此辈未来前,福建船户已多拓居各岛上。此事有各岛天后庙可证。……香港之天后庙遗存者颇多,足见本岛以前住民,多系闽人移裔。"③以上迁居香港的闽人历史皆有据可考,然而我们亦不能否认那些并未被历史记录下来的移港闽人。他们可能是因出海捕鱼航行至此,并从此定居下来的,或者是赴海外经商的途中停留在此的,又或是因饥荒、战乱而流浪到此的,等等。无论如何,他们的到来都为香港早期开发发挥了积极作用。

三、大航海时代下的东亚海洋贸易圈

经历了宋元繁荣的民间海外贸易时期之后,明初统治者一改前代宽松自由的海外贸易政策,试图建立以大明帝国为中心的"四夷来王"、"万国朝宗"的朝贡体系。这一朝贡

---

① 高京:《魅力香港》,北京:中国文联出版社,2009年,第887页。
② 周子峰:《图解香港史(远古至一九四九)》,香港:中华书局,2010年,第12页。
③ 许地山:《香港闽侨商号人名录》,转引自《旅港福建商会八十周年纪念特刊》,1997年,第280页。

贸易制度,即寄市舶于贡舶,"有贡舶即有互市,非入贡即不许其互市",将海外贸易纳入官方控制范畴,民间私人商舶贸易被视为非法。朝贡贸易确立于洪武年间,永乐朝臻于鼎盛,宣德年间维持平稳。明中叶以后,朝贡贸易衰落,贸易制度基本形同虚设,但一直存在,并为清朝所沿用。① 然而,朝贡贸易并非只是"怀柔远人"、"固番人心,且以强中国"的一种工具,它对亚洲商贸网络的构建,甚至亚洲区域内各种关系的形成都起到了重要作用,而闽人在这中间发挥了积极的桥梁作用。

明代朝贡贸易作为一种"怀柔远人"的羁縻手段,统治者通常把诸国的朝贡看成是"圣治之盛"、"圣德之隆",因此,朝贡手续极其烦琐,朝贡仪式异常隆重。海外诸国为适应这种情况,多数以华人为使者来承担朝贡任务,而这些华人使者中又多以闽人为主。如成化十三年(1477年)由暹罗派来朝贡的使者谢文彬就说过:"外国使臣多非本国夷人,皆中国士人为之。"②日本学者木宫泰彦亦说:日本朝贡船的通事"似乎都以入日本籍的明朝人来充任"③。又如,闽人三十六姓及后代长期从事琉球赴中国的通使之职。琉球中山王曾以洪武二十五年(1392年)明太祖钦赐的闽人三十六姓,"知书者授大夫、长史,以为贡谢之司;习海者授通事、总管,为指南之备"④,他们的后裔子孙世袭通使之职,专司来华请封、谢恩、朝贡。除琉球的朝贡使者多为闽人充当外,日本及东南亚各国也多以闽人为使者承担来华朝贡任务。依据李金明先生统计,⑤明代海外朝贡贸易中的25位华籍使者,其中闽人有12位,且有两人原籍无可考,可见闽人在海外各国担任来华朝贡使者的比例几近一半。另外,这些闽籍使者中,有的在居留国已仕至高阶,原籍福建汀州的谢文彬在暹罗"仕至坤岳,犹天朝学士";原籍漳州的马用良为爪哇的亚烈。有的已改用当地土著的姓名,如爪哇使臣洪茂仔改称"财富八致满荣",暹罗使臣谢文彬改称"必美亚"。可见,闽人在朝贡贸易的运作中起到了举足轻重的作用。

朝贡贸易所采取的"厚往薄来"的方针无疑给明朝政府带来了巨大的财政压力,正统以后,明朝已经没有太多财力和热情去支持朝贡贸易了。海外诸国前来朝贡者也日益减少,朝贡贸易呈衰落之势。加之,朝贡贸易收入主要归内府,地方政府不仅所得无多,反而要耗费巨额开支,应对朝贡的来往接待、运送贡物、修复风漂贡船等,造成沉重的财政压力。明朝派往国外的使节,所用舟船也由地方承担。因此,地方政府对朝贡贸易的热情度并不高,官府真正感兴趣的是那些打着朝贡之名而行贸易之实的商舶,或以风漂为借口进港的"风泊蕃船"。这些商船不属于贡舶,既不需要按贡例提供各种服务,也不需要给予税收优惠,反而可以作法兴利,征收商税。⑥ 在地方政府的默许下,广大闽商在朝贡路线的指引下,远赴东西洋各国,贸易航线和范围较之宋元时期有了进一步扩大。

---

① 李庆新:《明代海外贸易制度》,北京:社会科学文献出版社,2007年,第54页。
② 不著撰人:《九朝谈纂》,"宪宗成化"。
③ (日)木宫泰彦著,胡锡年译:《日中文化交流史》,北京:商务印书馆,1980年,第553页。
④ 《明神宗实录》卷四百三十八,万历三十五年(1607年)九月己亥。
⑤ 李金明:《明代海外朝贡贸易中的华籍使者》,《南洋问题》1986年第4期。
⑥ 李庆新:《明代海外贸易制度》,北京:社会科学文献出版社,2007年,第167、170～171页。

朝贡贸易推行的初衷,虽是大明王朝的政治外交考量,但其重要之处更表现在它的经济方面。其一,与朝贡贸易相伴的民间贸易得到促进与扩大,并逐步形成亚洲区域内的主要通路。泰国、马六甲、越南、爪哇、菲律宾、长崎、朝鲜及其他各地和中国联结的朝贡贸易网,以及与地区间沿岸贸易结合的移民浪潮的扩大,形成一种内外共同发展的现象。这种围绕中国进行的朝贡贸易和贸易关系,与从印度出发的帆船沿岸贸易联系在一起,在促进中转贸易的同时,也确保了贸易网络的构建和贸易据点的长期维持。如以暹罗为例来看,由于暹罗朝廷允许特许商人全权担当起朝贡品的筹措、运输等一系列工作,又因为这些特殊商人中很多原籍属于福建省,因而很容易就与原籍地建立起贸易关系,伴随着朝贡贸易关系的进行,民间贸易也随之增加和逐渐扩大。① 其二,成为欧美各国在亚洲选择据点和贸易路线的重要参考。根据滨下武志先生的研究,"不管是内陆还是外洋,所规定的朝贡路线和经由的城市,作为通商道路和通商港口,与此后欧美列强所强迫的开港非常一致"②。因此可以说,在这个由朝贡关系促发和推动的亚洲各国各地区的交易活动中,产生了连接亚洲各地的交易网络、交易中心地、汇兑渠道和金融中心地等,这些因素"形成了朝贡贸易关系的交易网络"。这个交易网络不仅在与外部世界进行商品交换的同时,对亚洲和中国市场的价格动向发挥一定的制约机能,更重要的是,它成为西方国家面对东方时不能不受到制约的"冲击"。③

当亚洲各国正推行朝贡贸易之时,西方却迎来了大航海时代。1415 年葡萄牙人越海占领了北非战略要地休达,成为整个西方世界向外殖民扩张运动的开端。此后的数十年间,葡萄牙、西班牙人纷纷从不同方向进行海外探险,寻找通往富饶东方的新航路,揭开了由地理大发现所带来的世界大航海时代的序幕。1497 年,瓦斯科·达·伽马率领四艘海船从葡萄牙出发,绕过好望角,横渡印度洋,到达印度西海岸的卡利卡特。这是人类历史上第一次完成从西欧绕非洲来到东方的航行,从而开辟了东西方之间最短的海上航路。④ 西欧各国之所以急于开辟通往亚洲的航路,不仅是其自身经济发展的需要,且与 15 世纪中叶奥斯曼帝国攻陷君士坦丁堡,占领巴尔干地区,控制东西方之间的通商要道,有很大关系。在这一情况下,另辟一条通往东方的商路成为西欧商人的迫切需求。加之,此时欧洲人已拥有了在复杂气候下进行航行的能力,使其远洋航行成为可能。

最早来到中国并且首先侵扰香港的是葡萄牙人。1511 年,葡萄牙吞并了马六甲,逐渐排斥华商在这个东方国际贸易中心地的势力,掌握了南海交通的控制权,成了横行南

---

① （日）滨下武志著,朱荫贵、欧阳菲译:《近代中国的国际契机:朝贡贸易体系与近代亚洲经济圈》,北京:中国社会科学出版社,1999 年,第 57~58 页。
② （日）滨下武志著,朱荫贵、欧阳菲译:《近代中国的国际契机:朝贡贸易体系与近代亚洲经济圈》,北京:中国社会科学出版社,1999 年,第 34 页。
③ 朱荫贵:《朝贡贸易体系与亚洲经济圈——评滨下武志教授的〈近代中国的国际契机〉》,《历史研究》1999 年第 2 期。
④ 黄顺力:《地理大发现与中国海洋观的演变》,《厦门大学学报(哲学社会科学版)》2000 年第 1 期。

大西洋、印度洋和南海的海上霸王,触角也很快延伸到广东一带。

正德九年(1514年),第一艘葡萄牙船绕过好望角,沿着郑和下西洋的航线驶抵广东。同年,他们强行登上香港屯门岛,并在岛上树立刻有葡萄牙国徽的石碑,设军营,造武器,企图长期霸占,并以此为基地侵略大陆。正德十二年(1517年),为纳贡请封而来的葡萄牙人比利·安剌德和外交人员托马士·比勒斯率领武装船舰八艘进泊当时东莞县属下的屯门湾,其中两艘炮艇驶入广州。稍后,比利离去,比勒斯则买通太监,盗用满剌加使臣名义擅自进京。比利的弟弟西门·安剌德也于下一年奉命从满剌加驾船四艘到达屯门。他们在驻地私设城栅,立绞首台,仗着手中火炮,四处杀人越货,又多方拐卖儿童,没为奴隶。屯门、葵冲一带居民深受其祸,纷纷携家走避。后西门一伙被广东水师官兵困在港中。正德十六年(1521年),刚刚即位的嘉靖皇帝查出葡萄牙吞灭"敕封之国"满剌加后冒名请封的真相,十分恼火,下诏把比勒斯押回广东,绝其朝贡请封,西门见势不妙,偷偷冲出重围,开帆远遁。

在印度洋频频得手的葡萄牙舰队存心要在南中国海再显神通。西门出走之时,葡萄牙特使米儿丁和军官别都卢指挥一支由五艘巨舰、1000多名士兵组成的庞大舰队闯进屯门水域。广东巡海道副使汪鋐进驻与屯门仅一海之隔的东莞南头镇,并以50艘战船对屯门形成半圆形包围圈,向葡军发动了进攻。经过激战,葡军败逃。次年,葡萄牙又派出舰队来到中国南海地区,与中国水师在新会西草湾一带相遇。中方拒绝葡方重返屯门的要求,双方发生激战,中国水师再次获胜。经过上述两次较量,葡萄牙人被完全清除出广东,与广州的贸易完全中断。此后,葡萄牙人的嚣张气焰有所收敛,转移贸易防线,北上粤东门户南澳岛、浙江宁波双屿岛、福建漳州月港从事走私贸易。基于财政上的考虑,明朝于嘉靖九年(1530年)恢复广州的贡舶贸易,又出于海防利益的考虑,于嘉靖十四年(1535年)将舶市迁到澳门与诸国互市。其后,葡萄牙人亦重来贸易,并且贿赂广东官员,于嘉靖三十六年(1557年)窃据澳门。占据澳门后,葡萄牙人以此为据点,迈开了与中国更大规模通商的步伐。

以葡萄牙为代表的近代西欧国家出于追求财富的目的,16世纪在地理大发现的推动下来到东亚。在中国建构的朝贡体系面前,他们面临着一个如何与完全不同国家进行交往的问题:是用武力强行打破明朝执行的海禁政策改写朝贡体系,还是在不断地接触中调整自我,适应新的环境。他们选择了后者,进行了不断的实践和探索,其中既有军事冲突,也有必不可少的贸易交流,还有以耶稣会为代表的对中国礼仪文化的适应,最终葡萄牙获得了有限的成功。[①] 葡萄牙人在东方所取得的贸易成功,令西班牙等国艳羡不已,随后西班牙人、荷兰人、英国人竞相东来,亚洲的经济及政治格局由此开始转变。

亚洲海域政治经济格局的变更,冲击了明代官方以朝贡体制建立起来的海洋秩序,朝贡贸易也随之衰败。月港开放后,以闽南商人为代表的民间海商频繁往来东西洋贸易,中国民间海商虽得不到像欧洲商人那样来自国家的支持,甚至长期受到歧视和暴力

---

① 王冬青:《明朝朝贡体系与十六世纪西人入华策略》,复旦大学博士学位论文,2005年。

迫害，但他们通过发挥自身优势，在经营方式上积极创新，与西方、日本商人展开竞争，并长期保持相当优势，在东亚海域建立了庞大的贸易网络，如在月港、大员、澳门与长崎、平户、广南、马尼拉、吧城、北大年等港口之间形成的贸易网络。特别是月港通马尼拉航路与西班牙的太平洋航路对接，使中国商品大量输入欧美，为西方兴起提供了重要的物质条件，而日本及美洲的白银大量流入中国，积极推动了商品经济的发展。民间海外贸易不仅带动了沿海地区外向型农业、手工业的发展，而且成为中国融入世界的桥梁。

四、英人在东亚的贸易及其与闽商的关系

15、16 世纪之交，伴随着地理大发现，西方航海势力纷纷向东方扩展，葡萄牙人绕过好望角，穿过印度洋，最早来到东方，占领了澳门。接着西班牙人在侵占中南美洲以后，挥师西向，横渡太平洋，占领了菲律宾群岛。不久，摆脱了西班牙统治的荷兰人也踏上了征服东方之路，在南洋各地建立了商站，并侵占了台湾。而英国人则迟来了一步，16 世纪上半叶，他们还缺乏有关印度洋贸易和航海的知识，直至 16 世纪下半叶，英国在伊丽莎白女王的统治下，对内努力建设强大的中央集权，发展工商业，鼓励对外贸易与航海探险；对外则推行独立自主的外交政策，放弃对欧洲大陆领地的觊觎，与法国修好，摆脱西班牙的控制，达到欧洲势力的均衡和制衡；而且英国人的地理知识有了较大的提高，并筹措到足够的商业流动资金。在政治环境、经济能力、技术水平皆已具备的情况下，英国也开始了向东方扩张的步伐，把直接与印度、东南亚和中国建立商业联系作为重要目标。

早在 1573 年，威廉·布尔发表的《论海上霸权》一书，就指出从英国到中国可能存在的五条道路：一是取道好望角，为葡萄牙人专有的航道；二是取道麦哲伦海峡，为西班牙人专有的通道；三是通过北美的西北航道；四是通过俄罗斯的东北航道；五是通过北极的北极航路。① 16 世纪 70 年代末 80 年代初，英国人尝试打通从俄罗斯到中国的"东北航道"，但不成功。1576 年，英国航海家马丁·费罗比金宣布发现了通往中国的"西北航道"，令伦敦商人兴奋不已，随后他们成立了中国公司。然而实际上，马丁仅到达了今天的加拿大北部的巴芬岛，并没有穿越美洲北端进入亚洲。1583 年，拉尔夫·费奇和里兹进行沿旧商路到东方的探索。伊丽莎白女王派商人约翰·纽伯雷同行，带去给莫卧儿帝国皇帝和中国皇帝的信。在给中国皇帝的信中，伊丽莎白女王表达了与中国通商的愿望。纽伯雷一行到达印度，但被葡萄牙人逮捕，上述信件没能送达中国。1596 年，英国商人理查德·阿伦、托马斯·布罗菲尔德准备由海路前往中国。伊丽莎白女王又派本杰明·伍德为使臣一同前往，带去一封致中国皇帝的书信，再次表达对华贸易的热忱。这封国书同样没送到中国，因为船队到达好望角时，不是被葡萄牙人击毁，就是沉没。② 然而，这一系列的挫折并未阻挡英国人向东亚扩张的步伐，也没有改变他们通商中国的

---

① 夏继果：《伊丽莎白一世时期英国外交政策研究》，北京：商务印书馆，1999 年，第 195～197 页。
② 李庆新：《明代海外贸易制度》，北京：社会科学文献出版社，2007 年，第 307～309 页。

愿望。

1600年12月31日，英国东印度公司成立，并被赋予在15年内从好望角到麦哲伦海峡之间所有亚、非、美三洲贸易的专营权，这标志着英国向东方扩张进入了一个新阶段。1602年兰开斯特船队航抵万丹，建立第一个商馆；到17世纪初，他们在印度的苏拉特、爪哇的雅加达、日本的平户等地相继建立了商馆，英国商站由此扩展到印度洋、太平洋。

1619年，英国与荷兰签订了《二十年协定》，平分摩鹿加群岛的香料贸易，并联合攻击葡萄牙人。1622年，英国人来到澳门，当时荷兰人正在大举进攻澳门，但英人没有参与。1623年2月23日，由于发生荷兰人屠杀英国人的"安汶惨案"，英荷关系破裂。1625年，英国东印度公司与葡萄牙果阿总督德·林阿雷斯伯爵签订协议，两国互相尊重在印度自由贸易的特权；英国人获得在印度与葡萄牙各商馆进行贸易的特权，并通过澳门与中国直接贸易；葡萄牙人则通过英国人的中立旗帜，保障被荷兰人隔断的澳门——果阿贸易畅通。第二年，英国东印度公司持果阿总督所颁发的许可证，派"伦敦"号前往澳门，但澳门总督阻止英国人与中国官方接触，"伦敦"号无功而返。[①] 1627年，在英国东印度公司任职多年的威德尔在巴达维亚总办事处致董事部备忘录说："关于中国贸易，有三件事特别为世人所注意：第一，提供丰富的贸易。第二，他们不准外国人进入其国家。第三，小民赖贸易为生，他们适宜于在远方将其所有作冒险的探求。"[②]

东印度公司的一系列努力，在中国贸易上并无太大收获。英王查理一世于1635年12月把对果阿、马拉巴尔、中国和印度的贸易全权授予科尔亭会社（又译作"葛廷联合会"），随即任命威代尔为私商首席代表，组建一支由3艘帆船、1艘军舰组成的船队前往亚洲，企图打开中国市场。1637年8月6日，该支武装商船队开到珠江，闯入中国内河，想要强行登陆广州。当船队经虎门炮台时，守台将士警告其离开，但威代尔不予理睬，守军开炮制止，威代尔开炮回击，并随即占领炮台，在附近乡村抢劫财物和粮食。广东当局调集大军，准备给予反击，命令威代尔立即退出炮台，交出抢劫的物品，然后才准其进入广州。威代尔急于要做生意，只得遵命照办。商船开进广州以后，卖了一些糖、酒、布之类的货物以后离开广州。这是英商用武力强迫通商的第一次。从此以后，英国多次派船到中国来，强迫通商，但因为没有得到中国政府的正式批准，只能停泊在外海，贸易额也不多。[③] 科尔亭会社组织的中国之行，收获远不及所期待的那么大，但中国贸易的丰厚利润深深地吸引着英人，他们努力找寻一切机会企图通商中国。

与此同时，在英、荷争夺东南亚的香料市场中，英国人一直处于不利的地位。早在1613年，建立英国望加锡商馆的约翰·乔尔丹与荷兰人燕·彼得尔斯逊·昆就曾为争夺香料贸易而发生激烈的争吵，并最终演化为战争。1618年双方关系进一步恶化。1621

---

① （美）马士著，区宗华译：《东印度公司对华贸易编年史：1635—1834年》（第1、2卷），广州：中山大学出版社，1991年，第13页。

② （美）马士著，区宗华译：《东印度公司对华贸易编年史：1635—1834年》（第1、2卷），广州：中山大学出版社，1991年，第30页。

③ 元邦建：《香港史略》，香港：中流出版社，1988年，第51～52页。

年昆亲自率领舰队，征服兰岛和隆塔尔岛，迫使那里的英国人撤离。1623年2月，荷兰人又以阴谋策划强占堡垒的罪名突然逮捕了在巴达维亚的英国商馆的全部成员，并将10名英国人处死。1624年年初英国人被迫从巴达维亚撤走商馆。1627年，当昆返回爪哇时，英国人决定转移到万丹去，他们在那里一直逗留到1682年荷兰人占领该地为止。因此，当郑成功驱逐荷兰殖民者，收复台湾并欢迎除荷兰之外的其他国家来台贸易时，早已想开展对华贸易的英国人自然急匆匆地踏上台湾岛，成为郑氏政权的第一批客商。①

1670年6月23日，英国东印度公司万丹分部派遣小尾帆船万丹号和单桅帆船珍珠号，在货运主任的率领下，航抵台湾，这是郑成功驱荷复台后首次到达台湾的西方商船，受到郑氏官员的热烈欢迎。至此，郑、英贸易的序幕拉开。双方经过多次书信来往和口头谈判，于1672年10月正式签订郑、英协议条约。为了在台湾进行有组织的贸易，英国东印度公司于1671年在台湾设立商馆，商馆机构设有总经理、副经理、商务员、书记、通译等。

台湾商馆除与台湾地区进行贸易外，还以台湾为中转站，对日本、吕宋等周边国家进行贸易，并期待与中国大陆通商。他们希望通过在台闽商，将英国商品运到上述地方出售，所以，英国东印度公司董事会对台湾商馆十分重视，他们认为，"在台湾之经理必须有丰富之经验及能力优异者充任之"。台湾与资源丰富的中国大陆隔海相望，要购买中国大陆商品仍然有许多不便，英国东印度公司希望在大陆沿海设立新的商馆，以进一步扩大对华贸易。

1674年中国大陆发生"三藩之乱"，郑经抓住时机攻占了福建沿海的许多地方，还占领了广东潮州、惠州部分地区。在此形势下，英国东印度公司于1676年派一艘船到厦门，建立一间商馆，这是东印度公司在中国大陆上取得的第一个立足点。由于郑氏政权在福建沿海的局势动荡不安，郑氏政权与清政府之间进行拉锯战，以及清政府实行的迁界、封锁、禁海等政策，在很大程度上影响和制约了东印度公司在厦门对华贸易的发展。自1684年清政府在厦门设海关后，尽管东印度公司获得了在厦贸易的合法权益，但官吏征税、勒索的现象日益严重，厦门商馆的贸易举步维艰，英国人开始寻求在华新的贸易据点，并把目光聚焦在了广州。1685年，清政府设立粤海关。次年，在广州西关设立十三行。经过多方努力，从1704年开始，英国东印度公司的贸易中心从厦门转向广州，十三行成为承担中英贸易的主要机构，拥有十三行极大控制权的闽籍商人②，在此后的中英贸易中发挥了极大作用。

广东十三行作为半官方商业团体，不仅包揽了来华中外贸易，而包括闽籍洋商在内

---

① 林仁川：《清初台湾郑氏政权与英国东印度公司的贸易》，《中国社会经济史研究》1998年第1期。

② 十三行最著名的两家洋行，潘振承家族和伍秉鉴家族皆为闽籍，可见，闽籍洋商在十三行具有极大势力。例如，据杨国桢先生的《洋商与大班：广东十三行文书初探》一文研究，在1800—1803年间，具有详细记录的洋行有八家，其中四家洋行老板皆为闽籍，他们分别为同文洋行（潘振承家族）、怡和洋行（伍秉鉴家族）、义成洋行（叶上林家族）、丽泉洋行（潘长耀家族）。

的十三行行商有时还充当中国政府的官方代理和中英贸易的中介。大的行商常代为传达外贸主管机关粤海关或地方官府的规定，拟定半官方性的公函。在官府眼中，洋商是外商的代理人，要为外商的不法行为负责。英国东印度公司的大班则把洋商看作是官商，由洋商们分别包揽商船的进出口贸易，使公司的生意比在其他地方方便好做。

十三行的闽籍洋商充当中国官方代理人和中英贸易中介者的情况比比皆是。比如，嘉庆六年四月二十二日（1801 年 6 月 3 日），潘启官①等 8 家代表清政府要求英国东印度公司的船只速离广东洋面一事。潘启官等人致英国东印度公司广州大班味呧哈书曰："间别未几，渴念殊殷，想大班列位到澳，诸凡顺遂如意，定符心祝。兹本日奉关部大人发谕一件，系着弟等通知大班，速饬喇哗巡船克日开行回国，毋任逗留。今抄自谕帖寄阅，烦大班遵照谕内事理催令开行，仍先将该喇哗巡船定于何日开行日期即日回书，以凭禀覆。此系奉宪谕饬之件，不能延迟，幸祈照办。专此布达，并候大班味呧哈，列位咽咃咬安好。"②从上述书信来看，其内容具有商洽性，完全符合洋商作为官方代理人和中介者的身份。

闽籍洋商不仅在中英贸易中扮演中介的角色，同时也是中英文化交流的使者。商业的沟通从来就是文化的交流与融合，十三行行商作为清政府与西方人联系的纽带，在长期的涉外活动中，成为认识和吸纳西方科技文化的先行者。其主要表现在以下几个方面③：一是创造新式英语，沟通外商。外国商人来到中国，不通中国的语言。如何谈生意、做买卖，成为十三行首要解决的问题。善于吸纳外来文化，具有开阔视野和务实精神的闽籍洋商在与西方人打交道的过程中，创造了中英混杂的语言。他们这种独特的交际媒介，与英人做成一笔又一笔的生意，解决了一个又一个涉外问题。同时，这些闽籍洋商还自觉地学习、掌握外国的语言文字，一些行商还能用流利的英语与外商打交道。早期行商首领潘振承"通外国语言文字，至吕宋、瑞典，贩运丝茶，往返数次"。二是吸纳西方绘画艺术，成就广彩与外销画。18 世纪的欧洲沉醉于古老的东方文化，追求一种具有鲜明中国风格，又不失欧洲品格的装饰艺术。行商们把欧洲绘画的素描手法和透视技巧，结合中国传统绘画章法和技巧，成功地制造了融会中西风格、闻名世界的广彩瓷和外销画。三是引入并推广西方医学技术。19 世纪前后，西方的医学有了很大的发展，西医通过贸易活动进入了广州十三行，先进的西方医学传入了中国。1805 年，英国东印度公司医生皮尔逊在广州为儿童接种牛痘，推广种痘技术。继英国东印度公司医生皮尔逊传种

---

① 潘启官，即潘振承（1714—1788），又作振成，字逊贤，号文岩，又名启，福建泉州府同安县人。早年由闽入粤，从事海外贸易。曾往吕宋三次，贩卖丝茶，通晓外国语言文字。后在粤为十三行陈姓行经理事务，深受信任，被委以全权。陈氏获利荣归后，潘振承于乾隆十八年（1753 年）创设同文行，并担任商总数年。由于诚信经营、眼界开阔、经营有方、敢为人先，积累了雄厚的财富，被《法国杂志》评为 18 世纪"世界首富"。

② 杨国桢：《洋商与大班：广东十三行文书初探》，《近代史研究》1996 年第 3 期。

③ 林瀚：《清代广州十三行在中西交流中的历史地位》，《广州大学学报（社会科学版）》2006 年第 8 期。

牛痘术于广州之后,1835 年,美国传教士彼得·伯驾来到广州,得到伍秉鉴等的支持,租得十三行内的新豆栏街一部分房屋,创办了眼科医局,即"新豆栏医局",成为广州最早的眼科医院。四是使用西方汇票,引进坚船利炮。十三行的行商在长期的涉外活动中,了解了西方国家的一些情形,无形中也接受了一些西方的商业管理方法和手段。1772 年,伦敦汇票传入广州市场不久,曾踏足欧洲、精通夷语的行商潘振承首先使用伦敦汇票进行大宗交易。此外,行商潘仕成(祖籍福建)认为英夷船坚炮利,我国必须仿造,故自觅良匠,建造了我国最早的能够安装舷侧炮的新式战舰。潘仕成还雇请美利坚军官壬雷斯研制水雷,并派生员李光铨等跟他学习。水雷制成演试成功后,潘仕成还著《水雷图说》一书,记载水雷的制造方法和效能。

作为十三行主要掌控者之一的闽籍洋商,不仅充当中国官方代理和中英贸易的中介,而且在中英文化交流过程中发挥了积极作用。他们不仅吸收热衷西方的先进技术和文化,而且是中华文明向外传播的使者。传统的中国出口商品凝聚着数千年的文化积淀,既展现着精美的工艺,也传递着东方的风物人情和社会景象;在闽籍洋商的努力推介下,它们走进西方的日常生活,融入了欧洲的饮食、服饰文化,并且开创了一个被称为洛可可的艺术时代。①

第二节　香港开埠与闽商

1840 年中英鸦片战争的爆发,导致了英国对香港的侵占和近代香港的开埠。随着英资洋行、银行、轮船公司的涌入,香港传统的自然经济日趋瓦解,西方资本主义式的现代商业社会迅速形成。这种急剧的经济转变,为香港近代闽商势力的崛起,提供了广阔的社会背景。② 同时,闽商通过努力经营亦为香港经济发展做出了积极贡献。可以说,香港早期闽商势力的崛起,基本上是和香港开埠、逐步演变为远东转口贸易商埠的整个历程同步展开,并互为动力的。

一、开埠前的香港地区

现在所称的香港地区,包括英国于 1842 年割占的香港岛、1860 年割占的九龙半岛和昂船洲,以及 1898 年租借的新界及邻近岛屿的全部土地。乍看,香港的历史似乎很短,更由于英国首相巴麦尊在 1841 年 4 月 21 日曾对香港岛做出以下评估:"只有一荒凉海岛,连一间房屋亦不容易看到。"因此不少人有个错觉,即认为在英国人管治之前的香港,只是一座渺无人烟的荒岛,并无什么古迹文物,自然更谈不上有社会的存在。然而,

---

① 吴建雍:《清前期中西贸易中的文化交流与融合》,《清史研究》2008 年第 1 期。
② 冯邦彦:《香港华资财团:1841—1997》,上海:东方出版中心,2008 年,第 1 页。

事实并非如此,早在新石器时代香港地区即有文化存在,而且一直是中国人繁衍生息的地方。宋元时期,江西、福建、广东等内地居民的大量迁入,极大地推动了香港地区社会、经济、文化的发展。至明清时期,香港地区的社会、经济、文化事业都取得了极大进步,且已有相当完备的军事防卫系统。

香港位于珠江出海口,依山面海,鱼盐丰富,水上交通便利,地理环境非常优越,自古以来都是一处非常吸引人的地方。每一个历史时期都不断有内地人前来开发这块丰饶美丽的土地,成为移民拓殖者的天堂。可以认为,香港的繁荣富庶是千百年的外来拓殖者逐步建立的。6000年前最早到达本地区定居的居民,其文化与湘北汤家岗文化非常相似,关系非常密切,可能就是从湘北辗转南迁而来。到了新石器时代晚期,居住在五岭南北的古越人大量迁入,成为本地区的主人。秦始皇戍边开发岭南和汉武帝在番禺设置盐官后,大批中原人士带着较先进的文化技术来到岭南,与越人杂处。他们中的一部分也来到香港地区,从事行政、边防和食盐的产销,使香港地区逐渐繁荣兴盛起来。六朝时期北方战乱频繁,"人相食,死者大半"。中原人士为逃避战祸,纷纷携家出走。他们从黄河流域流入长江流域,一部分则进而流入珠江流域。从大屿山白芒遗址的东晋土坑墓和南丫岛沙埔遗址南朝墓的墓形与随葬品看,均是中原葬制,提供了北方人曾流入香港的物证。隋唐以后,香港地位日益重要,不仅是江海交通的枢纽,更是边防要塞,加上制盐业鼎盛,带动工商百业繁荣,更吸引各地的盐工和商人来香港寻求机会。特别是有宋一代,北方少数民族长期南侵,给中原以至江南地区造成严重的破坏,人民大量流亡。广南两路相对安定的社会环境和大量尚未开垦的可耕地吸引渴望安居乐业的各地士民,使人口南移规模超过汉、晋和南朝。今香港之围头人、客家人据称多是在宋元时朝从江西、福建等地迁来的。新界的邓、廖、文、侯、彭五大族的族谱可以为证。清康熙初年的迁界,造成土地荒芜、人口大减,康熙八年(1669年)清政府奖励移民迁入展界地区,除部分原居民迁回外,也迁进不少广东境内和江西、福建等地的客籍人士。① 在本地居民和新迁入移民的共同开发下,从复界后至开埠前夕,香港地区的发展已初具规模,主要表现为以下几个方面。

(一)人口数量不断增加,人口分布广泛

从康熙二十三年(1884年)开始,经过清政府设置军田、奖励开垦、招揽其他地区民众前来开垦,香港地区人口陆续增长。这一时期迁入香港的移民大都被称为"客家人",他们的祖籍大都是福建的宁化、上杭,进入广东以后,居住在粤东的五华、兴宁、梅县(以上在明代属于潮州)或者惠州,然后才到香港的。以荃湾的三栋屋陈氏为例。他们原在福建宁化居住,在洪武年间入粤,其后代先后迁至博罗、归善、新安,最后分支迁到新界鹿颈和荃湾。② 正如罗香林先生《客家源流考》一文指出的:"在今日香港、九龙、新界等沿

---

① 王赓武:《香港史新编》(上册),香港:三联书店(香港)有限公司,1997年,第35~36页。
② 刘镇发:《香港客家人的源流》,自刘义章编《香港客家》,桂林:广西师范大学出版社,2005年,第46页。

海地区居住的客家人士,其最先成批移入的,也是因清初迁海复界而引至的。因这些地带,原为新安县属,正是顺治十八年到康熙元年间一次二次为满清政府所迫迁的,而其他地域又东与惠州沿海相接,所以在康熙二十三年尽复旧界而招致各地农民前往垦殖的时候,江西、福建和广东惠、潮等地的客家,便很多经由惠州淡水(场)而至沙鱼涌、盐田、大梅沙、西乡、南头、梅林,或更至沙头角、大埔澳、沙田、西贡、九龙城、官富场、鳖箕湾、荃湾、元郎等地,从事开垦的。"①经过近150年的发展,香港地区人口已有较大增长。根据1841年5月15日的《香港公报》第2期所载,仅香港岛一地共有华人7450人。其中分布在赤柱、香港村、黄泥涌、筲箕湾等近20处村镇的共4350人,基本上都是英人入侵前的原住民;在北岸商贸市场聚居的800人和来自九龙的劳工300人,大抵是来岛不久的新移民;另有以舟楫为家、漂泊无定的水上居民2000人。其中,赤柱(村镇)和筲箕湾(石矿、大村落)的居民人数最多,分别是2000名及1200名。岛上其他居民点有黄泥涌(农村)、香港(大渔村)、公岩(石矿、贫穷村落)、石凹(石矿、贫穷村落)、群大路(渔村)、扫杆埔、红香炉、西湾、大潭、东鼓(以上为小村落)、大石下、土地湾、石塘咀(以上为石矿、小村落)及大浪(小渔村),居民人数由5～300名不等。②

(二)经济稳步增长,渔港、墟市繁荣

复界以后,随着人口的不断增加,香港地区的渔农业生产得到相应发展。自汉代开始,采珠、制盐、种香、航运一直是香港地区的主要经济形式。但因清初迁界,这些产业停顿已久而无法复业。复界之后直至被英人占领之前,香港地区的主要经济作业已变为捕鱼、耕作及打石业。据1841年《香港公报》记载,港岛的原来居民共有三大类,即渔民、农民、打石工人。按比例渔民为多数,且已出现相当繁荣的渔港市镇。1816年,埃利斯在日记中记载了他所目睹的香港岛海湾的情形:"以往大概从来没有这么多欧洲船只聚集在这个港湾中,从岸上看去,整个景象十分热闹。到了夜晚,那么多渔船,每只点着一盏灯,宛如灯火通明的伦敦街道一样。"③可见,19世纪初的香港岛不少地区已相当繁荣。此外,香港岛不少居民从事打石及采石工作,据1841年《香港公报》第2期所列港岛各居民点中,有6处指明是石矿村落。清代的香港地区,除渔业、农业、打石业取得较大发展外,各地墟市陆续涌现。据嘉庆年间的统计数字表明,新安县有墟市36个,每一墟市贸易平均人口6277人,这些墟市有相当一部分位于香港地区。④ 据萧国健考证,当时可考的墟市共有五个:元朗(旧)墟、大埔(旧)墟、石湖墟、隔圳墟、厦村墟。⑤ 从元朗墟旧遗址保存下来的撰刻于1837年的《重修大王古庙碑》中可以发现此墟市具有一定规模,呈现

---

① 罗香林:《客家源流考》,北京:中国华侨出版公司,1989年,第29页。
② 余绳武、刘存宽:《19世纪的香港》,北京:中国社会科学出版社,2007年,第249,7～8页。
③ 塞耶:《香港的诞生、少年和成年(1841—1862年)》,香港:香港大学出版社,1980年,第25页。
④ 许锡辉、陈丽君、朱德新:《香港跨世纪的沧桑》,广州:广东人民出版社,1995年,第22页。
⑤ 萧国均、萧国健:《族谱与香港地方史研究》,香港:显朝书室,1982年,第45页。

一派繁荣景象。由此可以推断,其他各墟市情况也应当大致类似。

(三)多元文化共存,教育稳步发展

由于香港是一个移民社会,因此其文化发展十分多元。以宗教信仰为例,各类庙宇林立,不同信仰共存发展,且香港岛、九龙、新界皆有庙宇分布。根据许舒博士的研究,在英国人登陆以前,香港岛上的居民已建有最少十座庙宇,[①]较著名的有赤柱的天后庙、鸭脷洲的洪圣庙和红香炉的天后庙。根据碑刻记载,九龙地区,早在宋代就建有天后庙,清道光以前既有九龙城侯王庙。新界的庙宇也不少,据考证,乾隆年间建有元朗旧墟大王古庙、大屿山东涌侯王庙;吉澳天后宫、坪洲天后宫的建成年代也分别早于嘉庆七年(1802年)和道光十五年(1835年)。在教育发展方面,香港地区虽说不上文风鼎盛,但也并非荒凉的边陲之地,其中新界的教育事业较香港岛和九龙更为进步。早在宋、明时期,新界便建有宗祠、书室,供村中子弟读书。到了清代,这类场所更多,仅清代建成的宗祠、书室就达449处之多。可见,这一地区的子弟,常有受教育的机会,当地也能培养出一些人才。香港岛上的黄泥涌、赤柱、小香港、筲箕湾等村落已经有一些私塾。这些私塾规模不大,每处约有20名学生。全岛每年约有50名学生、5名私塾先生。学生人数约占全岛人口的1%。又据嘉庆朝编纂的《新安县志》记载,自南宋至清嘉庆二十三年(1818年)为止,新界本土及离岛人士考取功名的有甲科进士1名,乡试中举的有11人,恩贡4人,岁贡9人,例贡及增贡60人,例职17人。[②]此后,获取功名的人数虽无详细记载,但从碑文、匾额、族谱等资料中亦可窥见,庠生、贡生、监生等功名不在少数。

(四)社会管理规范,政府、民间共治

清初至鸦片战争以前,香港地区都隶属新安县管辖。不过从康熙年间至道光二十三年(1843年),新界及一些离岛的村落属官富巡检司所管辖,后改属九龙巡检司管辖。虽然这个地区距离新安县治较远,但现存的文献和碑文显示,直到19世纪中叶,新安县的管辖权仍能够到达香港地区各处。例如,在新界元朗旧墟大王古庙和东涌侯王庙在乾隆四十二年(1777年)所立的石碑显示出,这两处地方的田主和佃农为了租税问题曾发生争执,后来经县官亲自前往调解,才解决了这一纠纷。又如,在嘉庆七年(1802年),离岛的吉澳村民到两广总督处告状,声称有地棍承买田租,并勾结县工房蠹,任意额外加租。最后总督派署理新安县丞亲自到吉澳天后宫晓谕地主、民众,今后不得额外加租,事故才告平息。道光十五年(1835年),离岛坪洲的蛋民因县政府随意征用渔船,并强迫蛋民扮商人诱缉匪徒,引起居民强烈不满,他们到县丞署请求停止此等扰民活动获得批准。可见,香港地区的居民与新安知县的联系较为密切。但由于香港距离县城确实太远,而巡

---

① 许舒:《1841年前的香港岛》,《英国皇家亚洲学会香港分会会刊》第24卷,1984年,第127～129页,转引自余绳武、刘存宽主编:《19世纪的香港》,北京:中国社会科学出版社,2007年,第10页。

② 余绳武、刘存宽:《19世纪的香港》,北京:中国社会科学出版社,2007年,第222、15～16页。

检司的人手又不足,虽有官兵驻守,官府常有鞭长莫及之感。所以实际上,地方日常事务,还要依靠当地耆老、族长、地保等人按照清朝法律和乡约处理,而治安方面往往由村民、渔民自行组织团练等地方组织来维持。

(五)防卫系统完备,军事据点增多

早在唐宋时期,香港地区已有驻兵,保护商舶往来。唐时设置屯门镇,宋代在大西山(今大屿山)置摧锋军驻守,元代设有屯门巡检司。明代,随着广东海防建设的加强,香港地区被纳入广东海防体系。明代在这里设防,是为了防御"倭寇"、葡萄牙和荷兰侵略者。从洪武二十七年(1394年)设立广东海道以后香港地区已经成为广东沿海防倭守御系统中的前哨基地之一。也就是在这一年,设立了一个总部离香港地区很近的特设千户所。16世纪50年代,广东海防分东、西、中三路,香港地区属中路防御系统,其中屯门、佛堂门、大屿山的大澳、东涌等地成为海防要地。清代,为了对付海盗及郑成功集团,防御英国侵略者,香港岛、九龙、新界的海防系统较之明代进一步加强。

英人占领香港岛以前,清政府已在岛上派驻由千总、把总等统率的绿营兵,东有红香炉汛,东南有赤柱汛,汛兵拨配米艇巡洋。至于九龙半岛,清初因沿海寇患频繁,兼之郑成功占领台湾,清政府厉行沿海迁界。康熙七年(1668年)复界时,曾在新安县沿边设墩台21座以巩固海防,其中包括九龙墩台,派士兵30名防守。康熙二十一年(1682年),新安县奉命裁减兵员,并将县内21座墩台削减为8座,许多墩台改为汛。但九龙驻军未在裁汰之列,只改名为九隆汛,驻兵10名。乾嘉年间,沿海寇患仍炽,加以西人东来的威胁增加,清政府在沿海增设更多汛营、炮台。嘉庆十五年(1810年),新安县请将原佛堂门炮台一座移建于九龙寨海边,由千总一名率兵防守。鸦片战争期间,英人多次觊觎九龙,于是清廷下令督臣踏勘,以谋强化该地的防卫措施。道光二十三年(1843年),改调大鹏营副将一员、九龙司巡检一员驻扎九龙,以加强防卫。在新界及离岛地区,明代已在佛堂门、龙船湾、大澳、浪淘湾等地设有汛站。康熙年间在这些地区增设墩台;雍正年间,清政府在佛堂门及大屿山增设炮台各一座,以巩固该地区的海防;乾嘉两朝,清政府在沿海增设更多汛营及炮台,以防止海盗、西方殖民势力的侵扰。新界归新安营防守,屯门及大埔头等墩台即隶属此营。道光年间,设在新界的汛营和驻兵持续增加。该地区的防务由派驻在新安县城的守备负责,其下设有把总及外委1名,率兵16名驻屯门汛,另外又拨兵60名分防其他各汛。①

综上可见,鸦片战争前的香港地区,虽算不上同时期发展较为进步的地区,但也远非荒凉的渔村。经过宋元时期及清代复界后的大规模闽、粤等内陆移民及本地居民的共同开发,至开埠前,香港地区已建成了许多大小村落,人口不断增长;经济稳步发展,渔港、墟市繁荣;文教事业多元共存,共同进步;社会管理规范,民众利益得到有效保护;军事防卫系统完备,在无强大外力入侵之下,基本能保障本地区安全及航路的畅通。

---

① 余绳武、刘存宽:《19世纪的香港》,北京:中国社会科学出版社,2007年,第8～13页。

二、英国割占香港岛与香港开埠

香港自古以来就是中国的神圣领土。1841年1月26日英国人义律率军武力侵占香港岛,翌年8月29日英方强迫清政府签订《南京条约》,香港由此开始了被英国侵占长达150多年的历史。

英国人很早便有在中国沿海地区夺取一个岛屿作为通商据点的野心,以便储存货物,及在不受中国政府的监管下从事贸易。18、19世纪来华做生意的外国商人在广州进行贸易,感到限制较多,因而对葡萄牙人获准长居澳门羡慕不已。清代前期,英国对华贸易逐步增长,这一趋势在1757年清政府宣布广州独立通商后并未改变。1764—1800年,东印度公司对华进出口商品总值增加3倍以上,港脚贸易的进口总值增加将近10倍,出口增加5倍。① 尽管如此,英国商人仍对广州通商制度十分不满,指责它妨碍了英国贸易的自由发展。他们急切地要求在广州以外的地方取得一块居留地,认为这是进一步扩大对华贸易的关键。经过长期考虑,英国政府于1787年决定派卡思卡特中校出使中国,主要使命是向清朝政府要求割让一块土地,作为英国的通商据点,这是英国第一次准备正式向中国提出割地要求。卡思卡特在出使途中病逝,这一使命中途夭折,英国政府准备再派新使团前往中国。

1793年,马戛尔尼率英国使团访华,并以照会形式向清政府提出将"广州河内或其附近指定一小块地方或小岛"②让给英国等一系列要求,这些要求均被乾隆皇帝断然拒绝。马戛尔尼使团无功而返。1808年,英人觊觎澳门,企图以武力从葡萄牙手中夺取澳门,但为中国政府所干预,未能成功。

到了19世纪,英国侵占香港的活动明显加强。从1806年起,东印度公司的水文地理学家霍斯伯格连年在华南沿海进行勘测,后来给英国外交部写了一个调查报告,里面多处提到香港水域。他认为急水门是个可供各种船只停泊的锚地,香港岛和南丫岛之间的海峡是良好的避风港。香港北面的鲤鱼门形成一个可容纳大小船只的优良海港。港岛南部大潭湾也是一个良好的避风港。

1816年,阿美士德使团来华,但因宫廷礼节不欢而散。在回国路过香港时,代表团对香港的地形景物和港口海湾进行了周详的调查。回国后,他们向英国当局提出了详尽的报告,盛赞香港"这个地方的重要和天然的优点",并说:"从各方面看来,无论出口、入口,香港水陆环境的地形,是世界上无与伦比的良港。"③

---

① 普里查德:《早期英中关系的关键时期(1750—1800)》(E. H. Prichard, *The Crucial Years of Early Anglo-Chinese Relations*, 1750—1800),1970年,纽约再版,第115页,转引自余绳武、刘存宽:《19世纪的香港》,北京:中国社会科学出版社,2007年,第18页。

② (美)马士著,区宗华译:《东印度公司对华贸易编年史:1635—1834年》(第1、2卷),广州:中山大学出版社,1991年,第567页。

③ 丁又:《香港初期史话》,北京:三联书店,1958年,第24页。

1830年，47名在华英商，联名上书英国议会，重新提出了1793年和1816年两批使团的要求，希望英国政府采取与国家地位相称的决定，用武力在中国沿海夺取一处岛屿，以保护英国的在华贸易。至于要夺取哪一个岛屿，当时的看法存在分歧，主要分为两派，一些主张占领香港，另一些则偏向舟山群岛。①

1833年，斯当东在英国下议院发表演说："在取消贸易的时限时，如果不能由王国政府建立国家间的直接联系，那么在中国沿海岛屿建立贸易中心，以摆脱中国当局控制，将是可取之策。多年来，人们已认识到香港港口作为锚地的价值。在18世纪，船只经常被该地位置的安全和汲水的便利吸引到那里去。"②斯当东曾先后随马戛尔尼使团和阿美士德使团访华，又曾在东印度公司广州分行任职多年。因此可以说，他的讲话反映了部分英国官员和在华英商企图占据香港的阴谋。同年，英国政府为了满足本国工业资本家和在华散商用自由贸易取代垄断贸易的要求，取消了东印度公司的对华贸易专利权，决定派律劳卑为"驻华商务总监督"，代表英国政府常驻中国，以代替原来东印度公司驻广州的大班。外交大臣巴麦尊在训令中指明，律劳卑去中国的主要任务之一，是要设法把英国商业扩展到广州以外的中国其他地区，同时要求他注意调查，"如果在中国海面发生战争，英国船只在什么地方可以得到所需的保护"。可见，英国政府这时已在考虑发动侵华战争的可能性，并怀有在中国建立海军基地的企图。③ 1834年，奉命来华磋商拓展贸易的律劳卑在致函英国首相格雷伯爵时建议"用一点武力……占据珠江口以东的香港"；与广州英商关系密切的伦敦东印度与中国协会也认为应该占领大潭湾及附近岛屿，作为商埠。而曾在广州留居多年的怡和洋行创办人之一威廉·渣甸也曾向巴黎巴麦尊献计占领香港。④ 可见，无论是在华英商还是政府官员，此时都已经认识到香港地位的重要性，企图以武力夺取。

1836年，在华英商的喉舌《广东记录报》对英国占领香港是这样说的："如果狮子（指英国）的脚爪准备攫取中国南方一块土地，那就选择香港吧！只要狮子宣布保证香港为自由港，它在十年内就会成为好望角以东最大的商业中心。"⑤这一描写形象反映了当时英国东方商人的最大愿望，他们企图把香港作为英国殖民势力蓄谋吞并的目标。更为值得注意的是，大批鸦片船这时已先于英国军舰侵入香港等处洋面，把中国这一带的水域变成了鸦片走私的巢穴。这种肆无忌惮的走私鸦片活动，不仅严重损害了中国人民的健康，也为鸦片战争的爆发埋下了隐患。

1839年，林则徐前往广州禁烟，责令居住在广州商馆中的鸦片贩子将趸船贮藏的鸦

---

① 王赓武：《香港史新编》（上册），香港：三联书店（香港）有限公司，1997年，第60页。事实上，除舟山和香港外，英人曾觊觎的地方还包括厦门、台湾、金门等地。参见严中平：《英国鸦片贩子策划鸦片战争的幕后活动》，《近代史资料》1958年第4期。
② 刘蜀永：《香港的历史》，北京：新华出版社，1996年，第19页。
③ 余绳武、刘存宽：《19世纪的香港》，北京：中国社会科学出版社，2007年，第21页。
④ 王赓武：《香港史新编》上册，香港：三联书店（香港）有限公司，1997年，第60～61页。
⑤ 李一平：《香港开埠以来英人经济与华人经济的对比研究》，《世界历史》1997年第2期。

片全部呈缴。英国驻华商务总监义律在澳门获悉此事后,立即准备用武力抗拒禁烟,他于3月22日发布致全体英商公告,命令"女王陛下臣民在各外洋停泊处的所有船只,应立即驶往香港,升起英国国旗,准备抵抗中国政府的一切侵略行为"。按照义律的逻辑,英国人在中国肆无忌惮地贩卖毒品似乎并不是侵略,大批英国鸦片船盘踞中国香港海域也不是侵略,而清政府禁烟缴烟反倒是对英国的"侵略行为",可谓颠倒是非。3月24日,义律到达广州。他很快觉察到任何威吓手段都无济于事,于是开始改变策略,于27日以英国政府的名义命令全体英国鸦片商人立即缴烟,但不是向中国政府呈缴,而是向义律呈缴,再由义律代表英国政府转交中方。这样一来,原本的商业问题变成了两国政府间的问题,为挑起侵华战争埋下了种子。6月3日,林则徐在虎门海滩当众销毁收缴的全部鸦片。此时,英国一方开始蓄意挑起战争。义律一方面写信要求英国政府实行武装干涉,另一方面将英国在华人员和舰船集结在尖沙咀附近海面。8月底,配有28门炮的英国军舰"窝拉疑"号由印度驶抵香港;随后,配有20门炮的英国军舰"海阿新"号也抵达香港。随着集结在香港附近海面军事力量的增强,英国开始不断对中国进行武装挑衅。随后,中英两国先后爆发了九龙山海战、穿鼻海战和官涌之战,由于这三次战争有两次发生在香港地区,另外一次也与香港有关系,因此,这三场战争可以看作鸦片战争的前哨战,鸦片战争的序幕也由此在香港揭开。

1839年9月,林则徐广州禁烟的消息传到伦敦后,英国资产阶级舆论大哗。伦敦、曼彻斯特等地工商界人士纷纷上书外交大臣巴麦尊,要求对中国采取强硬措施,并极力主张侵占香港,作为侵华基地,以保障和扩大英国在华利益。大烟贩查顿致信巴麦尊说:"我们必须占有一个岛屿或是占有一个邻近广州的海港,可以占香港。香港拥有非常安全广阔的停泊港,给水充足,并且易于防守。"汉得森也致书东印度中国协会主席拉本德说:"如果交涉不满意,那么我们应该占领大潭湾和岛屿(指香港)作我们自己的港口。这个港口比澳门好,水深、面阔、有陆地环抱,船只随时可以进港,并且地居要冲,易于防守。那儿有较大的陆地,垦种起来足以自给。在岛的西北部伸入海中的地方有一处优良的所在,可作商埠,恰当所有北部来船的航路上,中国政府是没有力量防阻沿海船只运茶叶和生丝到那儿去和我们交易的。"[①]工商界强烈要求以武力强占香港的呼声,对本已有意夺取香港的英国政界和军界大肆出兵中国起了推波助澜的作用。

1840年2月,英国政府按照本国资产阶级尤其是鸦片贩子的要求,决定向中国派出"东方远征军"。6月,英国"远征军"自印度到达中国,向中国发动了全面的侵略战争——鸦片战争。英国侵略军封锁珠江口后,大举北上,同年7月6日,攻占舟山群岛的主要城市定海;8月初,直抵天津白河口,投递外交大臣巴麦尊致清政府的照会,提出赔偿烟价、割让海岛等无理要求。清政府惊慌失措,答应在广东就地磋商,并派琦善为钦差大臣负责对英交涉。

---

① 中国社会科学院近代史研究所近代史资料编辑组编:《近代史资料》1958年第4期,北京:中国社会科学出版社,1958年,第44、45页。

1840年11月29日，琦善到达广州，开始与英方谈判。在谈判过程中，英方全权代表义律步步紧逼。他在1840年12月12日的照会中，提出赔偿烟价700万元，开放广州、厦门、定海三口通商等要求，并说应留英军"在外洋红坎山（即香港岛）暂屯"，等各项要求得到解决后，才撤兵回国。这是英国首次向中国正式提出占据香港岛的要求。在12月29日的照会中，义律又进一步要求，指出在目前情况下，"唯有予给外洋寄居一所，俾得英人竖旗自治，如西洋人在澳门竖旗自治无异"①，对香港的要求由"暂屯"改为"竖旗自治"，准备永久占领香港。

琦善在与义律的交涉过程中，虽在赔偿烟价、开放口岸等问题上对英国俯首屈从，但对于义律提出割让香港岛的无理要求，多次予以断然拒绝。义律、伯麦因要求割让香港岛屡遭拒绝，极为不满。1841年1月5日，伯麦向琦善发出最后通牒：限一日内答复，如不满足割岛等要求，英国"将立即采取战争行动"。1月7日，未等琦善回文到达，英军即对沙角、大角两炮台悍然发动进攻，予以摧毁、占领，并炸毁中国兵船11艘，副将陈连升及其子陈长鹏阵亡，数百名官兵死伤。次日，义律、伯麦再次提出中方停止备战、恢复广州商务、割让沙角等最后通牒式的要求，限琦善3日内答复，否则"将立即重新开战"。义律、伯麦提出割让沙角的要求，并非真意，其目的是以此为要挟，迫使琦善同意割让香港岛。英方此举使琦善惶恐万分。沙角、大角两炮台地扼珠江咽喉，割让沙角，广州将失去屏障。②对此，琦善不敢轻易许诺，但表示可将义律所要求的给予"外洋寄居一所"，"代为奏恳"。义律接着提出："以尖沙咀洋面所滨之尖沙嘴、红坎即香港等处，代换沙角予给。"1月15日，琦善在照会中指出"尖沙咀与香港系属两处"，要求英方"只择一处地方寄寓泊船"。1月16日，义律复照，不再坚持割占尖沙咀，但指明要割占香港全岛。如琦善同意，英方可将定海、沙角、大角等处，"统行缴还"中国，并建议与琦善就此事"面谈订明"。

然而，当琦善正替英国"代奏"，谈判还在进行，并未签订什么条约之际，义律就迫不及待地于1月20日发表一项公告，诡称他已与琦善达成"初步协议"，"把香港岛和海港割让给英国"，妄图制造吞并香港的条约依据。这子虚乌有的"初步协议"，又称"穿鼻草约"或"穿鼻条约"。1月24日，英国统帅伯麦下令对香港岛进行军事占领，26日，英国海军陆战队登陆香港岛，并插上英国国旗。6月7日，宣布香港为自由港。

1841年4月，英国政府收到"穿鼻草约"的文本后，引起强烈反响。英国政府和对华贸易有关的英商表示强烈不满，皆认为义律勒索的太少。5月3日，巴麦尊通知义律说，英国政府不赞成他与中国钦差大臣的会谈方式，同时宣布撤销他担任的驻华全权公使兼商务监督职务。

义律被罢免是英国决意扩大侵华战争的信号。1841年4月30日，英国内阁做出决议，停止广东谈判，扩大侵华战争，改派璞鼎查代义律为驻华全权使臣兼商务监督。8月

---

① 佐佐木正哉编：《鸦片战争研究（资料篇）》，第33、46页，转引自余绳武、刘存宽：《19世纪的香港》，北京：中国社会科学出版社，2007年，第35页。
② 刘存宽：《英国强占香港岛与所谓"穿鼻条约"》，《世界历史》1997年第2期。

20日,璞鼎查乘船抵达香港,次日,他便亲自率领3500名士兵和37艘舰船,北上进行新的军事侵略。8月26英军攻占厦门,10月1日再陷定海,10月10日攻占镇海,10月13日攻陷宁波。

正当英军北犯期间,英国外交大臣易人,阿伯丁于1841年9月接替了巴麦尊的职务,他特别强调英国对华的政策目标是获取安全、经营良好的贸易环境,而不是领土扩张。阿伯丁虽然局部调整了英国对华政策,但在扩大侵华战争,用武力轰开中国大门这个问题上,与他的前任并无不同。1842年6月,从印度派来的英国大小船舰百余艘、士兵万余人,陆续抵达中国沿海。璞鼎查有了这支援军,气焰更加嚣张。同月,璞鼎查率领英军大举进犯长江,英军于6月16日攻占吴淞,6月19日占领上海,21日攻占镇江。8月10日,英舰80余艘进逼南京下关江面。

1842年8月29日,耆英、伊里布代表清政府同璞鼎查在南京江面的英国军舰"康沃利斯"号上签订了近代中国的第一个不平等条约《南京条约》。关于香港岛的割占,该条约第三款写道:"因大英商船远路涉洋,往往有损坏须修补者,自应给予沿海一处,以便修船及存守所用物料,今大皇帝准将香港一岛给予大英国君主暨嗣后世袭主位者常远据守主掌,任便立法治理。"①1843年6月,耆英自广州前往香港。6月26日,中英双方交换批准了《南京条约》。《南京条约》的签订使香港岛的割占已成定局,英国也由此实现了侵占香港地区的第一步。同时,随着香港的开埠,包括闽人在内的大批华人纷纷入港,香港历史进入了一个新的历史阶段。

三、香港开埠与在港闽商的发展

1841年1月28日,英国人强占香港岛,6月7日宣布香港为自由港。比邻地区的闽人随即相继涌入,大量内地居民的涌入致使这个原来只有数千人的小岛人口急剧增加,到1884年时,它已经成了数以十万计华人移民的谋生地,一个崭新的、人口众多的、多族群的、城市型的华人社会形成。

香港开埠后,福建人赴港的人数仅次于广东人。他们属于香港四大族群福佬族群的重要组成人员。② 开埠早期的福佬族群,虽无多少社会影响力,但极有经济影响力,在香港的商业圈中,福佬籍贯的商人历来都是一支主力军。尤其是在"南北行"建立前后,除本地族群的商人外,当时香港的其他杰出华商大多出自福佬族群。因此,香港政府除尤其重视本地族群的行商等以外,对福佬族群也青睐有加,曾经做出一些特别的安排,以便吸引福佬商人来港经商。如1845年,几个世代在澳门经商的成功福佬籍贯商人有意来

---

① 王铁崖:《中外旧约章汇编》第1册,北京:三联书店,1957年,第31页。
② 香港开埠后,同时并存着四个既彼此激烈竞争、又相互合作的族群,他们分别是源自广东的本地(广府)族群、客家族群和疍家(疍民)族群,源自广东和福建的福佬族群。早期的福佬族群为福建人和来自广东的潮汕人,其语言为闽南语。当代香港人一般区分对待,把来自广东的称为潮汕人,而把来自福建的称为福佬。

港发展,香港政府专门精心安排,不仅免使他们与本地籍贯商人冲突,而且又保证他们买到心仪的经商用地。① 由此可见,闽人在香港早期经济发展中起到了举足轻重的作用。

来自福建等地的早期香港华人抵达香港岛后,绝大多数都聚居在维多利亚城(以今中环、上环为中心的地带)这个非常狭小的区域内。由于他们的到来,香港岛上第一次出现了一个全新的、城市型的社会。1841年英国人占香港时,除维多利亚城以外的香港其他地区就存在着传统的农村型社会,各处村庄已经生活着数千华人,但10年之后的1851年,这些村庄的人口数目几乎没有变化。大量来港的早期华人大都流入了维多利亚城,1851年时2/3的人口聚居于此,他们使原本的海边不毛之地变成了繁华的都市维多利亚城。②

香港开埠后,港英政府大力鼓励鸦片走私和苦力贸易,这一时期香港成为世界上最大的鸦片走私中心和贩运苦力的贸易中心,航运业、金融业和一般贸易也开始发展起来。由于种种原因,其商业一度不振,发展道路较为曲折,但总的来说,该时期香港的经济是由衰转旺,渐趋稳定,并出现了初步繁荣稳定。在早期香港经济的发展过程中,在港闽人发挥了重要的作用。他们从事的行业包括建筑、百货、旅馆、转口贸易、买办、金融等方方面面。

1841年,英国占领香港后,就开始在港岛北岸建房屋、仓库,以安置居民和存放货物。随着移民的增加,可居住面积开始匮乏,于是城市开始填海造地的工程。在新填地上,日益增加的移民的生活和贸易需要,以及大吨位的船只频繁进出港等因素催生了船坞的建立和修造船业的发展。香港岛和九龙半岛之间的港口建设由此逐步展开。大规模的港口建设,不仅需要充足的资金,更需要大量的劳动力,大批福建贫民的涌入为其港口建设的顺利进行提供了重要保证。例如,1841年2月,很多国外的传教士从澳门来香港寻找落脚点。由于没有木材建造房屋,因此从新加坡进口木屋,直接建在石基上。在香港岛东边的采石场里,正是由于来自福建等地打石工人的辛苦劳作,才提供了房屋的石基。在香港开埠最初的两年里,港岛建筑的房屋大部分是石底木屋。③ 除制造石基外,他们还组成筑路建屋的庞大劳工队伍,积极参与香港岛的建设。经过一段时间的辛勤劳动后,不少昔日的石匠摇身变为石厂老板,他们雇用来自外地的劳工扩大生产规模,利用所掌握的熟练技术,将矿场的大石切割为大小方块、长条,雕琢成石柱,生产出坚固耐用的建筑材料。一部分依靠打石致富的石厂老板开始承包建筑工程,有的甚至涉足航运及中转贸易等行业。

英人占领香港岛后,开始在港岛实行自由贸易政策,吸引了大批闽粤等省内地居民

---

① 兰静:《近代香港外来移民与香港城市社会发展(1841—1941)》,暨南大学博士学位论文,2011年。

② 张振江:《试论早期香港华人族群语言的竞争与选择》,《中山大学学报(社会科学版)》2008年第2期。

③ 兰静:《近代香港外来移民与香港城市社会发展(1841—1941)》,暨南大学博士学位论文,2011年。

赴港。随着闽粤沿海各地华人的大量流入,以西环太平山为始点,东至砵甸乍街、西至西营盘的华人新移民区逐渐形成,成为港岛人口最密集的社区。为适应区内居民日常生活的需要,由闽人经营的店铺如雨后春笋般涌现,他们以当地居民为主要销售对象,按中国人的传统方式经销日用百货等小商品。据不完全统计,1845年华人开设的店铺有388家,行业种类共59个,包括米铺、食肆、酒铺、面包店、洋食办馆、食品杂货、漆器店、茶叶庄、丝织庄、呢绒庄、洋服店、胡衣店、理发店、旅店、兑换店、当铺、鸦片烟馆等,有关居民日常所需衣、食、住各类物品一应俱全,形成了一个与中环核心商业区迥然不同的繁华华人社区。①

19世纪50年代初,中国国内外形势发生巨大变化。1851年,洪秀全从广西发动的太平天国运动,很快运动席卷大半个中国,大批内地居民纷纷移居香港,港岛人口自1847年的2.4万人激增至1860年的9.5万人。又因美国和澳洲发现金矿,掀起空前淘金热,大批中国劳工经香港前往美、澳充当苦力,据统计,中国内地经由香港前往旧金山、悉尼的人数每年均达数万人;加上亚太地区许多国家和地区的开放,香港的航运与贸易迅速发展。由于赴港人口的急速增加,"房子需求大增,房租激升,往常人迹疏落的街道一下子挤满人"②。在港闽人开始发展旅馆等行业,为来往于中国内地和美洲等海外地区的华人提供服务。

随着美、澳及南洋各埠华人社区的形成,一些闽人为适应海外华侨社会的需要,开始在港岛从事转口生意。其实,闽人从事转口贸易的历史由来已久。早在清代广州成为全国唯一对外通商口岸时,福建人便开始与广东商人合作,参与公行贸易,共同分享在中外贸易中所获得的巨额利润。鸦片战争后香港地位迅速提升,与此同时闽商在华南地区的活动网络也开始发生转变,逐渐向香港转移。而原来通过澳门前往东南亚或由东南亚经澳门往中国的路线逐渐式微。1840年鸦片战争爆发,中国的对外贸易体系产生了重大转变,福建商人原来于战前在亚洲的移民和贸易路线不能继续维持。首先,中国割让香港及开放五个港口城市,打击了广州原来作为中国唯一对外贸易商港的地位,香港逐渐取代原来由曼谷和澳门于中国与东南亚区域贸易扮演的"中介"角色,过去闽商取道澳门到东南亚或由东南亚经澳门返回中国的路线,也逐渐被香港取代。其次,沿用多年的公行制度取消,代之而起的是自由贸易制度,广东行商被解散后成为独立商人,他们离开广州到其他通商口岸寻找机会,当中自然少不了香港,他们在港加入南北行,重新投入原来他们所熟悉的进出口贸易。③ 华北、华中等地区出产的药材、花生、大豆、丝绸等中国内地的土特产与南洋等地的珠宝、香料、海产、大米、白糖、木材等,大多经由香港进行转口贸易。1860年,进出香港船只达到2888艘,总载重量达1555645吨。华商很快便掌握了香港贸易额的1/4以上。行商南北行、金山庄的相继崛起,是这一时期华人经济实力增

---

① 冯邦彦:《香港华资财团:1841—1997》,上海:东方出版中心,2008年,第7页。
② 李雅各:《香港殖民地》,《中国评论》第1卷。转引自《香港华资财团:1841—1997》,上海:东方出版中心,2008年,第8页。
③ 李培德:《香港的福建商会和福建商人网络》,《中国社会经济史研究》2009年第1期。

长的重要标志。1858年这类行商有35家,1859年增至65家,1860年达77家,两年间增加一倍多。经过19世纪60年代前期的经济不景气后,后期开始回升,1870年行商增至113家。19世纪70年代中期,华人经济再呈迅速增长趋势。① 包括闽商在内的华人行商的迅速崛起,将当时香港社会因沿海五口通商而导致香港贸易地位衰落所普遍存在的悲观情绪,一扫而光。

与此同时,华商中另一股重要的经济力量,即受雇于外资洋行、银行、轮船公司的华人买办势力亦迅速抬头。19世纪60—70年代,以英资为主体的洋行数目急增。据统计,1846年香港有洋行22家,1870年已急增到202家。这时期,著名的洋行有英资的怡和洋行、沙宣洋行、太平洋行、林赛洋行、丹拿洋行、仁记洋行、德忌利士洋行、太古洋行,以及美资的旗昌洋行、琼记洋行和德国资本的禅臣洋行等。这些洋行的业务,主要是经营大宗货品的远洋转口贸易,包括鸦片、棉纺织品、洋货、茶叶、丝绸和中国的土特产品。随着转口贸易的发展,英商将投资的触角伸向当时香港经济的几个最重要的行业:航运、仓储码头、船坞业和金融业。19世纪60年代,航运业从帆船时代进入轮船时代,香港各大洋行纷纷筹建轮船公司,在中国沿海和内河航线上展开激烈竞逐,著名的包括旗昌轮船公司、太古轮船公司、怡和的印—华轮船公司及行走香港、澳门至广州航线的省港澳轮船公司。英国著名的铁行轮船公司、边行轮船公司、蓝烟囱轮船公司以及美国太平洋邮船公司、法国邮船公司等也将其远洋航线伸延至香港及中国沿海各埠。此外,经营仓储码头的香港九龙码头及仓库有限公司(简称九龙仓)、经营船舶维修和建造的香港黄埔船坞和太古船坞也相继创办,以配合香港航运业的发展。在金融业,自1845年以来,英资的东藩汇理银行、有利银行、渣打银行等相继在香港开业。1864年,香港上海汇丰银行创办。② 随着英资洋行、银行及轮船公司在香港的大量开设,受雇于这些英资企业,充当业务代理人和中介的闽籍华人买办数量大幅增加。

香港开埠后,为扩大与中国内地的贸易,几乎所有的外资商行,都毫不例外地雇用一些熟悉当地情况、在当地商业交易上拥有利益关系的中国人,以推动交易的顺利进行。根据1842年鸦片战争后缔结的《南京条约》,公行对外贸易独占权终止,但是由于公行实质上是由中国商人所办的,所以,外国商行为了继续维持和扩大,依然需要依靠买办的中介作用,积极地雇用买办。因此,买办的职责不再像以前那样,而是被委托代办与中国内地商人的交易等,并获得较大的权限。在买办的全盛期,买办负责和保证洋行和中国人之间的所有交易,并负责完成关于交易上的所有手续。随着实力的增加,不少闽籍华人买办开始开设自己的事务所,雇用一些人做副买办、市场调查、买办、会计事务、关税、仓库、杂物的工作,俨如掌握了洋行的心脏部分。随着职责的集中、权限的扩大,买办开始出现弊端,而洋行也尝试分散买办的权限及限制买办的职权范围。③ 与此同时,包括闽

---

① 李一平:《香港开埠以来英人经济与华人经济的对比研究》,《世界历史》1997年第2期。
② 冯邦彦:《香港早期华商经济的崛起》,《港澳经济》1998年第7期。
③ 滨下武志:《香港大视野——亚洲网络中心》,台北:牛顿出版股份有限公司,1997年,第81~84页。

籍买办在内的华人买办利用其代理人身份,依靠洋行的雄厚实力,迅速致富,成为香港华商的中坚力量。这些买办致富后,大部分人以购股的方式投资外商经营的金融、保险、航运及公用事业等企业,但也有一些开办起了属于华人自己的商号。20世纪初,买办制度逐渐改变形态,被高级职员制、经销代销制和合伙制等取代。

在港闽商势力的发展,带动了闽籍华人金融机构的出现和发展。开埠初期,外资银行的业务,主要是对从事对华贸易的外资洋行提供融资和汇兑服务,本地客户只限于规模较大的华资商行及少数殷商富户,与华人社会鲜有联系。华商经营的业务,其信贷主要依靠由华人经营的"银号"。随着转口贸易和商业的发展,香港与广东各乡及海外各埠的汇兑需求日增,由华人经营的银号纷纷涌现。据考证,香港最早的银号成立于1880年。据《香港杂志》记载:1890年,香港已有"银号30余间"。到20世纪30年代,香港各类银号已发展至接近300家,规模大者资本有数百万元,多属香港银行业联安公会;规模小者资本也有4万~5万元,业务以买卖为主,且多属金银业贸易场成员。这些银号主要集中在港岛文咸东街、文咸西街(南北行)及其邻近的皇后大道中、德辅道西一带。它们均在香港政府登记注册,有独资经营的,也有合股经营的,但作为股份有限公司则极少。经营方式与当时中国的钱庄、银号相似,多在广州或其他各地设有联号。①

19世纪下半叶,随着闽籍港商经济实力的不断壮大,为了联络同乡情谊,更进一步团结在港闽人的力量,要求建立统一的闽人组织的呼声日益高涨。1893年,香港最早的福建人社团榕庐会所成立,起初为福建海员提供短暂住宿之用,在香港岛的称为三山别墅,在九龙的称为闽庐会所,其后两者扩大合并为榕庐会所。此后,旅港福建商会、旅港福建体育会、旅港福建学校、旅粤泉漳会馆、旅粤汀龙公所、旅粤福建会馆、旅粤鹭航会馆、旅港福建同乡会等闽籍社团陆续涌现。

第三节 开埠后的晚清香港与闽商

19世纪中叶以来,到民国建立为止,香港依靠其优势的地理位置以及特殊的经济政治条件,成功地从一个普通海港发展成为中国最重要的对外贸易港。香港的贸易类型也由开埠之初以鸦片贸易为中心转变成为连接内地,以及东南亚各国,远至欧美各种的转口贸易。从此香港在整个近代都与上海共同承担着中国对外商品交流的大部分份额。在香港经商的商人也从以英商为主的大型洋行转变为了以华商为主的小型洋行、行商。19世纪下半叶是包括闽商在内的华商初次崛起的时代,华商在转口贸易方面依靠金山庄、南北行成功地成为香港贸易最重要的角色。不仅如此,闽商和广商共同将香港纳入了华南(福建、广东、广西)—香港—东南亚的华侨贸易圈中,成为明清以来东亚贸易网络上的重要一环。在经济进步的同时,闽商也积极建立自己的商会、同乡会等组织,力图在

---

① 冯邦彦:《香港金融业百年》,上海:东方出版中心,2007年,第21~24页。

香港的政治生活圈中冲破英国人的束缚，发出自己的声音。在祖国面临变革的时候，香港闽商同东南亚闽籍华侨一起，不仅从经济上积极资助孙中山等人的革命行动，一些闽籍华侨还亲身赴难，参与革命行动，并且慷慨赴死，以身明志。

一、19世纪后半叶香港的发展

在香港开埠之后，随着基础设施建设的大规模实施，以及自由港的特殊地位的形成，香港逐步转型成为一个转口贸易港。这一过程从其确立以至完成，并向工业化城市的转变，经历了将近100年的时间。其中转口港的地位确立，是在清末民初正式形成的，以1898年英国强租新界为标志，这一时期可以划分为前后的两个阶段。第一阶段为1860—1898年。1860年10月24日，英国政府通过发动第二次鸦片战争，强迫清政府签订了《北京条约》，割占了南九龙。从此，自南九龙至港岛间的广阔水域置于英国的实际占领下，这对于香港的转口贸易地位是至关重要的。1896年，苏伊士运河正式通航，这使得从西欧到香港之间的航程比绕道非洲好望角缩短了5000公里以上，欧洲来港航线方便多了。1871年，欧洲的有线电报直通香港，并同时与上海、新加坡直接通报，香港与世界各地的联系更加密切了。19世纪60年代香港经济发展中的一个重要标志就是银行业的建立。1865年，汇丰银行正式在港开业，这是总行设在中国的第一家外国银行。在香港的经济活动中扮演一个重要的角色。进入19世纪70—80年代以后，香港已经完全奠定了其转口港地位。在发展贸易的同时，香港也陆续发展自己的工业，如船坞、火柴、肥皂、制缆、制糖、水泥等行业，但规模都还比较小。第二阶段为1898—1911年。英国强租新界之后，使香港原有的陆地面积骤增11倍之多，为香港后来的经济发展尤其是工业提供了重要的条件。过去地处边界的油麻地、旺角等变为中心地区，19世纪70年代以后兴起的新市镇，也全部分布在新界的九龙半岛上。随着1980年之后，港英当局开始"把香港未来最大的进步希望寄于制造业"①方面。19世纪90年代，由于德、日势力继起竞争，当局更加重视工业的发展。1891年，港督威廉·罗便臣明确指出，香港应减少对贸易的依赖，它如果发展自己的工业，即可获得更多的独立性。② 但是在清末，香港的经济仍然是以转口贸易为主的。直到20世纪40年代后才得以重建香港的经济秩序并逐步完成向工业化时期的过渡。在整个19世纪，香港经济有着较快的发展，转口港的地位也不断得到加强。19世纪后半叶，来港船只与转口货物有较大规模的增加。1870年，进出口船只4791艘，载重总量达2640347吨，比起1860年分别增加了1903艘、1084702吨，即增加了65.8%和69.7%。到了1880年，进出口船只达到5775艘，载重总量

---

① 安德葛：《东方转口贸易港：香港史资料集》，第154页，转引自余绳武、刘存宽主编：《19世纪的香港》，北京：中国社会科学出版社，2007年，第220页。

② 安德葛：《香港史》，第259页，转引自余绳武、刘存宽主编：《19世纪的香港》，北京：中国社会科学出版社，2007年，第220页。

5078868吨。分别比1870年增加980艘和2438520吨,即增加20.5%和99.9%。① 到了1890年,进出香港的船只达到了8219艘,载重总量为9771743吨,比1880年又分别增加了2444艘和4692875吨,即增加了42.3%和92.4%。② 1890年,中国的进口货物55%,出口货物的37%都是经香港转运的。③ 据统计,1864—1904年,中国内地经过香港的进出口货值从1.02亿两白银增长到5.85亿两。其中,进口贸易以棉织品、鸦片、毛织品、五金、煤、火油等为最大宗;出口贸易以丝、茶、棉花、豆等为最大宗。④ 在19世纪后半叶,香港作为整个中国最重要的两个对外联系窗口之一,成为中国和世界的一个重要连接点,在华侨贸易圈、外国商品进口、金融资本等各个方面都是不可忽视的中心。

这一时期的香港,作为远东最大的转口贸易中心,每年都有大批工商业者、海员、游客及其他人士在此过境。香港又是粤闽地区向海外移民的中转站,每年进出本埠的移民数也极其可观。大量迁入香港的移民有利于香港自由港地位的确立,也有利于内外经济、文化交流。⑤ 从香港生育率来看,19世纪下半叶香港的出生率始终低于死亡率,人口的自然增长率是负数,然而同一时期,香港人口不仅没有萎缩,反而每年递增,这有赖于中国大陆的移民。香港特殊的政治环境及有利的地理位置,使它在内地动荡时期成为重要的人口吸纳地。1851年1月,洪秀全在广西桂平发动太平天国运动,从华南迅猛席卷了大半个中国时,就有一大批福建和广东的富人携带家眷和财富到香港"避难";在清朝政府镇压了太平天国运动,又有一批参加过太平天国运动的穷人为了免遭迫害逃到香港,这期间大量内地人口流入香港,形成了香港历史上的第一次移民潮。⑥ 据香港的人口统计,1853年为39017人,1854年为55715人,1855年为72607人,1860年已经增加到94917人,约为1851年的1.9倍,年平均增长率为12.46%。其间,非华裔人口有升有降,比1851年增加不多。⑦ 内地的战乱使得大批人口转移向香港,使得港岛人口自1853年的3.9万人激增至1860年的9.5万人。与此相类似的情况同样发生在20世纪初年。在辛亥革命爆发的前后几年中,大量人口涌入香港,使得香港人口出现爆发式的增长,其中仅1906—1911年间,香港人口即从329038增至456739人,年增长率达6.5%。⑧

---

① 元邦建:《香港史略》,香港:中流出版社,1981年,第125页。
② 刘家泉:《香港沧桑与腾飞》,北京:中共中央党校出版社,1997年,第92页。
③ 元邦建:《香港史略》,香港:中流出版社,1981年,第127~128页。
④ 侯书森主编:《百年沧桑:香港的过去、现在与未来》,北京:中国文联出版公司,1996年,第143页。
⑤ 余绳武、刘存宽主编:《19世纪的香港》,北京:中国社会科学出版社,2007年,第259~261页。
⑥ 郑定欧主编:《香港辞典》,北京:北京语言学院出版社,1996年,第192页。
⑦ 余绳武、刘存宽主编:《19世纪的香港》,北京:中国社会科学出版社,2007年,第250页。
⑧ 郑定欧主编:《香港辞典》,北京:北京语言学院出版社,1996年,第191~192页。

1881年起,香港每十年举办一次人口普查,1881年152858人(含驻军则为160402人),①较1871年的119477人(含驻军为124198人)增加3万多;1891年217936人(含驻军221441人)。② 19世纪末,港英政府统辖下的香港岛、九龙、租借地新界,人口逾36万,成为亚洲人口密度最高的地区之一。③

这些人群的涌入,不仅带来了充足的劳动力,而且带来了大量的财富和丰富的商业经验,他们经营的各种店铺纷纷设立,市面呈现异常繁荣的景象。自此,香港开始略具近代城市的雏形了。④据统计,1854年年末至1855年6月末,维多利亚城仅有照商贩即由512人增至906人,半年内增加约80%,⑤香港经济面貌有了较大的改观。这是"香港发展进程的转折点"。⑥ 随着内地人口的大量涌入,愈来愈多的商人认识到了香港地通南北、连接东西的重要中转地位,开始开办中转贸易的商铺,南北行、金山庄的相继崛起,是这一时期华商实力增长的突出标志。这一时期,在福建—香港—东南亚的贸易中,闽南商人也占据了一席之地,他们大多聚居在湾仔以及铜锣湾,以东南亚华侨需求供给为主要的贸易对象,而同样由福建直接来港的福建华人多聚居在上环、维多利亚城附近,他们主要从事百货贸易。1858年,官方在行业分类统计表中首次将"行商"单列,以示重视。当年共35家,次年增至65家,1860年多达77家,两年间增长逾一倍。⑦ 此后,围绕着香港转口港商贸经济功能的发挥,香港人口继续向城市化方向发展。19世纪80年代后期,在维多利亚城方圆不超过半英里的地区,已有10万华人居住,平均每英亩1600

---

① 《1881年人口调查》,1881年4月3日,载《香港政府宪报》第27卷第24号,1881年6月11日,第436~445页。转引自余绳武、刘存宽主编:《19世纪的香港》,北京:中国社会科学出版社,2007年,第251页。

② 《1891年人口调查报告》,1891年5月20日,英国殖民地部档案,C.O.131,《香港立法局会议文件汇编》,1891年,第30号,第373~395页。转引自余绳武、刘存宽主编:《19世纪的香港》,北京:中国社会科学出版社,2007年,第251页。

③ 余绳武、刘存宽主编:《19世纪的香港》,北京:中国社会科学出版社,2007年,第249页。

④ 金应熙《试论香港经济发展的历史过程》,收入邹云涛等整理:《金应熙香港今昔谈》,北京:龙门书局,1996年,第31~32页。

⑤ 英国殖民地部档案,C.O.129/51,第29~31页。转引自余绳武、刘存宽主编:《19世纪的香港》,北京:中国社会科学出版社,2007年,第274页。

⑥ 理雅各:《香港殖民地》,载香港《中国评论》第1卷(1872年7月至1873年6月),第171页。转引自余绳武、刘存宽主编:《19世纪的香港》,北京:中国社会科学出版社,2007年,第274页。

⑦ 《香港政府宪报》第4卷第198号,1859年;第6卷第7号,1860年;第7卷第6号,1861年。转引自余绳武、刘存宽主编:《19世纪的香港》,北京:中国社会科学出版社,2007年,第274页。

人，①其密度高于40年后英国人口密度最高的伦敦东区肖尔迪奇（Shoreditch）。② 随着人口密度的不断提高，香港逐渐成为一个人烟辐辏、车水马龙的密集型商业城市。维多利亚城的传统移民接纳点已经不堪重负，于是九龙等地成为香港新开发的热点地区。到了19世纪70年代中期，港府即拟定了在尖沙咀筑城的计划。到19世纪90年代初，九龙半岛南端已建成与维多利亚城隔海相望、工商繁茂、人烟稠密的新市镇。同时，维多利亚城向东西两个方向扩展延伸，并开山填海拓地，增加可使用面积；港岛北岸原属农业地带的一些村落，也因新工厂的开办和商业的发展而向市镇转化，例如筲箕湾。③

香港早期是以英商为主的洋商作为主要的社会阶层。从香港开埠到19世纪60年代之前，洋商占据了香港贸易的绝大多数份额，华商主要是从事洋行的买办，或者是转运往内地的小额商业贸易。这和早期香港重大的商业活动所需要的经济实力有密切关系。早期的对外贸易被英商的怡和（渣甸）、颠地和美商旗昌、琼记等几家大洋行所控制。他们贸易的主要方式是银货交易，自购自销。由于中西交通和银行业极不发达，往来消息滞迟，完成交易常需一两年时间，大批货物只能事先囤货待售，商品流转极不方便，因此需要商行具备巨额资金，大额贸易主要集中于有着强大资金实力的大型洋行，而非此时资金薄弱的华商。广东商人这一时段大多从事大型洋行的买办业务，而闽商也依附于这些洋行，从事小额的中转贸易。除此之外，这一时段内最重要的贸易是鸦片贸易和"苦力贸易"，基本由有背景的大型洋行垄断。这些洋行大多有本国政府做强大后盾，受香港政府保护，英美等国大洋行的经理或董事，往往兼充本国或第三国驻香港的领事。这些有着特殊地位的洋行才能够肆无忌惮地从事鸦片贸易和"苦力贸易"，并且在这些贸易获得暴利，并投资其他贸易行业。鸦片贸易是早期洋行的中心活动，也是诸多大型洋行获得巨额利润的最终手段。以怡和洋行为例，1863—1864年度营业额为1223万两，其中鸦片生意为723万两，其他各项营业额的总和为500万两，不及鸦片生意的70%；19世纪50—60年代该行自行投资的鸦片贸易，年平均利润率约为15%，代理业务的利润率为4%。该行把这些利润投资于丝、茶贸易和航运、保险、汇兑及放款业务。④ 1847年原库务司马丁估计，怡和洋行的股东在20年中分享了300万英镑的利润，其中大部分是在最近10年（1837—1847年）里积累的，"目前该行的利润远远超过以往任何时期"。⑤ 此外，

---

① 德辅：《1888年度香港工作后续报告》，1889年10月31日，载《英国议会文书：1882—1899年有关香港事务文件》，第332页。转引自余绳武、刘存宽主编：《19世纪的香港》，北京：中国社会科学出版社，2007年，第253页。

② 戴维斯：《香港的地理环境》（S. G. Davis, *Hong Kong, in its Geographical Setting*），第111页，伦敦1949年版，按：1931年肖尔迪奇每平方英里的人口为94336人。转引自余绳武、刘存宽主编：《19世纪的香港》，北京：中国社会科学出版社，2007年，第253页。

③ 余绳武、刘存宽主编：《19世纪的香港》，北京：中国社会科学出版社，2007年，第253页。

④ 勒费窝：《清末西人在华企业：1842—1895年怡和洋行活动概述》，第29、48、166页。转引自余绳武、刘存宽主编：《19世纪的香港》，北京：中国社会科学出版社，2007，第266页。

⑤ 马丁：《中国的政治、商业和社会》第2卷，第258页。转引自余绳武、刘存宽主编：《19世纪的香港》，北京：中国社会科学出版社，2007年，第266页。

怡和、颠地、旗昌等洋行也是贩运华工出洋的先锋,从中捞到巨额利润。① "苦力贸易"在1852年之前大多是从厦门出口的,英国的合记行和德记行在厦门运输苦力到香港的贸易中最为活跃,并因此累积了巨额利润。英商在贩运苦力中的恶劣行径,激起了1852年厦门民众的示威抗议,此后苦力贸易的中心便向南转移到珠江口一带。1845—1874年间,从香港到世界各地的中国劳工达26万多人,其中前赴美国的最多,1861年前到澳洲的人数也不少。从香港到美国的多数是赊单工。

随着经济实力的增长,华人社会的经济状况和社会地位发生了明显变化。19世纪70年代后,由于科学技术的进步,国际交通运输和电讯业的发展,导致贸易行业周转快速,中西贸易传统的臃肿、低效率的方式发生巨大变化,大型洋行控制中西贸易的格局随之改观。由于贸易周期缩短、资金周转速度加快、流动资金的需求量减少,资本原本不足的小洋行开始可以涉足大型贸易。加上大量外国银行业开始在香港增设各类业务,资金不足的小洋行也可以灵活运用银行押汇贷款制度,依靠稳步发展起来的外国银行的贷款,同大型洋行进行竞争。于是小洋行大量涌现。据统计,1846年香港有洋行22家,1870年已增至202家,并呈继续增长之势。19世纪70年代以后,鸦片贸易和"苦力贸易"逐渐衰落。而香港作为和上海并称的中国"对外出口",转口贸易逐渐成为贸易的最大项目。由于对国内市场和东南亚华侨市场熟悉,此时的华商开始在转口贸易取得优势地位。他们从事的商业活动与洋商的经营范围几乎同样广泛。华商与洋商之间的竞争加剧。为利用华商熟悉内地市场的长处,并弥补自有资本的不足,洋商纷纷与"本地商人"即华商"合作",进行"联合投资",组建股份公司。1887年香港有股份公司公司26家,次年增至36家,1889年为54家,三年间增长一倍。此时,香港和福建之间的贸易额也在大量攀升。传统上由福建与东南亚华侨之间的开展的华侨贸易圈逐步将香港纳入其中。香港拥有的转口港的优势地位也愈加被闽商所倚重,以此时将日本作为中心,从事华人贸易的泰益号为例,泰益号在东南亚各个重要节点都有长期合作的老商号作为自己生意的核心伙伴。在19世纪下半叶,由厦门人杜四端开设的风记就与台北的源顺行(店主陈天送,后改名陈锡麟)、时春行(店主陈时行),基隆的陈裕丰商店(店主陈红龟),上海的德大洋行(店主陈庆昌),厦门的新哲记(店主陈礼秋)并称为泰益号最重要的合作伙伴,他们都与泰益号有着长期合作,并且来往过密。② 由此可见,在19世纪下半叶,香港不仅是自身的转口贸易有了长足的发展,而且成为原有的东亚、东南亚地区贸易网络中重要的一环,在连接国内外贸易通路中具备与原有贸易网络核心节点同样重要的地位。

到了19世纪80年代之后,以广东人和福建人为主的华人已成为香港最大的业主,改变了华商与洋商的力量对比。据官方统计,1855年年末,香港个人缴纳地税10英镑以上者141人,其中华人42人,英人69人,其他国籍30人,华人占总数的29.8%;其中

---

① 余绳武、刘存宽主编:《19世纪的香港》,北京:中国社会科学出版社,2007年,第266页。
② 戴一峰:《区域性经济发展与社会变迁:以近代福建地区为中心》,长沙:岳麓书社,2004年,第418页。

缴纳 40 英镑以上的大户,华人 18 人,英人 54 人,其他国籍 16 人,华人仅占 20.4%,当时华人占香港总人口的 97%,华洋人口比为 36∶1,可见华商财力与洋商相去甚远。1876 年,香港缴纳房地捐(俗称"差饷")2110 元以上的大户 20 人,洋商占 12 人,纳税 62525 元,人均 5210 元;华商占 8 人,纳税 28267 元,人均 3533 元,华商仍居劣势。1881 年,年纳房地捐 3996 元以上的大户 20 人,其中华人 17 人,税额 99110 元,人均 5830 元;洋商 3 人,税额 21032 元,人均 7010 元,华商在人均纳税额方面虽仍不及洋商,但差距已较 1876 年缩小,而纳税总额与纳税大户人数两项,均已超过洋商。1881 年,港督轩尼诗向立法局提出:"香港的很大一部分商业由华人经营,华人是香港最富有的商人,他们拥有大量财产,他们是香港的永久性居民,香港政府岁入的 9/10 是靠华人出钱。"轩尼诗认为华人对于英国商业利益极为重要,曼彻斯特的工厂主们需要在香港有最便宜、最佳的经理人,以便把他们的货物投放到中国市场。[①] 1882 年 2 月,轩尼诗报告:1881 年香港纳税 3000 元以上的大业主共有 20 名,其中华商占 17 名,而洋商只有怡和等 3 家。[②] 时人王韬也说:"昔之华商多仰西人之鼻息","近十年以来,华商之利日赢,而西商之利有所旁分矣","凡昔日西商所经营而擘画者,今华商渐起而预其间"。这表明,华商在香港经济生活中的作用愈来愈大。他们不仅是洋商的贸易伙伴,而且已成为强劲的竞争对手,并且在很多领域具备着优势地位。

二、香港的转口贸易和闽商

近代香港开埠以来,随着英国洋行、银行、轮船公司的涌入,香港传统的自然经济日渐瓦解,西方资本主义式的现代商业社会迅速形成。到 19 世纪末,香港已从昔日的渔业社会演变成远东转口贸易的重要港口。而这种突如其来的经济转变,不仅使香港发展为远东地区最重要的经济重心之一,更为香港近现代华商势力的崛起,提供了广阔的社会背景。19 世纪的香港,人口方面仍然是一个地域性极为明显的城市,以广东人、福建人为代表的华南地区商人在这个城市中占据了绝大部分位置。但是,香港在开埠之后,飞速发展成为一个东亚转口贸易中心,尽管本身的工业基础非常薄弱,但是借助地理位置和自由港的特殊经济地位,吸引了为数众多的商人进入。其中,英国洋商、广东买办和福建行商是香港这一时期特别典型的商业人员。早期进入香港的闽商,大多没有在香港完全定居,而是从事着内地—香港—东南亚地区的转口贸易。在香港设立的商行也多属于商品中转机构。在香港从事贸易的闽商既包括往来于福建—香港之间的福建本地商人,也包括在东南亚取得优势商业地位的福建侨民。后者对于香港经济发展的推动作用在

---

① 《轩尼诗关于人口调查和香港进展的报告》,1881 年 6 月 3 日,载《英国议会文书:1862—1881 年有关香港事务文件》,第 726、728、730 页。转引自余绳武、刘存宽主编:《19 世纪的香港》,北京:中国社会科学出版社,2007 年,第 134 页。

② 《英国议会文书》,第 44 卷,1882 年,第 287 页。转引自余绳武、刘存宽主编:《19 世纪的香港》,北京:中国社会科学出版社,2007 年,第 139 页。

19世纪以来愈加强劲。随着闽商在东南亚贸易中的近似垄断地位的形成,能够深度参与转口贸易的香港也就愈加成为闽商钟情的热土。这一优势在香港开埠之后一直得以保持,到了民国时期,香港的转口贸易以及华侨商号几乎全部由福建人控制,如杜四端的兆丰行、林硕夫的谦和泰、王汉程的谦益等。

在东亚、东南亚地区,长期以来活跃的是以闽商为主体的华商。这些华商往往是通过人际关系网络来建构它的贸易网络的。这张人际关系网络则是按照家族(包括亲属)—宗亲、乡亲—华商同行的顺序来排列展开的。① 在19世纪中叶以前,闽商就凭借在大员、马尼拉、巴达维亚等地的贸易,成为东亚海域中不可或缺的贸易主体。在近代以来的东亚海域贸易基地的开发中,大多活跃着福建人的身影。而香港开埠之后,闽商也敏锐地感觉到香港成为内地和东南亚之间贸易纽带的潜力,并且不断努力,将之纳入已经初见规模的东南亚华侨贸易圈。根据海关统计,19世纪后半叶到民国建立初期,香港是整个中国内陆地区最大的进出口贸易对象,这并非意味着香港具备了雄厚的工业基础,而是说明了香港成为外国商品转运至中国内陆地区的重要经济中心。正如滨下武志所言,香港虽然是英国殖民地,但是其作为中国经济的一部分,实质上与上海共同担负着中国的对外经济。各国与香港之间的贸易,事实上是与中国进行的贸易,香港成为中国与外国商业上的媒介。② 在这一时期,以福州、厦门等地为中心的华南贸易网络正处于兴盛时期。以厦门十郊为代表的闽商集团,既从事着对大陆其他省份的商品贸易,也经由香港等地向海外转口各类贸易品。其中洋郊作为专门从事海外贸易的商行,在海外航线并不发达的情况下,大量依赖香港作为贸易的转口港,通过香港将客居南洋的闽籍华侨所需的桂圆干、花及花种、水仙花球茎、蜜饯、罐头水果、面线、糖、酒、烟丝、咸萝卜、麻包、竹器、粗瓷器、陶器、爆竹等大量日用百货销往东南亚各国。同时,由于19世纪后半叶,茶叶作为福建的传统出口商品,也开始转道香港向英国、美洲以及东南亚诸国出口。而在19世纪60年代英国的德忌利士轮船公司率先开辟了往返于香港—汕头—厦门—福州的航线,这条航线极大地方便闽商和英国等海外市场的贸易流动。香港至此成为以福州和厦门为代表的闽商采购国外货物的主要目的地,大批的洋货经由香港转口输入福建,在这一时期,香港转口而来的外国货物一度占外国货物进口额的80%以上。福建和香港之间的联系颇为密切,大批闽商频繁来往于闽港两地,货物川流不息。在19世纪后半叶,香港成为英国从印度贩运鸦片至内地的主要转口港口,而厦门和福州则是福建主要的鸦片进口贸易港,大量的鸦片从印度经由香港—福州(厦门)输入福建内陆地区。除此之外,优质而价格低廉的印度棉纱开始取代福建的本地土纱,成为福建棉纺织业的主要纺织原料。19世纪80年代以后,闽商在这一贸易中表现得尤为抢眼,闽商不仅直接赴香港采购各类纺织原料,甚至在香港派驻代理商以便随时进货,从而能够第一时间应

---

① 戴一峰:《区域性经济发展与社会变迁:以近代福建地区为中心》,长沙:岳麓书社,2004年,第418页。
② (日)滨下武志:《中国近代经济史研究:清末海关财政与通商口岸市场圈》,南京:江苏人民出版社,2006年,第258页。

对汇率波动带来的商品价格的浮动，从而将竞争优势进一步增强，在与英美等洋商的竞争中取得了有利地位，并且有完全垄断该项贸易的可能性。华南作为主要的华侨输出区域，在前述的华侨所需的各种商品贸易中，占据了先天的优势。在华南贸易圈扩大成为华侨贸易圈的重要结合点，就是香港。香港在19世纪后半叶发挥了中国沿岸贸易转口基地的作用，对于华南物品的输出和外国商品的输入起到了重要的中转作用。而且不断地在华南和东南亚之间拓展贸易，构成了华侨经济圈。而福州和厦门得益于和香港之间的贸易往来，也加深了其福建贸易的中心地位，进而带动了腹地的经济发展。

表1-1 福州口岸进出口贸易额统计表

单位：海关两（1869年为两）

年份	土货出口额	出口香港额	百分比	洋货进口额	香港来货额	百分比
1869	14220357	624286	4%	5325888	4904543	92%
1874	15406672	543735	4%	3497532	2937355	84%
1885	9272236	386904	4%	4338238	2977828	69%
1894	7025013	958844	14%	5148583	4042347	79%
1904	7217002	592917	8%	8630238	6477016	75%

资料来源：根据《中国旧海关史料》有关年份贸易统计折算。参见毛立坤、张金苹：《晚清时期香港与闽台地区的贸易关系》，《中国社会经济史研究》2008年第3期。

表1-2 厦门口岸进出口贸易额统计表

单位：海关两（1869年为两）

年份	土货出口额	出口香港额	百分比	洋货进口额	香港来货额	百分比
1869	4147893	171828	4%	6457505	4683593	73%
1874	4038894	671232	17%	4443000	3901722	88%
1885	2596478	316459	12%	7341912	6307575	86%
1894	2650020	187409	7%	6402868	4926876	77%
1904	2682518	197206	7%	14003804	8642623	62%

资料来源：根据《中国旧海关史料》有关年份贸易统计折算。参见毛立坤、张金苹：《晚清时期香港与闽台地区的贸易关系》，《中国社会经济史研究》2008年第3期。

香港对于福建来说，不仅是货物的转运港，同时更是资金流通的重要枢纽。19世纪香港繁盛的钱庄、银行业都为闽商在东南亚和内地之间的货物结算提供了较大便利。早在民国建立初期，当全国的中国银行进行调整、改革之时，中国银行厦门分行便要求总行迅速设立香港分行，以解决与东南亚汇款业务日益增长之需要。1914年9月厦门分行致函总行谓："尤须于香港一埠设有分号，以为汇款之枢转。缘南洋各埠及厦门、汕头之金融汇兑,悉以香港为中枢,如香港无我行之分号,则汇款无以转移,南洋无我行之机关,则汇款无以承揽,若仅就香港南洋各埠择殷实华商委托代理,不但汇水余溢先为代理者所分,且汇款运掉,亦必不能灵活。"① 其中明确提到,南洋和厦门之间的汇兑业务,向来由香港承办,这印证了香港金融业在闽商贸易圈的重要地位。其实,香港作为福建海外汇款和资金的主要来源地,这种特别的功能一直维持到现在。

19 世纪中叶以来,大型洋行所恃之产生暴利的鸦片贸易和"苦力贸易"不断萎缩。而香港华商产生了以南北行、金山庄为代表的行商。这些行商的相继冒起,是香港开埠初期华商势力崛起的标志。以南北行、金山庄为代表的行商,主要经营转口贸易,将内地华北及江南两线的物产,转运到南洋、北美及澳大利亚,再将当地的货品转销内地,由于适应海内外华人社会的需要,因而在短时期内相继涌现。所谓南北行,就是这些行商所经营的业务是将天津、上海、福州、厦门、汕头等地的豆类、食油、杂粮、药材和各类土特产品经香港转销到南洋各埠,又将南洋泰国、新加坡、马来西亚、缅甸、越南、印度尼西亚、菲律宾等地的大米、树胶、锡矿、椰油、椰干、沙藤、海产等货品经香港贩卖到中国沿海各埠,形成一个以香港为枢纽,北至华北各线、日本,南至东南亚各国、澳大利亚,西至北美、秘鲁、古巴等地的贸易网络。南北行、金山庄的业务,包括自办货物和代客买卖货物两类。据统计,1858 年,香港有行商仅 35 家,1859 年增至 65 家,1860 年达 77 家,两年间已增长一倍以上。19 世纪 60 年代,香港行商受经济不景气影响,数目一度下降至 49 家,但其后再度增加,1870 年已达 113 家,1881 年更增至 393 家,比 1858 年增长逾 10 倍。②

以南北行、金山庄为代表的华资行商,大约掌握了当时香港贸易总额的 1/4,成为推动香港转口贸易发展的一股重要力量。在南北行中,闽商的力量也有所突显。到 1868 年成立了南北行商人最重要的商会组织,也是香港首个最重要的华商组织——南北行公所的时候,福建人也成为一只重要的力量。19 世纪 50 年代之后,随着南北行在香港兴起,大陆的货物经过上海、青岛、厦门、广州等港口运往香港,逐渐促使形成了如潮州帮、广府帮、福建帮、上海帮、山东帮等区域性的商业集团。其中,闽商则以吴源兴行东主吴礼兴,聚德隆行东主胡定三、王鼎明,华德行东主郭行成为代表。这些帮派带有传统的地域性与排他性。他们为了防止竞争而有损本身利益,于是在 1864 年中,由潮商元发行高满华、广商广茂泰行招雨田等发起,组成同业团体,划分经营范围,议定《南北行规约》,并于 1868 年在文咸西街正式成立南北行公所,作为该行同业集会办公的场所。虽然内部有所纷争,福建帮和广东帮经常不合,但是涉及对外利益时,也能捐弃前嫌,携手合作。在香港和泰益号有着深远合作的林兴记在给予泰益号的一封信中就谈到,支持福建帮和广东帮合作,共同对抗日本商人。③ 实际上,从现存的资料来看,于 20 世纪 20—30 年代

---

① 《民国三年九月二日闽行致总处总务处第 57 号函》,叶艳萍主编:《中国银行厦门市分行行史资料汇编(1915—1949 年)》上册,厦门:厦门大学出版社,1999 年,第 23 页。
② 冯邦彦:《香港华资财团(1841—1997)》,上海:东方出版中心,2008 年,第 11~12 页。
③ 戴一峰:《区域性经济发展与社会变迁:以近代福建地区为中心》,长沙:岳麓书社,2004 年,第 418 页。

与香港交易的华侨商号几乎全由福建人经营,例如杜四端经营的兆丰行、林硕夫的建裕行、王汉程的谦益、陈润生的谦和泰、杜琢其的裕友行、王少平的顺益号等。① 这也可以从一个层面说明,闽商群体在香港的金山庄、南北行贸易中占据着重要的地位,可以和广东商人相抗衡,成为香港转口贸易的重要组成部分。

香港自开埠之后迅速吸引内地人前来发展,除了广东之外,福建是香港侨民第二大来源地。闽籍侨民经过多年努力和团结,已经成为今日香港举足轻重的族群,19世纪下半叶以来,由于闽商贸易的频繁往来,相当多的福建商人或者相关的水手、海员等闽籍人士往来于香港和福建之间。他们大多是半定居于香港,但是如果遇到战争、天灾等情况,就有可能在香港安定下来。除此之外,宋元以来,大量的闽商"下南洋",东南亚各国都有闽籍华侨从事各类商业活动,他们在看好香港的情况下,往往将自己事业的一部分或者全部迁移至香港,从而形成了福建—东南亚—香港的移民方式。早期迁往香港的福建移民以贸易移民为主,清末民初以来,香港的经济地位急剧提升,从东南亚迁往香港的闽籍华侨也越来越多。从地域来讲,和香港有着密切贸易关系的福州和厦门是前往香港人数最多的。香港区位适中,避风条件好,且与福州有很多贸易往来,福州籍海员和侨民在南下北上中多选择在此歇脚、补给和中转。一些闽籍商人便定居下来从事客栈、饮食、货栈等服务业和"南北行"生意。18世纪末,就有设在干诺道西由陈依美经营的"福美客栈"、郑西瓜经营的"建华客栈"、魏梦菊经营的"捷通栈"。到19世纪30年代,有林其潮创办的"南洋旅行社"、陈天爽创办的"福建旅行社"、陈景禧创办的"福星庄"、许安炎创办的"建兴栈"、李磨弟创办的"如意庄"。在"南北行"方面有林兴记、茂春行、义春行等,还有邓家宝开设的光成古董店和元记古董店等。② 而厦门到香港从业的商人则相对较晚。最早到香港开行设店的是厦门马銮人杜四端,他于清咸丰初到香港谋生,经多年积蓄,在香港急庇利街一号开设"杜端记行",经营进出口贸易。民国初期,有厦门同英、胜裕、怡美、新成等大商户在香港设立干德办庄,经营英国棉毛织品。据1947年3月旅港福建商会调查编印的《香港闽侨商号人名录》载,厦门人开设经营的商号有60多家,占香港闽籍商号303家的20%以上,多数集中在被称为南北行街的文咸东街、西街和永乐东街、西街,主要经营南北土产品、洋杂货、进出口贸易,兼营民信局和船务行。其中厚德行、聚德隆行、长佑有限公司等开设时间较长,资金雄厚,信誉卓著,业务鼎盛,在香港商界名噪一时。

从迁入地来分迁入香港的闽籍商人,可以分为直接由福建本土迁入的和由东南亚中转迁入的。这两种迁入人群具有不同特点,但是在香港商界都有着很大的影响和代表性。由福建本土迁入的闽商,大多是土生土长的福建人,到达香港之后,由底层干起,从商行职员或者小型商贩起家。在有了一定经济能力之后,自己开办商行,其专注点多在于闽港贸易,对于东亚其他商圈涉及较少。这类商人最具代表性的当属对闽籍侨商有开

---

① 李培德:《香港的福建商会和福建商人网络》,《中国社会经济史研究》2009年第1期。
② 刘观海主编:《福州市人口志》,北京:方志出版社,1997年,第84页。

创之功的杜四端。杜四端（1859—1940），讳正，字德干，号四端，清咸丰九年（1859年）出生于本区马銮村，年幼时在家乡读过几年私塾，后来因为家贫而无以为继。他眼见乡间发展有限，于是远赴香港，在同乡的杂货店任账房助理。杜四端并不介意职位低下，收入微薄；他勤勉工作，渐渐积累资本；数年后于中环自创"杜端记行"，经营进出口贸易。杜四端以信用卓著而深受客户推崇，又精通经济讯息，掌握市场变化；开业后生意蒸蒸日上，渐成巨富。1893年，他回家乡马銮与人合资创办銮裕纱厂，织造婴儿背巾和包被，销往东南亚和香港，结果一举成功，成为福建一代纱王，马銮亦成为民国初年福建第一纺织村。[①] 杜四端热心于公益事业，他为闽籍子弟倡办福建学校，并亲任校董，为培养同乡人才做出贡献。另外，他又邀集同乡向香港政府取得新鸡笼环地段兴建福建义山，使留港闽侨于身故后有葬身之所；此即今日罗湖沙岭"福建坟场"的前身，因而声望四隆，得到清政府诰授"中宪大夫"衔。杜四端曾经出任保良局和东华医院总理，也曾创办旅港福建商会。

另一种则是经由东南亚，以华侨身份进入香港。这类商人大多是久在南洋，或者是在南洋出生的第二代华侨，接受的观念或者教育则是以中西结合为主。在进入香港之前，他们大多有着自己的事业，在东南亚地区有着一定的商业网络，香港往往不会是他们事业的全部，他们的产业分布在东南亚各个国家。他们进入香港之后，一般着眼于香港的地理优势和经济地位，力图将香港整合在自己的商业网络之内。当然，由于香港在东亚地区的经济地位不断提升，他们也长期生活在香港或者以香港为总部。这类人物中，胡文虎颇具代表性。胡文虎（1882—1954），东南亚华侨商人，生于缅甸，祖籍福建省永定，其父为赴缅甸第一代华侨，胡文虎为第二代。早年与弟胡文豹合创虎标万金油。另曾经创办过星、马、港一带的星报系列的报纸，计有《星洲日报》、《星岛日报》、《英文星报》、《星暹日报》与《星槟日报》，即现在《光明日报》的前身。1908年，胡文虎父亲病故，他与弟胡文豹继承父业。随后他环游祖国、日本、暹罗（今泰国），考察中西药的经营概况，随后回仰光延聘医师、药剂师，制成万金油、八卦丹、头痛粉、清快水等成药；其中以万金油最为畅销，印度、新加坡、马来亚，乃至中国华南各地，几乎家家必备，兄弟二人因而发达致富。在早在19世纪末20世纪初，胡文虎的产业就遍布东南亚多个地区，但是其总部于1923年迁入新加坡，而直到1932年，胡文虎再将总行从新加坡迁移至香港。胡文虎也热心于慈善事业。他在外国经商致富后，奉行"取诸社会，用诸社会"的宗旨，决定以经商获利的60%为慈善公益专款。他除了在新加坡捐建10多所义务学校和中小学外，在中国也先后捐助过上海大夏大学，广州中山大学，厦门市大同中学、厦门中学、双十中学等院校。胡文虎创办了香港福建同乡，也曾任香港崇正总会会长、香港中华体育会名誉会长。无论是怎样迁入香港的闽籍人士，他们都以商业为主要事业，且在19世纪都是转口贸易的产物，他们与香港共同发展，既推动了香港成为东亚地区的重要贸易中心，也在香港急剧上升的经济势头中获得了自己人生的成就。而且，他们也恪守闽商守望相

---

① 陈聪辉主编：《厦门经济特区词典》，北京：人民出版社，1996年，第580页。

助、回报社会的精神,在同乡组织和慈善事业中不吝钱财,踊跃捐资。

三、华人社会组织与闽商

19世纪70年代以来,香港社会中华商的经济地位不断提高,开始在香港经济生活中占据举足轻重的地位,尤其在转口贸易等方面拥有不可轻视的实力,并成为港岛最大的业主。1882年2月,港督轩尼诗报告:1881年香港纳税3000元以上的大业主共有20名,其中华商占17名,而洋商只有怡和等3家。① 随着经济实力的增长,从1878年起,华商就提出了参政要求。而港英当局,特别是轩尼诗港督对此有了清醒认识,因此轩尼诗一反此前第六任港督麦当奴(R. G. MacDonnell,1866—1872年任港督)、第七任港督坚尼地(Arthur Kennedy,1872—1877年任港督)的"威慑政策",主张给华人较合理的待遇。他尊重华人的风俗习惯,保护华人的合法权利,打破不准华人参政的老传统,任命伍廷芳②为立法局议员,允许华人在皇后大道等欧人区购置房产。他不顾绝大多数英商和港英官员的强烈反对,下令废除对华囚公开鞭笞和刺字等肉刑。他向顽固坚持种族主义立场的怡和洋行大班克锡提出挑战,主张华人有权和欧洲人一样自由出入大会堂。除了华商在经济上取得的成就之外,轩尼诗本人具有浓厚的自由主义和人道主义思想,这是他反对种族歧视的一个重要原因。所以从轩尼诗起,港英当局确立笼络华人资产阶级的方针,统治一般华人的方法也逐渐有所改变。

除却在立法局中占有一席之地外,香港还存在着治安委员制度。1843年6月27日,即璞鼎查就任香港第一任总督后的第三天,就参照英格兰原有维持地方治安制度,宣布成立治安委员会,委派了第一批治安委员,由当地有声望和有地位的人士充任,协助总督维护社会秩序,后来不知哪一位翻译师爷把英文名称"Justice of the Peace"(原意为担负一般司法事务的地方官、治安官)别出心裁地译成"太平绅士",即一些社会上有势力、有地位的人维护太平盛世之意,既动听也贴切,这种译法一直沿用至今。早年的太平绅士,有的由英国官员兼任,称官守太平绅士;有的由商人担任,称非官守太平绅士。但是自1843年第一任港督璞鼎查委任第一批太平绅士以来,华人一直被排斥在外,直到1883年,即40年后,宝云就任第九任香港总督,提出重组行政局、立法局,增加官守议员和非官守议员,委任了第一位华人太平绅士黄胜,打破了香港太平绅士全为欧洲人垄断的局

---

① 《英国议会文书》第44卷,1882年,第287页。转引自余绳武、刘存宽主编:《19世纪的香港》,北京:中国社会科学出版社,2007年,第139页。

② 伍廷芳(1842—1922),广东新会人,字文爵,号秩庸。出生于新加坡,4岁随父回国,14岁到香港就读圣保罗书院,后自费留学英国,入林肯法律学院学习,获得律师资格。1877年回香港担任律师,是获准在英国殖民地开业的第一位华人律师。1878年被委任为太平绅士,开华人任太平绅士之先河。当时香港华人经济力量逐渐壮大,并向港督轩尼诗送呈了要求参政的意见书。作为初步回应,1880年伍廷芳被委任为立法局非官守议员,是为香港立法局第一位华人议员。1882年伍廷芳北上任职,曾任北洋政府代总理、护法军政府外交部长等职。

面。继黄胜之后,次年华人太平绅士猛增至7人,后来被香港总督委任的太平绅士的华人和非华人不断增加,每年均有人获此头衔。不过,后来"太平绅士"这个称号与"太平"(即维持治安)已经没有什么联系,已演变成为港英当局赐予的一种荣誉头衔,凡对香港社会做出重大贡献者,即可被授予此衔,在香港市民中享有很高的声誉,他们往往被邀参加各种公益事业。①

在广大华人,尤其是以闽商和广商为首的华商阶层的不断努力下,香港政制形成了行政吸纳的特点,即依靠行政系统把社会精英所代表的政治力量吸收进行政决策机构,以取得本地的支持,强化其统治地位和管理效能。具体做法有:吸纳本地华人精英和政治代表担任行政局、立法局非官守议员,争取他们同当局合作;建立庞大的、系统的咨询机构,广泛吸纳各阶层、各利益集团的人士参加;允许各类政治性团体的存在和活动等等。② 这绝非是英国殖民统治者的恩赐,而是华商集团在19世纪以来香港的经济中占有重要地位的体现。虽然在整个19世纪,立法局的华人议员和华人的"太平绅士"都极为罕见,在满是洋人的机构中仅出现几个华人面孔,但是其意义非常深远,它代表着华人参政的可能和当局对于华人的尊重。实际上,在19世纪下半叶,蓬勃发展起来的商人组织、慈善组织、同乡组织才是华商活动的中心舞台,闽商的个人实力、组织能力和社会网络在这些机构中尽显无疑。

较早成立的组织是商会组织。在19世纪50年代以来,华人在转口贸易中的优势地位非常明显,并且在逐步加强。南北行行商开始在香港崛起,他们在南北行街(今文咸西街)设立行庄,用以交易南北货物。因中国北方各省货物大多从上海、青岛、厦门、汕头等港口集中后运来,两广和湘赣的货物则由广州人口,渐渐形成了若干区域性商人集团,如广东帮、潮州帮、福建帮、上海帮等,彼此对峙。1864年年初,潮商元发行高满华、粤商广茂泰行招雨田等为避免互相争执,遂邀集同行,划分经营范围,组成同业团体,并议定《南北行规约》七条,共同遵守。1868年,又在本街建成南北行公所,作为集会办公场所。"策同业福利,谋市面繁荣",是这个公所的宗旨;同时,它办理同街公益事宜,如募雇壮勇,协助警察维持街坊治安,购置消防车参加防火救灾等,保持了商人会馆的某些传统特色。公所成立后,订条规、立行例,互选值理及司理(司库),主持日常工作。南北行公所所属商号的贸易额占当时香港总贸易额的1/3,对当时香港的繁荣曾起过重大的作用。轩尼诗也曾指出:香港经济获得如此大的发展一个主要的原因是华人有一个很好的组织——南北行公所。由此可见,南北的转口贸易在香港开埠早期就已相当发达。③ 其中,闽商则以吴源兴行东主吴礼兴,聚德隆行东主胡定三、王鼎明,华德行东主郭行成为代表。南北行公所是当时香港商界实力最强、组织结构最完善的跨地缘关系的同行大联合。这一公所集合各个区域性商业行帮的商人们,其中以福建帮和广东帮最为重要,二者在南北行的转口贸易中经常处于合作和竞争并举的状态。南北行公所虽然是香港较

---

① 刘家泉:《香港沧桑与腾飞》,北京:中共中央党校出版社,1997年,第56~60页。
② 郑定欧主编:《香港辞典》,北京:北京语言学院出版社,1996年,第293页。
③ 刘家泉:《香港沧桑与腾飞》,北京:中共中央党校出版社,1997年,第90~91页。

早的社团机构,但是它的商业属性异常浓重,在商业领域取得了较大的影响,但是并未扩大到整个香港社会。随后出现的东华医院贯穿整个香港历史,是香港出现的最重要的华人社团,其影响一直延续至今。

东华医院是华人集资兴办的大型社会福利机构,它超越了街坊邻里以庙宇为集会及活动中心的传统组织形式,打破了血缘、地缘和业缘组织的局限,在华人社团发展史上占有重要地位。东华医院于1869年动工兴建。当年,太平山街广福义祠问题首次在报端披露,引起舆论哗然。港督麦当奴为转移视线,把有影响力的华人吸引到自己一边,于同年6月同意华人所请,命何亚锡、梁安等20人(后增至125人)组成董事会,集资建筑一座华人医院。1870年3月,立法局制定法例,规定东华医院以免费治疗贫病华人为宗旨;医院设董事会负责处理和决定该院日常事务。

建院后的30年中,其收入来源主要为当年总理额定的年捐和各界资助。据统计,1873—1900年间,南北行、买办、疋头行、米行、金山庄、鸦片行等20个行业(行会)的捐款数稳定不变,其捐款额占总额的绝大多数。中国大陆、澳门和海外华人的捐款也不少,显示东华医院与海内外华人社会有着广泛的联系。东华医院董事会,例由香港各行业公会分别推举的本行业候选人组成。通常他们是各行业中的巨富或最大的施主,具有相当的文化程度和管理经验,并热心公益。在1869—1899年历届董事会362名成员中,买办和南北行商人所占席位最多,在决策过程与管理工作中起关键作用。东华医院自创立之日起,除赠医施药外,兼办其他慈善事业,有时该院获得港英当局授权,成为华人社会与港府之间传递信息的渠道;有时董事会仲裁商务纠纷,并扮演香港华人与内地官府中介人的角色;有时他们受广州地方当局委托,担当起照管海外移民的责任,在联系海内外华人方面发挥了重要作用。[1]

东华医院实际上是整个香港华商界的一个大联合的产物,它自诞生起就不仅仅担负着一个慈善组织的功能,还调节着整个香港华商界乃至华人界和港督之间的矛盾和冲突。东华医院在很长一段时间内实质上是香港华人社会的上层机构。在东华医院的董事中也有不少闽商,他们在捐助慈善事业和负担起华人领袖职责中也都奋勇争先。最早来港的厦门籍华商首领杜四端就曾长期担任东华医院及保良局总理。

除了在商界组织和慈善组织中占有一定地位以外,提倡互帮互助的闽籍商人也组织了一系列的同乡社团。早期长乐县、连江县和福州市郊区亭江镇等处外迁的闽籍海员多取道香港前往欧美和东南亚,为便于同乡往返投宿,光绪九年(1883年),乡人翁子诚、林长渠、林天宝等发起组织"三山别墅"。这是福州十邑同乡最早组织的旅港乡社。[2] 1893年,正式合并在九龙的闽庐会所和在香港岛的三山别墅,共同称为榕庐会所。此后,一系列福建同乡组织不断涌现。其中,成立较早,也较有影响力的是香港福建商会。

旅港福建商会是由闽商杜四端发起成立的。杜四端作为较早来到香港的闽籍商人,

---

[1] 余绳武、刘存宽主编:《19世纪的香港》,北京:中国社会科学出版社,2007年,第303~306页。

[2] 刘观海主编:《福州市人口志》,北京:方志出版社,1997年,第84页。

除了在商业上取得巨大成就外,对公益事业一直慷慨支持,光绪皇帝曾授予其"中宪大夫"荣衔以资奖励。1912年潮汕水灾,他又筹募巨款赈灾,并因此获黎元洪大总统颁发四等嘉禾章。1916年,他毅然发起创办了旅港福建商会,并被推选为会长。他在任期间悉力奔走,重建福建侨商地位。因对商会贡献突出,他连任了十多届商会会长。旅港福建商会成立后,对于侨居香港的闽胞做了许多实实在在的事情。商会为闽籍子弟倡办福建学校,为培养同乡人才做出贡献。商会又组织同乡向香港政府取得新鸡笼环地段兴建福建义山,使留港闽侨于身故后有葬身之所,这就是今日罗湖沙岭"福建坟场"的前身。1919年,香港爆发抢米风潮,白米供应奇缺。旅港福建商会一方面联络士绅推动政府实施平粜,另一方面又带头捐钱煮粥义赈。旅港福建商会一直都在香港本地闽籍侨民发挥着重要作用。即使是在抗日战争时期,该商会都一直坚持为同乡服务,并未关闭。

除了在香港本地社会工作和政治参与中踊跃争先之外,清末民初,香港作为在政治上有特殊地位的地区,一直都是兴中会、同盟会的重要基地。以黄花岗起义为例,这次起义是同盟会"以全党之力举事"的,也是历次起义中规模最大的一次,而香港的革命基地作用表现得最为明显。1911年1月在跑马地黄泥涌道成立了起义领导机关"统筹部",由黄兴、赵声分任正、副部长,总揽一切起义筹备工作。统筹部以筹款、购械为先着,而香港则是饷械的中转站。海外各地华侨捐款都寄到香港文咸东街金利源药材行。该行东主李煜堂即李白重的父亲和冯自由的岳父,本人也是同盟会会员。金利源行收到汇款,及转交该行二楼运同源外汇庄经理李海云,他就是统筹部的出纳课长。革命党人还以金利源行作为军械贮藏所。统筹部筹备课分别从日本、安南、暹罗等地购买枪支弹药,都先运存香港秘密机关,再加以伪装偷运入广州。起义的中坚力量是从南洋和国内各地抽调党人组成的"选锋队"(敢死队),也大部分先集中在香港。这样,起义所需的财力、物力、人力都以香港为转输中心,可见其地位的重要了。①

香港及东南亚的闽籍华侨除了在武器和捐款方面对同盟会大为支持之外,也有一些闽商受到革命气氛的熏陶,亲自参与到反对清政府起义的浪潮中来。闽籍商人杨衢云就是最为著名的一个。杨衢云(1861—1901),名飞鸿,字肇春,别号衢云,福建厦门海沧人。杨衢云年幼即随其父到香港,在香港圣保罗书院接受教育。14岁在香港进入船厂学习机械,因工业意外失去右手三指,于是改习英文。毕业后任教员,之后转任招商局总书记,及沙宣洋行副经理。1892年3月13日与谢缵泰等在香港创立辅仁文社,该社以"开通民智,研究新学"为宗旨。1895年加入兴中会,2月21日(正月二十七日)与孙中山等在香港建立兴中会总部,协助孙中山筹划乙未广州起义,负责在香港招募志士、筹集饷械。10月10日当选兴中会会长。旋因叛徒告密,起义遭破坏。11月,离开香港,亡命海外。先后在新加坡、马来亚、印度、锡兰(今斯里兰卡)、南非洲遍设兴中会分会,在华侨中宣传革命。1898年3月21日携家眷移居日本横滨,以教授英文为生。在此与孙中山重

---

① 金应熙主编:《香港史话》,《辛亥革命与香港》,广州:广东人民出版社,1988年,第170~173页。

聚,筹划新的起义。次年,毕永年等有联合全国会党推举孙中山为首领之议,遂辞会长职,荐孙中山自代。1900年1月24日到香港筹划惠州三洲田起义。10月6日起义爆发,杨拟接受清政府议和三条件,被孙中山等阻止。起义失败后,清吏悬赏3万元购杨头颅,杨谢绝党人委他出洋暂避的劝告。1901年1月10日在香港为清吏所派刺客击伤,次日在医院逝世。[1]

19世纪是香港发展最快、变化最剧烈的一个时期。在开埠之初,香港还是一个以走私鸦片贸易为重心的城市。但是由于其地理位置的优越,以及自由港的利好政策,香港吸引了大量人口迁入。尤其在太平天国运动期间,从广东、福建一带逃入的商人们来到香港,促进了香港转口贸易的发展。这一时期是香港经济高速发展的时期。同时,明清以来就已经形成的东南亚华侨贸易圈,在这一时期也在不断变化和完善。香港以其优势地位,很快被纳入其中,并成为重要节点。在这一过程中,华商们,尤其是闽商们起到了至关重要的作用。19世纪香港最大的变革就是以英商为主的大型洋行经历了由盛转衰的历程,以闽商、广商为主的华商则在转口贸易的兴盛中不断成长。19世纪80年代后,华商在经济地位上全面地超过了洋商。他们也进而成立了自己的社团组织,并且积极参与政治活动。在辛亥革命的过程中,孙中山、杨衢云等人就是在香港华商和海外华侨的支持下,才能屡败屡战,最终取得了胜利。

---

[1] 惠州市地方志编纂委员会编:《惠州市志(四)》,北京:中华书局,2008年,第4541页。

第二章

民国时期香港经济与闽商

民国成立后,军阀割据,连年混战,贫者感生计之困难,富者苦兵匪之蹂躏,纷纷携眷逃往香港,其中不少人开始在港投资创业。此外,这一时期,广大华侨回国投资的风潮方兴未艾,香港因其独特的地理、交通位置和优越的港口、商贸环境,成为侨商们选择投资兴业的桥头堡,而这其中闽籍商人占据相当比重。他们所选择的投资创业领域涉及银行、证券、轮船、酒店、树胶等行业,其中尤以银行业的发展最为突出。

第一节　1911—1925年香港经济的持续发展

民国初期,香港经济出现了较大程度的发展,尤其是华商资本在金融领域的运作逐步走向成熟。这除了直接得益于民族资本的较大发展外,战争因素也起了很大推动作用。由于受时局的影响,内地动乱频仍,驱使一些闽人出逃香港,一定程度上带动了香港的经济发展。但国际形势的不稳,也引发了几次港民内迁潮。如第一次世界大战爆发后,香港市民担心被战争波及,近10万人返回内地;香港沦陷时期,也有大批居民内迁。总体来看,这一时期,由于受到战争的影响,除转口贸易出现暂时的衰落外,香港经济仍在继续发展。

一、战争对香港转口贸易的影响

从1895年英国政府获租新界到1914年一战爆发的十余年中,香港经济仍有较快的发展。其一,获租新界使香港的港口腹地从九龙半岛进一步向内地延伸,腹地对港口的支撑作用加强,提高了香港转口港的地位。1911年,对后来香港经济有重大影响的广九铁路全线通车,部分内地输港货物可以通过铁路直接抵港,也进一步加大了香港的区位优势。其二,来港船只与转口货物也有较大增加,1914年达到创纪录的23740艘,载重总吨位达22069879吨,分别比1898年增加了115%和66%。同时,香港政府的税收也有较大幅度的增加,如战前的 1913 年为 8512308 元,比 1898 年的 2918159 元增长了近 2 倍。①

1914 年 6 月,奥匈帝国皇储斐迪南大公夫妇在萨拉热窝被刺。7 月,奥匈帝国向塞尔维亚宣战,第一次世界大战爆发。一战的主战场在欧洲,欧洲大国几乎全部陷入战争泥潭,这使得它们不得不停下世界扩张和经济侵略的脚步,许多被侵略国获得喘息的时机。但对香港来说,由于英国是主要参战国之一,因此香港间接地处于战争状态之下。在大战的四年间,香港的转口贸易大致上处于停滞状况,甚至略有下降,直至战后的第二年还未能恢复到战前 1913 年的水平,这种连续几年徘徊不前的情况是英占香港以来所首次出现的。转口贸易的低迷还造成了日用物资的匮乏,物价走高。1919 年,香港米价飞涨,零售价每担涨到 16 元,港九多处发生抢米事件。② 20 世纪 20 年代开始,香港积极利用欧洲工业衰竭的空档,开拓国际市场。1920 年对外贸易额达 2.12 亿英镑,比 1919 年增加 36.8%。③ 至 1924 年,进出港总吨位已达 35471671 吨,比战前的最高年份 1913 年增长 55%。但因为战后英国未能夺回中国市场,香港转口贸易发展的后劲不足。这一时期英国最主要的竞争对手是日本,后者不仅在中国大陆大肆扩大商业地盘,甚至香港也成为其目标。第一次世界大战期间,日本军舰就经常游弋在南中国海,停泊在鲤鱼门外。大量日本侨民涌入香港经商,日货充斥市场,日本人还在湾仔一带开设了专门为日侨和外国人服务的医院和学校,把华人拒之门外。同时,20 世纪 20 年代前中国人民反帝斗争情绪高涨,香港也爆发了省港大罢工,香港的进出口贸易、工业等方面均一度受到影响,至 1927 年后才渐有恢复。

香港唯一受战争促进的产业是造船业,其利用欧美船只因大战而减少的空隙,大力加以发展,几家大型的船舶企业如黄埔、太古以及海军船坞,相继走上了造船、修船的"黄金时代",并在战后维持了相当长的一段时间。

二、香港金融业的发展及华南财团的崛起

尽管一战对香港经济,特别是转口贸易造成了不小的影响,但从长时段来看,随着 19 世纪中期开始香港的转口贸易和商业蓬勃发展,在贸易和商业背后运转的金融业在 20 世纪初期也逐步成长起来。

---

① 金应熙:《香港今昔》,收入邹云涛等整理:《金应熙香港今昔谈》,北京:龙门书局,1996 年,第 105~106 页。
② 刘家泉:《香港沧桑与腾飞》附《香港大事年表》,北京:中共中央党校出版社,1997 年,第 295 页。
③ 据香港政府公布的文件"Hong Kong, Trade Returns, 1919 and 1920"。转引自金应熙《试论香港经济发展的历史过程》,收入邹云涛等整理:《金应熙香港今昔谈》,北京:龙门书局,1996 年,第 35 页。

(一)香港传统的银号

在香港开埠初期,外资银行的业务主要是对从事对华贸易的外资洋行提供融资和汇兑服务,本地客户只限于规模较大的华资商行及少数殷商富户,与华人社会鲜有联系。华商经营的业务,其信贷主要依靠由华人,其是来自广东南海、九江、顺德、四邑及潮汕等地的华人经营的"银号"。银号是一种中国传统的金融服务机构,即中国北方所谓的"钱庄"或"票号"。鸦片战争以前,广州作为最重要的对外通商口岸,已经有不少银号。当时,广州的对外贸易尚处于公行垄断时期,经营银号的大多是与行商有密切联系的"银师",他们协助外商保管现金,鉴定银两和融通款项。鸦片战争后,情况开始发生变化,除少数银号仍限于单纯兑换银钱业务外,大多数都与商行发生联系,它们办理存贷业务,收受商人的存款,还发行钱票、银票,配合当时的制钱和纹银,发挥支付手段的作用。香港开埠后,随着转口贸易和商业的发展,香港与广东各乡及海外各埠的汇兑需求日增,由华人经营的银号纷纷涌现。这些银号主要集中在香港岛上环文咸东街、文咸西街(南北行)及其邻近的皇后大道中、德辅道西一带。它们均在香港政府登记注册,有独资经营的,也有合股经营的,但作为股份有限公司者则极少。香港银号的经营方式与当时中国的钱庄、银号相似,多在广州或其他各地设有联号。其中,著名的银号有冯香泉和郭君梅的瑞吉银号、邓天福的天福银号、潘颂民的汇隆银号、周少岐兄弟的泰新银号、余道生的余道生金铺以及昌记银号等。1907年,银业联安堂成立,这是当时香港最早的银号行业组织,便于银号同业集思广益、联络感情。银业联安堂没有固定的会址,会议主要在例假值岁的银号中召开,同时以该值岁银号的司理作为召集人。1932年12月,银业联安堂扩大为香港银业行联安公会,在港注册会址设于乍畏街,并制定公会修正章程18条,呈交香港政府立案,其会员主要是一般按揭银号。

香港银号和外资银行的关系十分密切。银号的一个重要资金来源是从外资银行获得由其华人买办作担保的短期"铺保贷款"。19世纪末以后,外资银行在对中国开展的存放款业务中,经常掌握大量流动资金,但由于它们主要只对从事对华贸易的外资洋行提供资金和汇兑服务,相当一部分资金需要有新的出路,这就促使它们与银号发生所谓"拆款"关系。而银号通过拆借,获得更多资金,也加强了它们与南北行、金山庄、米行、药材行、花纱行等华人行商的商业联系。也许正是因为银号与外资银行的这种联系,1925年香港银号因工人大罢工而发生财务危机时,汇丰、渣打两家银行向它们提供了紧急贷款,助其渡过难关。

银号作为香港最古老的金融机构,直至20世纪60年代仍大量存在。可以说,银号在弥补外资银行的不足和向华人社会提供必不可少的金融服务方面,扮演了重要的角色。

(二)华资银行与华南财团的兴起

20世纪以来,华人行商对使用押汇和信用证、支票的需求迅速增加,然而,传统的银号并不办理此类业务,绝大多数银号的资本额较小,利息高且信贷期短,存贷款极依赖固有的人际关系,具有较大的局限性。很明显,传统银号已日益不能适应香港华商经济发展的客观需要。在这种历史背景下,一批将西方银行先进方法与传统银号结合起来的华资银行应运而生。其间先后成立的华资银行主要有 1912 年创办的广东银行、1914 年创办的大有银行、1917 年创办的工商银行、1918 年创办的华商银行、1919 年创办的东亚银行、1922 年创办的国民商业储蓄银行和嘉华储蓄银行等。

广东银行成立于 1912 年,其由旅居美国旧金山的华侨陆蓬山等集资创办,初设于旧金山,后与日本华侨李煜堂、李自重、李星衢等合股在香港成立总行。广东银行总行设在香港中环德辅道 6 号,而非传统银号聚集的上环,似乎是与香港本地金融资本有意区隔。初期资本额定为 200 万元,后来扩充至 500 万元,分为 20 万股,每股 25 元。当时,广东银行的业务主要包括:汇兑、储蓄、附贮(存款)、来往附贮、按揭(放款、押款)、保管箱等,后来在上海开设分行还获发钞权,从事钞票发行业务。创办初期,由于信用未孚,又缺乏经营银行的经验,广东银行的业务发展不快,"其营业状况不过一大银号而已"。第一次世界大战期间,金价暴跌,广东银行司理陆蓬山认为机会难得,大肆扩充资本,大战结束后,广东银行跻身全国资本较雄厚的银行之列。这一时期,广东银行业务发展迅速,分行开至广州、上海、台山、汕头、汉口以至暹罗、曼谷、旧金山、纽约等地。其中广州、上海的分行办得有声有色,十分活跃。这是广东银行的鼎盛时期。

大有银行由刘铸伯、何福、何甘棠、罗长肇、陈为明等于 1914 年创办。其投资创办人以买办为主:刘铸伯是香港屈臣氏大药房总买办,1866 生于香港,是香港华商总会首任主席,并连任三届。何福、何甘棠同样来自买办之家,他们是同母异父兄弟,父亲是英籍荷兰裔犹太人何仕文,兄弟何东曾任怡和洋行买办多年,1900 年以后自营商业,成为香港首富。① 何福先后任九龙仓和怡和洋行买办,何甘棠曾任渣甸洋行买办。罗长肇是怡和洋行买办,他的妻子来自何东家族,他本人又是何东的亲家——儿子罗文锦是何东的女婿。

工商银行成立于 1917 年,由一群支持孙中山的部分前"仁社"社员和同盟会会员集资创办,总行设于香港,资本总额 500 万元,实缴资本 80 万元。工商银行成立之初,主要作为孙中山与华侨联络的一个机关。1919 年以后,该行在总经理、著名经济学家薛仙舟的主持下,业务有了较大发展,除从事一般银行业务外,经营重点放在接受海外华侨汇款上。许多华侨都认为它是华侨银行,把汇款转到该行办理,业务蒸蒸日上,分行设至广州、汉口、上海、天津等地。

华商银行创办于 1918 年,创始人是刘亦焯、刘小焯、刘季焯、刘希成等人。刘亦焯、刘小焯、刘季焯来自一个世代经营米谷的安南华侨家庭,刘希成也来自安南,因此该行与越南华资关系密切。华商银行总行设于香港,资本额 500 万元,实缴资本 500 万元。该行创办初期即在广州开设分行,其后又先后在上海、纽约、西贡等地开设分行。华商银行的业务重点是储蓄存款,1922 年上海分行开业时为吸引储蓄存款,不惜提高存款利息,

---

① 吴醒濂:《香港华人名人史略》,香港:五洲书局,1937 年,第 1 页。

结果市民踊跃前往储蓄,开业第一天即吸收存款50余万元。可惜,1924年,该行因总行难以维持而牵动各分行,被迫倒闭。

东亚银行创办于1918年11月,创办人主要是和发成船务公司老板李冠春、李子方兄弟及德信银号东主简东浦。此外,尚有和隆庄的庞伟廷、殷商周寿臣、昌盛行的黄润裳、有恒银号的莫晴江、晋昌号的陈澄石以及南洋兄弟烟草公司的简英甫。李冠春、李子方兄弟祖籍广东鹤山,父亲李石朋早年在广州经商,后来转移到香港发展,经营和发成船务公司,并创办南和行,在香港及安南经营食米、船务、银号及地产等多种生意,成为富商。李石朋晚年即有意创办一家现代银行。简东浦原籍广东顺德,出身于银行业世家,父亲简殿卿是日本正进银行香港分行买办。简东浦毕业于皇仁书院,后曾在日本神户的正金银行及万国宝通银行任职,回港后,1916年与当时立法局的华人代表、曾任屈臣氏大药房总行买办的刘铸伯开设德信银号。周寿臣是20世纪初期香港政商界著名人物,幼年时作为第三批大清留美幼童赴美,回国后曾任天津轮船招商局副帮办、关内外铁路总办、山海关监督等职。辛亥革命后,周寿臣回港,获赠"太平绅士"名衔,出任香港立法局非官守议员、香港行政局议员,并被册封为爵士。简英甫是南洋烟草公司创始人简玉阶的胞弟,也是南洋烟草的股东之一,负责公司财务。东亚银行是民国时期华南实力最强的银行之一,创始人均是香港最有实力的华商,他们经营的商行和公司在香港的各大行业,如大米、纺绸、金属、航运、烟草以及房地产等皆处于领先地位。东亚银行刚成立时,法定资本为200万元,分成2万股,每股100元,由9位创办人各认股2000股,其余股份在社会公开发售。9位创办人成为东亚银行董事局永远董事。1921年,东亚银行因应业务发展的需要,将法定资本增加到1000万元,实收资本增至500万元,其中,富商冯平山、简照南、郭幼廷、吴增禄、黄柱臣以每股100元各认购2500股,也成为东亚银行永远董事。东亚银行创办后,立即获得不错的收益,开业首年存、贷款额已分别达400万元和200万元。在精彩的开盘之后,该行积极拓展业务,致力筹建国际性业务网络。最初李氏家族的南和行成为银行在西贡和堤岸的代理,到20世纪20年代末,东亚银行的代理已遍及天津、北京、汉口、东京、横滨、神户、长崎、台北、马尼拉、新加坡、滨城、孟买、加尔各答、墨尔本、悉尼、伦敦、巴黎、纽约、西雅图、三藩市及檀香山。东亚银行先后在上海(1920年)、西贡(1921年)、广州(1922年)及九龙广东道和油麻地(1924年)建立分行,其中以上海分行最重要。东亚上海分行以经营英镑、美元等外汇业务为主,并设有钱庄,几乎垄断了当地广东籍华商客户业务,包括先施、永安纺织,以及规模宏大的茂和兴、茂和昌粮油店。其中最大客户是经营化妆品的广生行上海分行。东亚银行上海分行于1920年加入上海银行公会,1924年成为当地发钞银行。

国民商业储蓄银行创办于1922年,总行设于香港中环德辅道中,由马应彪、汤信、王国璇、黎丘都明、邝明觉及先施公司联合各殷商所组织。该行初期实收资本200万元,分为20万股,每股10元。由于主持人都是当时香港的殷富巨商,信用甚高,该银行业务发展迅速,获利相当丰厚,每年盈利都在20万元以上,分行亦很快开至香港九龙的油麻地、旺角,内地的广州、汉口、上海、天津,以及海外的新加坡等地。当时,国民商业储蓄银行虽然未能与广东银行、东亚银行这两家最重要的华资银行并驾齐驱,但地位已日见重要,被称为广东省"华资经营之银行中后起之健者"。

嘉华储蓄银行创办于1922年,当时称为嘉华银号,地址设于广州市西濠口。"嘉华"二字即来自当时银行的两位股东"嘉南堂"的"嘉"及"南华公司"的"华",创办人是林子丰。其实,早在银行创立之前,作为置业公司的嘉南堂和南华公司已设有银业部。随着公司业务的发展,银业部的存款也不断增加,两家置业公司联同广西梧州的桂南堂、桂林的西南堂成立嘉华银号,资本额为200万元,实收资本52万元,后增至100万元。1924年,嘉华银号以"嘉华储蓄银行"之名在香港注册成为有限公司,总行设于香港德辅道中208—210号,初期并不对外营业,真正营运的是其广州分行。1926年,嘉华储蓄银行改名为嘉华银行公众有限公司。嘉华银行的业务方针以储蓄为主,借社会资金为4家置业公司的投资提供更好的融资条件。

这一时期,内地一批中国资本银行亦开始将业务拓展到香港。1917年,中国银行(当时称为大清银行)在香港设立支行,隶属广州分行;1919年2月改为分行。1918年,盐业银行进入香港。此外,来自新加坡的四海通商银行(1915年)、华侨银行(1921年)、和丰银行(1923年)等亦先后进入香港。

随着华资银行的增加,华资银行组织的同业团体也相应成立。1919年,香港华商银行同业公会(Chinese Bankers' Association,简称"香港华商银行公会")由中国银行倡议成立,目的在于面对外资银行的歧视时,保障华资银行应有的利益。这一时期,华资银行的创办,成为20世纪上半叶香港银行业一股令人瞩目的发展趋势,早在20世纪20年代就有评论指出:"华资银行相继创办,一如雨后春笋。华人以其精明之特性,进军本为外国人垄断之金融领域,实为当时十分瞩目之现象。"

随着香港华资银行羽翼渐丰,作为华资银行投资主体的华南财团也逐步壮大起来。学界一般认为,中国银行业内有华北、江浙、华南及华西4个集团。华南集团泛指中国近代民族金融资本中以华侨及侨商为主,具有明显的粤闽籍地缘特色,活动基地在香港和新加坡,辐射范围远及海内外的商人群体。该资本集团虽无具体组织形式,但各银行在背景及经营的发展途径上有颇多一致之处。

华南财团兴起,既有全国大背景的原因,又有其自身独特的因素。就前者而言,19世纪末20世纪初,我国工商界有识之士已深悉银行的重要性。1907年,上海商务总会有发起创办中国华商银行之议。新加坡、广州等埠商会迅速表示赞同,其他海内外商会代表对此亦有浓厚的兴趣。遗憾的是,由于当时金融恐慌和时局动荡,筹备了数年的中国华商银行终未能成立。而民国肇兴,政治一新,工商业感受刺激,生机骤动,银行之设立,亦转趋活跃。民初华资银行的设立产生一个飞跃,1912—1927年15年间新设达304家,为清末华资银行设立数的10倍。这种盛况显然与第一次世界大战期间及战后几年间,帝国主义列强无力东顾,洋货来源阻塞,历次高涨的反帝爱国运动开拓国内外市场,民族工商业黄金时期较大发展、资金调节之需要增加有密切的联系。而对于后者来说,华南财团的基础实为华侨经济。据1930年调查,印尼和菲律宾华侨经商者分别占两国华侨总人口的36.6%和33%,其他如马来亚、暹罗(今泰国)、法属印度支那等地,情形大致相似。他们的经济活动,不仅限于南洋,且推及中国,经营中国与南洋间的商务。闽粤商帮从事跨国贸易,积累了资本和经营经验,接触金融较早,对华南财团的形成具有积极的促进作用。粤港、新加坡及南洋各埠城市的发展,环南中国海的区域性贸易网络、社会经济的繁荣及大量侨汇的驳接等,则为华南财团的活动提供了广阔的天地。由于香港与南洋间有着密切关系,近代中国对南洋的贸易大都经由香港转口,所以人们一般认为:中国对南洋贸易,实际上香港与南洋可以合并言之。近代香港主要依存于转口贸易,基本上是一个纯粹的商业社会,故其经济与货币及金融之关系尤为密切。清末,由于抵制美货和收回利权运动的推动,中国内地出现了设厂高潮。同时,散布于美、加、澳洲各地的众多粤籍华侨,将平素积蓄大量携带返乡。香港首沾其利,商务日兴,工艺蒸蒸日上。民初以降,中国内地时局多变,中上流社会,固以香港为世外桃源;而资本家之投资,又争以香港为宣泄之尾闾。这为香港提供了丰富的人力、财力资源,成为促进社会经济繁荣的重要因素。20世纪初,随着向马来半岛移民的增多和从国内吸收资金的增加,华商对马来半岛的投资日盛。同香港一样,新加坡亦为自由港。清季,聚集于新加坡的华商多达20余万。民初,新加坡华侨资本家中拥有百万元以上叻币资产者达8人,其实力可见一斑。他们主要经营锡矿、种植、轮船及银行等业。由此可见,华南财团出现并以香港和新加坡为活动基地,绝非偶然。

华南财团倚靠华侨经济的雄厚基础,在民国初年的民族金融资本中占有重要地位。具体来说,民国初年新设立的华资银行有304家,大都是中小型的,据统计其平均创办资本仅58.1万元,规模在200万元及以上者只有18家,其中就包括华南财团内的广东银行、东亚银行、国民商业储蓄银行、东方商业银行等。可见,相比较而言,华南财团各行资本额还是较充实的。特别是华南财团中的几家主要银行,已跻身于全国资本较雄厚的银行之列。据《银行周报》资料统计,在1918年14家主要华资银行中,广东银行已缴资本为200万元,次于中国、交通、中国通商银行,居第4位,各项公积金40万元,居第4位;各项存款468.1万元,居第7位;各项放款273.2万元,居第11位。据中国银行总管理处经济研究室1933年所编《中国重要银行最近十年营业概况研究》资料,在1926年25家主要华资银行中,列有广东、和丰、东亚、中兴等4行。以实收资本计,当时除中国银行外,居第2至4位的分别为中兴、和丰、广东银行,东亚银行居第8位。此4行实收资本共计3789.8万元,占当年全国25家华资银行总额的32.96%;公积金共计535.5万元,占13.42%;各项存款共计9818.4万元,占10.5%;各项放款共计10785.9万元,占12.16%;纯益共计534.3万元,占31.59%。

华南财团侧重经营国际汇兑。由于所处地域的产业尚未充分发展,而商业却非常旺盛,华侨汇款额巨大,国际转口贸易占有极为重要的地位,故华南财团各主要银行的活动,首推经营国际汇兑。民初中国国内银行兼营国外汇兑者有10家左右,其中广东、东亚、工商即占3家,其营业皆以国外汇兑为主,如东亚银行收集资本和存款几乎尽为外汇而运用,广东银行在1927年前后每年做进出口押汇300万元,是华资银行做此业务最多者之一。

华南财团内部还有福建系和港粤系的区分,广东商人的数量多于福建人,实力也更强。这与广东本省经济状况好于福建有一定关系。闽资的银行主要集中在东南亚,投资倡办这些银行的都是新马、菲律宾、印尼一带最具实力的闽籍富商,包括林秉祥、林秉懋、李浚源、林文庆、徐垂青、李光前、陈祯禄、曾江水、黄奕住、李清泉等。

林秉祥、林秉懋兄弟原籍福建龙海,他们的父亲在新加坡经商,身家颇丰。1904年,林氏兄弟创办和丰轮船公司,购买远洋轮船29艘,成为东南亚航运业的大佬。同时,他们还经营油厂、水泥厂、树胶厂等大批产业,成为新加坡集航、工、商为一体的华侨巨商。

李浚源祖籍福建永春,是新加坡闽帮富商,曾任实得力轮船公司、南英保险工行董事、华侨银行董事长。他的夫人是新加坡大商人陈恭锡的女儿,季女嫁与富商林义顺的次子。

林文庆祖籍福建海澄,出身于新加坡,他是新加坡最具传奇色彩的历史人物,曾获英女王奖学金赴英学习,成为一代名医,后又投身商业、政界和教育界。除了投资建立银行外,林文庆还与黄奕住等合资成立"华侨保险公司",成为新马华人金融业的先驱。

陈祯禄是马来亚华人,原籍福建漳州,以创建马来西亚华人公会(马华公会)而为人所知,但事实上陈祯禄来自马六甲一个有着200多年历史的华人家庭,家族颇有资产。他本人经营橡胶业发家,又在岳父的支持下,迅速扩大了事业,曾一身兼任20多家工商机构的董事职位。

曾江水是马六甲橡胶业巨子。他原籍福建厦门,出生于马六甲,19世纪末开设"承龙发"号,首先经营橡胶业,以后又在新马投资种植橡胶园3000英亩,因而成为马六甲橡胶行业首富。

黄奕住出生于福建南安,少年时期下南洋谋生,流转新加坡、印尼一带,后在印尼三宝垄开创了自己的糖业帝国,是印尼爪哇四大糖王之一,1913年就已拥有资产300万～350万盾。

李清泉出生于福建晋江,少年时随父出洋,父辈就是菲律宾富商。父亲去世后,李清泉与兄弟一起从事木材经营,共同创建"成美木业公司",是开发菲律宾木材行业的先驱。

这些闽籍富商,不单单是资金雄厚,关键在于他们深深涉入东南亚最为重要的几个产业类型,如橡胶业、航运业、制糖业之中,而这些产业在战前和战时都发展得极快。譬如糖业大王黄奕住就在战时获利颇多。黄奕住的商号开设在中爪哇,当地的甘蔗种植业及制糖业在19世纪末至20世纪初发展迅速,附近的莫佐(Modjo)、塞达尤(Sedajoe)、卡巴拉(Tjapala)、卡里翁姑(Kali Woengoe)、泽比灵(Tjepiring)和格穆(Gemoe)等地生产的甘蔗糖都运往三宝垄销售,而后有的转口输出至欧美各国。一战爆发后,许多爪哇糖商担心欧战影响输出,对市场前景比较悲观,犹豫观望。但黄奕住以过人的胆识、雄厚的资金,乘势继续收购了大量的蔗糖。1895—1914年,爪哇糖价维持在100公斤售价10～12盾左右,比较平稳,但1915—1917年,由于战争影响供应,欧洲各地糖价大涨,陆续涨至16.33盾、18.22盾和18.34盾。黄奕住大收其利。1917年,欧战已进行了3年,各交战国损失惨重,英、荷等国政府将许多货船征召回国使用。结果,爪哇各地蔗糖及其他土特产一度无法输运出国,当地官、私营仓库蔗糖堆积如山,糖价一度狂跌。黄奕住等华商团结一致,苦力维持。1918年,第一次世界大战结束,欧洲地区由于受战争破坏,食品及砂糖奇缺,加上西欧航运恢复,糖价开始回升。1919年每100公斤升至28.40盾,1920

年更猛增至53.45盾的空前水平。黄奕住的"日兴行"库存的蔗糖不仅畅销一空,而且还利用此大好时机,大量购进和大批输出,获得空前的暴利。正是这一时期资金的积累,为闽商开设银行提供了可能。加之战争对外国资本与市场的影响,也使得华资银行能够在此时立足并扩大。

1912年,林文庆、林秉祥跟李俊源等合资在新加坡创立华商银行,注册资本200万元叻币,实收资本100万元叻币,另100万元叻币为银行后备金。林文庆为董事副主席,林秉祥任总经理。林秉祥、林秉懋、李浚源、林文庆、徐垂青、陈祯禄、曾江水等随后又在1917年1月15日发起成立和丰银行,注册资金为175万元叻币。林秉祥是该行最大的股东,并任董事会主席。和丰银行从成立初期起就积极向海外扩展业务,是东南亚华资银行中第一间发展国际性业务的银行,除了在马来亚的几个城市、香港、上海设立分行外,也在世界主要城市设立了48个代理处,一度为星马华商银行之冠。1919年,林文庆等福建帮华侨联合倡办华侨银行,注册资本525万元叻币,是当时最大的华人银行之一。林文庆任董事主席。在菲律宾,黄奕住和李清泉于1920年8月发起成立中兴银行,总行设在马尼拉,额定资本菲币1000万披索,实收571万余披索。李清泉为董事长,总经理为薛敏老。除这些比较大型的华资银行外,闽商还参与投资一些小规模的银行,如1919年,马来亚华人在柔佛州倡办太平银行,注册资本50万元,实缴资本25万元。南靖县籍陈修信参与该银行的投资。1925年,祖籍海澄县的周玉麟在沙捞越诗巫与人合资创办"华达汇兑庄",办理拉让江流域各埠与新加坡通商结汇和华侨的赡家汇款,不久该庄扩办为"华达银行"。周玉麟任经理。

闽商亦在内地投资开设银行。1920年,黄奕住在上海和《申报》董事长史量才、银行家胡筠(胡笔江)等人,共商"谋设中南银行于上海。中南之者,示南洋侨民不忘中国也"。该行创办之初预定招股2000万元,第一期缴足资本500万元,黄奕住认股350万元,占70%。经过一段时间筹备后,1921年7月5日,上海中南银行正式成立并营业。它是当时全国最大的侨资金融企业。该行向国民政府立案后,"政府念君才,知可倚重,遂予发行钞票,视同中国(银行)、交通(银行)两行"。因此,中南银行成为当时全国可以发行钞票的3家银行之一。该行为了取信于民,"特联合了盐业银行、金城银行、大陆银行,订十足现金准备及准备公开制度,于四银行之外,另设四行准备仓库,专为保管准备现金,发行钞票"。在中南银行举行的第一次临时股东大会上,黄奕住当选为董事长,胡筠任总经理,史量才、韩君玉等任常务董事。1924年,该行增资至750万元,黄奕住入股500余万元,仍占资本额的3/4。随着银行业务的开展,该行先后在天津、厦门、汉口、广州、南京、苏州、杭州及香港等地设立了分行,在北京设立了办事处。此外,黄奕住于1921年8月7日在厦门市创办了"日兴银号",以与南洋群岛各地通呼吸,沟通厦门与海外华侨的侨汇、融资及促进工、商业等之发展。"其资金之钜,为厦门各银庄之冠。"由于"日兴号"有良好的信誉,东南亚各地华侨曾纷纷把他们的游资汇存该银庄,以备家乡建筑房屋或其他实业之用。如印尼华侨李丕树,即曾一次汇寄30万元大洋,存于该行。

由此可见,民国初期正是华南财团势力上升阶段,不但投资金融市场的活动很多,所创建的华资银行势力也不容小觑。福建商人在华南财团中的人数虽不能与广东商人相提并论,但也在当时的金融市场分得一杯羹。20世纪20年代后期开始,国内外形势剧烈变化,这些华商银行受到了不小的冲击。

(三)证券业与黄金业

除了银行业的初步发展外,19世纪末20世纪初,香港股票市场和黄金市场的发展也开始进入萌芽阶段。1891年香港历史上第一家股票交易所"香港股票经纪协会"成立,该协会于1914年改名为"香港证券交易所"。1921年,第二家证券交易所"香港证券经济协会"也宣告成立。另外,1910年,还建立了从事各种金币交易的"香港金银业贸易场"。但是,无论从融资规模还是从交易量来看,这些早期的股票及黄金市场都是微不足道的,充其量只对早期香港金融市场的发展具有一定的象征意义。[①]

三、香港的填海工程

香港面积狭小且多山少地,填海造地是该地区一贯的扩展用地的手法。19世纪80年代的中区填海工程,前后历时15年之久,奠定了自坚尼地城、西营盘至上环、中环、湾仔一带中心区域的基本面貌。但一战时期,香港转口贸易缩减,填海拓地进度放慢,一些填海工程完成较迟。如20世纪初,香港殷商何启、区德两人合资组建启德地产投资公司,在九龙湾西北岸边购置地段,命名为启德滨。1916年起,启德地产和周少歧、曹善允等绅商开始主持九龙湾填海计划,初意是在新填土地上兴建一个华人高级住宅区,计划用地0.85平方千米,其中浅水填海造地占0.6平方千米。但是,工程于1919年开始停顿不前,0.26平方千米的深水埗填海工程,拖了许多年方才完成。此后又有谣言指该地区疟疾流行,加上离市区较远,致使入住者甚少,首批建成的200幢楼宇即多空置。启德公司因经营失败宣告破产,所填土地亦于1924年交回香港政府。香港岛方面,情况也与此类似。从中区填海完成后,人们就在谈论东区(湾仔)填海方案,但是港英政府要先取得沿岸地段业主的同意,而且还担心居住区大规模扩展会导致供水困难,因此直拖到1922年方始动工,并且在填海同时安装跨越港海的水管,从新界向港岛送水。这次工程共拓地0.36平方千米,于1930年完成。[②]

第二节 1925—1945年香港经济的曲折发展

20世纪20—40年代,是香港经济的曲折发展期。1925年的省港大罢工,严重影响了香港的正常商贸秩序,使香港经济遭到严重损失。随后全球性的经济大萧条,使本已

[①] 李锴:《香港:繁荣的世界金融中心》,北京:中国人民大学出版社,1994年,第20页。
[②] 金应熙主编:《香港史话》,《开山填海》,广州:广东人民出版社,1988,第125~126页。

遭受重创的香港经济雪上加霜,大部分华资银行纷纷陷入危机,与其他香港华资银行相比,闽资银行在这一时期仍有一定程度的发展。总的来说,由于受省港大罢工及全球经济危机的影响,香港经济受到重创,但其在工业领域仍创造了一定的发展契机。

一、省港大罢工与香港经济的跌落

经过了战后几年时间的恢复,香港经济在20世纪20年代中期已经超过了战前水平。1925年,香港爆发了省港大罢工,历时一年四个月,严重打乱了香港正常的商贸秩序,香港经济顿时陷入低谷。

首先,20世纪20年代正是中国工人运动的高峰时期,"二七惨案"、"五卅惨案"、"沙基惨案"等都彰显着工人运动声势之高涨。1922年1月,香港发生海员大罢工,起因是海员工会向各轮船公司提出增加工资的要求被资方拒绝。到1月底,香港运输工人也举行了同情罢工,使罢工人数激增至3万人以上,不仅出入口贸易处于停顿状态,连港九之间的交通也陷于瘫痪。至2月底,海员罢工进入了新的阶段。为了争取社会的更多同情和影响,一方面,海员罢工总办事处派出代表赴港继续举行谈判;另一方面,香港的各行业工人及时成立了"全港同盟罢工办事处",开始了声势浩大的总同盟罢工,给罢工海员以极大的支持。参加罢工的除海员工人外,还有船坞、报馆、印刷、饮食、旅馆、公用事业、屠宰、市场等行业的工人以及在私人家庭中的仆役、厨师等,罢工的浪潮席卷香港,全港交通中断,商店停业,工厂关闭。3月4日,酿成沙田惨案,罢工人数即增至10余万人。由于来自大陆的粮食及日用品的运输中断,香港物价飞涨,濒临绝粮的危险,香港的经济、生活很快陷入瘫痪,港英当局对此大为恐慌,遂"调集太平洋兵舰十六只及陆军枪队来镇压"。罢工海员并不退缩,团结全港工人以坚持同盟罢工来回答帝国主义的武力镇压。在坚持了两个月后,最终获得了胜利,资方和港英当局被迫满足了工人的所有要求。海员大罢工的胜利为日后香港工人运动提供了有用的经验。1925年5月30日,上海发生"五卅惨案",工人阶层群情激奋。为声援"五卅运动",1925年6月,经中华全国总工会的联系与发动,香港工团联合会具体组织,全港工人20余万人进行了大罢工,即工运史上有名的"省港大罢工"。罢工首先由香港海员工人发起,接着,电车工会也开始罢工。在海员、电车工人的影响下,洋务、印务、煤炭、起落货、码头、邮差、清洁、旅业、果菜、戏院等几十个工会和海军船坞、九龙船坞、太古船坞、电力公司等工人都参加了罢工。继而,猪肉、牛肉、鲜鱼各行也开始罢市。茶居、酒楼等饮食店铺也陆续停业。在此前后,皇仁、华人、育才、拔萃、圣保罗、圣士提等院校的青年学生相继罢课,群起支援罢工。仅15天内,罢工人数达全25万人。到了6月底,广州革命政府立即照会英、法等国提出抗议,并宣布同英国经济断交,并封锁海口。1926年10月10日,罢工委员会才宣布取消对香港的封锁,这次罢工坚持了一年四个月。

在省港罢工的打击下,香港经济遭到严重损失。首先,商业萧条。香港在英国商业中占经济收入极大比重。但自罢工后至12月底,各大中商行、商店接连破产达3000余家。素称繁华的中环商业区,停业者十居其五。就连较大的南北行、九八行、金山庄、大洋商店等,都纷纷停业闭户,一些暂时营业的商行,也是门可罗雀,冷落萧条,给香港社会蒙上了一层阴影。港英政府的财政收支也因罢工封锁陷于困境。1921—1923年间,港府的财政收支每年盈利200万~370万元,但在1925年和1926年则出现大量赤字。商业不景气造成税收和卖地减少,而应付罢工封锁使支出激增。因此,港府在1925年度的财政赤字多达500万港元以上,1926年的赤字为240万港元左右。为渡过财政上的危机,港英政府被迫向本国政府借款300万英镑,①但也只是杯水车薪。

其次,外贸顿减。香港是世界重要进出口口岸,罢工使得香港贸易遭受沉重打击,贸易额急剧下降。1924年秋季,香港进口货值为11674720英镑,出口货值为8816375英镑,而到了1925年同期,则各骤减为5844743英镑和4705176英镑,其中香港对内地贸易更是一落千丈。1922—1924年间,香港对内地出口的贸易额一直占据内地整个进口额的25%,但是在1925年则下降为18.6%,到1926年更锐减为11.1%。同时,香港从内地进口贸易货值则从1924年所占内地出口贸易货值的22.4%,下降到1925年的14.8%和1926年的10.9%。②据海关贸易册统计,香港每年出入口货价值1356万镑,约合中国银15亿元。罢工后,平均每天损失400万元,每月1.2亿元。香港的出入口货,罢工前输出881万镑,罢工后输出470万镑,减少47%左右。在税收方面,以1924年和1925年秋季为例,罢工前入口税为1167万镑,罢工后入口税为584万镑,锐减一半。税收总额和其他收入,1925年比1924减少1190多万元。香港的航运业也大受影响,具体表现在进出港船只与吨数的锐减。从统计数字看,1924年到港的船只为76492艘,共5700万吨,日平均进出港船只210艘,吨位数156154吨。但1925年下半年,日平均进出港船只仅34艘,吨位数55819吨,与1924年同期相比,船数仅及其16%,吨位数仅36%。

再次,金融股市跌价。香港的金融主要由英国寡头所把持,其中最大的银行为汇丰银行和渣打银行。这些银行是港英当局的重要支柱。他们把银行的资本投放于市场和各种实业,从中牟利。但省港罢工打乱了他们的金融计划,使银行投资置业完全丧失了机会。仅6月罢工后至10月中旬,汇丰银行的股票价值就由1290元跌到1140元,减少15%。其他银行同样遭受严重损失。商界的恐慌直接影响了香港的股票交易,并造成股票价格暴跌,以至于港英政府于6月底被迫下令暂闭股市。

最后,地价跌落。大罢工后,香港的地价一落千丈。计居住区地价下跌2/3,商业区下跌1/3。在油麻地、九龙、西营盘、铜锣湾等地建筑的新楼,尽管月租由25元降为10元,仍大多无人居住。由于罢工工人返回广州,大批居民纷纷迁往澳门等地,所以香港政府在新界、九龙、红磡、跑马地等地建筑的新楼房,也十室九空。据不完全统计,仅1926年4月,空屋达1280间,还有2600多座空楼。总计香港的房租、地价分别下跌50%左

---

① 侯书森主编:《百年沧桑:香港的过去、现在与未来》,北京:中国文联出版公司,1996年,第68页。

② 侯书森主编:《百年沧桑:香港的过去、现在与未来》,北京:中国文联出版公司,1996年,第67页。

右。此外,香港的工业其他行业也遭到冲击,致使香港的政治、经济、文化均趋衰落。①

二、大萧条与华资银行的沉浮

民国初期,许多华资银行在香港和东南亚日益兴起。经过十几年的发展,其中的一些已经在全国华资银行中占据领先地位。但从20世纪20年代后期开始,世界经济开始走下坡路,到20世纪30年代初更是爆发为全球性的经济大危机。在大萧条时期,许多超级金融机构都陷入经济萎缩的泥潭不可自拔,最终倒闭解散。而当时的华资银行无一不是侧重经营国际汇兑,因此特别容易受到世界经济形势的影响。

华资银行的危机早自20世纪20年代中期就已见端倪。首先受到冲击的是华商银行。华商银行是香港最富有的米商,华商银行是香港最早创办的华资银行之一,大股东是香港最富有的米商,所经营的主要业务是侨汇、对与安南做生意的米商贷款,以及外汇买卖等。1924年6月,华商银行因从事外汇炒卖遭到严重损失,触发挤提风潮,被迫暂停支付款项,并最终倒闭。华商银行倒闭事件,严重地打击了存户对华资银行的信心,大量存款从华资银行流向外资银行。当时,华资银行开始成为外资银行的竞争者,华商银行事件正好为外资银行提供了机会。同年7月,渣打银行联合数家外资银行致函华资银行,规定华资银行购买外汇时须以现金支付,此举无疑打击了华资银行的外汇业务。1925年,受到省港大罢工的影响,香港的华资银行遭受了一次规模更大的挤提危机,使大部分银行被迫暂停营业,并导致部分银行、银号倒闭。所幸两家发钞银行——汇丰和渣打向华资银行垫款600万元,使许多银行得以周转,避免遭受倒闭的厄运。但外资银行并非总是如此善意,彼此之间的竞争关系使得它们对华资银行的打击常常是不遗余力的。1930年,工商银行总经理薛仙舟去世,这家主营华侨业务的华资银行受到外资银行的排斥打击,加上经营汇兑业务失败,被迫停业倒闭。

1935年,受到西方经济大萧条的影响,部分过度向地产贷款、炒卖外汇的华资银行遭受了更大的打击。嘉华银行起先一直以广东分行作为营业主体,香港总行并不营业。1929年嘉华总行正式对外营业,广州方面转为分行。1935年,受世界经济大危机的影响,嘉华两大股东嘉南堂和南华公司相继倒闭,波及银行。当年1月,嘉华银行因其广州分行过度发展物业按揭而无力支付存户提款,被迫暂停营业。1936年复业后,该行已无力维持原有盘面,香港、广州两行分离独立,各自经营。1933年成立的金华实业储蓄银行由广州金华实业公司创办,资本额为100万元,大部分由美国华侨及国内人士出资。后因金融恐慌,公司业务萧条,于1936年结束。

当时香港华资银行中的"老大"广东银行受大萧条波及出现了挤兑危机。早在1931年,广东银行已一度发生挤兑风潮,存户提款高达390多万元,但当时该行实力雄厚,仍能从容应付,平安渡过难关。1934年9月,广东银行再度遭到挤提,被提走的款项高达1000万元,总行及海内外6家分行被迫停业。在广东银行濒临倒闭之际,国民政府实力

---

① 金应熙主编:《香港史话》,广州:广东人民出版社,1988年,第189~194页。

派人物宋子文插手进行增资改组,该行才能得以维持。1936年11月23日,广东银行举行复业典礼,宋子文出任董事长,邓勉仁出任总经理,虽然仍称商办,但人事组织已面目全非。广东银行挤兑风波对其他华资银行造成了不小的影响:当时仅次于广东银行的东亚银行也受到了挤提风潮影响,大批存户涌到东亚银行挤提,东亚银行只能将一箱箱的银圆、金条搬到营业大堂堆放,才得以渡过危机。国民储蓄银行紧邻广东银行,挤兑发生后,董事会立即召开紧急会议,决定各存款户自5日起准提存款1/5,以后再10日兑付1/5。即便如此,各董事仍未能垫付现款,该行不得不于1935年9月16日宣布停业。广州、上海、汉口、天津四处分行也同时停业。1936年,国民储蓄银行改组,总行及各分行先后复业,资本仍定500万元,实收4185460元,仍由王国璇担任总司理,但业务已大不如前。抗日战争爆发后,该行自行清理停业。早先已经陷入经营困境的工商银行为了能在挤兑风暴中获得生存,被迫限制存户只能提取两成存款。这次银行危机暴露了香港银行制度的众多问题,或者更准确地说,香港银行缺乏基本的制度。当时,香港仍然没有银行法例,甚至没有法律指引银行如何组织,更不用说指引银行如何运作了。香港政府对银行危机的反应,仅是检讨引入银行条例的可行性,结果是不了了之。①

20世纪30年代以后,大萧条的冲击也普遍影响了各大闽资银行。但与香港华资银行相比,闽资银行在这一时期还有一定程度的发展。新加坡和丰银行是经济危机前新加坡华资银行中经营状况较好的一家。世界经济大萧条时,英镑、海峡银圆贬值,使得和丰的外汇和外币业务蒙受巨大的损失。1931年,和丰银行发生挤兑,时任董事会主席的林秉祥辞职,由徐垂青接任。徐垂青为了解决银行的困境,和华商银行的副主席李光前商讨解决方案。李光前深恐危机波及华商和华侨两家银行,提议合并,得到徐的认可。1932年,新加坡三大闽资银行——华商、和丰、华侨合并,在10月成立华侨银行有限公司,李光前任董事长、柯守智任总经理。经由李光前倡议合并后,华侨银行成为新加坡4家华资银行中最大的一家,获得了更强的抵御经济萧条的能力。在李光前的主持下,华侨银行获得较快的发展,先后在新加坡设立了20多家分行,1933年在香港开设分行。菲律宾中兴银行初创时的实缴资本为菲币200多万元,经过十几年的发展,到1933年时,其资本已实增至600万元,资产总额达2470多万元,成为菲律宾最主要的侨营银行之一,对扶助华侨经营工商业及当地经济发展起着良好的作用。1935年,马来亚沙捞越华侨黄庆昌和胞兄黄庆发以及邱明昶、王丙丁、冯清缘、蒋骥甫、陈文确等福建籍商人共同创立中国联合银行,即后来新加坡第二大银行——大华银行(United Overseas Bank)。大华银行是新加坡第四家华资银行,初办时法定资本400万叻元,缴足资本100万叻元,黄庆昌任董事主席,邱明昶为副主席,王丙丁任董事、总经理,许多高层管理人员是从另一闽籍华人银行华侨银行吸收而来。与新加坡其他华人银行相同,大华银行主要服务于当地的福建社区,是以吸收当地华人存款和为华商提供信贷为主,后来业务范围扩大,也主要集中在东南亚。

---

① 冯邦彦:《香港金融业百年》,上海:东方出版中心,2007年,第41~43页。

20世纪30年代闽资银行的发展,离不开一批成功闽籍商人的运筹帷幄。组织合并三大银行的李光前出生于福建南安,是侨领陈嘉庚的女婿,也是新加坡著名的橡胶和黄梨大王。他是陈嘉庚之后新加坡最具权威的华侨领袖。由他所开创的"李氏集团"涉及工、商、金融等多个领域,至今仍是新加坡举足轻重的企业。黄庆昌原籍金门县,生于当时英属婆罗洲沙捞越的古晋市,是当地福建侨领、华人甲必丹王长水的女婿,在岳父的资助下,他创办了黄庆昌公司,专营橡胶、甘蜜和胡椒等土特产品。在开办大华银行之前,黄庆昌曾在沙捞越创办了联昌银行,为中小华商提供信贷服务,便利了当地华商生意的开展,同时也从经营中获取了利润。邱明昶是马来亚槟榔屿的殷商,同时也是20世纪早期的华人社会活动家。邱氏原籍福建海澄新垵,邱家是当地的名门望族。邱明昶在菲律宾经商致富,在20世纪初回厦门置业,成立万记商行,投资厦门码头,进行进出口贸易,在房地产业也颇有作为。王丙丁是黄庆昌从华侨银行吸收过来的高层人员,他出生于金门县,自幼随父往新加坡。1913年被聘为吉昌公司新加坡分行经理。1930年,任新加坡华侨银行董事,次年出任该行总经理。1932年,任合并后的华侨银行有限公司四位经理之一。蒋骥甫1862年出生于福建同安马巷,幼年南渡新加坡。初在出入口商行任职,日久略有积蓄,后与陈嘉庚合创橡胶园,苦心经营而发迹。陈文确是厦门集美人,陈嘉庚的族亲,早年到新加坡谋生,1925年与其弟陈六使合创益和树胶公司,至1938年改组为益和树胶私人有限公司,业务扩展到东南亚各地。

世界经济危机过去之后,香港银行业逐步复苏。20世纪30年代中期开始,日本侵华的脚步日益加快,,一大批中国资本银行相继涌入香港,包括广东省银行(1929年)、广西银行(1932年)、交通银行、上海商业储蓄银行、中南银行(1934年)、金城银行(1936年)、新华信托储蓄商业银行(1937年)、中国国货银行、聚兴诚银行、国华商业银行、南京商业银行(1938年)、中国实业银行(1939年)等,它们与早期进入的中国银行、盐业银行等,构成香港银行业中的一个新类别。由于内地遭受战乱,政局动荡,大量资金涌入香港,香港银行业呈现一片繁荣的景象。到1941年日军侵占香港前夕,香港拥有的各类银行已达40家左右。

三、香港工业的发展

香港早期基本是一个转口贸易港,除了同发展转口贸易有密切关系的造船、修船等行业之外,确实没有多少工业。不过,一战以后,由于欧洲工业品运销东亚的数量大为减少,生产饼干、毛巾、内衣裤、香烟、电筒、塑料等的许多小型工厂便纷纷在港成立。到1931年全港从事制造业的工人超过11万,占全体劳动人口的24%。不过此时的香港工业,由于缺少资源、资金、技术及劳动力等,特别是尚未形成发展工业的国际机遇和环境,工业发展程度一直平平,产业类型也基本上是传统的手工业,并带有服务和辅助的性质,绝大部分生产规模狭小。后来香港经济因受世界经济危机影响出现衰退,不少工厂被迫歇业,但到20世纪30年代中期全港仍有工厂四五百家。

20世纪30年代中期至太平洋战争爆发以前,香港工业获得了若干发展契机。一是

《英联邦特惠税协定》的签订。1932年,英联邦在加拿大渥太华开会,讨论了《英联邦特惠税协定》,规定凡是采用联邦原料或劳工至少50%的制成品,可在英国及其自治领市场享受特惠税待遇。香港于1934年加入该协定。此举对香港工业的发展产生了一定的影响。据有关方面的统计,1934年,港岛设有工厂166家,九龙有253家,资本额达5100多万港元。① 至1940年,在港设立的工厂约有800家,雇用工人约3万名,主要有造船、棉织、胶鞋、电筒、罐头食品等行业。这对20世纪50年代香港工业的重建有积极影响。② 1936—1940年间,香港工业产品出口额约增长了6倍,在出口总额中的比重从3.1%增至12.1%。这不论在厂家总数、雇工人数还是出口比重上来说,都已接近或超过1950—1951年香港工业的水平。③ 二是抗战爆发后内地人口与工厂迁港对香港工业起了积极的促进作用。据估计,1937年逃港难民有10万人,1938年有50万人,1939年则有15万人,使香港人口在第二次世界大战前夕增至160万人。④ 这些人口为香港工业提供了巨大的劳动力支持。在战乱中,苏、浙、闽、粤各省的实业家都有不少迁来香港经营,特别是原来就在港设有分支机构的更多于1937—1938年间在港设厂恢复生产。仅上海一地,搬迁来港的工厂就超过1000家。它们的经营范围以轻工业为主,包括针织、搪瓷、胶鞋、纺织、电筒等。规模较大的近代工厂有南洋电池厂、普照电池厂、泰山电筒厂、泰盛染织厂(广东东莞香氏家族企业)、三星织业厂、华人丝绸厂、美亚丝绸厂、华强树胶厂、天厨味精厂、震亚金属制品厂、大华铁工厂、万国机器厂、捷和钢铁厂、灿华公司、中华无线电社等,但为数较少;更多的是小厂,包括由住宅改建的即后来所称的山寨工厂。他们从内地带来了一定数量的资本和技术,由上海等地招募了一些技术工人,并且充分利用在人口激增条件下的廉价劳动力。由于战时日本工厂有相当部分已经转向军火生产,而内地中国工厂或因内迁大后方,或因在战争中遭受破坏而暂时退出市场,香港的工业产品便得到向东南亚等处市场推销的机会。1939年欧战爆发后,一些军用品如防毒面具、防护帽、军用水壶、战地电话、收发报机等的需要大大增加,刺激了香港工业的发展。造船、船舶修理等"老"工业也活跃起来,它们在1939年共雇用职工16000多人。在这一年中鲗鱼涌的太古船坞承建了两艘1万吨级的船只。

四、香港沦陷与日本的经济掠夺

1941年太平洋战争爆发,日军于12月25日攻占香港,直至1945年8月15日投降为止,香港经历了3年又8个月的沦陷时期。

日本占据香港后,一方面,为了稳定港人情绪,拉拢华人供日本人驱使,成立华民代

---

① 刘泽生:《香港古今》,《香港经济史漫话》,广州:广州文化出版社,1988年,第152页。
② 金应熙:《香港今昔》,收入邹云涛等整理:《金应熙香港今昔谈》,北京:龙门书局,1996年,第106~107页。
③ 刘泽生:《香港古今》,《香港经济史漫话》,广州:广州文化出版社,1988年,第153页。
④ 《香港一九八零年》,香港政府出版物,1980年,第175~176页。

表会,网罗一批华人上层绅商以资号召,并应总督咨询。任主席的为旭日商行老板、置业公司董事罗旭和,原交通银行经理刘铁城,原东亚银行管理人李子方,复兴炼油公司总监督陈廉伯等。另设华民各界协议会,从华人经营的商业、工业、运输、金融、教育、慈善、技术、医师、建筑、劳动部门推出代表为委员,亦设主席、副主席,为港日当局效劳。另一方面,日军以"人口清查"为名挨户搜索,奸淫掳掠;随即颁布《华人疏散方案》,强制迁出华人55.4万;1942年3月,再疏散41.9万人;加上无法谋生或政治原因离港者,到日占末期,原有164万人的香港只剩下60万人。与此同时,日本人在当局鼓励下大量涌入,两年里由230人剧增至3万人,由此可见当局将香港日本化的罪恶企图。①

由于香港在转口贸易上的突出地位,日本人的商业贸易和交通运输企业声称要使香港成为"共荣圈"的中继线。1942年10月,由日商成立"香港贸易组合",其成员为岩井产业株式会社、伊藤商行、日绵实业株式会社等94家企业;经营范围有香港、日本、台湾、伪满、华北、泰国、印度支那及东南亚的日占区货物交易。事实上是由日商操纵上述地区的商业和运输,逐步实行垄断。当时香港食米主要依赖泰国和印度支那,食油依赖华北、华南和伪满,橡胶和燃料依赖东南亚各国。经过日本垄断企业插手,贱买贵卖,以劣货卖高价,日本军方又在香港实行通货膨胀政策,以掠夺物资,结果使香港市场物资缺乏、物价飞涨,把原来近代化转口港变成市场萧条的死港,完全为日本军事掠夺服务。

战前,香港的金融市场已颇具规模,共有银行47家,其中华人31家,英国5家,美国4家,日本才2家。日占香港后,将英、美、荷、比四国13家银行和中国人的4家银行作为敌资银行交由日本五金银行和台湾银行清算。华人的广东、中南、金城等9家银行则以营业困难为借口令其自动关闭,这9家银行的资产也被日本人吞并或控制了。至于硬性提高军票面值、套换港币、强迫汇丰银行发行1亿多港币的"迫签案",更是明目张胆的超经济掠夺。

日军占据香港后,摧毁了建立起来的大部分工业,至1946年,工厂家数急剧下降为366家。香港的近代工业如造船、水泥、橡胶、烟草等业主多在日占后逃跑或被拘,工厂因缺原料、难推销而陷入绝境。有些水产和农业养殖虽勉强维持,也因渔具和肥料饲料困难而负债。因为肉类奇缺,总督府自设养猪场,并委托日本人开办九龙牧场,解决军、政部门之需。一般市民不但三月不知肉味,连豆腐也要高价才能买到。日军规定市民食米定量供给,每人每天限定6两4钱,严重期间减至3两。后来没了大米,只配给民众绿豆、浆粉,直至停止供给一般市民粮食。黑市米价飞涨,每斤由数元涨至200多元。饿死、病死的居民很多。1944年夏,因燃料缺乏,电力厂不能发电,全港停电数月。

香港沦陷的3年8个月间,日军对香港的战略方针,是要使香港成为日本控制东南亚和中国东南沿海的中心。在日占香港的3年8个月里,前期忙于稳定新秩序,后期为挽回太平洋战争的败局加紧经济掠夺。自始至终,日军统治香港的手段都显得特别野蛮和残酷,一个世界瞩目的自由贸易港在这一时期变为了萧瑟凋敝的孤岛。

---

① 金应熙主编:《香港史话》,广州:广东人民出版社,1988年,第215~219页。

第三节 战后香港经济的恢复

战后,由于一系列国际、国内条件和诸种因素的合力作用,香港社会经济秩序逐步恢复,经济发展开始步入正轨。从外部环境看,正处于日本战败、中国大陆及东南亚各国政局动荡之时,香港在没有强大竞争对手的情况下得到重建转口港地位的良机,贸易额连年持续上升。从政府政策看,为了稳定人心,港英政府采取了一系列恢复人口与经济的措施,以尽快恢复在战争中受到重创的香港经济。

一、港英军政府对香港的统治

1945年9月1日,英国海军少将夏悫从日军手里接收了香港的统治权,便开始执行全面的军政统制政策。军政府为重建香港,首先使自来水厂、电话局、中华电灯局及水陆交通复工,民营的协同和机器厂、广祥兴船厂等10余家也陆续开工,但登记复工的香港工人不过5万,仅为战前的1/6。在全体市民配合下,堆积如山的垃圾也得到清除。日占期间遗留问题仍很多,80%的居民营养不良,医疗卫生条件极差,传染病流行。大部分学校缺课本、台凳,失学者超过2/3。民房受损数万间,英军进驻需征用大批民房,房租猛涨,于是宣布冻结民房租金,统制建筑材料。香港消费的粮油食品本由大陆及东南亚进口,上述地区因战祸而缺货;军政府只得减低市民配给量,黑市交易便一日三价,加上配给制规定优先照顾欧籍居民,更使大多数港民怨气冲天。由于通货膨胀,军政府只好承认日战时的"迫签纸币"为法定通货。迫签纸币也称逼签纸币,1941—1945年日本占领香港时期,日本政府为了套取资金购买从中国及澳门输入的物资,强迫汇丰银行签发了一批尚未发行的面额为10元、50元、100元及500元的价值超过1亿元的钞票上市流通。由于没有保证金支持,这种钞票价值跌至面值的1/3。至1946年4月,香港政府同银行协议追认其为合法钞票,并由汇丰银行兑换回收;[1]对银行颁布"延期付款公告",冻结所有战时债务,以减少港币的流通量;同时开征多项税收增加收入。但军政开支与公用事业开支巨大,如修理、扩建车站、码头、机场,又如军队复员、警察训练以至于修复教堂和英王塑像等,处处要钱。不到一年,财政赤字达3000多万港元,这就为后来增税留下伏线。好在大乱之后人心思治,军政府工作没有出大乱子,终于度过8个月艰难岁月,于1946年4月30日结束军政府统治。[2]

---

[1] 郑定欧主编:《香港辞典》,北京:北京语言学院出版社,1996年,第10～11页。
[2] 金应熙主编:《香港史话》,广州:广东人民出版社,1988年,第225～228页。

二、港英政府的经济恢复政策

1946年5月1日,军政府统治8个月后,香港总督杨慕琦返港宣誓复职。当时的香港,一片废墟,纸币贬值,资产冻结,企业家和技术人员严重缺乏,情况十分恶劣。杨慕琦回任后,为了稳定民心,采取了一系列管制手段。

(一)人口恢复

日军占领香港期间,香港人口流失严重。1945年8月日军投降时,香港只有60万人口。战时许多华籍居民返回内地,1945年日本投降后,他们纷纷返港,几乎每月有10万人之多。战后,香港与内地之间的来往不受任何管制,到1947年年底香港人口即激增至180万。1948—1949年间,中国爆发国内革命战争,许多人涌入香港,人数之多,史无前例。1949—1950年春,约有75万人移居香港,他们主要来自广东省、上海及其他商业中心。到1950年年底,全港人口估计有230万。

(二)经济恢复

1. 转口贸易

港英政府在经济上的扶持首先致力于转口港地位的恢复。由于日本战败,中国及东南亚各国政局动荡,而香港则治安及币值都比较稳定,所以香港就在没有强大竞争对手的情况下得到重建转口港地位的好机会。香港商人迅速恢复过去的海外联系,并且极力开辟新市场,贸易额连年持续上升,至1947年,香港进出口贸易总值增至27.67亿元,比战前最高年份1931年的12.80亿元增长了116%,1948年增至36.6亿港元,1949年更是突破50亿元大关,达到50.69亿元。① 其中,香港与内地的商贸联系最为紧密。1946年,香港同内地的贸易相当繁荣,在香港贸易总额中,中国内地占36.5%,但从次年起,由于国民党发动内战使内地经济条件恶化,这一比重即连年下降。港商竭力恢复和加强同英、美、澳、加以及东南亚各国的经济联系,使贸易总额一再上升,到1948年达36.6亿元,比1939年增长了166%。② 另一方面,1948年,解放军解放东北、华北,开放贸易,港商迅速充当了新中国同外界贸易来往的中介人。

2. 金融业

随着转口商贸的恢复与发展,金融业也逐步走向正轨。战后初期,香港经济并未走上轨道,银行业务仍未全部恢复,传统银号承担起大部分的金融服务。战后率先复业的银号有:道亨银号、永隆银号、恒生银号、广安银号、富记银号、昌记银号、季记银号、万发

---

① 金应熙:《香港今昔》,收入邹云涛等整理:《金应熙香港今昔谈》,北京:龙门书局,1996年,第107页。

② 金应熙:《试论香港经济发展的历史过程》,收入邹云涛等整理:《金应熙香港今昔谈》,北京:龙门书局,1996年,第38页。

银号、万昌银号、和祥银号、昌兴合银号、英源银号、腾记银号、英信银号、财记银号、发昌银号等。这一时期,新成立的银号有:永泰银号、明德银号、佑德银号、永明银号、利成银号、合记银号等。其中,道亨银号、永隆银号、广安银号、永泰银号等。因为联号较多相比之下,银号业务则成为当时香港经济中最蓬勃者,1945年年底,一般银号均有10万、8万元的盈利,规模较大的银号盈利则约40万元。

随着银号与金银业贸易的恢复,银行也逐步复业。1945年内率先复业的华商银行及中国官办银行计有:中国银行、交通银行、华侨银行、东亚银行、上海商业银行、盐业银行、永安银行、国民商业银行、康年银行、中国国货银行、汕头商业银行、广东银行等十数家。这一时期也是香港银行数量急速增加的阶段,1946年年底,仅西式银行的数量就增加到46家,比年初增加了一倍。由于没有法律限制,任何人、任何公司特别是金银首饰店、汇兑公司甚至旅行社只要有一定的资本、一定的业务联系,都可以登记为银行,在香港开设银行、银号、找换店或可供存款的店铺。战后初期香港的银行(不包括分行)曾一度多达140家以上。长期以来,香港政府按照不干预的传统政策,对金融业并未进行任何的严格监管,二战后,银行数量的激增以及银行从事的投机活动,引起了香港政府的关注,1948年1月29日,香港政府制定并正式通过第一部银行法律《银行业条例》,共15条款,极为宽松,也很不完善。1948年,香港政府首次向银行发放牌照,领取牌照的银行共有143家。其后,香港的银行数量逐渐减少,银行素质逐步提高,到1951年,银行已减为125家。

南京国民政府日趋腐败和崩溃,大量发行金圆券、银圆券,货币大量贬值,江浙一带富裕人家及华南地区殷商富户纷纷将手中的纸币兑换成外币、黄金。在这股抛售本国纸币以求保值的汹涌浪潮中,大量资金通过不同渠道流入香港,直接注入外汇市场、证券买卖及金银炒卖。据估计,1947—1950年间流入香港的资金,加上无形的贸易逆差,相当于国民所得的48%。① 这一时期,香港金融市场呈现了异常的繁荣景象。而且,由于法币汇价的大幅暴跌,港币的供应量迅速增加。由于国内惊人的通货膨胀,人民纷纷把手上的购买力兑换成其他足以保值的外币、黄金等,港币成为重要的保值手段之一。法币汇价的大幅暴跌,还引发了香港金融市场炒卖美钞、卢比、西贡纸等外汇以及炒卖黄金、白银的空前热潮。当时上海、广州的行庄与香港行庄结成三角套汇关系,将内地巨额资金由法币兑换成港币、外币或黄金、白银在香港进行炒卖或外逃境外。影响所及,香港"对敲"金号、金饰店铺如雨后春笋般涌现。战前,香港金铺总数不足100家,战后初期已急增至200多家。1947—1949年间,香港黄金炒卖盛极一时,黄金价格暴涨暴跌,主要视上海、广州金价涨落及香港对黄金供求情形而定。香港的银号、钱庄甚至银行都纷纷参与投机,狠狠赚了一把,并触发了香港金融市场上的一场空前的投机狂潮。

1949年4月14日,香港政府根据国际货币基金组织(IMF,International Monetary

---

① 周亮全:《香港金融体系》,载王赓武主编《香港史新编(上)》,香港:三联书店,1997年,第348页。

Fund)协定要求,颁布法令,限制纯金买卖。从1949年7月起,香港金银业贸易场买卖的黄金从过去的九九成色的纯金改为九四、九五成色的工业金。不过,在黄金进出口管制期间,香港市面黄金的供应仍源源不断,因为二战后,葡萄牙不是IMF成员,无须履行限制纯金买卖的义务,商人在澳门进口黄金只要向政府交纳进口税便不受限制。香港金商便利用澳门作为黄金进口基地,从欧洲及南非购买黄金,经香港转口到澳门,在澳门报关及办理进口手续,再将进口纯金熔化,改铸成九四、九五成色的5两金条,然后从澳门走私到香港。金商从欧洲或南非购买黄金后,多数在香港黄金期货市场上抛售,金商买卖黄金的自由美元也经由香港自由外汇市场吐纳。在这种情况下,与金商关系良好的银号、钱庄便可大做黄金、外汇买卖,从中赚取丰厚利润,其中的典型就是恒生银号。那时候,香港黄金市场上从事黄金交易者可说大都以恒生银行马首是瞻,恒生银行创办人何善衡更于1946—1949年间出任金银业贸易场主席。①

3. 工业

这数年中,香港工业也开始重新发展,除原来基础较好的造船和船舶修理业外,纺织、食品加工、金属制品等业都有所增长。1947年起,由于国民党在中国内战中的失利,又因国民党当局加紧控制工业,内地厂家迁移来港的日益增多,大量工业资金及设备流入香港,尤以纺织工业为盛。1947—1948年新登记工厂为168家,比上年增加17%。② 1947年,香港有工厂961家,雇用人数47400人。所谓工厂,指使用电动机械或雇用人员在20人或以上,并向港英当局劳工处登记的制造业厂家。③

4. 房地产业

战后香港人口猛增,居住问题十分突出,当时由于战争的破坏,经济萧条,很多房屋残破不堪,百业俱废,居民大多以私拆空置楼宇的门窗及其他材料进行修复。香港当局为了鼓励富有的业主投资修复被破坏的房屋和吸引原有居民继续留港,于1947年颁布法例,规定房屋业主若以标准租金(太平洋战争前夕该区的租金值)的100倍重修房屋,则可按现时的市租值收租,否则,租金不得超过太平洋战争前夕的租金值,因而出现了房地产经济的热潮。这一时期房地产业的发展要求是为了安定民心,以尽快医治战争的创伤。④

---

① 冯邦彦:《香港金融业百年》,上海:东方出版中心,2007年,第84~89页。
② 金应熙:《一块石头上的奇迹》,收入邹云涛等整理:《金应熙香港今昔谈》,北京:龙门书局,1996年,第58页。
③ 金应熙:《香港今昔》,收入邹云涛等整理:《金应熙香港今昔谈》,北京:龙门书局,1996年,第109页。
④ 侯书森主编:《百年沧桑:香港的过去、现在与未来》,北京:中国文联出版公司,1996年,第214~215页。

第三章

闽人移港与闽商社团

二战后,随着国内外形势的不断变化以及经济发展的需求,大量的海外闽籍华侨及大陆福建居民陆续迁至香港。新移民的到来,不仅为香港提供了宝贵的人力资源,而且带来了工业化所需的资本和技术,改善了人口结构,延缓了人口老龄化。据统计,目前香港闽籍同胞120万人,约占香港总人口的1/6,现有闽籍社团组织130多个。这些在港闽籍社团不仅是一支积极活跃、团结向上、拼搏创业、爱国爱港爱乡的重要力量,也是改革开放以来闽港经济文化合作交流的重要桥梁。

第一节 海外排华事件与闽人移港

中国人移居海外的历史非常悠久。有的是因为拥有土地数量少,土地贫瘠,不敷生活之需,迫不得已而移居海外;有的则是沿海人民遭风漂流至于海外;还有的属于经济性移民,他们多怀着对海外财富的憧憬而不惜铤而走险,幸运者便战胜海上的各种凶险而在异国他乡建立起自己的家园。延至今天,已形成遍布世界五大洲、数量达3500万的海外华人群体和无数华人社区,被称为是源自一个单一国家的世界最大移民群体。其中有着悠久移民传统的闽籍华侨的数量就高达1200多万。无数的中国移民以其智慧和辛勤劳动,对居留国的开发和社会经济文化的发展,做出了且还在继续做出贡献,但他们在异邦的人生经历却充满艰险,命途多舛。

历史上,华侨的多处侨居地曾发生过多次排华浪潮。第二次世界大战后,北美、拉丁美洲、澳大利亚和新西兰对华侨的政策(包括移民、国籍和社会政策)逐渐趋向正常,排华立法大抵在20世纪60年代已成为历史。二战后的排华活动却在东南亚多有发生。从20世纪40年代中期起至80年代中期,东南亚新独立的国家如印尼、菲律宾、缅甸、柬埔寨和越南等相继地、某些国家甚至连续地发生由当局发动大规模排华运动。它们或以激进的立法形式,从经济到社会生活各个方面对华侨进行排斥、限制,剥夺他们的正当权利;或以暴力迫害的形式,大规模驱赶,断绝他们的生计,剥夺他们的财产;或大加杀戮,实行种族灭绝。在这些排华活动中,华侨华人的生命财产遭受巨大损失,当地经济发展亦蒙受严重损害。①

面对排华风波带来的巨大破坏,大量海外华人开始逐步把资金转移到相对安全的地区,有的甚至举家迁离,而政治、经济环境良好的香港成为他们的最佳选择之一。20世纪60—70年代中期,越南、柬埔寨、印度尼西亚等国的排华浪潮一浪高过一浪,大量的华人资本被没收,人身安全受到严重威胁。而在此阶段中国政府基本采取"长期打算,充分利用"的方针,从政治上稳定香港,从经济上支持香港。拥有稳定局面、健全法制、经济繁荣的香港,相对于政局动荡、战火不熄、排华风潮时起彼伏的东南亚,确属东南亚华人及其资金最佳的避风港。而在东南亚谋生的华人中,福建籍众多,他们在这一时期也纷纷将产业转移到香港等更为安全、更具发展潜力的地方。

一、在港英政府与新中国之关系

(一)新中国成立初期双方关系

内战后期,在港英政府对中国国内局势始终保持高度关注,并出台一系列法律法规来严密控制香港秩序。1948年10月27日,香港立法局通过了《1948年便利维持公众秩序与公安条例》,主要为了扩大警察权力,"防止和镇压暴动"。随后,在1949年4月和5月又相继出台了《1949年移民管制条例》和《社团登记条例》,严格管控移民与社会活动。渡江战役取得胜利之后,为应对局势的巨变,立法局通过《人口登记条例》,实行"身份证"制度。同日,立法局还通过《驱逐不良分子条例》及《修订1922年紧急法》。与此同时,港澳之间也开始就联防问题频繁接触。

1949年10月新中国成立,英国随即在1950年1月正式宣布承认中华人民共和国政府,要求与新中国建立外交联系,未派大使前,指定胡阶森为临时代办。港商迅速充当了新中国与外界贸易往来的中介人。香港与内地的贸易额在1949年和1950年内分别上升66%和74%。香港贸易总额亦急剧上升,连年出现新的纪录,1950年香港对外贸易总值超过75亿元,较上年增加近50%,次年更激增至创纪录的93.03亿元。此时香港转口贸易已经恢复甚至超过了战前的水平。但在当年12月,受到联合国关于会员国不得与新中国通商之决议的影响,港英政府下令禁止96种军事用品输出。非但如此,新中国成立初期,在港英政府还实施严格的对内控制,在边界地区实行宵禁,限制边境地区华人行动自由。在此期间,1951年11月21日,九龙城东头村发生火灾,1.4万余人无家可归,广州市各人民团体组成粤穗慰问团,于1952年3月1日赴港慰问,港英政府禁止慰问团入境。大批聚集在尖沙咀火车站欢迎慰问团的群众对此极为不满,群情激愤,发生警民冲突,警察开枪射击,纺织工人陈达仪中弹致死,多人受伤,100多人被拘捕,其中18人

---

① 黄滋生:《浅析战后东南亚国家的排华及其趋势》,《华侨华人历史研究》1993年第3期。

被判有罪,12人被递解出境。① 与"粤穗慰问团"事件爆发几乎同时,又发生了《大公报》案,事件起因是1952年3月4日,《人民日报》针对"三一"事件发表短评:《抗议英帝国主义捕杀香港的我国居民》。香港《大公报》、《文汇报》和《新晚报》转载了这篇短评。港英政府以刊载煽动性文字为由,控告《大公报》所有人兼督印人费彝民等,同时通知《文汇报》、《新晚报》候审。被控诸人据理驳斥,加上大律师陈丕士的出色辩护,港英当局理屈词穷,但仍判费彝民罚金4000元或囚刑9个月,编辑李宗瀛罚金3000元或苦工监6个月,《大公报》停刊6个月。5月10日,中国外交部就港英当局的无理判决,向英国政府提出了严重抗议。费彝民等上诉合议庭,虽被驳回,但《大公报》停刊令也不再执行,《文汇报》和《新晚报》免予起诉。② 港英政府在这两个事件中态度强硬,采取对内控制与镇压的措施,对新中国成立之初双方关系造成了影响。

1954年6月,中英两国政府达成互派外交代办协议。港英当局对内地及在港华人的控制稍稍放松,但仍规定每天从内地进入香港的人数同香港返回内地人数保持平衡,超过人数即不准入境。加之国民党特务在这一时期频繁活动,在香港制造了多起事端,成为中英双方关系正常发展的阻碍。最为严重的是克什米尔公主号爆炸事件:1955年4月11日,中国政府在香港包用了印度国际航空公司的客机克什米尔公主号,前往印尼万隆参加亚非会议。乘坐这架飞机的有中国政府代表团工作人员、越南民主共和国政府代表团工作人员和前往采访的中外记者共11人。台湾国民党当局特务在香港安放定时炸弹,使该机在飞越北婆罗洲沙涝越西北海面时爆炸,除3名机员侥幸生还外,其余人员全部遇难。特务的目标是暗杀中国政府代表团团长、国务院总理周恩来,但周总理并未乘坐这架飞机,幸免于难。4月12日,中国外交部发表声明,指出港英当局应对此事负严重责任。随后在1956年又发生九龙及荃湾暴乱事件,台湾当局特务借口九龙李郑屋徙置区C座墙壁上张贴的国民党旗帜被人撕下,开始进行破坏活动。11日,蔓延至荃湾。许多黑社会成员,挂上注目的臂章,加入搏斗,焚毁建筑物,洗劫商店,捣毁工会和国货公司。13日,国务院总理周恩来约见英国驻华代办欧念儒,对港英当局未能制止国民党特务分子制造的暴乱提出严重抗议。当天,港英当局开始对暴乱采取行动,实行宵禁,逮捕肇事者。16日,暴乱平息。在这次暴乱中,共有49人死亡(包括瑞士驻港副领事夫人),约400人受伤,财产损失超过200万美元。③

总的来看,新中国成立初期的港英政府与新中国的关系是具有开创性的。一方面,英国作为当时香港的实际管理者,在西方国家中率先承认新中国政府并建交,这种良好的关系促进了1949—1950年期间香港与内地商贸的大繁荣。直至20世纪50年代末中国内地依然是香港第一大进口商品的来源地,不可不说是得益于此。另一方面,随着冷战爆发与世界新格局的建立,中英双方也不得不受限于现实状况,时有摩擦产生。面对这些摩擦,中国政府从实际出发,尊重历史,尊重现实,照顾有关方面的利益,使得港英政

---

① 郑定欧主编:《香港辞典》,北京:北京语言学院出版社,1996年,第32~33页。
② 郑定欧主编:《香港辞典》,北京:北京语言学院出版社,1996年,第32~33页。
③ 郑定欧主编:《香港辞典》,北京:北京语言学院出版社,1996年,第131页。

府与内地政府的关系始终保持在一个相对良好的态势上,从而帮助香港保持了基本稳定的政治局面。

(二)20世纪60年代至改革开放前的双方关系

经过了新中国成立之初10年的积累,至20世纪60年代,港英政府与中国政府不断尝试推进双方合作。20世纪60年代前半期,双方商议,采用内地接济的办法,为解决香港全境淡水供应问题。香港多石山、岩岛和港湾,没有大河流、大湖泊,唯新界有几条小河,其中最长者为深圳河,发源于广东省宝安县,由东北向西流入后海湾,其他如城门河、元朗河、屏山河、林村河等,都非常短小,只能作灌溉之用。为解决香港淡水资源的缺乏,1960年4月15日,中英双方派出正式代表在深圳会晤,就深圳水库供应香港食水问题开始会谈,11月15日达成协议,正式签字。随后又在1964年与1965年,商谈并签署东江—深圳供水工程协议。中英在内地向香港供水问题上的合作,极大地解决了香港民众生活用水的问题。除此之外,在经济上,中国政府也一直以优惠的价格向香港提供大量的主食、副食、日用品、工业原料、燃料,即使是在内地三年经济困难时期也是如此。

在双方合作,利好明显的同时,港英政府对内控制及对移民管控力度始终不减。1961年6月,香港立法局会议通过扩大控制社团、移民管制等条例。1962年4月下旬,由于中国内地经济和农业困难重重,边境居民偷渡香港逐渐增多,港澳当局即增派军警,布防边境,日夜巡逻,予以拘捕,然后集中押送回内地。进入20世纪60年代中期以后,由于越战与中东战争爆发,国际局势动荡,英镑贬值,香港经济受到冲击。又受内地"文化大革命"的波及,1967年5月,香港发生"六七暴动"。事件起因原是九龙新蒲港塑胶花厂发生劳资纠纷,工潮恶化后,工人、学生及各界代表举行游行示威。港府为了防止工人大规模聚集,出动大批军警,最后工人与警察发生冲突,警察动用警棍、防暴枪和催泪弹,不少工人遭到拘捕。中国政府知悉事件经过后,支持抗暴活动,并由外交部向英国代办提出抗议,并发动北京群众在英国驻华代办门外示威。随后,港各界组织成立"香港各界同胞反英抗暴斗争委员会"(简称"斗委会"),勒令港英政府立即释放被捕的中国工人、居民,并向全港中国同胞赔礼道歉。发展至当年6月,"六七暴动"愈演愈烈,"左派"打人,放炸弹、烧巴士、电车,炸邮局,烧建筑物,用鱼炮炸警察,用石头投掷行人和汽车,形势日趋恶化,香港变成了一个"乱港"。8月24日,香港商业电台著名男播音员林彬,因为在节目中批评左派的暴行,被左派浇上汽油,活活烧死,震惊了整个香港。著名报人查良镛等也受到死亡威胁,一度离港暂避。当年12月,中国政府向香港左派下达直接命令,停止炸弹伤人行为,"六七暴动"才宣告终结。此次事件给香港造成了少有的动乱局势,人员伤亡与财产损失惨重,但也迫使港英当局调整施政策略。政府主动关注民生,减少社会不公平,修改劳工法例,加强对劳工的保障,实行地方行政改革,成立民政处。暴动也间接催生了香港20世纪70年代在教育、医疗、廉政、房屋等方面的改革。

"六七暴动"是在港英政府与中国政府双方于特定历史时期与自身发展阶段下出现的一次社会动乱。经过日后的调整,尤其是1971年中国重返联合国以及1972年3月中英两国达成互换大使的协议之后,港英政府与中国政府的关系也出现新的发展,从而带动了香港各界与内地的联系。1971年12月,在中国恢复联合国席位和美国总统尼克松宣布访问中国后,香港大学学生会即首次组成回国观光团,该团包括20多名学生,返港后举行了汇报会,引起强烈反响。之后,香港大学特别成立了国事学会。而中国政府也一直积极支持香港地区的各项建设与发展。1972年3月10日,中国驻联合国代表黄华递备忘录给联合国非殖民地化特别委员会主席,反对把香港、澳门列入反殖民宣言所适用的殖民地地区名单中,并要求立即从非殖特委会的文件以及联合国其他一切文件中,取消香港、澳门是属于所谓殖民地范畴的这一错误提法。

从1949年10月新中国成立到改革开放之前的20余年,尽管中国内地的发展并不平顺,但却是香港经济快速上升的时期。对此,中国政府与港英政府都做出了积极的贡献。就中国政府来说,一直对香港采取"长期打算、充分利用"的政策,从政治上稳定香港。内地历次大规模的政治运动,基本上都没有波及香港。除了1967年的"反英抗暴"斗争有过短暂的波动外,香港的政局基本上比较稳定。同时,由于一个强大的社会主义中国在东方的崛起,使得任何侵略者对于位于祖国南大门的这块中国的神圣领土香港,不敢轻易冒犯。这是香港作为国际自由港地位的一种强有力的保障,也是香港经济发展的具有决定性的前提条件之一。中国政府在经济上也始终支持香港,除了提供淡水、主食、副食、日用品、工业原料之外,在全世界发生能源危机而中国内地又很需要石油的情况下,1974年,内地以优惠的价格供应香港各类石油达3万吨,可以说是不遗余力地帮助香港渡过难关。而就港英政府而言,尽管其是英国政府在港实行统治的代理者,但它采取了对经济发展起了重要促进作用的一些政策。如实行出口导向的工业化道路,大力开拓海外市场;采取"接受外资,繁荣香港"的方针,大力引进外资;实行低税政策,工商企业和个人所得税的税率在西方国家和东南亚地区中都是最低的;开始于20世纪60年代而盛行于20世纪70年代的"不干预"的"自由经济"政策等。这些都是有利于香港经济发展的方面。

新中国成立之初,英国虽然是第一个承认中华人民共和国的西方国家,但它对新中国的承认只是基于现实利益的考虑,并非真正认同或支持当时的中华人民共和国政府,像其他诸多西方国家一样,英国对新中国本质上采取的是敌视态度和打击、遏制政策。英国统治下的香港政府同样受这种政策的影响,紧随英国的世界性抗共政策,支持美国发动的朝鲜战争,对新中国实行封锁禁运,加强控制香港社会,对亲中爱国社团和人士采取敌视态度和不遗余力的打击政策。

面对港英政府的敌视态度,新中国政府给予了强硬且合理的回击。反对不平等条约,收回香港主权,是中国政府的坚定立场。但中国政府并未选择立即收回香港的极端做法,而是考虑到香港社会的繁荣稳定和经济的持续发展问题,并不采行急于收回的途径,对于收回的时机、途径和方式则依据香港社会经济的发展状况而定。

1950年1月6日,英国外交大臣贝文致电中国国务院总理兼外交部部长周恩来,宣告承认中华人民共和国,并撤销对国民党政府的外交承认。然而,当天英国政府又发表声明,表示英国仍然和美国一道坚持"反对共产主义的长期目标","英国有决心阻止共产主义潮流越出中国国境",并且表明会同国民党政府"保持实际上的关系"。基于上述方针,英国在新中国成立初期,仍积极同美国一道在世界范围内"遏制"共产主义的发展,这当然包括香港这个英国殖民地在内。下述一系列事件中,可以清楚地看出,新中国成立初期港英政府对新中国及其在港的"中国势力"采取的是一贯的敌视和打击政策。

在新中国尚未成立之时,港英政府已感受到了中国大陆共产党实力的强大。为了防止日后解放军进驻香港,早在1948年12月24日,香港总督葛量洪就请求英国政府增兵香港。在葛量洪一再催促下,英国从东南亚调兵,令香港驻军增至3万多人。1949年3月,港英政府拨款2.6亿港元作为防务开支。1949年5月26日,英首相艾德礼召开内阁会议,批准了国防部拟定的香港防务方案,决定大规模增加香港兵力。虽然其后中国人民解放军并未进攻香港,但英国的防御准备足以证明其对中华人民共和国新政府深怀忧惧和进行遏制的态度。

新中国成立后,英国政府虽宣布承认中华人民共和国,但在具体的执行中,处处突显出敌对和遏制的态度。"两航"事件的裁决,即明确体现了这一点。1950年2月23日,香港高等法院裁定"两航"飞机之产权属中华人民共和国,国民党当局将飞机出售给美国的行为无效。然而在美国政府的压力下,1950年5月10日,英国枢密院推翻香港高等法院关于"两航"产权的裁决,将飞机扣留于香港。1952年7月28日,枢密院裁定"央航"剩余的40架飞机属美国民用航空公司所有。英国政府的这一裁决将其亲美遏共的态度显露无遗。

朝鲜战争爆发后,港英政府追随美国,对中国实行封锁禁运政策。1950年6月25日朝鲜战争爆发,中国派志愿军支援朝鲜民主主义人民共和国,而英国在随后的内阁会议上决定派兵参加美国领导的"联合国军",驻守香港的两营英军首先开赴朝鲜,并于8月底到达前线,英国成为美国以外派兵最多的国家。1950年12月9日,在美国胁迫和操纵下联合国通过决议,下令会员国不得与新中国通商,港英当局紧随这一决议,禁止96种军事用品向中国大陆输出。1951年2月7日,上海油轮公司的"永灏"号油轮在香港修理,而黄埔船厂却伙同台湾当局,向香港高等法院申请"永灏"轮的产权。1951年4月6日,港英当局颁布实施《紧急条例》,并于翌日宣布"征用"停泊在港进行修理的中国"永灏"油轮。英国殖民大臣声称:"为了在朝鲜的英国及联合国的军队安全,决不能让'永灏'油轮驶回中国去。"面对港英当局的无理裁决,中国政府给予了有力回击。在4月18日向英方提出强烈抗议无效后,中国政府于4月30日下令征用英商亚细亚火油公司的全部财产以及征购其所有存油。1952年7月28日,英国枢密院宣布将香港"央航"所辖的40架飞机及其他资产判给陈纳德的美国民用航空公司。对此,8月15日中国政府征用英资企业上海英联船厂和马勒机器制造厂的所有财产。10月8日香港法院将中国航空公司所辖的31架飞机及其他资产判给美国民用航空公司。中国政府为此于11月20日征用了上海英资电车公司、上海自来水公司、上海煤气公司及上海、天津和武汉等地的隆茂洋行所有资产。1950—1953年,港英当局先后扣押了5艘广东渔轮。中国政府则于1953年3月1日也针锋相对地征用了广州英商太古公司的码头仓库和西堤楼房的全部资产。总括而言,美英在朝鲜战争期间对华实行禁运,而港英政府在当时可以说发挥了"禁运"的桥头堡作用。数据显示,1952年香港对内地贸易总额比上一年下降了2/3。

1951—1955年，中国内地在香港出口市场排名从第一降至第五。香港对中国内地的出口从1951年的16.04亿港元骤减至1954年的3.91亿港元，仅及1951年的24.3%。双边贸易额从1951年的24.7亿港元陡降至1952年的13.5亿港元，即下降了45.3%。① 由此可见，港英政府一系列的禁运政策，导致了香港与中国内地之间贸易额的急剧缩减，严重影响了彼此的经济交流与发展。

为了抵制共产主义的渗入，港英政府除从外部对新中国进行遏制和封锁禁运外，在香港内部也加强社会控制，极力打击爱国势力和团体。早在1948年冬，港英当局便蓄意逐步以立法的方式加强社会控制，抗衡中共即将执政对香港所产生的影响。1949年1月，香港政府制定了《人民入境条例》，增强对移民的管制。1949年5月28日，制定了《社团登记条例》，规定所有在港活动的社团要向政府注册。新中国成立后，香港政府仍继续订立一些针对新中国的法律、条例。1951年5月，港府宣布实施《1951年边境封闭区域命令》，规定"凡出入'封闭区域'或停留的人都要领通行证"，进一步限制华人进出边境的自由。综上所述，新中国成立前夕和新中国建立初期港英当局追随英政府的世界性抗共策略，一直将新中国视为香港安全的最大威胁。港督葛量洪1954年在公开讲话中声称："来侵香港之唯一敌人乃中共"，"野蛮之共产主义，绝不可能征服及统治文明的中国"②。葛量洪的话明确表示了港英政府对新中国的敌对立场。

对于香港社会内部的亲中爱国社团和人士，港英政府紧随英国的世界性抗共政策，对其进行了强力的遏制和打击。创办于1946年的达德学院是一所为新中国培训"实用人才"的大学，港英政府以学院违反香港治安为由，于1949年2月23日下令取消爱国大学达德学院的注册。随之，港英政府相继解散了92间劳工子弟学校，并宣布18个爱国社团为"非法"，不准或取消其注册。同时，在港英当局的压力下，一些左翼的文学和艺术团体，如"中国诗坛"、"中原剧艺社"、"新民主出版社"等也相继停止了活动。在此期间，港英当局在无任何合理缘由的情况下，将大批爱国人士递解出境。

综上可见，在新中国成立初期，港英政府采取"凡共必抗"的对策，多重夹击新生的社会主义政权。有时更捕风捉影地以思想入罪，将那些具有左倾思想但并未以行动触犯刑法的爱国文化人士递解出境。而当时的香港社会，在港英政府制造的政治氛围下，也弥漫着极其严重的"恐共病"，当时日常生活以及电影中都弥漫着种种政治禁忌：禁止五人以上的集会，不准升五星红旗、唱中国国歌、宣传进步思想；电影不准出现暴动造反场面的镜头，不准出现毛泽东照片等。凡此皆足以说明20世纪50年代初期港英政府并不打算和新中国建立友善的关系，以期促进彼此合作互惠互利，反而以意识形态之争为大前提，因此当时奉行的对华政策可以说毫不"务实"。③

对于港英政府的敌对和遏制政策，中国政府并未采取针锋相对的极端措施。中国政

---

① 关怀广：《中英关系在新中国建立和"文化大革命"时期于香港地区的体现》，暨南大学硕士学位论文，2000年。

② 鲁言等编：《香港掌故》第12集，香港：广角镜出版社，1989年，第5页。

③ 沈寂：《风云人生》，上海：上海书店出版社，1998年，第88~89页。

府面对港英政府的封锁,并未以牙还牙,而是以香港社会经济的发展和人民利益为主要考虑对象,并不急于收回香港的主权,并从经济上给予大力的支持,充分发挥香港的桥梁纽带作用。

回顾周恩来总理的一系列讲话,我们能够更加明确地认识到中国政府不急于收回香港主权的意图。1954年8月,周恩来表示"香港的居民绝大多数是中国人,大家都认为香港是中国的",但时机尚未成熟,我们"不要去谈"。他还提出"推进中英关系,争取和平合作"和利用一些西方国家同美国的矛盾,在保障和平、开展贸易的基础上与之结成统一战线的主张。1957年4月,周恩来提出了保持香港特殊地位,"为我所用"的策略,指出内地"要进行社会主义建设,香港可作为我们同国外进行经济联系的基地,可以通过它吸收外资,争取外汇",所以"保持和扩展香港这个阵地有好处"。[①]

中国政府除从政治上对香港华商进行保护外,在经济上亦给予华商大力的支持。不仅从香港大量进口物资商品,还以优惠价格大量供应香港必需的食品、日用品、淡水、燃料、工业原料和半制成品。即使在20世纪60年代初内地经济十分困难的情况下,周恩来依然指示:"各地凡是有可能,对港澳供应都要负担一些,不能后退。这个阵地越搞越重要,对港澳供应确实是一项政治任务。"[②]据《二十世纪的香港》一书统计,1954—1963年,香港进口的食品43%是由内地提供的,1964—1973年为50%。在价格上,20世纪70年代初由内地进口的食品价格平均较国际市场价格便宜五成以上,原料便宜约三成,衣服等消费品约二成半。这对香港抑制通货膨胀,降低生产成本,增强出口货物在国际市场上的竞争能力,起到了重要作用。如果从文化、历史、社会及经济等角度仔细分析,我们能够更加清楚地了解到,香港华商植根在祖国丰厚的历史沃土中,他们的成长最主要得益于祖国的支持和帮助。离开了祖国,他们难以达到今日的辉煌。[③]可见,即使在新中国成立初期,港英政府对大陆采取敌视和遏制的政策,香港与内地血浓于水的亲情始终无法割断,这其中新中国政府发挥了积极的作用。

二、闽人移港

(一)二战后东南亚华侨的处境

东南沿海的福建、广东一带,下南洋的传统由来已久。从明代开始到民国时期,东南沿海不断受到倭寇侵扰、封疆海禁、军阀混战的影响,社会动荡,民众生活不安。困窘的生活成为沿海劳动力向外移民的推动力。到新中国建立之初,东南亚华侨人数已达1000万之多,且80%是二代或三代侨民。这些侨民与早期华侨相比,不但在当地拥有了一定的产业,而且多数华侨家庭还与当地民族通婚,"在地化"的特征已经十分明显。东

[①] 郭伟锋:《香港华商传奇》,北京:龙门书局,1997年,第4页。
[②] 郭伟锋:《香港华商传奇》,北京:龙门书局,1997年,第4页。
[③] 郭伟锋:《香港华商传奇》,北京:龙门书局,1997年,第4~5页。

南亚民族主义国家建立之后,各国纷纷推行民族同化政策,在制度层面压制华侨华人。具体来说,无外乎政治上的限制、经济上的压制和文化上的削弱,以下就这三个方面具体叙述之。

1. 政治上的限制

二战以后,东南亚本土民族掌握政权,对其他民族采取同化政策。而在经济、文化、教育等方面都占有优势的华人华侨则有着深厚的爱国爱乡情感。特别是在抗日战争与民主革命期间,东南亚华人华侨倾囊相助,大大地加强了华侨在政治上、文化上、教育上、心理上对中国的认同,出现了"再华化"的倾向,助长了"大华侨主义"的倾向,使华侨认同于当地华侨社会本身,而保持着华侨社会的相对"独立性",与当地主流社会有隔阂,难以融入。基于民族情绪,华人华侨的这些表现令一些东南亚国家甚感紧张,再加上新中国与东南亚民族国家存在着意识形态的差异,华侨的身份变得敏感起来。一些国家认为"共产党中国"的存在是一个威胁,很担心华侨是红色中国输出革命的载体。西方政治学者詹姆斯·罗西瑙在其著作《疆界与桥梁——关于国家和国际政治体制相互依存的报告》中称,"已成为东南亚商人阶层的华人,由于种种原因,在许多方面受歧视和盘剥,自然转向中国寻求保护。因此,在当地人眼中,华侨成了潜在的'第五纵队'"。为此,东南亚各国几乎都采取了严苛的国籍政策,希望以此来达到控制华侨的目的。印尼在1949年开始实行《印尼联邦共和国关于国籍问题之规定》,按照这一规定,两年内不声明脱离中国籍的华侨,即"被动地"成为印尼公民。越南内战期间,南越政府在1955年、1956年、1957年三次修改国籍法,强迫华侨放弃中国国籍而加入越南籍。菲律宾在战后很长时间内都限制华侨入籍,1949年准许中国移民入境人数减少90%,而至1950年完全禁止中国移民入境。对申请入籍的华侨采取苛刻条件,用高昂费用、烦琐手续、拖延时日的办法加以限制。① 对于强制入籍的华侨来说,新中国的成立让许多人以身为中国人而自豪,他们生怕因加入外国籍而背上"忘记祖国"的骂名,在国籍确认的问题上迟疑不决。而被限制入籍的华侨,其在当地的产业与人口又得不到保护。两者的处境都十分困难。面对东南亚各国的国籍政策,中国政府积极寻找办法。如中印(尼)双方就华侨"双重国籍"展开的协商,并在万隆会议期间签订了《中华人民共和国和印度尼西亚共和国关于双重国籍的条约》。根据这一条约,海外华侨依据一人一国籍的原则,自愿选籍。并且,中国政府也鼓励华侨加入当地国籍。当时印尼华侨中保留中国国籍的还有200多万,由于中方的鼓励,许多华人子女选择了加入印尼国籍。但数年之后,印尼掀起排华浪潮,苏哈托执政后更是变本加厉地限制华侨入籍,华侨的国籍问题被搁置下来。

2. 经济上的压制

华人在东南亚生活的数百年间,大部分从事商业活动,在商品流通领域占据优势,在金融业与制造业中的地位也十分突出。据有关专家统计,华人控制了印尼80%的企业;

---

① 庄国土:《文明冲突抑或社会矛盾:略论二战以后东南亚华族与当地族群的关系》,《厦门大学学报(哲学社会科学版)》2003年第3期。

泰国90%的制造业和50%的服务业;马来西亚60%的资本市场。① 即使是在华人比例最低的菲律宾,华人在菲商业中的份额也达到40%,金融业的份额占到30%。土著家庭与华人家庭收入的差距也是十分明显的。原本华人财富的累积是源自自身的勤奋与能力,但却使主体民族人群感到反感。因此,多数国家在经济政策上向主体民族倾斜,压制甚至排斥华商。印尼在苏加诺时代就出台了约30项限制华侨经济的法案,对华商经营的进出口贸易、碾米业、木材业等加以限制和监督。尤其是在1959年发布的10号法令,禁止华人在县市以下地区经营零售业,导致30多万华人无法在乡村经商,被迫离开。泰国銮披汶政府在1949—1956年期间,对华侨发动所谓的经济总攻势,制定防止过度牟利条例和统治部分商品出口条例,给华商经营、出口、销售等造成很大困难。1975年越南统一全国后,就开始有计划有组织地排斥华人华侨。政府没收华侨财产,把华侨赶入所谓"新经济区"。到了1977年,越南全国掀起了排华高潮,把大批华侨驱赶出国,出境的华侨每人需交纳12两黄金,仅此一项就使当局在1979年收获30亿美元。柬埔寨是东南亚各国中对华侨经济限制较为平和的国家,但在1956—1958年,仍规定外侨禁止从事18种职业,汇款额不能超过月收入的30%,不动产不能超过99年,并取消了华人会馆。因此,战后华人经济上受到的限制是显而易见的。

3. 文化上的削弱

文化上的认同是海外华侨共同的向心力。20世纪以后,由于华人华侨人数的增加,各项文化活动也迅速展开,包括开设华校、创办华文报纸、建立华人宗教场所、组织华人团体等,基本上在当地构建了一个个中华文化社区。因此,华人华侨对于中华文化的认同是极为深厚的。特别是战时与战后初期,由于受到战争影响与外交封锁,身在东南亚的华人一度中断了与母国的联系,唯有依靠本地区的华人文教组织延续自身文化,一时之间,侨民社团、华文学校、华文报刊迅猛发展。为了施行同一化政策,破除华人文化优势,多国政府几乎都采取了较为极端的措施削弱中华文化。例如,马来西亚政府在1961年颁布新的教育法令,即宣布政府不再津贴华文学校,一时之间华文教育陷入低谷。印尼政府在1967年相继颁布了一些专门针对印尼华人的法律法规:禁止华人使用华语,限制华人宗教和文化习俗,更改华人的族群称呼,禁止出版华语报纸、书刊,禁止华人成立公开的社会政治团体,达14项之多。在缅甸1967年的排华大暴动中,军方关闭所有的华校,华文报纸被停刊,华语被禁。甚至在华人占绝对数量的新加坡,为了平衡各个族群的关系,也不得不在苦心经营20余年后,将东南亚唯一一所华人大学南洋大学合并。而在印尼、马来西亚等主体民族信奉伊斯兰的国家,华人华侨与土著之间不仅存在文化差异,在宗教信仰、社群关系乃至日常生活方式上也有明显不同。因此,政府越是主导文化的同一性,越是受到华人的反对。如苏哈托上台后,就要求印尼华人皈依伊斯兰教或官方承认的佛教,而对中华传统文化的孔教则特别压制。

---

① John Mic Kethnait, A Survey of Business in Asia, *Economist*, 1996, p.4.

(二)东南亚排华事件与闽人移港

从上述论述可知,尽管东南亚华人华侨的"在地化"程度很高,但在战后仍不断遭受排华之苦。特别是在社会矛盾尖锐的时期,东南亚排华势力常常以华人的经济优势、文化宗教差异、对所在国的忠诚度以及意识形态背景等方面来激化族群仇恨,引发排华暴乱,其中最为严重的是印尼"9·30事件"。

印尼"9·30事件"发生于1965年,原是一场高层政变,但夹杂着"清共"和族群问题,引发了大规模的排华暴动。根据印尼官方的说法,1965年印尼共产党主导,由拉提夫上校和乌坦上校率领军士,逮捕并杀害了6名军事将领。时任印尼精锐陆军战略后备部队司令的苏哈托立即发动反击,平息政变。苏哈托上台以后,展开了大规模的"清共"运动,杀害了约50万名"左翼分子"。1967年10月开始,苏哈托政府又展开了一串针对华人的行动。在军方的支持、纵容甚至直接参与下,印尼各地再度掀起排华高潮,全国出现"打砸抢杀"的恐怖场面,被捣毁、劫掠和焚烧的华人商店、住宅不计其数,因动乱而丧生的华人多达30万。在山口洋,军方先是将西加里曼丹与马来西亚交界处的广袤土地划为"红线区",强迫此区域内的华人迁往山口洋、坤甸等城市,又挑起华人与当地土著民族大雅族之间的仇恨,发动了屠杀华人的"红碗事件"。在望加锡,数千名暴徒袭击了华人社区,2000多家华人商店、住宅遭到破坏。

"9·30事件"后的排华暴动是东南亚最为严重的排华事件之一,华人在这些暴乱与屠杀中如同处在人间炼狱,各种血腥场面触目惊心。原本在东南亚的华人华侨之中,祖籍福建或与福建关系密切的就占多数,受到排华事件的影响,他们中的一部分离开东南亚,转向香港,寻找新的发展。同为印尼华商的许东亮、沈清江、李礼阁等都是受"9·30事件"影响而离开印尼,转赴香港。

许东亮,原名许乃昌,1915年出生于福建金门。1937年,抗日战争爆发,日军轰炸金门,闽人纷纷背井离乡,逃难到海外谋求生计。许东亮也在当年随友人到东南亚谋生,先是在新加坡落脚,后又辗转到印尼的苏门答腊岛和巴东东郊的巴雅贡务。1945年,抗战结束,许东亮带着全家人回到新加坡,1950年,全家人又再迁居印尼雅加达。在雅加达,许东亮与友人合股经营"公大行有限公司"并出任经理。许东亮在印尼生活期间,与社会活动家高云览、杨骚、汪金丁、郁达夫、王任叔、胡愈之、沈滋九等均有往来,热心于祖国建设事业。经营"公大行"时,由于当时新中国受到经济封锁,并正值抗美援朝时期,"公大行"积极寻找各种新中国急需紧缺的物资,冲破难关,打破贸易封锁,支持了祖国。新中国需要外汇,许东亮也兼作外币汇兑、融资投资业务,争取更多的侨汇汇入国内。这些举动使他赢得了侨胞的信任与爱戴,成为印尼著名的侨领。1955年万隆会议前夕,发生了震惊中外的"克什米尔公主号"爆炸事件。为保障中国代表团的安危,印尼的侨胞和社团成立"支持祖国委员会",许东亮担任了委员会的财务主任,负责中国代表团的后勤保障。除了安保工作外,当时中印两国就双重国籍问题正展开谈判,许东亮为双方的谈判代表穿针引线,令谈判得以顺利完成,受到中印政府的高度赞赏和肯定。1959年,印尼出现排华浪潮,一时间难民大量涌现,中国政府决定租船接华侨难民回国安置。时任雅加达中华侨团总会财务主任的许东亮，担起了帮助华侨归国的重任。他先到香港向太古集团以印尼侨团的名义租船，再组织各地难民到雅加达，安排他们上船，就连公司的仓库也腾出来给难民住，并亲自跟船往来于港印（尼）之间。"9·30事件"发生时，许东亮正回国参加国庆观礼，被突发政变的印尼军人政权通缉，他便决定同家人移居香港。在入境香港时，因为担心英联邦互通情报，许乃昌开始化名为许东亮。定居香港后，许东亮先是创立了华丰国货，在他的苦心经营之下，华丰国货创下了辉煌的业绩，并成为爱国主义的牌匾；之后还创办了大众动力机械有限公司，不遗余力地向外国推销中国的电机产品。

沈清江，原籍福建安溪金谷镇渊兜村，1896年出生。1915年，沈清江赴印尼峇厘寻求生计，先后开设肥皂厂、碾米厂、油厂，获得事业发展。随后又开设嘉里慕尼有限公司和印尼服务银行有限公司，成为殷实侨商，并被选为印尼安班兰中华总商会主席。沈清江作为安班兰侨领，心系祖国，积极联系侨民，为祖国、家乡的教育事业和经济建设捐资捐物。1966年，为躲避印尼国内的极端形势，沈清江移居香港，并在香港创办了新中华国货有限公司、泰新（远东）有限公司、幸昌企业有限公司、福丰贸易公司及新盛企业有限公司五家大企业，经营内容包括了国货、纸业、房地产和机电仪器等。除了这五个企业之外，沈氏还担任香港恒源企业有限公司副董事长，并独资建造珠江戏院。凭借这些产业，沈清江获得了亿万家财，显赫一时。与此同时，他还先后被选为香港福建同乡会监事长、副理事长、名誉会长，在旅港闽人中的声望可见一斑。

李礼阁，1910年出生于福建省同安县内厝官塘。与上述两位早年即下南洋发展的闽籍人士不同，李礼阁青年时期一直生活在内地，长期在国民政府内任职：1940年任闽南自卫团情报组长；1942年任晋江专署情报主任，兼侦缉队长；1948年任晋（江）南（安）同（安）联防处通讯员，福建省新闻处联络员。1949年，李礼阁避居香港，随后又转往印尼，与人合资从事树胶种植业，从此由致仕转向经商。经过苦心经营，李礼阁终于获得丰厚利润，成为富商。到了20世纪60年代，印尼政府排华局势日渐严峻，李氏只能离开印尼，回到香港定居，任香港诚信船务有限公司董事长。

20世纪60年代印尼华人华侨因遭受排华冲击而离开东南亚，迁居香港，这是战后闽人移港的一个典型表现。而他们选择香港作为新的居住地，原因主要如下：一是香港政治局势稳定，这一点我们从港英政府与新中国政府关系中可以获知。二是从历史过程来看，香港一直是东南亚华人和中国大陆之间的中转地，东南亚华侨回国，多会在香港停留，在此了解国内情况。福建人到东南亚，特别是印尼和菲律宾，也多会在香港中转。当两地政局出现动荡时，他们便会滞留香港，由寓居转变为定居者。① 三是南洋华人资本素来有向香港流入的传统。香港是自由贸易港，南洋资金进入香港，可以方便地进行贸易结算。抗战前，开设在南洋各地的侨批局多从香港经转侨批。因此，香港一直是中国内地与南洋各地商品与人员交流的重要中转。第二次世界大战后，东南亚国家政局动荡，香港成为华商资本的避风塘，很多华商以设立法人机构的方式逐渐将资金投向香港。

---

① 李培德：《香港的福建商会和福建商人网络》，《中国社会经济史研究》2009年第1期。

到了20世纪60—70年代,排华浪潮愈演愈烈,东南亚华人加快了资金转移的步伐,先是将大量资金转移至新加坡,形成"亚洲美元市场",而亚洲美元又涌入香港寻找出路。身处东南亚的闽人中,经商人数占据大半,他们中的很多人自然选择跟随资本的流动而移居香港,以便于自身产业的发展与扩大。这种跟着产业走、跟着资金走的迁移方式在当时东南亚闽商中十分普遍。

福建人移居香港的历史,一般意义上可追溯至南宋。第一次鸦片战争后,香港割让给英国,成为对外开放的自由贸易港,更是吸引不少香港邻近地区如广东、福建、澳门的中外籍商人赴港经商。香港开埠以后,大量的福建人涌入香港经商,他们多以经营家乡土特产转口、售卖药材和船务为主,并集中于港岛中上环的文咸东、西街,永乐东、西街一带,又称南北行街。进入20世纪30年代,香港的福建人口估计有10万人,约占全港人口总数的1/5。至抗日战争爆发,金门、厦门、福州、长乐、连江、福清相继沦陷,大批福建人南下香港避难,香港的福建人口急剧增加。受战后余波的影响,这种南下香港的移民潮持续到1950年。此后,闽人移港的潮流虽不如抗战时期的汹涌澎湃,但始终持续不断。据统计,目前香港的闽籍人士约为120万,约占总人口的1/6,其中以闽南人居多,闽人是粤籍以外的香港最重要移民群体之一。

第二次世界大战至改革开放期间,大批福建人陆续移居香港,有的是与亲人团聚,有的是寻找资金的避风港,有的为了谋生创业。下面将对这三种情况进行详细论述。

首先,与亲人团聚。新中国成立后,由于国内外形势的影响,大量海外闽籍华人不能回国探亲,香港为华侨与国内亲友重聚提供了最佳选择。20世纪50—70年代,大批闽南人赴港与亲人团聚,而这种情况可追溯至第一次鸦片战争后厦门港的开放。第一次鸦片战争后,清政府被迫签署《中英南京条约》(1842年),厦门成为商贸港,殖民地买办纷纷开设"猪仔馆",拐卖华工到东南亚和美洲等地。由于只有极少数人能衣锦荣归,所以在出洋前,他们都会先结婚生子,以"留根留种"。1860年,英法联军攻占北京,清政府签订《北京条约》,全面开放海禁。19世纪中叶以后,海外华侨人数激增。第二次世界大战爆发后,海外侨民与内地侨眷失去联系,直至抗战胜利后华侨才能归国,但随即又面对冷战局面,海外华侨难能回国探亲。从20世纪50—70年代,香港变成了华侨与国内亲友重聚的地方。1977年邓小平复出后不久,提出重新建立侨务机构。① 1979年,香港取消抵垒政策,两地移民改为针对亲属团聚的配额制。新的配额移民政策使早期移民的妻子儿女能申请到港,至此香港人口中的男女比例和成人、儿童比例严重不平衡的状况有所改观。

其次,寻找资金的避风港。由于第二次世界大战的爆发及战后余波的影响,中国大陆大批富人携资金纷纷避往香港。1949年约9个月就有75万大陆人涌入香港,总人口达到250多万。同时,内地资金亦大量进入,工厂猛增至500家,香港对内地的贸易从入超一下子转为出超,其出超达5亿港元。但到了1951年,人口又降为200万。究其原

---

① 林蔼云:《漂泊的家:晋江—香港移民研究》,《社会学研究》2006年第2期。

因,是部分流入香港的内地居民又回流内地,也有部分出国定居。另据1961年进行的人口调查显示,劳动人口中有33%左右是在1949年后进入香港,其中13%只在香港住了5年或5年不到。① 除大量的内地富人移居香港外,由于受排华浪潮的影响,东南亚各国的华商纷纷将产业迁往香港这一避风港,而东南亚华商中尤以闽籍最多,影响最大。而在这一时期,香港的经济正处在迅速发展之中,经济结构转型为以轻工业及其产品的外销为主,经济策略采取出口导向型,根本改变了过去100多年来以转口贸易为主的状况,同时逐步向经济多元化方向发展,这样的经济形势给东南亚华商的投资创业带来了希望。同时,中国政府在此阶段基本采取"长期打算,充分利用"的方针,从政治上稳定香港,从经济上支持香港。拥有稳定局面、健全法制的香港,相对于动乱的东南亚政局、不息的战火烽烟、时起时伏的排华风潮,香港确属东南亚华人资金最佳的避风港。事实上,长期以来,东南亚的华人企业家们都很善于利用香港的避风港功能和自由、开放的经济环境。马来西亚著名的郭鹤年财团、新加坡著名的黄廷芳财团,都是在20世纪70年代初期进入香港的。

最后,谋生创业。由于战争余波的影响,以及1956年以后"左"倾错误的日益严重,中国大陆的经济发展面临重重困难,加之随后三年困难时期和"文化大革命"等重大事件的出现,使本已非常困难的经济雪上加霜。距离香港较近的大批闽粤人移居香港谋生创业。从"文化大革命"后期开始,从中国内地赴香港的合法移民人数大幅度上升。1971年合法移民只有2530人,而1972年猛增到20355人。② 而这一时期正值香港进入工业化阶段,纺织、服装等劳动密集型产业迅速发展,闽粤移民的到来为香港经济发展提供了所需的大量劳动力资源。例如,20世纪50—70年代末的晋江香港移民大部分都是壮年男性,到香港后即进入制造业劳动市场,以微薄的收入供养乡下的家人。这一时期赴港谋生创业的闽籍年轻人,很多都从白手起家发展到如今的香江闽人之星。

闽人移港除受自身意愿的驱使外,移民政策也是他们选择是否移港的重要因素之一。

鸦片战争前,中国大陆居民一直都是可自由进出香港的。1841年1月英国占领香港后,即宣布这个昔日的偏僻小岛为自由港。出于对劳动力的迫切需求,除非是内地发生瘟疫,港英政府对内地移民采取的皆是来者不拒的政策。在港英政府对内地完全开放的移民政策之下,华人在两地之间始终来去自如,这种情况一直持续到1949年中华人民共和国成立。在1949新中国成立之后的短时期内,内地人只要持有中国政府的出境通行证,仍可随时到香港做短暂或长期居留。出于两地亲属团聚的需要或政治、经济原因,福建人大量涌入香港。此时,以转口贸易为主的香港经济正因朝鲜战争和对华禁运而面临危机,大量移民的到来使香港这块弹丸之地迅即感受到一股重压。迫于人口和经济的压力,香港对内地移民开始采取限制政策。从新中国成立至改革开放初期,香港对大陆的

---

① 郭伟锋:《香港华商传奇》,北京:龙门书局,1997年,第126~127页。
② 李若建:《中国大陆迁入香港的人口研究》,《人口与经济》1997年第2期。

移民政策经历了配额制度、非法移民酌情权与抵垒政策、撤销抵垒政策三个阶段。

第一阶段,配额制度。1950年5月,香港推出限制移民入境的配额制度,配额最初用于限制来自广东以外的大陆人和台湾人。此项制度一出台,中国政府就立即提出抗议,指出香港是中国领土,中国公民在国土上有往来自由,英国无权干涉。经谈判,中英双方达成协议:由中方拟订自内地赴港的人数,并享有对移民申请的审批权;持有中方单程通行证赴港定居的内地人,香港将会照单全收;但中方必须鉴于香港的实际情况,自行限制单程证的签发数目。照此规定,内地合法移居香港的人数一直在两地人出境差额的平衡点上保持相对稳定,并随着中国政府出境限制的松紧而有所升降。这一时期每日合法迁入香港的人数在50人左右,①据此估计每年合法移民1.8万人左右。至此大陆人自由进出香港的大门终于被关上,随之而来的是大量移民非法入境的问题。

第二阶段,非法移民酌情权与抵垒政策。通常来看,非法移民的诱因主要是经济方面的,政治因素和与亲人团聚的愿望居次。因此非法移民潮的涨落大多与两地间的经济落差关系密切。20世纪50年代末至70年代初,香港经济进入工业化发展阶段,以劳动密集型的纺织、成衣等行业为先驱,积极开拓欧美市场。经济的发展需要大量的劳动力,而此时正值大陆开展大跃进、人民公社化运动,并且遭受三年自然灾害的破坏,大批内地人赴港,导致了配额制度实施以来的首次非法移民潮。港府以此为契机令人民入境事务处动用酌情权,让偷渡抵港的内地人得以登记居留,以迎合当时对劳动力的迫切需求。"文化大革命"爆发后,由于中国政府的严格限制,内地人移居香港的合法途径几乎被断绝。大陆政治的动荡和经济的混乱再次成为赴港的非法移民激增的两大重要因素。

出于经济承受能力和社会治安稳定的考虑,1974年香港政府以折衷的抵垒政策取代让内地抵港者悉数居留的做法来对付偷渡。抵垒政策实施的头三年中,每年约有7000名非法移民成功抵垒,人数较以往减半,这一数量依然保持在香港社会尚可容纳的范围。但随着中国的改革开放,这种暂时的均衡即被打破,新的适应经济发展的移民政策随之出现。

第三阶段,抵垒政策的撤销。中共十一届三中全会后,中国开始实施改革开放的发展政策。随着与外界交流的增多,内地人的眼界更为开阔,出于经济上的诱因,加上中国政府对人口流动控制的放松,这一时期涌到香港的非法移民大大超过了大跃进时期的偷渡潮。1978—1980年间,香港边防截获的非法移民由1978年平均每日23人增至翌年的246人;避过搜捕安全抵垒的,由每日平均31人增至282人。② 当时,内地人通过合法或非法途径大量涌入香港,一方面为香港转入经济多元化提供了充足的廉价劳动力,加强了香港商品在国际市场上的竞争力;另一方面又令香港社会资源不堪重负,学校、医院、房屋、公交和福利等基础设施都远远跟不上新增人口的需要;而且这些移民大多文化素质较低,缺乏熟练技术,不能很快适应香港经济的需求。加之20世纪80年代初香港受

---

① 迈因纳斯著,伍秀珊、罗绍熙译:《香港的政府与政治》,上海:上海翻译出版公司,1986年,第60页。

② 杨生茂等编:《美西战争资料选辑》,上海:上海人民出版社,1981年,第34页。

世界经济衰退的影响,制造业出口额和就业率下降,大量的制造业北移至珠江三角洲,香港本岛对劳动力的需求也就相应减少。基于上述种种原因,香港政府于1980年10月23日宣布取消抵垒政策,此前已抵港的非法移民必须在3天内向政府登记领取身份证,否则一律即捕即解。至此,内地人非法抵港合法居留的途径基本被截断。①

综上所述,第二次世界大战后,中国大陆的几次移民高潮使香港人口迅猛增长。战后第一次移民高潮是20世纪40年代末,因为战争和政权的更迭,移居香港的人口达100多万,1951年香港人口达到207万。第二次移民高潮是20世纪60年代初,因大陆处于经济困难时期,很多人逃往香港谋生。据称仅1961年4—5月份就有6万人进入香港。第三次移民高潮发生在20世纪70年代初,移民总规模超过了第二次。第四次移民高潮发生在20世纪70年代末,由于内地管制的放松和香港实行吸引劳动力的"抵垒政策",引发了又一次较大规模的移民。1978年移民达8.2万人,1979年更达17万人,1978—1980年共达40万人。②在大陆各省的香港移民中,福建省是仅次于广东的移民大省之一。

大量的闽籍移民对香港发展起到了极大促进作用,他们不仅为香港经济发展提供了宝贵的劳动力资源,而且带去了大量资本和先进技术,并在一定程度上改善了老龄化的人口结构。

其一,提供了宝贵的劳动力资源。大量的闽籍移民为香港发展劳动密集型的出口加工业和第三产业提供了廉价劳动力。而且不少移民来自城市,具有一定的文化水平和工作技能,这些廉价而素质较高的劳动力资源为香港的发展做出了积极的贡献。由于香港缺乏自然资源,因此人力资源是其经济发展的主要推动力。移民所带来的廉价、丰富、质优的人力资源,在香港经济发展过程中起了关键性的作用。特别是在20世纪50年代经济起飞过程中,从普通工人到高级管理人员,移民占据大多数。可见,大陆移民搭建了香港劳动力的主体,而闽籍移民是其中最为重要的组成部分之一。

其二,移民给香港工业化提供了所需的资本和技术。20世纪50年代初,香港参与了对中国大陆的经济封锁,由此祸及香港自身的转口贸易,迫使以转口贸易为生的香港另谋出路,发展出口加工业。此时从大陆迁来的企业家和专业人才带来的资金和技术发挥了关键作用。实际上,香港的发展主要依靠的是华人资本和技术,这其中移民带来的资本和技术又占了较大的比重。外资只是在香港局势较稳定的20世纪70年代以后才进入香港,而且比重一直不大。如1980年外资工厂只占香港总工厂数的1%,外资工厂就业人数只占工厂总就业人数的9.6%。

其三,改善人口结构,延缓人口老龄化。香港人口结构已于20世纪80年代进入老年型。1991年65岁以上人口比例高达8.7%,到1997年已超过10%,③人口老化速度很快。这一时期,大量的闽籍青壮年移入香港,他们的到来很大程度上降低了老年人口

---

① 李蓓蓓、钱英:《香港内地移民政策演变简论》,《历史教学问题》2000年第6期。
② 贾绍凤:《移民曾经并将继续促进香港的发展与繁荣》,《人口研究》1997年第5期。
③ 贾绍凤:《移民曾经并将继续促进香港的发展与繁荣》,《人口研究》1997年第5期。

比例,延缓了香港社会人口老龄化进程。

但是,大量的移民也给香港社会经济发展带来了一定的负面影响。特别是非均衡突发性的移民浪潮,对香港发展的负面影响较大。过量的人口造成住房拥挤、交通拥堵、供水短缺等一系列社会问题。然而,我们并不能否认新中国成立后一批批闽籍移民及大陆其他省份移民对香港社会的巨大贡献,他们的到来推动了香港经济的飞速发展,铸造了香港社会的稳定繁荣。

三、闽人在港社团及其功能

香港开埠之后,福建人与大陆其他地方的人们一样大量涌入香港,他们既无本国政府做后盾,又受到英国殖民当局的歧视与欺压。他们只好利用传统的社会组织形式,结成血缘性的宗亲会、地缘性的同乡会或业缘性的同业公会、行会等,承担起保护自我和加强联谊的社会职能。香港是一个多元化社会,它的社会建设与福利主要是通过社会组织来实现。各类社团是香港社会不可缺少的部分,对香港发展有着突出贡献。由于注册相对宽松,香港社团历史悠久、数量众多、类型广泛,以下就几类主要社团类型做一简单介绍。

第一,工商业社团。工商业是香港的支柱产业,工商业社团在香港社会中的重要性也十分显著。香港工商社团主要包括香港总商会、香港管理协会、中华厂商联合会、中华总商会等。这些社团的会员来自工商界各行各业,致力于拓展香港的贸易和引进新工业、培训人员、提供产品质量检定服务和各种咨询服务。有的社团组织还获得港英当局授权为厂家签发产地来源证。这些组织虽然以照顾本身会员的利益为主,但它们的活动往往涉及整个香港工商业或涉及全体香港市民的利益,因而对香港工商业政策具有广泛的影响作用。香港工商社团基本可分为官方机构、半官方机构及非官方三类,它们共同组成了香港工商业支援体系的整体。这三类组织之间并没有硬性的职责分工,它们各行其道,各得其所,从不同的方面,以不同的形式,对香港工商业提供各种辅助服务。由于它们对香港工商业的发展都采取积极的支持态度,所以它们之间的关系是融洽的、协调的。其中,非官方机构在整个工商业支援体系中对官方及半官方机构起着辅助作用,称为沟通政府各种重大经济决策与反映广大工商业者意愿的重要桥梁。

在香港所有工商社团中,历史最为悠久、规模最大且影响最深的当属香港总商会。香港总商会始创于1861年,会员包括跨国集团、中资企业和香港公司。总商会的整体宗旨是促进、代表及捍卫香港商界的利益。具体职责主要有:向政府提出商界对政策的意见;提供包括商业证明、训练课程、商业资讯、会议场地租用及活动策划等在内的多种服务,且会员享受优惠价格;举办包括联谊交流、研讨会、商贸配对会和访问团等在内的各项活动,帮助会员建立本地和海外的商贸联系;通过不同平台与会员分享营商智慧,包括《工商月刊》、网页、每周会员通讯及其他媒体。

第二,同乡组织。香港是一个移民社会,它的一大特点就是居民来自五湖四海。信仰、种族、教派各种各样。在漫长的移民聚集、艰苦创业、和睦生活中,不同地方来的移民逐渐以"地缘"为纽带,划分为众多不同群体,他们成立自己的宗亲会、同乡会、联谊会等民间组织,借此联络感情、互助友爱,共同发展。特别是移民数量较多的广东、福建、上海、浙江等地区,同乡组织众多,如广东移民数量在全港移民总数中排列第一,粤籍社团数量也十分庞大,广东社团总会是所有粤籍社团组织的总领;福建移民建立的社团多达140余家,形成了特定的社团群体,比较大型的有福建体育会、福建同乡会和福建商会等;由上海和宁波为主体苏浙移民组织起来的社团有苏浙沪同乡会、甬港同乡会、宁波同乡会等。

第三,事务性社团。香港是一个政治氛围宽松的地区,各种人群通过组织社团向社会与政府表达自身的意见,这一类社团在全港社团中的地位也十分突出。如"香港华人革新协会",是香港政治团体之一,成立于1949年1月,是一个敢于向政府发出反对声音的组织。该组织曾就房屋问题、劳资问题、贪污问题发表过许多有益的意见和言论,促使港府先后成立徙置事务处和房屋委员会。

第四,街坊公所。街坊公所是一种历史悠久的香港华人社会组合,又称街坊理事会或街坊会。这种社会组织早在开埠后不久就陆续出现,如南北行街公所、霄箕湾公所、鸭俐洲公所等。它的组织基本是以附近各商号为单位,历年操持各种纪念活动,并主持当地社会福利慈善事业,为附近住户排忧解难。类似于现今的社区委员会。

香港的移民人群中,潮州人数量最多,根据坊间的说法,每六七个香港人中就有一个是潮州人,也就是说大约有120万香港居民祖籍是广东潮汕地区。毫无疑问,潮州帮是香港社会的一支主流移民群体。潮州人,再加上广东其他地方来的移民,共同构成了香港庞大的广东帮,成为经济各行业、社会各领域的主力军。而福建人是仅次于广东人的第二大移民群体,2008年前后约有人口120万,占香港总人口的近1/5,主要来自福建的晋江、泉州、石狮、漳州、厦门等地,也有一部分来自福建省北部的福州等地。其中,晋江移民人数最多,有三四十万。福建自古以来就是中国最大的海外移民输出区,目前在世界各地至少有1200万华人移民来自福建。他们无论身在何处,都保持着中华传统文化和地域文化,十分团结。福建移民大量涌入香港,一次是在20世纪40年代末期及50年代早期,当时大陆政权易手,局势动荡不安,曾有四五万晋江人在短时间内大量涌入香港的记录;另一次是在20世纪60—70年代,当时大陆正处在"文革"时期,大量移民避逃到香港。他们进入香港的方式各不相同,或非法入境、偷渡潜入,或取道澳门或海外迁回,或投资移民、投亲靠友等。福建一带有着"下南洋"的传统,因此香港的福建移民有一个特点,即他们或多或少有一些海外关系,往往有亲戚在菲律宾、印尼、新加坡、泰国等地,这是他们得以进入香港的一个重要途径。而同一时期,生活在东南亚的闽人为了躲避海外排华风暴的波及,也有不少迁居香港。

福建移民主要居住在香港岛的东区,九龙的九龙城、观塘和新界的荃湾等地。其中,以港岛东区北角为福建人最集中的地方,2008年前后人数至少20万,占东区人口的近1/3。在中环和西区也有两三万福建人居住和生活。北角位于香港岛的东部,行政上为东区所辖。北角版图较大,西起清风街天桥,东至健康西道、英皇道及民新街交界。它是目前香港岛人口最密集的地区之一,也是东区最繁荣的地区。北角的历史,可上溯至

1880年英国人开设北角炮台开始。现今炮台山一带,早年就是海边,没有居民居住。由于水深岸高,吸引了一些船务公司来此修建仓库及码头,从此开始了北角的发展。① 北角一带原本人口不多,20世纪40—50年代,大批内地新移民来港谋生,在这次移民潮中,以上海新移民最多。移民的到来为劳动力短缺的香港带来了生机。港英当局于1952年前后,在北角地区发展置业新区,渐渐形成以北角的春秧街、渣华道和马宝道为中心的新市镇。上海人凭借精明能干的天性,在这里生存下来,并逐渐发展壮大,成为当时香港工商界的新兴力量。20世纪70年代香港经济起飞,开始高增长后,许多成功的上海人纷纷离开北角,到中西区、湾仔等条件更好的地区谋求发展,他们留下的空缺很快就被后来居上的福建帮所占据。其实,在大量的福建人还没有来到北角之前,北角与福建人的渊源就颇深,北角的中心街道春秧街便是以福建同安人郭春秧的名字命名的。郭春秧是20世纪初成功的福建商人,他在印尼经营糖业,在台湾经营茶叶种植业,均获得成功。郭春秧从20世纪20年代初起投资香港,设有锦昌栈和祯祥公司,后来更于北角填海造地和兴建码头。② 福建人能在北角立足,与他们敢闯敢拼、善于经商很有关系。很多福建人到香港后就在北角地区以摆摊、开杂货店、小餐馆或走街串巷贩卖中药材、布匹为生,也有少数在上环南北行、德辅道西一带开设经营南北海产、土特产的小商店。当时北角是新开发的区域,多数居民是由内地新来的移民群体和中下层市民,这些从事小本生意的小商小贩,在北角这个已经由上海人打下一定基础的地方,能够找到相对经济实惠的居住条件和生活就业环境,那里能够让他们有机会从颠沛流离的生活中站稳脚跟后,向更高的人生目标迈进。

香港的福建社团很多,包括商会、同乡会、体育会、联谊会、宗亲会、校友会等在内的闽籍社团组织超过140个,占据香港民间社团半壁江山。这些社团组织的参与人群、组织形式和发展过程不尽相同。通过在港福建社团的演变,可以窥探到香港福建人社会结构的变化。

香港的福建人秉承了福建的本土文化与传统,重视血缘、地缘、业缘的联系。早期在港的社团也多围绕这些传统因素而建立。香港最早的福建人社团是1893年成立的榕庐会所,初为福建海员提供短暂住宿之用,于港岛称为三山别墅,于九龙称为闽庐会所,其后两者扩大合并为榕庐会所。另一社团客尘俱乐部亦于19世纪成立,由香港大东电报局闽籍职员组成,据说他们得益于外籍传教士于福州开设的英文学校,由香港向福州方面挑选英语人才进局工作。20世纪以后,香港的福建社团逐渐增多,较知名的有旅港福建商会(1916年)、旅港福建体育会(1925年)等。此外,还有旅粤泉漳会馆、旅粤汀龙公所、旅粤福建会馆、旅粤鹭航会馆等。随着国内局势动荡,大批福建同乡涌港避难,于20世纪30年代又出现别具规模的同乡会组织,例如于1937年成立的福州十邑旅港同乡会

---

① 高京:《魅力香港》,北京:中国文联出版社,2009年,第243~244页。
② 释明瑛:《台湾与印度尼西亚之间的福建商业网络:郭春秧与日据时期的台湾包种茶贸易》,载廖赤阳、刘宏主编:《错综于市场、社会与国家之间:东亚口岸城市的华商与亚洲区域网络》,新加坡:南洋理工大学中华语言文化中心,2008年,第136~151页。

(前身为三山馨社)和1939年成立的旅港福建同乡会。① 这其中在后来影响最大的当为旅港福建商会和旅港福建同乡会。

香港最早的闽籍社团榕庐会所成立于1893年,成立之初为福建海员提供短暂住宿之用。该会所成立之初分香港岛的三山别墅和九龙的闽庐会所两处,其后两者扩大合并为榕庐会所。另一社团客尘俱乐部亦成立于19世纪末,主要会员由香港大东电报局闽籍职员构成,这些人据说都是来自于外籍传教士于福州开设的英文学校,通过香港向福州方面挑选英语人才的途径进入电报局工作的。至20世纪,香港的福建社团逐渐增多,较知名的有:旅港福建商会,成立于1916年;旅港福建体育会,成立于1925年;旅港福建学校,成立于1926年。此外,还有旅粤泉漳会馆、旅粤汀龙公所、旅粤福建会馆、旅粤鹭航会馆等。随着抗日战争的爆发,大批福建同乡涌入香港避难,20世纪30年代又出现具有较大规模的同乡会组织。例如,1937年成立的福州十邑旅港同乡会(前身为三山馨社)、1939年成立的旅港福建同乡会。

旅港福建商会是香港历史最为悠久、影响力最大的闽籍社团之一,成立于1916年,至今已有95年历史。福建商会的创始人是福建同安人杜四端。杜四端出生于清咸丰九年(1859年),未成年就到香港学习经商,后自创商号经营南北货,凭借精通经济讯息和信用卓著而逐渐成为富商。杜四端是香港开埠早期著名的闽籍商人,他长期在香港生活,人脉广泛,且热心社会公益,经常接济乡里亲族。当时香港开埠不久,谋生不易,常发生饥民抢劫米店之事。杜四端纠集绅商,施粥义赈。香港地价昂贵,往生于港的闽人常常苦无葬身之地。杜四端向香港政务司申请拨地,并捐资辟为义冢。此外,他还倡办福建学校,普设义学。1916年,他与其他商务人士改组福建商会,被推选为会长。1937年2月16日,旅港福建商会旅港福建商会根据香港政府于1932年颁布的《公司则例》注册成为有限公司。从注册章程来看,商会的最高执事者是由会员大会选举出来的20~45名董事中互选产生,设主席、副主席、司理、副司理、司库、副司库各一人,按照规定"职员不得连任原职二届以上"②,但杜四端被选为会长后,连任达30年之久,直至1940年逝世。福建商会自创办伊始,就以扶危解困为己任,大兴义举,热心公益。首任会长杜四端去世后不久,太平洋战争爆发,香港沦陷。在这种艰难局势下,福建商会依旧坚持会务活动,为乡人服务,办理回乡证明。③ 抗战胜利之后,福建商会的会员增加至900多家。时至今日,福建商会依旧秉承"团结闽商、联络各界、承先启后、服务社会"的宗旨,在闽籍社团中享有很高的威望。

---

① 柯伯诚:《香港闽籍社团发展简史》,载《旅港福建商会八十周年纪念特刊》,香港:旅港福建商会,1997年,第243~245页;杜祖贻:《数十年前香港闽侨的商业活动片断》,载《旅港福建商会八十周年纪念特刊》,香港:旅港福建商会,1997年,第285~288页。

② 《旅港福建商会注册章程》,载吴在桥:《香港闽侨商号人名录》,香港:旅港福建商会暨福建旅港同乡会,1947年,第26页。

③ 柯伯诚:《香港闽籍社团发展简史》,载《旅港福建商会八十周年纪念特刊》,香港:旅港福建商会,1997年,第244页。

旅港福建同乡会成立于1939年，创始人是胡文虎。胡文虎是福建永定籍富商，多年在新加坡经营万金油事业。1932年，胡文虎赴港发展，随后联合在港人士，组织建立福建同乡会。该会是在传统同乡会、会馆、公所的基础上，进一步联合香港福建人士而成立的团体。与福建商会相比，福建同乡会的参与人群更为广泛，包括商人、政界人士、教育界人士等。1942年2月，香港已经沦陷，局势十分危急，同乡会为了不与日方合作，决定暂时解散，直至光复后才重新开始活动。

战后，随着赴港人数大增，在港福建社团也获得新的发展。这一时期社团发展的特点有三：第一，老牌社团继续发挥着自己的作用，但也顺应现状做出变化。二战以前，许多旅居香港的华人华侨还只把香港当作事业发展场所，或暂居之地，流动性非常强。但战后，在港闽人越来越融入本地生活，在地化的趋势大大加强。这些老牌社团面对这一趋势，对自身工作做出调整。如旅港福建同乡会于1980年把"旅港"二字除掉，改称福建同乡会，表现出同乡会要实行本地化之决心。第二，以祖籍地为纽带、以姓氏种族为依归的各种宗亲会、同乡会大量出现。香港现有"施氏"、"洪氏"、"黄氏"、"李氏"等宗亲会几十个，多推举那些资深年长、经济实力雄厚、社会威望高的人士担任宗亲会会长。如1983年成立的施氏宗亲会凝聚了10余万施姓人士，是全港为数不多的超大规模宗亲会。该会的核心是施子清、施翔鹏和施展雄三位工商界的大人物，他们既是同乡又是拜把兄弟，还是施氏宗亲会的台柱子。此外，因为香港施氏中绝大多数来自福建晋江，施子清还在施氏宗亲会的基础上，组织成立香港晋江同乡会。这些宗亲会和同乡会帮助了战后来到香港发展的福建人度过生活和事业难关，表达了在港福建人的诉求，也拉近了祖籍地与香港之间的距离，促进了家乡的发展。第三，非商业或同乡性质的组织，特别是同学会、校友会大量涌现，说明了香港福建人社会结构正在转变。这与20世纪70年代以后来港的新移民数量急剧增加不无关系。很明显，香港的新福建人比过去有更多参加社团的选择。①

在上述基础上，1997年，在福建商会、福建同乡会等五个大型社团的倡议下，组织成立香港福建社团联会。这是香港继广东社团总会之后又一大社团联合组织，表明在港福建社团进入了一个新的发展时期。社团联会初创时，加入的会员有109家，包括商业社团2家、同乡会组织52家、同学会与校友会40家、体育社团4家、宗亲会3家、文化艺术类组织2家、内地驻港机构2家、专业社团2家、其他类别社团1家。② 联会的首任会长是菲律宾华侨黄光汉，他原籍福建惠安，1942年出生于菲律宾。黄光汉的家庭是一个华侨世家，祖父黄世仙早年携妻小到菲律宾，初时靠做木匠为生，后经商，在菲律宾和香港两地均开设有商号。黄光汉的父亲黄长水是著名的爱国华侨领袖和社会活动家，他在1946—1950年逗留香港期间，主持父亲经营的泉昌公司，又担任香港福建同乡会主席。新中国成立时，他率先在香港泉昌有限公司楼上挂起五星红旗。1950年，黄长水离港返

---

① 李培德：《香港的福建商会和福建商人网络》，《中国社会经济史研究》2009年第1期。
② 《香港福建社团联会会员芳名录》，载《旅港福建商会八十周年纪念特刊》，香港：旅港福建商会，1997年，第222～226页。

回福建,任福建省人民政府委员、福建省政协副主席,其后又先后出任广州市工商联主委、广州市侨联副主任、广州市副市长等职。黄光汉1963年肄业于华南师范大学,同年3月回港继承泉昌公司,任总经理。黄光汉对香港经济、教育和社团工作等方面有着突出贡献,还积极推动在港闽籍人士参与社区工作。

在以上众多的闽籍社团中,以旅港福建商会和香港福建同乡会最具代表性。两者在成立时间、规模、领导层和所代表的会员利益等方面存在较大差异。旅港福建商会于1917年由杜四端创立,主要代表在港的闽南人利益;香港福建同乡会于1939年由胡文虎创立,主要代表在港客家人的势力。

杜四端(1859—1940),原名正,字德乾,号四端,同安县马銮乡(今属厦门集美区)人。自幼聪颖,志行坚卓,以孝友闻。因家贫,未成年即前往香港习商。起初受雇于人,为助理会计,工作勤奋。港地习尚奢侈,而他生活俭朴,不沾染坏习惯,因而得到社会的推崇而信用益著。于是乃自创"杜端记行",经营进出口贸易。以精通经济讯息和信用卓著闻名,营业蒸蒸日上,渐成巨富。清光绪十九年(1893年),他约同本村的杜来瑶等人,筹资在马銮倡办銮裕纱厂,织造背巾和包被。产品主要通过厦门运销东南亚和香港市场,推动了马銮纺织业的发展,民国初年马銮村成为纺织村。他致富后关心家乡,周济生活困难的族亲,对乡里的公益事业也无不慷慨解囊,由是声望日隆,得到清政府诰授"中宪大夫"衔。民国元年(1912年),潮汕水灾,他筹募巨款赈灾,获总统颁发四等嘉禾章。他热心社会工作,民国三年(1914年),与商界陈雨三、黄本立、陈渭臣、郑瑞诸乡贤共同改组福建商会,被推选为会长,并连选连任30年,直到逝世为止。在任期间,联络乡谊、团结乡亲、广行善举,不遗余力。他还被选任为保良局、东华医院总理,对应兴应革事宜,无不悉心筹划。当时,香港还处于发展初期,谋生不易,街上常有饥民抢劫米店事件发生。他一方面邀集港绅共同呼吁政府平祟,另一方面又带头捐献千金煮粥义赈,并经常亲自巡视,务期实惠及民。为了让旅港乡亲子弟有受教育的机会,他倡办福建学校,并亲任校董,为培养人才做出了重大的贡献。由于香港地价昂贵不堪,在港物化的乡亲,往往苦无葬身之地。他出面向香港政务司申请拨地,并捐资辟建义冢,使客死香港乡亲各得安葬。民国二十六年(1937年)抗日战争爆发,国民政府发行救国公债,他受任为香港劝募委员之一,成绩斐然。他历任团防总局总理、二十四行商联合会副会长、华商总会董事、福建商会会长、福建学校校董、福建体育会名誉会长及香港道德总会副会长等职务。逝世于香港。

杜四端

胡文虎(1882—1954)，南洋著名华侨企业家、报业家和慈善家，被称为南洋华侨传奇人物。祖籍福建龙岩市永定县下洋镇，1882年出生于缅甸仰光。1982年回福建老家接受中国传统文化教育，4年后重返仰光，随父学习中医。1908年，与其弟胡文豹继承父业。由于通晓中文，经常往来于香港等地采办药材。1923年，由于发展业务需要，胡文虎将永安堂总行迁至新加坡，并先后在新加坡、马来西亚、香港等地设立分行。1932年，再次把总行从新加坡迁至香港，并在广州、汕头开办制药厂，且先后在厦门、福州、上海、天津、重庆、昆明等城市及澳门、台湾、曼谷、棉兰等地设立分行，市场扩展到中国东南沿海地区以及西南内地。抗日战争期间，为支援国家和家乡建设，出资兴办多所学校和医院；为启发民智，创办多家报纸；为支援抗战前线，慷慨捐助物资。抗战胜利

胡文虎

后，为了建设家乡，胡文虎于1946年在新加坡发起组织"福建经济建设服务有限公司"。

不同的香港闽籍社团虽然在创会宗旨、代表利益、主要功能等方面存在不同程度的差异。但在发展香港经济，沟通闽港、甚至香港与福建以外的大陆地区的联系这两方面，是每一个在港闽籍社团都具备的基本功能。

在港闽籍社团不仅为香港的经济繁荣和社会进步做出了极大贡献，而且在联络乡谊、服务乡亲方面发挥了重要作用。香港的福建社团，自创立之初就一直与内地保持密切关系。在20世纪20—30年代于香港出版的社团刊物中，不难见到一些福建名人或公私机构的名字，例如：厦门总商会主席洪鸿儒、厦门公安局局长林焕章、思明县县长韩福海、漳厦警备司令部军法处处长杨廷枢、厦门大学校长林文庆、福建侨务委员代主任庄银安、同安修志局总察吴锡琪、安海商会主席蔡绍训、厦门台湾公会会长曾厚坤、厦门中南银行经理卢重光、厦门商业银行董事长廖中和、厦门淘化大同公司董事长黄廷元、厦门华侨银行经理马祖庚、惠安公学校长杜复华、同安敦厚学校等，可谓数不胜数。①

二战爆发之前，香港的福建社团基本以团结同乡，发扬守望相助、共济扶持的精神为创办宗旨，对于家乡福建的建设更是积极贡献力量。此外，由于香港在地理上处于中国大陆与东南亚的中间位置，是华侨移民、汇款和贸易网络的枢纽，香港福建社团的领导层都深刻认识到香港分别对中国大陆和对东南亚所具有的特别作用，积极扮演联络福建和

---

① 李培德：《香港的福建商会和福建商人网络》，《中国社会经济史研究》2009年第1期。

东南亚的中介角色,为两地亲人团聚、贸易中转、侨汇寄存积极搭建沟通平台。香港自19世纪中叶以来,就开始作为福建海外移民的中转和集散地,这种特别的网络功能,使香港在开埠后逐渐取代澳门。随着中国对外贸易的发展,香港的中介地位愈益重要,当然对福建省来说,亦毫不例外。直至20世纪50年代末60年代初,福建省的总进出口量约有80%由香港的华侨经营的国货公司经手。[1] 20世纪90年代中后期,随着福建的对外开放,全省社会经济发展水平不断提高,与海外的联系不再完全依赖香港,然而香港作为中介、桥梁的作用依然十分显著。

据统计,目前香港闽籍同胞约120万,占香港总人口的1/6,现有闽籍社团130多个。其中包括旅港福建商会和同乡会、体育会、联谊会、宗亲会、校友会、希望工程基金会、经济文化艺术研究团体等。香港闽籍社团一直是一支积极活跃、团结向上、拼搏创业、爱国爱港爱乡的重要力量,也是改革开放以来实行闽港经济文化合作交流的重要力量。

香港福建社团立足香江、胸怀祖国,以增进感情、交流经验为宗旨,发扬爱国爱港爱乡的优良传统精神,联络乡谊、共谋发展、回馈社会。对于在港福建社团的多元功能,中共福建省委统战部研究组将其总结为沟通、团结、带头、中介四大作用。[2]

其一,沟通作用。改革开放初期,香港作为福建通往外部世界的桥梁,当地福建社团发挥了重要的沟通作用。他们利用香港作为自由港和亚太中介地的地位,通过各种方式,促使香港同福建两地的相互了解和密切联系;帮助福建了解世界、走向世界;让世界了解福建。同时,他们联系世界各地的福建乡亲,回乡商务考察、探亲访友、投资兴业、旅游观光,为家乡经济建设牵线搭桥,引进项目和资金;并且结合参与家乡建设的切身经历,介绍祖国的对外开放政策,宣传祖国日新月异的巨大变化,宣传故乡的风土人情,使许多海外福建乡亲全面真实地了解祖国和家乡,增强对祖国和家乡的向心力。以文化艺术交流为例,1980—1996年,福建全省共有108批,1373人次的文化艺术团组赴港展演;共接待了53批,644人次的香港文化艺术团来闽演出或交流。[3] 香港福建社团在其中起到了沟通协调的重要作用,有时一些社团甚至亲自组团参加。通过这些交流,增强了香港同胞和海外人士对福建、甚至整个中国的了解,增进了彼此间的友好感情,树立了福建在海外的良好形象。

其二,团结作用。长期以来,香港的闽籍社团以及集结在这些社团中的各方闽籍代表人士,以其广泛的社会影响力,团结广大旅港闽籍乡亲,积极参与香港社会事务,成为一支维护香港繁荣稳定、爱国爱港的重要力量。在"九七"香港回归之际,在港福建社团全方位参与到回归的筹备工作当中,积极参与香港三级议会的选举和特别行政区第一届政府推选委员会的工作,在推选首届行政长官及临时立法会选举活动中,充分体现了福建社团和乡亲空前的爱国爱港热情,闽籍社团深层化的巨大凝聚力。同时,由于历史原

---

[1] 李培德:《香港的福建商会和福建商人网络》,《中国社会经济史研究》2009年第1期。
[2] 贺国强主编:《携手迈向新世纪:闽港经济合作研究》,福州:福建人民出版社,1997年,第135~136页。
[3] 《旅港福建商会八十周年纪念特刊》,香港:旅港福建商会,1997年,第212页。

因,香港是海外华人社会的联系中枢,同海外华人社团有着千丝万缕的联系。香港闽籍社团利用其得天独厚的人缘地缘条件,加强与海内外福建乡亲的联系,促进了全世界闽籍乡亲的团结。

其三,带头作用。旅居香港的福建乡亲,富有拼搏创业、吃苦耐劳的精神,经过长期不懈的奋斗,涌现出许多著名企业家和社会各方面的杰出代表人物。改革开放初期,香港的一些闽籍社团率先组团回闽考察投资环境,并带头创办投资项目,在这些企业家和杰出人物的带动影响下,许多港商纷纷赴闽投资兴业,支持家乡的社会经济事业和慈善公益事业。据不完全统计,1979—1996年年底,外商在福建投资项目共有20538个,合同外资金额451.41亿美元,实际到资178亿美元;其中港资项目12624个,合同金额271.4亿美元,实际到资92.41亿美元,分别占了61.5%、60.1%、51.9%。[1] 香港作为福建最大的外来投资者,其中与香港闽籍商会的积极参与、关心和支持是分不开的。

其四,中介作用。香港与台湾地区的联系十分密切,人们往往港台并提。香港在闽台两岸经贸关系中起着中介和融合作用。多年来,闽台贸易及台商投资内地绝大多数由香港转口。据统计,至1996年6月底,累计闽台贸易额达101.39亿美元,其中由香港转口的大额贸易达100.08亿美元,占全省对台贸易总额的98.7%,1997年在闽台资已近50亿美元,约占全省实际利用外资1/3。[2] 而在闽台资不少是与港胞合作,或由港胞做前线。香港福建商会同台湾闽籍商人有较多接触和联系。同时,香港的福建社团长期以来发挥着闽台民间交往的中介作用。其中,香港福建体育会早在20世纪70年代便与台湾体育界有交往。此外,他们同世界各地华人社团、组织联系紧密,还利用"以港引侨"、"以侨引外"的方式,支持家乡的经济建设。

"九七"香港回归之前,香港福建社团主要起联络团结闽籍港人的作用。进入21世纪以来,在港福建社团纷纷拓展活动空间,更加积极地发挥桥梁纽带作用。在经贸合作方面,进一步扩大对大陆投资额和贸易额,承接更多外资、港台资本与福建间的投资贸易;在文化交流方面,闽籍社团也积极参与,尤其在科技、文化、医药、新闻、会展等方面交往日益密切。同时,在港福建社团及成员更加注重对香港社会政治事务的参与,在政治选举、民众舆论、媒体宣传等领域发挥重要作用。总之,随着香港与大陆社会经济的巨大发展,以及彼此间交流的日益密切频繁,香港福建社团所发挥的功用日益多元,形式也更为灵活多样。

第二节　战后香港经济的发展与闽商的商业活动

第二次世界大战后,香港经济迅速恢复,并成为世界经济发展最快的地区之一,其经

---

[1] 《旅港福建商会八十周年纪念特刊》,香港:旅港福建商会,1997年,第213页。
[2] 贺国强主编:《携手迈向新世纪:闽港经济合作研究》,福州:福建人民出版社,1997年,第136页。

济的恢复和发展大致可分为恢复和新生(1945年8月至20世纪50年代末)、迅速发展(20世纪60—70年代)、结构调整和继续增长(20世纪80年代以来)三个时期。同时,在港闽商结合市场需求和自身优势,积极涉足商业活动,其在制衣、银行、房地产、药品、食品加工和报刊印刷等领域皆取得了骄人成绩,为香港经济发展增添了极大活力。

一、战后香港经济的发展

二战前后,香港一直作为转口港而吸引着世界市场。这既有政策原因,又有区位因素:香港早在开埠时即被英国殖民当局定性为自由港,100余年间奉行完全开放主义,这是香港在国际竞争中最大的优势。而香港北连中国大陆,南邻东南亚,东濒太平洋,西通印度洋,位居亚太地区交通要冲,为东西半球及南北交往的交汇点。香港岛与九龙之间的维多利亚港是世界上三大天然深水良港之一,港阔水深,海况平静,终年不冻不淤,万吨级别的巨轮亦可随时进出。九龙半岛地势平坦,可供建设码头、船坞、仓库、交通设施、工厂、办公室及住宅等,使优良的深水港湾因有这些辅助设施而更具吸引力。但这种经济类型也有其弱点,即易受到国际经济形势与政治局势的波及。如在二战期间,由于交通线被封堵,香港成为"孤岛",工商业发展大受冲击。以至于到了战后初期,香港工商业发达的程度仍不如内地上海,甚至也落后于广州。以工业发展水平为例,上海在新中国成立初期单是私营工厂即有20164家,职工428000人;1950年广州有工厂企业3327家,职工113000人;而同年香港只有工厂1752家,职工91000人。[①] 不过,经过战后数十年的发展与调整,至20世纪60—70年代,香港已经成功得从转口港转变成工业化城市,由此开创了自身经济的奇迹。

(一)战后转口贸易的短暂辉煌与急速衰退

虽然香港经济在战时受较大冲击,但在战后短短的几年中,香港经济就得到迅速恢复,这主要是得益于转口贸易的复兴。特别是1949年新中国成立以后,中国大陆通过香港大量进口商品。仅1950年一年,香港进出口贸易总额就达到75.03亿港元,进口值37.88亿港元,出口值37.15亿港元。其中,对中国内地贸易总值20.43亿港元,占香港贸易额的27.2%,对内地出口12.6亿港元,占33.9%。[②] 及至朝鲜战争爆发,有关国家无不抢购战略物资,中国亦竭力增加出口以取得外汇,在香港购进必要商品。香港货舱在短期内被一扫而空,订单仍源源而来。最为抢手的商品是橡胶制品、运输设备及零件、石油及石油制品、各种机械等,港商获利甚丰。但好景不长,1950年侵朝战争爆发后,美国宣布对中国大陆实行禁运。由于香港是中国向西方获取商品的主要通道,故同时对香港实施严厉的贸易限制,甚至从驶往香港的船只上强行卸货。这一措施出乎香港商民意

[①] 金应熙:《一块石头上的奇迹》,收入邹云涛等整理:《金应熙香港今昔谈》,北京:龙门书局,1996年,第57页。

[②] 刘家泉:《香港沧桑与腾飞》,北京:中共中央党校出版社,1997年,第302页。

外,引起香港舆论的极大不满和焦虑。汇丰银行主席在1951年度行务报告中指责美国事先完全没有同港人打过招呼就突然断绝工业原料供应,使香港工业和贸易都受到严重打击。到1951年6月联合国也宣布对华禁运,英国又追随美国加紧对华出口管制。作为报复措施,中国宣布管制部分物资的出口,并且对入口商品种类实行限制。于是,中国同英国、内地与香港的贸易额都直线下跌,特别是香港对内地的输出额更一落千丈。对比1951年和1952年两年的数据可以发现,1952年香港对外贸易总值急剧下降到66.78亿元,比上一年锐减26.25亿元,几乎减少了1/3;同年对内地的输出也从上一年的16.04亿元降为5.20亿元。此后,香港的进出口贸易连续三年下降,1954年锐减至58.52亿港元,只相当于1951年的63%,对中国内地的出口也从1951年的16.04亿港元骤减至1954年的3.91亿港元,仅及1951年的24.3%。①

对内地贸易的衰退严重影响了整个香港对外贸易。再加朝鲜战争初期许多国家都囤积了大量物资,市面上供过于求。新加坡、马来亚、印尼各处都因锡、橡胶价格回跌致使购买港货能力转弱,廉价日货又投入市场竞争。以上诸因素的配合,使香港转口贸易连年不振,利润率约下降1/3。随而金融、保险、航运各行业都连带受到打击,香港市况全面清淡。工商业倒闭潮从点到面,从小到大,单在1952年每季倒闭工厂平均即达50家。由于人口激增,就业困难,失业率高达30%以上。

(二)20世纪60年代香港产业结构调整

为了解决"禁运"带来的困境,香港被迫在20世纪50年代中后期开始发展加工出口工业,在发展中国家和地区中率先实行出口导向发展战略。香港工业化因此而顺利起步。当时在上海等地抵港企业家的带动下,工商界审时度势,客观地分析了当时的利弊环境,看准当时日用工业品的市场空当,选择棉纺业作为发展工业的起点。随着纺织业和制衣业迅速兴起,以纺织品和成衣为主的本地产品的出口贸易迅速增加,转口贸易所占比重相对下降。到1959年,香港出口总值为33亿港元,其中本地产品出口值为23亿港元,占70%,转口贸易仅占30%,港产品出口值首次超过转口贸易值,这是香港从传统的转口贸易港转变为工业城市的重要标志。这一历史性的转变,加强了对外贸易在香港经济中的主导作用。进入20世纪60年代后,香港面向国际市场的纺织、成衣、塑料、玩具以及电子等工业蓬勃发展,出口规模不断扩大,增长速度越来越快。同时,香港贸易发展局、香港生产力促进局和香港出口信用保险局等促进贸易机构先后成立,互相配合,1969年,香港对外贸易总值增至281亿港元,比1959年增加2.4倍,年平均递增率高达13.1%,其中1968年和1969年增幅更大。这个时期香港产品出口在总出口中的比重一直保持在80%左右。② 表3-1反映了20世纪60年代香港具体产业比重的变动:

---

① 经济导报社编:《香港经济年鉴1981》,香港:经济导报社,1981年,第17页。
② 侯书森主编:《百年沧桑:香港的过去、现在与未来》,北京:中国文联出版公司,1996年,第145页。

表 3-1　香港生产总值中各经济行业所占的比重表（按当年价格计算）

单位：%

行　　业	1961 年	1972 年
Ⅰ.渔农业	3.4	1.8
Ⅱ.采矿及石矿业	0.3	0.1
Ⅲ.制造业	23.6	28.0
Ⅳ.电力、煤气及食水	2.4	1.7
Ⅴ.建筑业	6.2	4.1
Ⅵ.批发零售业、出入口业、酒楼酒店业	21.9	20.6
Ⅶ.运输业、贮存业、通讯业	9.6	5.7
Ⅷ.财务业、保险业、地产业、商业服务	17.4	21.6
Ⅸ.社区服务、社会服务、个人服务	15.3	15.8
Ⅹ.楼宇业权		
Ⅺ.名义行业（已就金融服务加以调整）		

资料来源：李若生：《香港金融概论》，广州：广东人民出版社，1990 年，第 20 页。

从表 3-1 可以看出，制造业在十年间比重上升最快，成为香港经济的中流砥柱。金融业的发展同样引人瞩目，成为仅次于制造业的高比重产业。而传统的渔农业、运输储备业、建筑业等在生产总值中的比例则相应降低。日后香港四大经济支柱的制造业、对外贸易、金融和旅游在此时期已经表现出了极好的态势。

（三）20 世纪 70 年代香港经济的起飞

20 世纪 70 年代的香港经济，不论是在加工工业、对外贸易还是交通运输、金融、建筑、旅游等都有迅速的发展，逐步形成一个以加工工业为基础、以对外贸易为主导、以多种经营为特点的工商业城市。20 世纪 70 年代初期，香港经济曾遭到世界性经济危机、石油危机和股票市场狂泻等冲击，处于剧烈动荡变化之中。但是这一时期香港的出口加工业已逐步向多元化发展，电子、钟表、化工、仪器等新兴工业发展尤其迅速，并促进对外贸易的发展。1969 年香港对外贸易额 281 亿港元，1979 年增至 1617.71 亿港元，10 年间平均年递增率高达 19.13%。港产品出口仍保持较高的增长水平。这个阶段港产品在总出口的比重一直在 70% 以上，最高的 1970 年，港产品出口达 123.47 亿港元，比上年增长 17.4%，超过外贸总值的 16.9%，占总出口比重高达 81.02%。1971 年港产品在总出口的比重仍高达 80.10%，不少产品例如服装、玩具、钟表、收音机等在国际市场上相继居世界出口的首位或前列。这时期转口贸易在总出口的比重中，虽然一直在 30% 以下，但大多数年份都有两位数的增长。①

20世纪70年代以后,港英政府的经济政策也发生了变化。由于国际保护主义逐渐兴起,世界各国的经济竞争日趋激烈,在20世纪70年代爆发了金融危机和石油危机。作为世界上最为重要的自由经济体之一,香港自由市场在经济高速发展过程中也难以避免盲目性、破坏性,一些问题开始暴露。20世纪60年代中期开始,香港先后出现地产风暴、银行挤提、股市灾难等危机,造成了严重的"社会灾害"。在新的形势下,香港政府不得不适度修改其实行了100多年的经济政策,从"消极不干预主义"逐步改行"积极不干预主义"政策。所谓"积极不干预",实质上是尽量减少干预,实行适度的干预。香港政府认为,香港是完全开放型经济,极易受外来因素影响,政府很难抵销外界因素的影响。经济资源的分配、经济生活的运行都取决于市场供求力量。政府对私营企业的经营不加干预。政府的主要职责,就是为经济发展提供基本设施,配合稳定的法律和行政制度,保护市场的合理的竞争。香港政府对企业的外贸活动一般都完全放开。但对必须加以管理的环节则管理得非常严格,办事效率很高。

二、战后闽商的经营活动与在港闽资企业

(一)制衣业

若要说到战后香港工业之发端,当属纺织业与制衣业。在20世纪50年代转口贸易全面受阻之时,就是依靠纺织业与制衣业的有力依托而使香港逐步转型为一个以出口为导向的新型工商业城市。在1959年的产品出口中,成衣业占34.8%,纺织业占18.1%,合计达一半以上,雇工人数则两者合占四成以上,表明这两个行业此时在香港工业中的领先地位。此后20年间,虽然塑料制品、电子制品、钟表及其他轻工业制造行业在香港经济中的重要性不断增强,但香港每年输出的纺织品和成衣,仍占港制品出口总值46%~53%之间,可见及至1979年,纺织业仍然是本港经济的支柱。②

很长时期内,香港纺织业与制衣业的命脉都把持在上海籍企业家手中。这主要是因为,战后许多上海纺织企业迁至香港,它们具有较雄厚的资本、较新的技术和机器设备、较多的技术人员,产品也具有较广阔的市场出路,在香港早期工业化的过程中充当了主力军。直到20世纪70年代,"上海帮"的厂商还控制着香港棉纺织业75%的所有权和经营权。但此时,一个福建籍的企业家凭借专业技能与过人的胆量,改变了这一行业现状,他就是杨孙西。

杨孙西,1939年出生在福建石狮。他的父亲是在菲律宾经商的华侨。1950年,杨孙西和母亲赴港与父亲团聚,但不久父亲去世,孙杨西进入一家针织厂做工以支撑家庭。

---

① 侯书森主编:《百年沧桑:香港的过去、现在与未来》,北京:中国文联出版公司,1996年,第145~146页。
② 《香港一九八零年》,香港政府出版物,1980年,第176页。

由于踏实肯学,杨孙西得到厂方重用,20世纪60年代中期,厂方派他前往德国购买先进的针织设备。香港纺织界和成衣界十分重视技术和设备的革新,纺织业在1951—1957年间增加纺锤10万枚以上,织机从手摇改为电动及自动,1955年9月间各纱厂附设织布部,即有新式自动织布机2600多部。① 1964年,自动织布机在香港全部纺织设备中所占份额已高达83%,而同期欧洲共同体6国平均仅为74%,英国更低,只达37%,到了1965年,香港的自动织布机达到了100%,而且使用率远远高于日本、印度、台湾等地区。可以说,技术优势是香港纺织、制衣始终位列世界尖端的重要因素。杨孙西在德国期间,仔细考察了先进的工业技术和管理方法,为日后自行创业打下基础。在他和两位德国专家回到香港后,很快将购置的设备安装起来,成为当时香港毛衣生产中技术水平最高的全自动化生产线。杨孙西在选择、购买、安装设备的过程中,也成为一名自动化针织机专家。1969年,他在观塘开办了自己的企业——香港国际针织制衣厂。观塘位于九龙半岛东南部,从20世纪50年代起,港英政府为加速发展九龙东,决定在观塘区建立工业中心,从1953年起开始在九龙湾东岸填海造地,到1965年共拓地1平方公里。在新填土地上创建的观塘工业区到1968年有工厂642间,工人63000人,成为全港最早发展起来的重要工业中心。杨孙西的企业初创时资本仅60万,厂房面积仅400平方米,但他敏锐地觉察到制衣业成败的关键。当时香港制衣业发展迅速,大有超过纺织业之势,不但企业数量多,变化也特别快。杨孙西认识到,要在行业内立足,必须不断创新,以新花样、新款式来占得先机。他率先采用精纺羊毛制作时装,发展出多品牌的时装系列,一举改变了过去编制毛衫的单一生产格局。这些新产品得到市场的极大认可,订单数量激增,杨孙西顺势扩大企业规模,成立香江国际集团。20世纪70年代中期,制衣业超过纺织业成为香港首屈一指的最大行业,香江集团则是业界发展最快的企业之一。而当同行还在为香港高昂的地价、房租、薪酬苦恼时,杨孙西及时抓住大陆改革开放这一有利时机,于1980年在广州创办了首家来料加工厂,获得了事业的再次发展。

(二) 银行业

香港是世界金融中心,这与其开埠以来即奉行的自由贸易政策不无关系,但香港银行业之有重大发展,却还是战后几十年的事情。至19世纪末,全港只有银行10余家,且多为外资银行。早期华人在港经营银行业的方式,大致上还是旧式的钱庄或银号,且多数为家族式独资创立,影响还很有限。香港的第一家华资银行——香港中华汇理银行(National Bank of China Limited, Hong Kong)是迟至1891年才开业的,1911年即关闭,曾在香港发行过面额5元及10元的钞票。直至第二次世界大战前,香港银行总数约为40家,规模仍较小。战后,由于香港经济秩序的重建,逐渐完成了从转口港的地位向工业化时代的转变,形成一个以加工工业为基础,以对外贸易为主导,以多种经营为特点的

---

① 金应熙:《一块石头上的奇迹》,收入邹云涛等整理:《金应熙香港今昔谈》,北京:龙门书局,1996年,第60页。

工商业城市。至此,香港银行业才有较大起色。截至1966年年底,全港共有银行76家,其中外国银行27家,76家银行共设分行318家。[①] 进入20世纪70年代末以后,随着香港经济的全面起飞,香港银行业出现了一个突飞猛进的"黄金时代",英资以外的外资银行也在这个时期迅速扩张起来。1972年,港英政府曾特准英国巴克莱银行(Barclays Bank PLC)在香港开设分行,此后多年未再批准新银行开业。至1978年3月,港英政突然宣布解除签发新银行牌照的禁令,随后仅仅一年多时间,就有41家外资银行获准领取新的银行牌照。1979年8月,香港持牌银行总数已达115家,而接受存款公司(俗称财务公司)也是在20世纪70年代发展起来的。

香港的银行,按资金来源,可分为三类:外资银行、中资银行和当地银行。当地银行是由香港当地和海外华人资本创办的银行,这其中广府人和潮州人资金雄厚,实力最强;二战和内战后进入香港的一部分江浙沪人士,凭借江浙财团的优势,也是金融业中重要的力量。与此相比,福建籍人士的实力稍弱,在香港本地银行中的份额不高,但依靠东南亚华资的影响力,在香港金融业中也占有一定分量。

战后较早在香港注册的闽资银行是爱国华侨陈嘉庚先生创办的集友银行,于1947年在香港注册开业,是香港第39间领有执照的银行。集友银行是陈嘉庚先生为了维持厦门集美学校的办学而授命其子陈厥祥集资10万港元成立的,其获利作为集美学校的经费。集友银行的宗旨是"立基香港、连通中港、联系华侨",初创时规模不大,但在1952年获准为外汇银行公会及香港银行票据交换所会员行,1959年获准为外汇授权银行。这就便利了在港闽人和海外闽人的金融活动,也扩大了集美学校的经费来源。集友银行历经香港数次金融冲击,坚持经营,直至2001年中银集团重组期间被纳入中银香港旗下,现为中银香港的子公司,目前在香港有24家分行,在内地福州和厦门各有1家分行。

1956年,马来西亚华商张明添在香港创办海外信托银行(Overseas Trust Bank, OTB),注册资本600万元。张明添(1918—1982)是同安新民西塘人,早年赴马来亚谋生,后经营印尼土产转口贸易致富。20世纪50年代中期,张明添觉得当时的银行不能有效地为广东籍以外人士提供服务,遂在香港创办海外信托银行。3年后,海外信托成为港英政府授权的海外银行。20世纪60年代初,海外信托开设了第一间分行,实收资本增至1000万元。1968年,海外信托向周锡年家族收购了工商银行股权,取得了较大的发展。1972年10月,海外信托银行在香港上市,大股东除张明添外,还有后来控制恒隆银行的庄清泉。海外信托上市后,曾积极向海外发展,先后在印尼、泰国、英国及美加等地开设分行,拓展华侨业务。1980年以后,海外信托加强在香港的发展,先后以发行新股方式收购了大捷财务及周锡年家族经营的华人银行。至此,海外信托银行自成一系,旗下拥有3家持牌银行、2家财务公司,在香港开设62间分行,全盛时期总资产超过120亿元,存款额超过300亿元,成为在香港仅次于汇丰、恒生的第三大本地银行。但在1982年张明添去世之后,海外信托的发展形势急转直下,1985年6月被香港当局接管,

---

① 刘家泉:《香港沧桑与腾飞》,北京:中共中央党校出版社,1997年,第305页。

21世纪以后被星展集团控股有限公司收购合并。

在金融业蓬勃发展的20世纪50年代,南洋华资大量涌入香港,一些东南亚华资银行也纷纷在香港开设分行。如新加坡崇侨银行在1959年在香港开设分行。崇侨银行是1950年由几位东南亚华商集资创办的,创办人包括闽籍的胡文虎和高德根。胡文虎原籍永定,是东南亚著名的"万金油大王";高德根原籍龙溪,创办有新加坡和昌轮船公司,并经营橡胶业。崇侨银行在全盛时期,开设有17家分行于新加坡、马来亚、香港等地,1971年以1200万元被新加坡大华银行收购。

除了这些闽资开设的银行外,在20世纪60—70年代,东南亚华资还涉足并购香港本地银行的商业活动中。在香港本地拥有悠久历史的恒隆银行即是在1976年被东南亚闽商收购的。恒隆银行的前身是1935年创办的恒隆银号,1965年注册成为恒隆银行有限公司。1976年,以福建籍菲律宾侨商庄荣坤、庄清泉为首的菲律宾统一机构,以5000万元代价收购恒隆银行80%股权,成为该行最大股东,庄荣坤出任董事总经理,他同时也是大来信贷控股的董事。恒隆银行在20世纪70年代发展颇快,到20世纪80年代初已拥有28间分行,成为一家中等规模的本地银行,不过,该行在20世纪80年代初的地产高潮中过度投入,到1983年时已泥足深陷而不能自拔。

香港与东南亚的金融业中,向来以粤籍人士为行业主导,这一态势自20世纪开始即已形成。而闽人能在战后的香港银行业中占有一席之地,与这一时期东南亚华资的大量流入很有关系。东南亚华人华侨中不乏巨商大贾,他们中的一些经过几代的积累,在20世纪60—70年代形成了一定规模的财团:新加坡1965年独立时人口只有200万,但资产在1亿美元以上的华人财团就有10多个。印尼的10家经营外汇银行中,华人经营的占一半。泰国的盘谷银行是东南亚最大的银行,也是华人资本经营的。印尼的林绍良、马来西亚郭氏家族的丰隆集团,新加坡的邱德拔、黄庭芳,泰国的陈弼臣都是著名的华资家族财团。这些巨商中,闽籍人士占绝大多数。上述最大的几个家族财团中,除陈弼臣是广东人,其余都是闽人。他们在战后为保障资金安全,又看好香港经济的发展,纷纷投身到香港经济之中,被称为"南洋帮"或"过江龙"。南洋华资最主要的另一个流向即金融市场与房地产业。特别是20世纪50年代以后,香港银行业的业务开始发生重大转变,从过去战前单纯的贸易融资逐渐转为向迅速发展的制造业和新兴的房地产业提供贷款。推动这一转变的原因主要是:银行业经营的传统业务日渐衰落和香港经济结构转型。因此,华资银行也纷纷涉足房地产业。这种极强的投资性极易造成市场根基不稳。20世纪60年代中期开始,房地产业出现暴跌,银行业出现挤兑危机,华商银行也大受影响。

(三)房地产业

香港是个弹丸之地,寸土寸金,房地产业是战后香港发展最为快速的行业之一。引发房地产业快速发展的首要原因是香港人口的激增。1949年,全港人口为186万,至1956年就增长至260万,而到1959年更是膨胀到302万。到了1979年,香港人口已接近500万人。人口的急速增加不但刺激了住房的需求,还为房地产业带来了充足的劳动力。为了解决住房问题,香港当局不断推出土地与房屋政策:在1955年颁布了土地政策和建筑条例,使香港房地产经济有了重要的突破。建筑条例根据建筑用地的位置和周围环境等情况,规定建筑物对地基面积的倍数,从而求出建筑物的体积,实际上是鼓励建高楼。另外,法律还允许楼房分层出售、发契,使收入较高的白领阶层、甚至蓝领阶层中有支付能力的可按住房单位购买住房,加上银行支持分期付款,这都对房地产经济的发展起着推动作用。1962年,香港当局对香港建筑条例的修改,按新的法例,同样大的一块地将比过去少建20%的建筑物,这法例于1962年10月开始发布,自1966年实施。此后18层以上的高层大厦不断出现,并且大量兴建商业楼宇和高级楼房。1972年,港府制订"十年建屋计划"。1973年,房屋委员会成立,开始兴建新型屋邨,至1977年年底,已有200万人从此项计划中受益。1978年提出"居者有其屋计划",是公房政策实施的第三阶段,它改变了公房政策的社会福利性质,以适应香港社会经济的发展,使公房政策日趋完善。[1] 公共屋邨又称租住屋邨或廉租屋,是由香港政府投资兴建或批给承建商建造而以优惠价格出租给符合资格居民的房屋。这种大规模的社区性建筑群,为有别于传统村落,以邨命名。公屋出租的一切事宜由房屋委员会负责。香港公屋自20世纪50年代中发展,至1995年年底已有超过一半的香港人口居住其中。[2] 香港经济良好的发展态势是刺激房地产业勃兴的又一因素。20世纪60年代开始,随着经济的迅速发展,对外贸易、制造工业、旅游业等主要行业空前繁荣,居民的收入水平有较大的提高。再加上来港的外国人、外交官员、国际性的商业机构增多,对写字楼、较高层的大厦、高级楼宇以及小型的住宅单位的需求也随之增加。更为紧要的是,房地产作为一项重要的投资领域,吸引了大量资金混战其中。

房地产业的特点是投入大、收益大,相应的风险系数也高。1958年,香港房屋曾出现供过于求的状况,有1.7万~2.8万套房子空置,地价下跌70%,致使部分房地产公司濒临破产绝境,出现过短暂的房地产相对过剩的危机。20世纪60年代中期,银行业由于在房地产领域的过度贷款爆发了银行信用危机,在银行危机的冲击下,房地产价格暴跌,空置楼宇大增,许多建筑公司倒闭,从而使房地产业陷入战后的第一次大危机之中。此次危机直到1967年才结束,但过了几个月之后,1967年5月间爆发的"反英抗暴"事件而趋恶化,许多人在香港贱价抛售房屋,远走他乡,更无意建新楼,这就影响投资者信心,使当时的地价和楼价都没有真正的行市,整个建筑业的活动完全处于停顿状态,形成了战后最严重的一次房地产大危机,这种情况一直延续到1969年。1974年,由于西方石油危机对股票市场冲击较大,从而也导致香港房地产市场掀起了一场风波,地产股票价格大幅度下降,地价下跌50%,住宅楼宇下跌30%~40%。所幸这一风波主要受世界经济因素影响,时间较短。

香港的房地产企业也是在这样的历史背景中成长开来的。大致来说,由于房屋建筑成本不断增加,小的置业公司逐渐被大的地产商集团公司所取代。同时,越来越多的财

---

[1] 郑定欧主编:《香港辞典》,北京:北京语言学院出版社,1996年,第75页。
[2] 郑定欧主编:《香港辞典》,北京:北京语言学院出版社,1996年,第77页。

团将资金投入房地产业。他们主要是广东人,还有一部分江浙人。当时在香港活动的南洋财团习惯用"热钱"做短线投资,快速获利,尤其是在房地产业。在1965年成立的香港地产建设商会第一届会议上,许达三和桂华山两位福建籍企业家被选为会董。许达三系晋江安海人,他的父亲许志平是集友银行董事。许达三和宗亲许礼评先后任香港鸿润集团公司董事长,主要经营房地产业。桂华山也是晋江安海人,1896年出生,1918年至马尼拉闯荡。在20世纪20年代,桂华山联络上海电影制作企业,组建了"南洋影片公司",事业基础更为扎实,此后还担任菲律宾总商会会长。抗战胜利后,桂氏在香港集资从事酒家和银行投资业务,先后担任兰富酒家董事长、海外信托银行董事长及香港工商银行董事长。此后的银行业风波对闽人在港投资房地产影响较大,但20世纪70年代后期开始,东南亚华资又大量涌入香港楼市。仅1984年、1985年两年,来自印度尼西亚、新加坡、马来西亚、泰国等地的南洋华资,在香港收购房地产与房地产公司的金额达10亿港元。马来西亚的郭鹤年和新加坡的黄廷芳有"尖东地王"之称。1986—1989年三年间投资香港资本多达221.4亿元,而新加坡信和集团则投资30亿元建"黄金海岸"。

(四)药业

医药是关乎百姓日常生活的重要内容。据统计,到1979年,全港有医药用品制造商245家,从业人员2237人。[①] 其中,由闽籍人士颜玉莹创制的白花油,是至今享誉港台及东南亚的日用药品,在1994年7月《华侨日报》与"香港统计及商业研究社"合作进行全港首次大型跨类牌子调查中名列第65位。白花油的创始人颜玉莹是新加坡华侨,1900年出生于福建省海澄县,他的父亲是一位中医师。颜玉莹少年时到新加坡,后经营糖厂和橡胶厂,积累了一定的资金。南洋一带潮湿炎热,加之卫生环境不佳,容易出现中暑、外伤、蚊虫叮咬等小疾病。颜玉莹认识一位德国医生,他用薄荷脑、白树油等药物调配,制成药油,用于医治皮肤疮毒、肚痛、风寒及蚊虫叮咬等症。这位医生将配方转赠颜玉莹后,颜氏将这一配方加以改良,于1927年生产出了一种无色透明药油,即白花油。白花油的主要成分是薄荷脑、樟脑、水杨酸甲酯、桉油、冰片、薰衣草油等,有益健康又多用途,能为日常生活中常见的小毛病提供安全的、紧急的、有效的处置:外用时为感冒类与虫蜇类药品,可以疏风止痒、理气止痛、消疲提神,用于关节酸痛、伤风感冒、头痛鼻塞、晕车、扭伤、蚊虫叮咬等;涂搽于高热儿童的太阳、颅息、涌泉等穴位,可以起到良好的降温效果。内服可驱肠胃积气,从而达到止痛效果。颜玉莹研制出白花油之后即在新加坡设厂,在香港则由余仁生中药店代理。1932年、1945年白花油分别在马来亚和南京注册,成为东南亚和中国的畅销药品。1951年,颜玉莹将白花油药厂从新加坡迁至香港,在港投产后,就结束了在新加坡的生产。初时,颜玉莹只是一个人来港打理业务,家庭依然留在新加坡,直到1956—1957年间全家才搬来香港。1981年,颜玉莹在香港去世,颜氏企业和白花油品牌由他的儿子颜福伟和长孙颜为善接管。

---

① 《香港一九八零年》,附录十四,香港政府出版物,1980年,第209~210页。

(五)食品加工业

香港由于环境所限,资源不足,在粮油食品方面长期仰赖进口。随着产业结构调整,食品进口的比重也逐年下降:20世纪60年代初期,食品进口占据进口商品第二位;从1968年开始,已退居第3位;到1978年退居第4位。从数量上看,1964—1977年,食品类进口比重从24.7%下降到15.6%。伴随这一趋势发展起来的是本地食品加工业。事实上食品加工业在香港有悠久的历史,开埠之初就有面包房及制酒坊,第一家制糖厂建于1878年。香港传统的食品加工部分保持中国传统工艺和手工制作,尤以小型工厂及生产中式面条、肉肠、豆腐和腌制蔬菜等业为最。战后,越来越多的食品企业应对于新的加工标准与市场需求,不断调整。陶化大同就是一间历史悠久却又不断扩展的食品企业。

淘化大同的前身是1908年在福建厦门成立的淘化食品罐头公司。淘化是福建省最早的罐头食品企业,这家公司除酿制豉油外,也兼营牛奶业务。1928年,淘化大同正式于香港成立,设厂制造豉油。为纪念公司发源地,淘化大同将其英文名称定为Amoy Food,其中Amoy就是厦门的英文旧称。1954年,淘大在香港九龙牛头角觅得大块土地兴建工厂,设立"淘大工业村"。1957年,淘大将业务拓展至汽水业,生产绿宝橙汁,并一度拥有百事可乐等7种品牌的汽水饮品代理权。1961年,淘大更成立纸品厂从事纸品生产。淘大的业务发展引起财团垂青。1972年,淘大获吉隆坡森那美集团收购。及至1978年,恒隆集团以2亿港元向淘大购入牛头角"淘大工业村"约22.26万平方英尺土地,计划兴建淘大花园。1980年8月,恒隆更以每股9.65港元收购淘大75.6%股权,使之成为恒隆的附属公司,并兼营地产业务。1987年8月,恒隆与淘大进行业务重组,恒隆成为集团控股公司,并专注地产发展,而淘大则易名为淘大置业(今恒隆地产),成为恒隆旗下地产投资公司。直至1991年,淘大的食品制造业务得到法国达能集团收购,与淘大置业分道扬镳。1987年,淘大食品在新界大埔工业园设立大型厂房,同年被法国食品集团达能收购(而母公司亦在1991—1994年间迁入淘大总部),成为集团附属公司。1993年,淘大开始拓展香港的微波炉食品市场,制作各式急冻点心。2006年,淘大获日本味之素株式会社以18.45亿港元收购。

(六)报刊印刷业

香港的报刊印刷业始于开埠后不久,1858年印行第一份中文日报,1872年创立中华印务总局,以活版印刷机和石印刷机做手工生产。战后,香港报刊有了较快的发展,成为重要的印刷中心,世界不少地方的书刊都交由香港印刷,尤以澳洲、英国和美国的书刊为然。至1979年,在香港报纸刊物注册处注册的报纸有114家、杂志期刊326份。英文报纸每日总销量估计为13万5000份,日销量在10万份以上的中文报纸有4份。福建商人在香港报刊业中占据一定地位,尤其是南洋巨商胡文虎和他创办的星系报业,是20世纪60—70年代香港报刊界的翘楚。胡文虎祖籍福建永定下洋镇,是东南亚著名的万金油大王。他的父亲胡子钦在19世纪60年代初赴南洋发展,客居缅甸仰光,创办永安堂中药铺,以卖药为生。胡文虎1882年出生在仰光,他和兄弟胡虎豹继承了父业,成功创制了"万金油"等膏丹丸散,成了居家旅行之良药,饮誉东南亚一带,胡氏家族也因此而发迹。20世纪20年代初,胡文虎在新加坡设立虎标永安堂总行,嗣后又在香港、福州、厦门、上海、广州、汕头、重庆、成都、昆明、汉口、天津等地设立分行,并在欧美等地设立特约经理处,生意日旺。胡文虎本人则出任"永安堂虎豹有限公司"总经理,成了国际知名的"万金油大王"。在经营万金油时,为了给产品做广告,胡文虎开始自办报纸。有了报纸,可以扩大万金油的社会影响,还可以借助办报的印刷厂,自己印刷药品商标、包装、说明书等,节省成本。这种商人式的办报初衷,却开创了一个不亚于万金油的报刊帝国。自1929年在新加坡创办《星洲日报》以来,胡文虎接连在汕头、厦门、福州、槟榔屿、泰国、香港等处创办了多家中英文报纸,形成了规模庞大的"星系"报业。其中《星岛日报》1938年8月在香港创刊,是香港现存历史最悠久的报纸之一。该报是香港政府核准刊登法律性广告的有效报纸,其特色是消息多、专栏副刊多,迎合知识分子趣味,目前已经成为一份发行网覆盖全球的中文国际报章。《星岛晚报》创刊于1938年8月13日,是香港重要晚报之一,每周出一本16开的《星报周刊》,刊登电视节目和一些娱乐消息,读者多为职员、学生等,日销量曾居香港晚报之首。1949年3月1日,胡文虎还创办了一份英文报纸 *Hong Kong Tiger Standard*,即《香港虎报》,1966改名为 *Hong Kong Standard*,内容以香港社会新闻、国际新闻、经济等为主,读者对象主要是专业人士和中产阶级。1976年,星岛报业公司又创办《星岛旅游》,是香港知名旅游杂志之一。1954年,胡文虎在美国檀香山逝世,他的女儿胡仙继承父业,成为香港星系报业机构的主持人,被誉为香港的"报业女王"。胡仙除了继续经营星系报刊外,还在1963年投资创办了《快报》,但行政与编务上与星岛报业有限公司互不干涉。在1968年10月注册成立的世界中文报业协会,星系报业总经理胡仙被选为会长。

第三节 改革开放背景下的闽人在港

自1978年十一届三中全会召开之后,中国改革开放的帷幕从此拉开。1979年,党中央、国务院批准广东、福建在对外经济活动中实行"特殊政策、灵活措施",并决定在深圳、珠海、厦门、汕头试办经济特区,福建成为全国最早实行对外开放的省份之一。福建的开放,进一步密切了闽港间的联系。随着开放进程的不断加深,在港闽人的数量与比例也在不断增加。据统计,香港回归前,香港闽籍同胞有80多万,占香港总人口的15%;现如今已增至120万人,比例也达到1/6。

在改革开放的大背景下,在港闽籍同胞为香港的繁荣发展,为"九七"之前的平稳过渡和顺利回归,做出了积极贡献,也为福建社会经济发展发挥了重要作用。大量香港闽籍同胞在经济、政治、科技、文化等领域都取得了显著成绩。在经济领域,出现了一大批卓有成就的企业家。从香港上市公司的业绩看,据香港有关资料的不完全统计,1994年香港闽籍企业集团的上市公司(包括东南亚闽籍华人企业集团在香港的上市公司)有25

家,当年营业额1亿～10亿港元的有11家,10亿港元以上的有12家,当年纯利润达1亿港元以上的有17家。① 由此可见,香港闽人在经济领域的地位不容小觑,且正处于稳定发展的时期。此外,还有大批的香港闽籍同胞是政治、科技、文化等领域的专业知名人士。如香港立法会议员蔡素玉、香港大学地理学教授施荣怀、工程学专家杨佰成等人皆为福建籍。

在港闽籍同胞除在自身领域取得较大发展外,在社团方面的优势更为明显。据不完全统计,在改革开放背景下,闽籍社团数量不断增加,在"九七"回归前夕,香港各类闽籍社团已达114个。这些社团遍布香港各行各业,联系着80多万闽籍同胞,情牵家乡福建。他们大多机构健全、活动频繁,积极发展与各地的联谊,组织在港同胞关心支持家乡建设,捐助公益事业,促进家乡经济发展。此外,他们还主动与海外福建社团联合,组织区域性、世界性的同乡组织,召开世界同乡大会,推动各地社团大联合、大团结。特别是1997年5月8日香港福建社团联会的成立,是香港闽籍社团走向大联合、大团结的里程碑,标志着香港的福建人更加紧密地凝聚在爱国爱港爱乡的旗帜下。可以预料,香港闽籍同胞在未来定能更加团结,为香港的繁荣稳定发挥更大作用,为家乡福建的经济建设做出更大贡献,为海外闽籍同胞搭建更加坚固的沟通桥梁。

一、香港闽人新移民的数量分析

20世纪70年代至80年代初,是新中国成立后闽人移港的第三次高潮。在改革开放的驱动和新移民政策的影响下,福建人大量涌入香港。进入香港的大量闽人并非都是合法移民,相当大一部分是通过非法途径进入的。这一时期的香港移民被称为"新移民"。"新移民"是指20世纪70年代或以后从大陆来港的移民,以示与20世纪70年代以前来的移民有分别。不过,"新移民"这个名称随着香港回归祖国发生了改变。1997年7月1日后香港已恢复为中国的一部分,而来港定居的大陆人士不应被视为"移民"。因此香港特区政府把这批人士的官方名称由"新移民"改为"新来港定居人士"。②

中华人民共和国成立后,有大批的合法移民进入香港。这里的合法移民指的是经过中国政府批准出境定居,并且得到香港政府批准入境定居的人。"文化大革命"后期开始,从内地赴港的合法移民人数大幅度上升。1971年合法移民只有2530人,而1972年猛增到20355人。③ 在整个20世纪70年代和80年代初期,合法移民大多数是中国内地那些归侨及其家属,或者那些有海外亲属关系的人。这些人在十年动乱中因有海外关系而受到歧视迫害,当对出国政策放松时,许多人怀着复杂的心情离开了中国大陆。这些人中有一部分取道香港回到原居住国,还有一部分就在香港停留居住下来。这一趋势在

---

① 贺国强主编:《携手迈向新世纪:闽港经济合作研究》,福州:福建人民出版社,1997年,第159页。
② 邵一鸣:《大陆移民对香港人口和社会的影响》,《人口研究》1997年第5期。
③ 李若建:《香港人口迁移及其社会问题》,《南方人口》1997年第1期。

打倒"四人帮"后达到了高潮,1978年有7万多来自内地的移民(其中大部分是合法移民)进入香港。而与海外联系密切的福建人,更是大批移居香港。著名商人陈进强、施祥鹏、黄鸿年、林平基等都是在这一时期移港的。

1979年中英双方达成协议,每日从内地持单程通行证到香港的定额为150人,也就是每年移民到香港5万人左右。到20世纪80年代中期,来自中国内地的合法移民的主体已经变成是香港居民在大陆的家属,因此每日从大陆持单程通行证到香港的定额改为75人,也就是每年移民到香港2.7万人左右。1993年11月又把定额提高到105人。1971—1994年间中国内地合法移民香港的累计有80余万人。[①]

自20世纪80年代中期开始,合法的闽籍香港移民主要以香港居民或海外闽籍华人在福建的亲属为主体。据1987—1994年的资料显示,合法移民中85%以上为了亲属团聚,个别年份这一比重超过90%。在亲属团聚中,以香港人在福建的子女赴港数量最多,其次是他们的妻子。造成这一移民结构的出现有以下两方面原因:其一,移民政策上的缺陷。20世纪50—70年代末的福建香港移民大部分都是青壮年男性,到香港后即进入制造业劳动市场,以微薄的收入供养乡下的家人,他们往往不得不把子女留在内地,由此造成了所谓的"小人蛇"(小孩偷渡)问题。随着问题的日益严重,这一现象引起了政府的关注,因此放宽了内地儿童赴香港与父母团聚的规定,致使20世纪80年代后期这类移民的人数明显增加。其二,香港的人口结构问题。香港人口的性别比一直是男多女少,许多闽籍港人的妻子原来就在内地,也有许多人回到内地的老家娶妻。种种原因使众多的港人两地分居。妻子赴香港与丈夫团聚也是福建人移居香港的主要原因之一。

随着香港经济的起飞,人民生活水平大幅度提高,福建居民进入香港的动机从逃避战乱、灾荒、政治运动,转变到为了更高的收入。以经济为动机的非法移民在数量上和来势上相当惊人。例如,在1978—1980年短短3年内,一共有40万内地移民来到香港,合法及非法的各半。[②] 大量的非法移民导致了港英政府的移民政策产生了几次转变。

第一次转变是在1974年,这年开始了边境堵截,实行了所谓的"抵垒政策"。"抵垒政策",就是非法入境者只要成功越过边境进入市区,就可以在亲友的陪同下领取合法居住证件,获得居留权。"抵垒政策"在1978年以前似乎有效,不过到了1978年以后则完全失灵了。仅1979年与1980年的两年内,估计有20多万人成功地越过边境进入香港。港英政府不得不在1980年10月底取消"抵垒政策",取而代之的是对非法入境者无论在香港何处被捕,即被送返中国大陆,也就是所谓的"随捕随解"政策。从"抵垒政策"到"随捕随解"是港英政府的第二次政策转变,这次政策转变只是遏制了大陆非法入境的高潮,并没有真正解决非法入境问题。据不完全统计,从20世纪70年代开始到香港政府停止"抵垒政策"时,非法移民香港的中国大陆居民超过30万人,非法移民构成香港社会重要一部分。

---

① 李若建:《中国大陆迁入香港的人口研究》,《人口与经济》1997年第2期。
② 邵一鸣:《大陆移民对香港人口和社会的影响》,《人口研究》1997年第5期。

在改革开放的影响下,福建和其他省份的居民大量进入香港。1978—1980年,通过各种合法及非法途径移民香港者就超过40万人。此后,移民人数大体稳定在每年10万人的基数上,并长期保持不变。① 此外,海外闽籍华人在这一时期进入香港的情况我们亦不容忽视。如黄廷芳、林绍良、郭鹤年等人都是在这期间进驻香港发展的。据统计,截至2006年香港有700多万人口,约1/5为福建籍家庭,其余3/5的家庭来自中国其他地方,只有少于1/5是本地土生土长的。② 可见,福建人是香港社会的重要组成部分之一,对香港的社会经济发展发挥着巨大作用。

二、新移民群体的多元类型及特征

20世纪70年代以后,大量福建人移居香港。由于受移民政策的限制,不少人通过非法途径进入。合法、非法双重途径的进入更进一步加速了新移民群体的多元化。通过合法途径进入香港的福建人大多因亲属关系,他们多为在港闽人的妻子和儿女。另外一部分是具有海外关系的人,他们或是深受"文革"迫害,心灰意冷后选择移居香港,或是借道香港与其亲人团聚,其中很多人便就此留居香港。选择通过非法途径进入香港的闽人多为青壮年男子,他们进入香港的原因多半为经济因素。然而,这些青年男子的到来使本已男多女少的人口比例更加失调,使本来已经不平衡的适婚人口性别比例更加恶化。根据香港统计处估计,在1981年的未来5年内,大约有6.4万名男士找不到结婚对象。③ 这种现象对于一些处于社会底层的男士尤其不利,而大部分大陆移民就是身处这个困境。随着中国大陆的改革开放,香港、内地两地人民的接触增多,交通更为便利,他们有些便返回内地结婚生子。这一时期,90%的内地移民来港目的是家庭团聚,他们大多是香港居民的配偶或子女,而配偶中妻子的比例比丈夫的高出很多。

这一时期,香港经济之所以能取得如此卓越的成就,除了香港本身具有的地理、历史和人文社会等有利条件所构成的良好商业环境,以及外部条件的一些有利因素外,很重要的原因是在改革开放的推动下,来自中国大陆(主要是华南地区)和海外华侨的移民所提供的劳动力资源与丰厚资金。其中,闽籍香港移民对香港发展做出的贡献不容忽视,主要表现在以下两个方面。

第一,提供了大量且极具潜力的人力资源。这一时期的福建移民多为青壮年,他们虽然没有丰厚的资金,但自身价值却是无可取代的。他们的到来为进入工业化阶段的香港提供了丰富且廉价的劳动力资源,大大提高了香港产品在国际上的竞争力,为香港经济发展做出了巨大贡献。这些胸怀梦想年轻人中的一部分人,在积累了一定的资金后,走上了自主创业的道路,且取得了骄人成绩。施祥鹏、陈进强、林平基等人是其中的代表。

---

① 徐舸:《中国内地移民与香港的经济建设》,《港澳经济》1997年第8期。
② 林蔼云:《漂泊的家:晋江—香港移民研究》,《社会学研究》2006年第2期。
③ 徐舸:《中国内地移民与香港的经济建设》,《港澳经济》1997年第8期。

施祥鹏是施琅将军的后代,1940年出生于菲律宾,幼年时随父母回到祖籍福建晋江。施祥鹏读完初中后辍学,15岁做起了小工,赚钱补贴家用。由于家庭的海外关系,"文革"中施祥鹏的父亲被诬陷为"特务",株连全家。施祥鹏于1975年带着"文革"的创伤移居香港。他像大部分新移民一样,到港之初靠出卖体力谋生,以做运输工人来养家糊口。为了摆脱身不由己的打工生涯,他靠积累起来的少量资金开办起了山寨工厂,以此为跳板寻求新的发展机会。在从事内地与台湾的转口贸易中,他终于把握住机会赚到了不少资金,随即把目光转向内地房地产这块处女地,成为率先到祖国大陆投资做生意的香港人。[1] 如今,施祥鹏已是香港恒兴基立有限公司董事局主席,产业涉及电厂、酒店、房地产、贸易、生化等多个领域,仅在内地就拥有10多家颇具规模的公司。

陈进强,1951年出生在印尼棉兰,祖籍福建省龙岩。陈进强于1965年回国,到北京华侨补习学校学习;"文革"期间曾去内蒙古插队,1975年从山西太原工学院土木工程系毕业,但因有海外关系,毕业后几经周折未能找到单位接收,无奈之下移居香港。到港之初,陈进强在父亲经营的小公司帮忙,为印尼朋友代办国货,他自称是跑腿公司。不久,他深感替人跑腿办货的被动,开始寻求新的发展机会,并将目光瞄向他熟悉的中国内地。1984年他利用内地卖锰矿的机会,成为锰矿石的外商代理,开始进入冶金行业。[2] 经过30多年的发展,陈进强及其关联企业在中国的投资包括基础建设(电厂、污水处理及高速公路)、工厂企业(钢帘线厂、金属制品、葡萄酒厂)、房地产(沈阳及厦门)等多个项目,投资额累计超过人民币20亿元。

林平基,1953年出生于印尼,祖籍福建莆田,1960年回到国内,1982年3月移居香港。到港之后,他开始了自己白手起家的创业历程。1992年,林平基回乡寻求新的发展机遇,创业之路极为艰难。他用几十万元的资本起家,在莆田江口镇五星村创办了莆田德基电子有限公司,生产计算器。由于他设计的产品款式新颖,质量可靠,投放市场深受客户青睐,订单不断,企业获得了良好的发展机遇,蒸蒸日上。[3] 随着事业的不断发展壮大,林平基先生又把目光投向电子行业的新领域,1998年投产6888万港币创建德培电子有限公司,从事液晶显示器的生产。其香港德信科技集团有限公司的股票也于2001年9月成功在香港联交所挂牌上市。

20世纪70—80年代,像施祥鹏、陈进强、林平基这样的闽籍青壮年大量移居香港,他们之中的绝大多数人,由于没有创业资金,到港之初多进入工厂或公司工作,而且他们大多具有较高的文化水平,大量闽籍青壮年的移入为香港经济发展提供了大量高素质的劳动力。随着工作经验和资金的不断积累,部分人开始了创业之路,其中不少人取得了较大成功,成为行业的领跑者,成为新一代港商的中坚力量。

第二,带来了丰厚资金。在改革开放春风的吹拂下,香港的投资环境也迎来了空前的繁荣。东南亚闽籍华人财团纷纷进驻香港,并将大量资本投入香港市场,并以此作为

---

[1] 柯达群:《港人访问录》,香港:罗兰出版公司,1997年,第38～39页。
[2] 柯达群:《港人访问录》,香港:罗兰出版公司,1997年,第19～20页。
[3] 《福莆仙人物志》,新加坡:福莆仙文化出版社,2000年,第218页。

进军中国大陆市场的最佳桥梁。始自20世纪70年代后期,东南亚闽籍华资企业开始大举向香港进发。到了20世纪80年代,香港的资金、市场很大份额被这些企业所占据,它们的到来为香港经济发展注入了新的活力。黄廷芳、郭鹤年、林绍良等著名财团就是在这一时期进驻香港的。

20世纪60年代至70年代中期,是新崛起的南洋华商在香港初试啼声的阶段。当时许多华商名声并不太好,如一些人在经营手段上习惯用热钱做短线投资,快速获利,此举虽对活跃经济有好处,但常常引起不良后果。自20世纪70年代末开始,东南亚闽籍华商在香港的投资走上了全面发展的轨道。

1974年1月18日,郭鹤年在香港成立嘉里贸易有限公司,从事期货买卖,注册资金4000万港元;1977年4月,他又建立克利轮船公司,注册资本100万港元。此时的轻微举动,没有引起任何关注。1977年,郭鹤年与印尼巨商林绍良联手在香港兴建拥有720个房间的香格里拉酒店,落成不久,就被一本杂志评为世界最佳酒店的第三位。此次投资令郭鹤年名声大噪。之后,郭鹤年更是不断变换投资手法和投资领域。1984年,斥资4亿港元兴建深湾游艇俱乐部;1988年,斥资近14亿港元购进一批物业;最令香港商界震动是1988年年底,郭氏以29亿港元向奔达购入31.1%的港视股份,旋于1989年年初出售45%电视广播及港视股权给邵氏公司,一进一出,套回3.685亿港元。[①] 这项投资的盈利虽然算不上丰厚,但是,郭鹤年一进一出的投资手法令人折服。为了表明自己对香港前途的信心,郭鹤年不仅将资金引入香港,而且自己入籍香港成为名正言顺的香港公民,为香港经济发展不遗余力。

林绍良在1971年已开始涉足香港市场,但起初投资规模较小,1979年在香港成立中亚财务有限公司和中亚保险有限公司,收购香港侨联金融公司,改名为第一太平财务公司。次年又收买了上海业广,改名为第一太平实业公司。1983年,两家公司都发行了新股票,筹集到了5亿港元,并收买了美国纽约的赫格迈耶公司51%的股份。赫格迈耶是全球性的跨国公司,在15个国家拥有40家子公司和工厂。此后,第一太平集团又收购了美国海巴尼亚银行80%的股份,接着进军澳大利亚。

新加坡的地产大王黄廷芳在20世纪70年代末带着充足的资金悄悄进军香港的地产业。到了20世纪80年代,香港人才猛然意识到黄廷芳对香港房地产市场产生的巨大影响。1982年,香港的《地平线》杂志刊文叹道:"尖沙咀东部18幢建筑物,其中10幢信和拥有股权,有的是全资。据估计,目前信和手上的资产,市值超过40亿元之巨。"香港《资本家》杂志在1993年6月期对黄廷芳在港的投资有比较详细的透露:近年来,香港已是黄廷芳发展海外业务的重点,在其组合投资中占重要位置,他分别透过两间上市公司及一间私人公司投资香港地产。黄氏家族持有在香港上市的尖沙咀置业69.4%权益,按市值计,黄氏的持股值为4.2亿美元。尖沙咀置业持有信和置业62%股权,后者约市

---

① 郭伟锋:《香港华商传奇》,北京:龙门书局,1997年,第156页。

值13.8亿美元。①

综上可见,福建新移民为香港社会经济发展做出了积极贡献。但来自中国大陆和东南亚国家的闽籍移民分别具有自己的特征。大陆新移民主要以青壮年男子为主,他们大多白手起家,不仅为香港工业化发展提供了丰富且廉价的劳动力,而且为新一代商人群体的崛起储备了大量人才。东南亚新移民多是事业有成的资产拥有者,他们进驻香港的目的并非为了谋生,而是拓展其事业版图,诸多东南亚闽籍财团的进入为香港经济发展注入了新的活力。

三、福建籍同乡会的分化和整合

香港开埠之后,福建移民与内地其他地方的移民一起,大量涌入香港。在本国政府视其为"弃儿",英国殖民当局又倍加歧视与欺压的情况下,他们只好利用传统的社会组织形式,结成血缘性的宗亲会、地缘性的同乡会或业缘性的同业公会、行会等,承担起自我保护的社会职能。这样的组织形式在香港社会长期存在,并且对于香港新移民提高社会适应能力、发展社会福利慈善事业、加强和内地的沟通等各方面都持续发挥着有力的作用。早期的香港闽籍同乡会大多是以"省级"或者"地区级"同乡会为主要模式,其着眼点在于为新来港的移民提供各类服务,凝聚闽籍社群,进而能够成为服务在港同乡、联系福建家乡和香港移民地的重要纽带。在近几十年,随着华商在香港社会中的地位不断上升,以及香港和内地之间经贸等方面往来的不断增多,福建社团开始在社会中发挥更大的辐射作用,而同乡会的组织方式也越来越多样化,能够为移民提供的服务项目及种类也越来越多。近几十年,尤其是大陆改革开放以来,同乡会的组织越来越细化了,出现了大量较小地域的同乡会组织,乃至校友会。但是不同闽籍社团之间又出现了大联合的社团联盟倾向,一方面在港的闽籍同乡会不断联盟,组成大型的社团联合会,另一方面在港的同乡会又与在世界各地的闽籍同乡会组成超大规模的同乡会组织。单个同乡会的小型化趋势和各个社团之间的大结盟、大联合趋势是近几十年闽籍同乡会发展的显著特点。在具体事务上来说,对港内移民来说,闽籍同乡会的服务能力是不断增强的,其在闽籍移民适应和融入香港社会,参与香港社会公共事务中发挥了重要的作用。随着香港和内地的联系越来越密切,闽籍同乡会也越来越成为中间的纽带。由同乡会组织的经贸交流、慈善捐助等活动都是两地交流的重头戏。

早期福建籍同乡会是以团结移民、服务乡亲为主要的办会宗旨,其在创会早期,往往专注于服务当地移民的事务,以关注来港移民生活事务为主,对于和内地的联系并不十分重视,这既是早期同乡会能力有限的表现,也是香港和内地联系困难的历史原因造成的。如创会于1939年的福建同乡会,胡文虎为首任会长。以"联络乡谊、团结乡亲、服务乡亲、服务社会"作为创会宗旨。加之当时中华民族正处在日寇威胁之下,该会的工作不仅包括筹募款项、支援前线抗敌、赈济战区难民、安置流落本港乡亲,而且还主动为定居

---

① 郭伟锋:《香港华商传奇》,北京:龙门书局,1997年,第151~152页。

本港乡亲谋求福利等。① 而差不多同期的福州同乡会也是如此,福州同乡清末时期已开始在香港经商落户,居港的同乡为联络乡谊,直至1937年春,由陈天爽、陈登贤、陈文时等筹组了"旅港闽侨福州同乡会"。为了能够更准确地涵盖福州各地区,1954年再改名为"福州十邑旅港同乡会",更体现了十邑一家的团结精神。同乡会创立初期,主要是起联谊作用,或有时调解同乡之间的纠纷等。抗日战争开始至沦陷前,较多的工作是出具证明,协助同乡方便进出香港。战后初期,香港百业待兴,经济低迷,民生困苦。复会后的同乡会,分担了社会上的救济福利工作,安顿因战乱流离失所或有病同乡,供应粮食等。当时,介绍就业是最主要的主要工作,开办免费义诊、设助学金、赈灾等也是同乡会的重点。②

近几十年来,特别是改革开放之后,随着内地和香港经济、政治、文化等各方面往来的增多,这些同乡会都增加了促进和内地的往来这个重点事务。其中,最重要的是经贸往来,各个同乡会都组织了不同的经贸交流活动,为香港闽商到内地投资起到了穿针引线的作用。如在福州十邑同乡会的组织下,自20世纪80年代起,福建省、市、县的经贸和其他专业代表团,专程到港或经港的络绎不绝,由该会组团参加的省、市、县的招商活动也经年不绝。该会理监事中很多荣任全国、省、市、县的政协委员和海联会成员。③ 在经贸往来之外,出于对家乡的热爱之情,闽籍同乡会也进行了一些对家乡的慈善活动。其中,尤以教育援助为主。特别是近些年来和香港福建希望工程基金会合作,在福建各地援助建立了一系列中小学的教学设施。如2006年捐资建立了安溪县湖上乡盛富村畲族小学,2008年捐建了安溪县长坑乡玉湖村小学,2011年捐建的永春珍卿希望小学综合楼。④ 除了在内地和香港的联系中间起到了纽带作用之外,香港闽籍同乡会在服务香港闽籍移民的能力上也在不断增强。如在1972年,香港福建同乡会拨出会所之八号房,开为中、西医诊疗所。其后,在1979年设立西环及北角医疗所,方便会员和乡亲就医,每年可节省数以十万计的医疗费。1983年聘请挂牌西医、牙医,为会员提供低收费医疗服务。到了1996年,西环诊所为4500多人次诊病。⑤ 从设立诊所的几十年间的变化,可以看出香港闽籍同乡会在服务移民的能力上的长足进步。

随着闽籍移民在香港的增多,以及华商在香港经济中所起作用的不断增强。闽籍同乡会开始呈现不断分化的局面。越来越多的闽籍社团不断成立,其涉及的地域人群也在不断缩小,以一区、一县为成员地域来源的同乡会在不断增多。乃至于以某个大学、中学为中心的校友会组织也开始出现在同乡组织中。如1986年在香港成立的旅港南安侨光中学校友会。其活动主要以回馈母校为中心,先后筹集人民币300多万元,为侨光中学建设实验大楼,铺筑水泥校路及篮排球场,购置电教设备,并设立奖教奖学基金。在闽籍

---

① 柯达群:《港人访问录(续集)》,香港:罗兰出版公司,1997年,第49页。
② 《福州十邑同乡会成立七十周年纪念特刊》,第88页。
③ 《福州十邑同乡会成立七十周年纪念特刊》,第89页。
④ 《乡谊·香港福建同乡会成立六十周年特刊》,第127页。
⑤ 《乡谊·香港福建同乡会成立六十周年特刊》,第123~128页。

社团不断增多的过程中,也出现了一些以特定社会事务为主要追求的同乡会组织,如2001年成立的香港晋江慈善总会。该会是由陈守仁博士在担任东华三院总理职务期间,"有感于大陆的慈善事业同海外发达国家和地区相比,尚有一定的差距,便向中央统战部、民政部、卫生部有关领导提出:大陆的社会慈善救助机制及管理运作模式可否借鉴海外与香港的模式,在各级政府部门主导与监督下,充分发挥民间和社会的力量,由民间组织来协助开展各类慈善活动"①。于是在陈守仁博士、骆志鸿总理、林树哲等乡贤的积极推动及多位闽籍乡贤的鼎力支持下,香港晋江慈善总会于2001年9月2日成立,并获香港特区政府批准注册。其宗旨是"团结乡亲,共襄善举;造福桑梓,服务社群"。自该会成立以来,首届董事局捐资达1200多万元,由董事局成员直接向社会各界捐赠于教育及各种慈善事业单位的款项达数千万元。②

除了在新成立的同乡会中间出现了来源地分化的情况外,各个同乡会之间的联系则更多地呈现出交流往来日益密切的特点。这种密切联系首先体现在在港各闽籍同乡会之间开始融合,许多活跃在闽籍社团的人物都在多个不同的同乡会中兼任职务。各个同乡会经常性地联系组织活动。如香港恒通资源集团主席施子清曾担任的同乡会职务有香港泉州市同乡总会会长、香港晋江同乡会会长、亚洲晋江社团联合会副会长、香港福建体育会副理事长、香港厦门联谊总会副会长、香港海峡两岸和平发展促进总会名誉会长等。③ 这种一人兼任多个社团职务的情况在香港社团中非常普遍,从侧面也说明了香港福建同乡会的联系非常紧密。而1997年,香港福建社团联会的成立,更是将这种大联合的趋势推向了高潮。1997年1月初,即由黄光汉先生牵头,由旅港福建商会、香港福建同乡会、香港福建体育会、福建十邑旅港同乡会和香港厦门联谊总会联合成立香港福建社团联会,得到了各兄弟社团和同乡的热烈反映和支持。目前,已有近200个闽籍社团成为联会团体会员,其中包括具有80年历史的旅港福建商会和同乡会、体育会、联谊会、宗亲会、希望工程基金会、经济文化艺术研究团体、校友会等。该会本着"联络乡亲,团结各界人士,积极参与香港事务"的宗旨为促进闽港的经济合作和友好往来,鼓励乡亲积极参与各项慈善活动,齐心协力为香港长期安定繁荣,为中华民族振兴贡献力量。④

这种大联合的趋势不仅表现为香港内部的闽籍同乡会互相联合的过程,而且表现为同乡会走出香港,和世界其他地区的相应同乡会互相联合,互相促进发展的过程。如在香港晋江同乡会的努力下,1990年亚洲晋江社团联合会同时宣告成立,由香港晋江同乡会会长卢温胜兼任首届会长。"亚洲晋联首届会长由香港出任,说明了香港晋江同乡会在全球晋江人大联合中,扮演了中枢角色。菲律宾是海外最多晋江人聚居的国家,竟然

---

① 陈守仁:《共为慈善谱新篇:在两会成立五周年庆典暨"爱心满泉州慈善晚会"上的致辞》,《慈深善笃:香港泉州慈善促进总会成立五周年纪念特刊》。
② 《香港泉州慈善促进总会简介》,《慈深善笃:香港泉州慈善促进总会成立五周年纪念特刊》。
③ 柯达群:《港人访问录》,香港:罗兰出版公司,1997年,第15页。
④ 《香港福建社团联会会讯》2007年特刊,第34页。

长期没有同乡会。亚洲晋联成立后,香港在促成菲律宾成立同乡会过程中,发挥了积极作用。为了筹组世界晋联,香港也正积极帮助加拿大的晋江人组织起来。"①而福州十邑同乡会也是世界福州十邑同乡总会的发起组建单位之一。该会的负责人也多是"世福"的领导人。②

近几十年来,香港福建同乡会的发展体现出了既有分化,又有整合的过程。随着香港华人经济的不断发展和闽籍在港移民的不断增多,香港福建籍同乡会的总体数量呈现不断增加的趋势,这使得在原有的统一的同乡会组织外,逐步出现了为数众多的地域性同乡会。加之,香港福建籍同乡会的服务范围不断扩大,力度也在不断增强,一些新的专业性社团也开始涌现。然而,在同乡会不断分化的同时,大量同乡会的会员及领导阶层是高度重合的。这就使得同乡会整合为联盟形式变为可能。加之在香港回归等重大事件的推动下,香港福建籍同乡会逐步呈现出整合趋势。这种以联盟为表现形式的整合既体现在香港福建籍同乡会中间,也体现在与世界其他地区的福建籍同乡会的互动上。

四、闽籍移民聚居区与社区文化——以北角为中心

北角位于香港东区,是香港岛最北的区域,在未填海时曾为一个海角。以地方分区来讲,北角包括东北面的炮台山、北角站周边,及整个七姊妹地区。香港人都知道,在北角有很多福建人聚居。在春秧街一带,一半以上的店铺都是福建人开的。据说,在那里煮的福建菜,比现在的内地福建人煮的还要正宗。在春秧街,说福建话的人比说广东话的人还要多,这里自建区以来就被称为"小福建"。福建人是早期到香港的移民群体之一,而北角在香港开埠以及郭春秧开发后,成为闽南语华侨的聚居地。近百年来,来自大陆、东南亚等地的闽籍移民始终聚居于此,这里也就成为香港一道独特的风景线。

北角的开发最早始于闽籍东南亚富商郭春秧,郭春秧是同安县桥头村寮东社(今属龙海市角美镇埭头村)人。父亲早逝,由母亲抚养。因家贫只念了几年书,16岁就远渡重洋,到荷属东印度梭罗埠谋生。清光绪元年(1875年),郭春秧到其伯父郭河东开设的制糖厂当学徒。19世纪中叶以前,华侨在爪哇的制糖业曾有相当的发展,到1870年,荷印政府颁布"糖业法"以后,荷兰人建立机器制糖厂,代替落后的手工作坊生产。华侨办的制糖厂,设备陈旧落后,受到排挤。郭春秧正是这个时候进入糖厂的,他聪颖勤奋,进取心强,逐渐学会制糖技术。出师后,他采用机器制糖工艺,改造传统的榨糖设备和煮糖炉灶,获得成功,因而得到伯父的赏识,被提拔为经理。他的成功经验也在华侨制糖行业中推广,助其摆脱了困境。1895年,郭春秧接任糖厂经理后,拓展原料种植面积,扩建制糖厂,购进先进制糖设备。经过几年的拼搏,分厂遍及荷印所属各埠。此后,郭春秧跃居"四大糖商"之一,"春秧公司"成为继黄仲涵经营的"建源公司"之后,另一个能与荷兰人

---

① 柯达群:《港人访问录》,香港:罗兰出版公司,1997年,第59~60页。
② 《福州十邑同乡会成立七十周年纪念特刊》,第89页。

竞争的糖业公司。① 在20世纪20年代,郭春秧即在北角沿海买地,兴建糖厂。当时,很多福建人在印度尼西亚做苦力,有部分人随着郭春秧的船队停留香港暂居,以寻找机会回乡。然而内地动荡,无法回乡,反而是内地不少福建人跑来香港,到北角投靠老乡,福建人在北角的聚居人群,逐渐扩大。1929年后,由于受世界经济危机和荷印政府采取各种限制政策的影响,华侨企业受到严重打击,有的歇业,有的破产倒闭,郭春秧审时度势,当机立断,另觅出路。1930年秋,他投入巨资,在香港北角填海滩建店铺300间,开辟一条新街。这条街后被当局命名为"春秧街",成为闽南华侨涉足香港房地产业的先导。这条街在此后也成为香港闽籍人群主要生活的地方。②

在郭春秧去世后,他的儿子郭双鳌等成为遗产继承人,开始在北角兴办娱乐事业。加之当时国民党战败之后,大量上海人士涌入香港,进入这一地区。这段时间,北角又被称为"小上海"。其后在20世纪60年代,因为北角商业形成恶性竞争,以及大量难民涌入使香港人消费意欲大减,上海人陆续搬走,加上东南亚政局动荡,较富有的福建华侨及早前移走的福建人又回到此区。但是无论是叫作"小上海",还是叫作"小福建",这一地区始终以福建籍的移民为主要居民。其荡漾在空气中的"福建味道"始终没有消散过。北角的主要街道有以下几条:首先是渣华道。20世纪初,渣华轮船公司在北角设立办事处,接待不少荷兰殖民地印度尼西亚、爪哇等地的华侨往返以及贸易,而印度尼西亚华侨主要为福建闽南人,特别是泉州人。渣华道亦是中国和荷兰以及荷兰殖民地印度尼西亚贸易的主要地方,而贸易商人多为福建华侨,在此区设立的公司大多数由福建人,特别是闽南人管理。其次是春秧街,最早由郭春秧将新填海得到的春秧街一带土地改为发展住宅区,在此之前,北角已经有很多福建闽南商人聚居。沿海春秧街住宅区变成当年不少福建人贸易来港的聚居地。最后则为英皇道。1935年,英皇道通车,带旺该区的发展,使北角成为新兴工业区。

香港是东方好莱坞,其拍摄的粤语片以及早期的国语片享誉海内外,其中北角区也曾经是全世界厦语片(闽南语电影)的主要生产基地。香港的厦语片于20世纪40年代末开始拍摄,20世纪50年代最兴旺,20世纪60年代开始式微,前后一共拍了超过200部作品。早期作品多为古装片,20世纪50年代中期以后,时装片数量大增,其中多以香港为背景。令人惊异的是厦语片在香港兴盛的历史,却几乎被人们所忘却,很少有人记得香港电影史上还有过如此发达的厦语片生产历史。特别在福建地区,港产厦语片更是不为人所知。厦语片的主要观众,为东南亚一带讲福建方言的华侨,及居住台湾操闽南语的居民。因此,主要发行到南洋的菲律宾、马来亚、新加坡、印度尼西亚、泰国、越南、缅甸等国和我国的台湾地区,在中国大陆则只在闽南地区以及上海以影碟的形式出现,其受众十分有限。以1958年为例,当年首映的厦语片中,港产厦语片竟多达70部,而当年的港产国语片只有57部。厦语片资本多来自东南亚华侨,制作环境虽然比同期的国语

---

① 漳州市地方志编纂委员会编:《漳州市志》卷五,北京:中国社会科学出版社,1999年,第3057页。
② 邓键一:《北角:香港的第三世界》,《沪港经济》2011年第7期。

片及粤语片的条件简陋，但仍有完整的生产架构，由一批早年从厦门到香港谋生的文化艺术工作者，或者在香港、菲律宾、新加坡的闽南籍人士，仿照粤语电影，组建电影公司，利用香港电影技术设备、在香港的厦门艺人，结合粤语片、国语片人才，摄制厦语电影。更有一批颇受欢迎的明星，如庄雪芳、鹭红，及后来改名为凌波的小娟等，在各地福建裔社区家喻户晓。

北角是整个香港福建气息最浓厚的地方，不仅表现在有大量的福建人聚居，而且香港福建社团也多在此地设立各种机构。这些机构既是社团凝聚闽籍移民的象征，也是闽籍社团服务乡亲的具体表现。在这个不大的街区上，至少有香港福建体育会、香港泉州市同乡总会、香港福建同乡会、香港晋江同乡会、石狮市旅港同乡公会、香港福清同乡联谊会、香港惠安同乡会等数十家大大小小小的闽籍社团。这些社团就在北角的角落里，如在北角的后街，晋江同乡会会所就在堡垒街26号地下，还有镇、村同乡会和校友会也在北角后街，如金井镇溜江同乡会就在北角道19号北角小楼10楼。闽籍乡亲们在这些社团里聚会，或聊乡情，或交亲谊，或商量为某位乡亲参加竞选助威，或为某位患病生活困难的乡亲筹款救病，或报名参加假日同乡离岛游，都充满了浓得化不掉的、重得提不起的乡情。除却这些作为聚会场所，为了服务闽籍乡亲在港生活的社团，北角还设有各个社团提供各种专门服务的设施。如为了福建乡亲的身体健康，设有福建体育会附设的诊所。然而，仅仅生存和健康是不够的，为了教育好自己的子弟，让他们更好地在香港这个国际都市中搏击商浪，福建乡亲在北角渣华道创办了福建中学。[1]

在北角春秧街上，乡音俚语同声同气，处处显出小区的喧闹和繁盛。春秧街其实也包含了不同"地头"，走这么一段不短不长的街道，除了"晋江"还有"厦门"和"石狮"，像鸡卷、肉燕、福建炸物等，不同地方有不同特色。任何一个初到香港的闽南人都不用怕在北角找不到道路，找不到吃的地方。不论是在繁华的英皇道，还是邻近城市花园的电气道，都可以听到用闽南话的交谈声。在北角每一家酒楼的服务员也大都会说闽南话。有趣的是，从春秧街走过两座天桥到马宝道，有两间相邻的服装店，店主人却操两种不同的语言：闽南话和广东话。这大概是福建人聚居点的特色。北角是福建移民们眷恋不舍的地方，香港包租婆严婆婆就是其一。她每天除了买菜煮饭外，其余的时间就是坐在春秧街电车回旋处与乡亲们"化仙"（闲谈）。她说，自来香港住进春秧街后，就再也没离开过，一住就是50多年。很多福建人来到春秧街后，就不再离开。不离开的原因很简单，就是乡味乡人乡情。[2] 北角的可亲可近之处，正是在于这种弥漫在空气中的乡谊，北角是所有在香港福建人的共同"家园"。

近几十年来，一波又一波的福建移民涌入香港，他们既有投亲靠友的，也有希望到香港闯出一片新天地的。他们既为香港的经济繁荣做出了自己的贡献，又在香港形成了自己独有的地域文化特征。这些赴香港的移民，尤为突出的是在20世纪70—90年代的赴

---

[1] 晋江市文史资料研究委员会编：《晋江文史资料选辑·晋江人在香港》第20辑，1989年，第397~398页。

[2] 《人民日报·海外版》2011年12月16日，第9版。

香港热潮中涌入香港的,他们数量较大,怀着一颗改善生活、创造梦想的心,在香港数十年如一日地苦干,终于建立起了自己的事业。从事各种经贸活动的闽商成为这个团体的主导者。他们是香港经济繁荣的支柱之一,正是他们创办的企业造就了香港这个繁荣的大都市。他们在事业之外,又热心香港的社会事务,形成了大量的闽籍同乡会和社团。这些社团从早期对乡亲的帮助,发展到关心香港社会生活的方方面面,甚至把这种爱心传递到祖国大陆。他们在北角聚居,在香港造就了一个弥漫着福建文化的地域,这都是他们兢兢业业、不断进取的成果,也是他们和香港社会不断融合、互相吸收精华的过程。

第四节　闽商社团之组织架构与个案分析

改革开放以来,随着闽商实力的不断增强和来港闽籍移民的增多,香港福建社团的发展出现了既有分化,又有整合的过程。各种闽商社团如雨后春笋一般涌现出来,在原有的统一的同乡会组织外,逐步出现了为数众多的地域性、专业性社团。这些专业性社团在其经营领域有着大型综合性社团所不能比拟的优势,能够在较小的专业领域发挥极大的能量。然而,在同乡会不断分化的同时,大量社团的会员及领导阶层是高度重合的。这就使得社团整合为联盟形式变为可能。加之在香港回归等重大事件的促使下,香港与内地之间的联系愈加紧密,香港福建社团出现了整合为较大的社团联盟的趋势。这样的大型社团会集合社团力量,作为整个福建社团的集合体,表现出整个香港福建籍社团的共同追求。但是无论是传统的综合型社团,还是新兴的专业型社团或联盟型社团,不可回避的是这30年来,香港和内地的联系愈加紧密,不可分割。香港闽商社团要想取得较好的成绩,就一定需要和内地保持密切的交流往来,这一点在三种类型的社团中都体现得非常明显。而在这一过程中,传统社团依然具有地缘上的优势,而新兴的社团则利用自己在专业或者规模上的优势,后来居上,取得前所未有的成就。

一、旅港福建商会

旅港福建商会作为香港一个历史悠久、声誉良好的闽籍商会,为香港近百年的经济繁荣和社会进步做出了诸多努力。以杜四端先生为首的一批先贤于1917年5月18日,创立了旅港福建商会,并于1937年获准注册为有限公司,而无须于其名称上附加"有限公司"字样。[①]

---

① 旅港福建商会网,http://fukiencc.org.hk/.

旅港福建商会三十五年三十六年董事职员合照 廿六年五月

欢迎陈文总先生莅港纪念 旅港福建同乡会 旅港福建商会

　　旅港福建商会现有个人会员、团体会员及公司会员近600名。会员们从事的行业涵盖了船务、制造业、地产业、百货业、进出口贸易、药材土特产批发零售、银行金融业等多个商业领域，以及律师、会计师、顾问公司等各种专业服务行业。旅港福建商会对会员的要求甚高，凡是属于旅港闽籍的同业公会、商号、公司，或者是已满21岁的在香港经营正当商业的福建省人，其身份需为股东或高级职员（主任或主任以上职位），或者在香港置有产业，有正当自由职业的闽人。在赞同本会规章的前提下，填写入会志愿书，依照章程缴纳基金和常年会费，并且经由两位会员介绍，常务理事会审查通过，便可以成为商会会员，理事会有权力无条件否决。

旅港福建商会以联络旅港福建各界同乡感情，促进同乡工商实业、教育、慈善等事业发展，调解同乡间之纠纷，增进同乡的福利为根本宗旨。《旅港福建商会注册大纲》中详细列举了旅港福建商会所从事活动的范围，商会首先将接收侨港闽人未注册前福建商会的一切资产，保护福建同乡的工商实业、船务、制造业、教育及自由职业；为了便于旅港同乡了解香港的法规法律，商会可以将其译成中文；旅港同乡不论什么时候受到不公正待遇，商会将向政府各机关致函或递申请书，同时协助政府办理有关旅港同乡的各种事务；如果会员同乡间出现商业纠纷，商会将参与仲裁；同时，商会还可以签发同乡出国归国证明书及货物来源证明书，可以负责执行检验货物商品并签发相关证明；商会有权搜集会员产业发展的最新消息和统计资料；商会有义务推进教育事业发展，创办学校，设立奖学金，办理展览会，建设图书馆及其他相关文化事业，接受托管捐款和补助金，用来支持学校及文化机构的发展。而商会会员则为商会的发展承担有限的负担和责任。商会的收益和产业只准单纯用作推进会务，不得直接或间接用作股息、红利支付给任何会员，但可以用作支付给服务本会的工作人员与会员的薪俸酬劳。

《旅港福建商会章程》的第二章"会员"部分规定，凡是自愿给商会捐款港币500元以上，或对商会事业具有特殊功绩，经过理事会通过，就可以成为名誉会员。名誉会员无须缴纳常年会费，可享受商会除选举权和被选举权外的各种权利。会员应依照团体会员、商号会员和个人会员的不同身份各自缴纳基金和常年费。作为商会的例行活动，常年会员大会每年举行1次，两次会期相距不超过15个月，至少21人参加；理事会，每月举行会议1次，9人参加；常务理事会，每半个月举行1次，要求5人以上出席；监事会，每3个月举行一次，5人参加。理事会、常务理事会、监事会则称为特别会员大会。另外，如遇到重大事件或特殊时期，理事长、理事、会员可以按照规定提请召开特别会议。

在会议表决方面，除特别疑虑的提案需采取投珠的方式表决外，"凡在寻常会议表决议案，均以举手方式决定之，如可决否决两数相等，主席得多投一表决权，以定可否，付表决之时，或一致通过，或多数通过，或不能通过，应登记于本会议决案簿内，议决案即告成立，不必列举议案付表决时之可决否决数目"①。为使发言机会普遍，会议更体现民意，并且节省时间，每个发言人的发言时间，不得超过5分钟，经由理事长特许的除外。

旅港福建商会的一切事务，除经会议决定的事情，法例或细则规定，必须由会员大会决定的事情外，包括财产物业在内的所有事务一律由理事会管理。理事不得超过23名，任期2年，由会员选举产生，但团体会员与商号有选举权，而无被选举权。常务理事9名，常务监事3名，由理事会、监事会中互相选举产生。

旅港福建同乡会至今已有37届会长和监理事，而德高望重的创办人杜四端老先生

---

① 《旅港福建商会章程》，第11～12页。

连任了其中的 11 届商会主席。他还是香港早期保良局和东华三院首脑,致力于公益事业,为贫苦学童兴办义学,收容苦难妇女,在抗日战争期间,收容、救济大批内地难民。此外,杜四端还邀集同乡,倡捐巨款,请于港府,划出地段,辟为义山,此新鸡笼环地段福建义山也,于20世纪50年代初期,迁至粉岭和合石,葬棺六年后殖骨移葬于罗湖沙岭金塔永久穴位,名"福建坟场"。旅港福建商会历届主席或理事长,还有康镜波、王少平、庄成宗、吴仁怀、邱文椿、黄福俊、颜期仁、郭征甫、许东亮、黄光汉、王为谦、杨孙西等诸位先生。

1947年,旅港福建商会编辑出版《香港闽侨商号人名录》,内容包括旅港福建商会历届职员录、福建旅港同乡会题名录、福州旅港同乡会题名录、闽侨工商业、闽侨通讯录、香港要览等,详载商会理事会、会员名单,同乡姓名、住址、商号、职业等。现选择理事会主要领袖人物略作介绍。

康镜波,福建龙溪县人,为长祐翁哲嗣,现年四十八岁。生长于厦门鼓浪屿,少渡星洲,肄业该埠工商学校,民国八年任职华商银行,民国十三年代理工商学校校长,民国二十年新加坡华商和丰华侨三银行合并,奉总行命来香港改组和丰银行为华侨银行,民国廿三年创办长祐有限公司,民国廿七年辞华侨银行职务,专任长祐有限公司总经理之职,民国廿七年、廿八年连任东华广华三医院总理两届,民国廿九年任旅港福建商会副主席,三十一年任正主席,福建商会救济难民委员会主席,福建省政府侨务顾问。夫人刘瑞屏女士,新加坡侨生,毕业于该埠中华女学校师范科,民国二十九年曾任本港保良局总理。康君暨夫人待人谦恭有礼,对公益事业,无不悉力赞助。其为中外人士所尊重,诚非偶然也。

前任主席康镜波

王少平,福建晋江县人,世居安海,幼随伯父读书,时其先德赴港从商,由母教养。年十七,侍父习商业,廿一岁失怙,独自主持商号,得父执罗公竹斋谆诲,乃谙处世立身之道。民国十九年,值厦门淘化大同公司来港设厂,王君为之襄助计划,置地开业,遂就港行经理。曾任旅港福建商会董事、同乡会常委。民国廿七年厦门失陷,救济会设立,被举为委员。承母命捐助巨金,救济难民。富具孝思,编春晖孺慕图,前国府林主席暨当代名流题咏,成为巨帙。卅三年被举为商会主席,卅五、卅六年联任主席。平日更笃信基督教,致力教会,力行慈善,被举为教会长老。此次《香港闽侨商号人名录》之编纂,君与商会副主席陈润生君及同乡会主席庄成宗君推动最力。

现任主席王少平　　　　　　　福建同乡会第三届及现任第四届主席庄成宗

庄成宗，泉州晋江县人，生于光绪辛卯。性和蔼任侠，有孟尝君风概，深得闽侨信仰。历任福建商会董事暨司理，福建同乡会首二两届常务委员，第三届主席，香港建光学校大诚中学立华女中学董事长。民国三十年，抗战军兴，君代表本港福建旅港同乡会，福建商会，福建救乡会，福建救济会，出席星洲南侨筹赈总会，暨南洋各属福建同乡会代表大会，多所策划，不负乡人重托，并当选为两会常务委员。迨抗战转入第二阶段，君鉴于后方生产，应努力增加，乃集合南洋爱国分子，合资创设东方酱油罐头有限公司于香港，任总经理，用以充实后方生产。容纳多数由沦陷区逃难来港之技术工人，解衣推食，寓工作于救济，恒为闽侨所乐道。而营业乃锐进，凡所出品，畅销远达南洋美洲各地。及香港陷敌，时君同乡会主席，将会务结束，俾免资敌利用。君曾秘密纠集闽省爱国青年，组织救亡同志会，协助爱国分子返至内地，参加救国工作。迨本港重光，君乃出而整理同乡会务，复被举任第四届主席，及东华三院丙戌年总理。君于致力社会事业外，复创设忠信行及德信行，任总经理，以一身履群凑之衔，凡所擘划。均足垂为经济典型。故能深入人心，重获闽侨爱戴。饮誉于时，苟非其学识经验精神魄力有过人之处，曷克臻此。宜乎其为闽侨之翘楚也。

刘子平，原籍福建闽侯县，现年六十三岁。历任广东番禺、宝安、从化、三水等县县长，及广东省长公署秘书，待人和蔼，治事严正，甚得民众信仰。在从化县调任之日，万人欢送，并刊专集以纪念之。在宝安县长时，有泰安船由港开出，为盗骑所劫，牧师女某，损失钻石及港币数十万元，先生率队破盗，俘盗魁，起回原物，盗首供出机关设于香港，先生乃呈报省政府，时都督胡展堂氏即照会港府肃清盗巢，行旅赖以安。嗣后香港梅总督致电道谢，谓破案之速，为历来所未有，实我方协助之力。此事曾登载本港各报，港民至今尚能道其事。先生现任香港华民副政务司，对于增进中英友谊，与侨民幸福，贡献至巨云。

郑玉书，福建永春县人，现年六十岁。曾任国民政府赈济委员会委员，福建救济会委员，旅港福建商会救济难民委员会主席，第一届福建旅港同乡会副主席，第二届正主席。

香港沦陷后，离港归国，从事实业建设，福建省政府委为参议员，现在美国考察中。

刘子平

第一届主席郑玉书

韩玉堂，原籍厦门，久居香港，历任本港海关监督署及中央裁判署首席书记。1932年退休，燕居颐养，享受长俸，对于公益慈善事业无不竭力以赴，例如香港政府文员会之建设，旅港福建商会之组织，韩君之力独多。余如济贫兴学，救恤难民，以及为同乡排难解纷，均为社会各界人士所称道。其长子润霖君，理任德忌利士轮船公司华经理及旅港福建商会董事。次子润桑君为港之名律师，现任旅港福建商会董事兼法律顾问，克绍箕裘，延誉家声。韩君于民国三十年五月二十日逝世，享寿六十有三。

陈任泽，字润生，号少雍，闽漳龙溪县人。父肃雍公，十四岁失怙，年十六，即在肃雍公所营之茂德参茸店服务，二十八岁来港，受同泰栈

前任副主席韩玉堂

办庄聘为副司理，时茂德号因司理浪用亏空病故，陈君负责清理债务，前后赔累巨款，受尽辛艰。岁丙辰，组织万松泰参茸行，以勤慎事从，颇著劳绩，一度因厦门股东拖累停顿，卒以信用素孚，改组后仍复旧观。倭寇之乱，陷厦陷港，提倡救济，不辞劳苦。始为救济部主任。卅三年商会选举，被推为救济会主席。历任福建商会董事，学校主任，司理，副会长，福建旅港同乡会第一二届执监委员，癸酉年东华医院三院总理，历任中药联商会董事，副会长，宝寿堂参茸商会董事，司库，副会长，广东中医药学校董事，广东中医院董事，广东鹭航会馆正主席，广东闽南二十属同乡会常务委员。抗战胜利后，福建救济会结束，仍任福建商会副主席，此次编纂《香港闽侨商号人名录》，得陈君推动最力。

陈伯诚，现年六十二岁，故庆琛翁之哲嗣，福建同安县灌口镇人。少颖悟，随父赴南

洋,毕业仰光中华学校,曾任缅甸华侨学生联合会会长,嗣遵父命从商,追随福建革命先进张永福先生(非汉奸张永福)在仰光集发船务信托公司服务,旋任大同花生油厂经理,自创集义公司土产号。民国十年任中国国民党执行部书记长,五卅惨案发生,倡办华侨济急总团,被推为团长。又历任缅甸华侨兴商总会会长,创办兴商日报社及中国女子公学,平民学校,缅甸华侨中学董事及华商总商会华侨教育总会委员。中央政府聘任为侨务委员会顾问,民国十九年回国,在香港创办源利行,经营南北行出入口商业务,最近福建省银行聘为顾问,对于慈善公益事业,素不后人,先后任本港福建商会副主席,福建同乡会副主席,福建商会救济难民委员会副主席,福建学校主任。香港沦陷后携眷遵陆返国,福建省政府聘为参议。抗战胜利后,福建省归侨工业生产合作社委任组织厦门分社,至今业务日进,对华侨之贡献,实非浅鲜也。

现任副主席陈润生　　　　　　　前任副主席陈伯诚

旅港福建商会是在香港沦陷期间唯一一个坚持开展会务活动的闽籍社团,在极为困难条件下,协助会员乡亲回乡,协助抗日志士进行抗日救国运动。新中国成立后,在庄成宗、黄长水等人的努力下,商会团结会员乡亲,最早提出坚决拥护新中国,并且于1950年首先升起五星红旗,是最早升起祖国国旗的商会和社团之一。

多年来,旅港福建商会集结了众多香港闽籍杰出工商和专业人士,加强与内地和家乡的联系、交流和合作。商会会员在福建省及全国各地拥有广泛的投资,为国家和家乡的建设做出贡献。商会会员乡亲自20世纪50年代参与从事大陆贸易,帮助大陆商品走向世界市场,该商会是最早应邀参加中国出口商品交易会的香港社团。中英签署联合声明后,香港进入过渡时期,商会积极参与香港事务,不仅积极为制定基本法提供意见,鼓励同乡和各界朋友参与各级议会选举,参与推选特别行政区行政长官和临时立法会等,为香港的顺利回归贡献力量。①

旅港福建商会致力促进闽籍社团和乡亲的团结、共同发展，1991年倡议并组织闽籍社团访京团和福建各界庆委会，最终于1997年5月8日，与110多个香港闽籍社团联合组成香港福建社团联会。特别是大陆改革开放以来，旅港福建商会在许东亮荣誉会长和黄光汉先生等人的主持下，日益发展壮大，成为香港社会公认有影响力的商会和社团之一。

除了促进旅港福建同乡工商实业以及各项专业发展之外，旅港福建商会还致力于赞助文化、教育、体育、艺术以及其他公益事业以造福社会。旅港福建商会努力兴校办学，至今已经创办了设备先进、校舍新颖的三所香港福建中学，分别是观塘福建中学、小西湾福建中学和北角福建中学，学校的校风和学生成绩都受到香港社会各界的好评，为香港培养了诸多优秀人才。商会的许多理监事和会员还为支持福建泉州的华侨大学、兴办福建家乡各市县学校慷慨捐献。

旅港福建商会关心会员及乡亲福利，每年举办春茗、夏游及秋冬蛇宴聚餐，为会员举办研讨会、组织公益活动及歌唱比赛等会务活动，帮助同乡会员反映和协调在本地或内地投资遇到的问题，协助有需要的同乡会员办理殡葬事宜，帮扶会员新移民子女入学等事宜。

旅港福建商会自成立以来，一如既往地关心社会、关心同乡、爱国爱乡，积极参与各种社会事务和活动。许多理监事和会员同时担任包括香港公益金与保良局等慈善机构的首脑、特区筹委委员、全国人大代表、全国政协委员、推委委员、立法会议员、区议员、港事顾问、区事顾问、福建省政协委员等社会职务，以及香港各种工商、专业、文化、体育团体的负责人。

旅港福建商会协同其他社团乡会，在福建和内地其他地区发生特大灾害的时候，慷慨筹款支持同胞战胜灾害，重建家园。仅1988年一年便向福建省捐献共计600万港元的善款，1994年又捐赠300多万元人民币。

1996年，第八届全国人大常委会副委员长王汉斌认为旅港福建商会"繁荣香港，建设家乡"；在前国务院港澳办主任鲁平的眼里，商会"植根八闽，建业香港"；前全国人大常委会副委员长彭冲曾评价其"爱国兴业"；1997年，中共中央统战部部长王兆国认为该会"源远流长"。② 香港特首董建华曾评价其为"桑梓之光"，他还特别指出，"香港大概有80万福建同乡居住，对于一个630万人口的都市来讲，这确实是一个相当重要的社群。福建人非常习惯生活低调，在照顾同乡，特别是新来的移民，特别亲切，从未受到香港过分竞争性的都市文化的影响。我知道所有在香港的福建同乡都是爱国爱港，希望香港继续

---

① 《献辞》(理事长王为谦)，《旅港福建商会八十周年纪念特刊》，香港：旅港福建商会，1997年，第1页。
② 《旅港福建商会八十周年纪念特刊》，香港：旅港福建商会，1997年，第3～15页。

繁荣,国家继续强大"①。

曾任中共福建省委副书记的何少川对旅港福建商会在福建的所作所为高度评价,"旅港福建商会是历史悠久的香港闽籍社团,荟萃了众多旅港闽籍工商界知名人士。80年来,贵会坚持以爱国爱港爱乡为宗旨,团结和带领广大旅港闽籍乡亲,与此同时,贵会发挥在海外渠道多、信息灵、资金较为雄厚的优势,通过各种形式,关心和支持家乡福建的经济建设和社会各项事业的发展。有的来闽投资兴业,积极促进福建的经济建设;有的多方联络,为福建的招商引资不辞劳苦;有的积极想办法、出主意,不断推进福建经济与国际市场接轨的进程;有的积极为海峡两岸的经济文化交流牵线搭桥,为祖国统一大业尽心尽力;有的热心公益事业,捐资助学兴卫,为福建社会事业的发展做了大量有益的工作"②。

时任福建省人民政府侨务办公室主任的郑宗杰在《紫荆花旗下再创辉煌》一文中写道:"旅港福建商会成立80年来,在历届乡贤的悉心经营和数十万旅港福建籍人士的支持下,在事业有成之时,情系家乡山水,不忘八闽父老,捐办公益,志愿建设,经久不衰;香港众多的闽籍杰出工商和专业人士,积极参与香港社会事务,福建省改革开放以来所取得的巨大成就,饱含着许许多多旅港福建籍人士的心血和汗水。这一切,正是旅港福建商会光辉业绩之写照。"③

可以说,香港华商社团的兴起和发展,加强了本埠华人间的相互沟通与互助,加强了与桑梓的联系,它继承了中国传统乡人注重联络血缘、地缘、业缘之感情的因素,又采纳了近代商会的组织形式,因而成为联系、团结全体闽籍华商的牢固纽带。

二、香港福建社团联会

香港福建社团联会是1997年1月初,由黄光汉先生牵头,由旅港福建商会、香港福建同乡会、香港福建体育会、福建十邑旅港同乡会和香港厦门联谊总会联合成立的,得到了各兄弟社团和同乡的热烈反映和支持。目前,已有近200个闽籍社团成为联会团体会员,其中包括具有80年悠久历史的旅港福建商会和同乡会、体育会、联谊会、宗亲会、希望工程基金会、经济文化艺术研究团体、校友会等。该会本着"联络乡亲,团结各界人士,积极参与香港事务"的宗旨为促进闽港的经济合作和友好往来,鼓励乡亲积极参与各项慈善活动,齐心协力为香港长期安定繁荣,为中华民族振兴贡献力量。④ 该会成立于香

---

① 董建华:《董建华评旅港福建人》,《旅港福建商会八十周年纪念特刊》,香港:旅港福建商会,1997年,第2页。
② 何少川:《闽港携手奋进》,《旅港福建商会八十周年纪念特刊》,香港:旅港福建商会,1997年,第20页。
③ 郑宗杰:《紫荆花旗下再创辉煌》,《旅港福建商会八十周年纪念特刊》,香港:旅港福建商会,1997年,第21页。
④ 《香港福建社团联会会讯》2007年特刊,第34页。

港回归前不久,其意图在于将目前在港居住的110万的闽籍人士凝聚起来,发挥闽籍人群作为香港社会重要族群的作用,为香港的繁荣发展做出贡献。因此,在该会组建的时候,力求尽可能地将大多数香港福建社团纳入进来,在成立之初,该会就有100多个香港福建社团作为会员单位,绝大多数香港福建社团都加入了该会,其范围涵盖了闽籍各地、市、县、区的同乡会、宗亲会、校友会、联谊会等。在进行会内改选的时候也以"大包容"为基础,以便融合各种诉求的不同阶层人士,在"大包容"的基础上实现"大团结",尊老敬贤,敬长爱幼,最大限度地吸纳老、中、青的各界精英,促进社会和谐,促进香港维持繁荣与发展。

香港福建社团联会的设立初衷是尽可能地将香港闽籍社团联合起来,共同为香港持续繁荣而努力。因此,会员数量就非常庞大,远超过普通的社团。在其成立之初,其领导层的组织架构执行主席为黄光汉;名誉主席为骆志鸿、颜金炜、颜纯炯3人;永远名誉主席为李群华、洪祖杭、柯君恒、黄志祥、张华峰5人;而另设黄保欣、黄卿波、梁钦荣、曾星如等16人为顾问。这时的机构规模较小,加入的社团也不是特别多。对比第六届选举之后的机构名单,我们就可以发现该会机构已经急剧膨胀。其设立的领导层有荣誉主席1人(李群华)、荣誉顾问4人、永远名誉会长4人、永远名誉主席达36人之多,而顾问也有31人。在领导层外,又设有董事会,董事会有主席1人、常务副主席1人、董事会副主席14人、常务会董71人、会董197人。在董事局下,还设有秘书处、总务部、财务部、慈善福利部、会员服务部、稽核部、公关部、文体部、专业委员会、宣传出版委员会、工商委员会、青年委员会、妇女委员会、社会事务委员会等部门。这些部门的人员也非常多,少则10人左右,多则几十、上百人。其机构之庞大,香港其他闽籍社团恐怕无人可比。当然该社团也不能作为普通的闽籍社团来看待,它的组织形式更像是香港闽籍社团共同联合而成的社团联盟。从其团体会员的数量就可以看出,几乎囊括了香港所有的闽籍社团,达到近200个之多。①

香港福建社团联会在成立之初就非常热心于内地和香港之间的联系,特别是福建和香港之间的互动。2002年,首次在香港举办"2002香港福建节"活动。这次活动规模庞大,项目繁多,包括经济交流、文化艺术交流和大型嘉年华会等,参与的机构来自闽港台三地,耗资约1000万港元,是闽籍社团在香港历来最大的活动。"2002香港福建节"筹委会执行主席李群华指出,希望通过举办这次活动,增加港人对福建的认识和了解,促进闽港经贸文化的交流。他强调,香港的闽籍人士组织了不少社团,积极参与香港社会事务,为香港的繁荣稳定做出了不少贡献,希望通过这次活动来庆祝和表扬闽籍人士在港的成就。据统计,目前居住在港的福建籍人士多达110多万,约占香港总人口的1/6。"2002香港福建节"由香港福建社团联会主办,香港民政事务局、康体发展局、贸易发展局、香港中华总商会等机构协办。活动期间,举办"美食节"、"旅游推介会"、闽剧专场表演、极品乌龙茶拍卖会、"福建杯"篮球赛等丰富多彩的活动。闽港经济合作论坛和闽港

---

① 《香港福建社团联会会讯》2007年特刊,第4~33页。

经贸合作项目洽谈会、闽港台金融合作座谈会、闽港台旅游推广会等"一坛三会"则更是该次活动的重头戏。①

香港福建社团联会除了在经贸方面发挥自己的作用外,也积极参与香港当地的政治和选举工作。特别是对参选同乡都给予不遗余力的支持。联会在选举过程中组织相当数量的助选团队,对选举结果产生了较大的影响。2004年,民建联参加立法会选举,共取12席,成为拥有最多立法会议席的政党。这固然是民建联采取措施得当所致,但是也与香港福建社团联会的支持分不开。当时呼声较高的马力和蔡素玉都是闽籍人士。②在选举期间,联会组织了众多福建乡亲助选,在其当选中起到了重要作用。2004年9月5日,联会组织约4000名乡亲于维多利亚公园举行福建社团助选誓师大会,动员全体乡亲齐心力撑"马力和素玉"。来自各乡同乡会的80个团体的同乡,无惧艳阳高照、高温逼人,为民建联候选人马力团队打气。联会永远荣誉主席黄光汉、执行主席李群华、总指挥洪祖杭即常务执委均到场支持。李群华在致辞时,更以闽南俚话表明决心——"输人不输阵,输阵很无面",借以激励大家坚持为马力团队打"立法会之战"。9月12日联会组织多个助选团在港9个选区展开助选活动,蔡素玉险胜出线。9月14日,民建联曾钰成、谭耀宗、蔡素玉等人专程到联会谢票。③

除了在香港举办大型会展活动之外,香港福建社团联会还经常组织闽商访问团赴内地进行经贸合作往来。2009年12月16—19日,香港福建社团联会组织大型访问团回家乡,该会主席兼访问团团长林树哲率领118名会员赴闽,重点拜会了厦门、漳州、泉州、莆田、福州。访问团考察了此五个海峡西岸沿海城市经济区的新商机。中联办协调部部长沈冲,福建社团联会荣誉主席李群华、林广兆、永远名誉会长林铭森,华闽集团董事长杨东成担任荣誉团长。访问团成员都是香港工商界的佼佼者,借访问交流"感受家乡建设,寻找投资机会",继承爱国爱港爱乡的优良传统。林树哲还指出,居港福建乡亲具爱国爱港爱乡传统,还有团结凝聚力强、工商界人士多等特点,未来联会将秉持"大包容、大团结,争取大发展"的宗旨,服务乡亲,服务社会;同时将积极支持家乡发展,为加快海峡西岸经济区建设、促进两岸关系和平发展尽一份力。这是联会成立12年来规模最大的访闽团。

香港福建社团联会成立以来,在团结广大闽籍移民,维护香港持续繁荣和稳定方面都做出了积极贡献,也得到了不少肯定。国务院侨办主任李海峰赞扬香港福建社团联会广泛团结香港各界福建籍精英人士,为香港顺利回归和繁荣稳定,为祖国和家乡的建设和发展做出了卓越贡献。香港闽籍乡亲素有刻苦耐劳、拼搏向上、团结协作、守望相助的优良传统。香港福建社团联会成立十几年来,积聚了一大批香港各界闽籍有识之士,已发展成为香港最具活力和影响力的爱国爱港社团组织之一。她指出,香港福建社团联会积极支持爱国爱港人士参选,成为维护香港繁荣稳定的中坚力量;带领和支持福建籍有

---

① 《光华耀香江——2002香港"福建节"巡礼》,《开放潮》2002年第12期。
② 陈丽君、唐晓玲:《试论香港政治生态现状、特点及其原因》,《当代港澳研究》2009年第1期。
③ 《香港福建社团联会会讯》2007年特刊,第40页。

识之士积极参与内地建设,为国家改革开放大业和地方经济发展贡献才智,成绩卓著。贾庆林也认为香港福建社团联会始终高举爱国爱港旗帜,为保持香港繁荣稳定做出了重要贡献。他希望福建社团联会继续发扬优良传统,带头学习好、宣传好、实践好"一国两制"方针和基本法,为维护香港长期繁荣稳定创造良好的社会氛围;发挥自身优势,积极配合行政长官和特区政府应对国际金融危机,为推动香港整体经济发展贡献力量;发挥桥梁作用,促进香港与内地全方位交流合作,为内地与香港的互利双赢、共同发展做出积极努力;发挥地缘、乡情优势,加强与台湾社会各界的交流交往,为两岸关系和平发展、祖国和平统一大业做出新的更大贡献。①

三、香港泉州慈善促进总会

香港泉州慈善促进总会是一个年轻的香港福建社团,成立于2001年9月2日。它是在东华三院前总理陈守仁博士、骆志鸿总理、林树哲等乡贤的积极推动及多位闽籍乡贤的鼎力支持下,获香港特区政府批准注册的慈善机构。该会宗旨是"团结乡亲,共襄善举;造福桑梓,服务社群"。该会成立以来,首届董事局捐资达1200多万元,由董事局成员直接向社会各界捐赠于教育及各种慈善事业单位的款项达数千万元。②

香港泉州慈善促进总会的组织结构相对简单,主要设有永远名誉主席、名誉顾问、顾问等职位。而负责具体事务的主要是董事局,董事局设主席、副主席、常务董事、董事。以第一届为例,其永远名誉主席李群华、洪祖杭、许荣茂3人。名誉主席名额比较稳定,仅在第4届时增加了林树哲。名誉顾问为李东海、周振基、胡伟民、黄保欣、吕振万5人。顾问为王为谦、吴文拱、林赞水、周安达源、施子清等13人。名誉顾问和顾问每届都根据需要增减,但是变动不大,基本维持第一届的人数水平,增加不多。具体的董事局名单则变动较大,除主席为1人以外,其余职务的人数都有较大变化。前三届的董事局基本维持这个结构,到了第四届,董事局下面设置了几个专门的委员会,有秘书处、财务委员会、总务委员会、项目委员会、福利委员会、工商委员会、宣教委员会、公关委员会、妇女委员会、青年委员会、稽核委员会、泉州办事处。

香港泉州慈善促进总会和之前的闽籍社团有所差别。首先,传统的闽籍社团以单一地域为划分标准,其提供的服务趋向于多元化,其涉及范围包括社区、医疗、慈善、选举、政治活动等。而该会是以慈善为主要服务内容。其次,传统的闽籍社团基本是以闽籍移民作为服务对象的,其活动重心在于香港当地的活动。而该会主要是针对会员乡籍所在地——泉州的慈善活动。最后,其成立和活动的过程,不是香港闽商单方面的努力,而是在泉、港两地的爱心人士共同努力下成功的。

---

① 《贾庆林会见香港福建社团联会访问团》,《人民日报》2009年9月12日,第1版。
② 《香港泉州慈善促进总会简介》,《慈深善笃:香港泉州慈善促进总会成立五周年纪念特刊》,第3页。

表 3-2　香港泉州慈善促进总会第一届董事局董事人数

单位：人

	主席	常务副主席	副主席	常务董事	董事
第一届	1	4	11	34	58
第二届	1	10	14	58	73
第三届	1	10	14	36	15
第四届	1	10	16	40	14

资料来源：《香港泉州慈善促进总会成立八周年纪念特刊》，第 28～34 页。

香港泉州慈善促进总会最早的创会缘由在于会长陈守仁博士在 2000 年担任香港东华三院总理期间，"有感于大陆的慈善事业同海外发达国家和地区相比，尚有一定的差距，便向中央统战部、民政部、卫生部有关领导提出：大陆的社会慈善救助机制及管理运作模式可否借鉴海外与香港的模式，在各级政府部门主导监督下，充分发挥民间和社会的力量，由民间组织来协助开展各类慈善活动"[①]。在 2000 年前后，在陈守仁、骆志鸿的积极倡导联络下，促进了泉州市政府和香港东华三院的互访。在吸取了香港慈善团的经验后，泉州市政府认为香港的慈善活动具有社会赞助、政府配合、自力更生、组织健全、服务广泛、管理完善等各方面的成熟经验和卓著成果。这些交流互动，使得泉州市政府下定决心要成立泉州市慈善总会的成立。为了更好地推动泉州慈善事业的发展以及促进泉州慈善总会的成立，2000 年 11 月 15 日，陈守仁、骆志鸿召集有关乡贤开会，商讨成立旨在和泉州慈善总会积极合作，促进泉州慈善事业总体发展的泉州慈善促进总会。经过长期磋商和发动在港乡贤参加，2011 年 9 月 7 日，香港泉州慈善促进总会成立。[②]

香港泉州慈善促进总会成立以后，在香港积极开展一系列的敬老、助学解困、扶助弱势群体以及社区嘉年华康乐活动，积极协助泉州市成立了政府督促、民间参与的"泉州市慈善总会"，推动家乡各县市区筹备成立各自的慈善机构。先后与泉州市慈善总会合作开办了免费的"慈善门诊"，在泉州地区 8 个县市医院设立了慈善门诊部，每年为数万名贫困病患者提供免费医疗服务。为贫困的白内障患者实施免费手术的"复明工程"，每年使 800 多名失明者得以重见光明。为残疾人服务的"行走工程"，每年向上百名残障人士赠送轮椅。"助学工程"每年资助 500 名残疾儿童进入学校接受教育，资助 100 名特困家庭的学童完成中学学业，资助 150 名贫困家庭的高中毕业生进入高等院校。"助孤工程"向 1500 名孤儿发放生活救助费。成立以来多次组织访问团深入贫困县市，慰问孤老及特困家庭。从 2005 年起设立"华侨大学新生助学金"，协助有需要的香港学生晋升大学。正如其会长陈守仁博士所说："香港泉州慈善促进总会已经逐步成为香港的闽籍社团中

[①] 陈守仁：《共为慈善谱新篇：在两会成立五周年庆典暨"爱心满泉州慈善晚会"上的致辞》，《慈深善笃：香港泉州慈善促进总会成立五周年纪念特刊》，第 5 页。

[②] 《香港泉州慈善促进总会成立八周年纪念特刊》，第 56～57 页。

具有独特功能和作用的重要团体之一。"①

2006年,在泉州市慈善总会、香港泉州慈善促进总会成立5周年之际,香港泉州慈善促进总会副会长林树哲先生获泉州市"慈善家"称号。当日,在泉州市慈善总会认捐签约仪式上,11名企业家认捐慈善资金2310万元人民币。据不完全统计,已有38名海内外企业家捐赠善款达1.3亿元,在泉州慈善总会设立38个公益慈善基金。在香港泉州慈善促进总会的努力之下,泉州的慈善圈子越做越大,国内异地泉商、海外泉籍乡亲和几乎所有泉州名牌企业家都跻身其中。如今,在一个关于泉州的"老板慈善榜"中,仅泉州、晋江、石狮三地近年个人捐助额在500万元以上的就有近70人。慈善已经成为晋江的一种"新时尚",这个慈善大圈子构成了泉州各地慈善总会的中流砥柱。据不完全统计,近年来全市仅市县两级慈善总会就收到捐资超过12亿元,而企业家、海外侨亲设立的63个专项公益慈善基金,已累计认捐善款4亿多元。除了这些企业家的捐赠之外,慈善的力量还延伸到了各地乡村。以晋江为例,早在2002年,陈埭镇就成立了首家村级慈善会。目前,晋江19个镇(街道)全部成立了爱心援助中心,386个村(社区)都有爱心援助站。如今,泉州以各种名义存在的、专门或附带从事扶贫济困的大小民间团体,约有上百家,募款数额达数亿元。这在中国慈善史上都是一个奇迹。固然有着泉州、晋江、石狮等地民营经济发达的原因,但是香港泉州慈善促进总会的引导功能也必不可少。根据中华慈善总会的统计,目前国内富豪的捐赠额比例不足15%。但是,泉州慈善事业的发展可谓是国内的一个"奇迹"——在这里,2/3的善款均来自"本土"民营企业家。如今,慈善已经在泉州蔚然成风。各种慈善爱心活动,如慈善满月宴,慈善拍卖、义卖,新年慈善音乐会、图片展,慈善一日捐,爱心手术、复明工程、"行走工程"都成为泉州街头巷尾热议的焦点话题。②

经历了数年的慈善促进工作,香港泉州慈善促进总会取得长足的进展,泉州慈善风气的盛行与他们的工作密不可分。正如其会长陈守仁博士所说:"我们感到喜悦的是,五年来,家乡各个县市区相继成立了本地的慈善总会。社会各界逐步认识到,以各种方式聚集各方面社会力量来完善社会保障体系,逐步实现社会慈善福利事业社会化,这是现代社会保障的发展趋向。在这方面,我们的家乡泉州市做出了重大的贡献,走在全国的前列,已经初步形成了社会慈善福利网络,构建了慈善服务平台,投入大批资金,实施多项'德政工程',所兴办的慈善公益事业遍及各城镇乡村,受到广大海内外乡亲的好评,无数弱势社群感受到了社会的温暖和关爱,为促进社会公平,建立和谐社会起到积极的作用,慈善视野在家乡越来越深入人心,泉州市慈善总会已经成为家乡父老乡亲心目中的慈善天使。"③

---

① 陈守仁:《共为慈善谱新篇:在两会成立五周年庆典暨"爱心满泉州慈善晚会"上的致辞》,《慈深善笃:香港泉州慈善促进总会成立五周年纪念特刊》,第5页。
② 《泉州:平民慈善渐成风气》,《人民日报·海外版》2008年3月25日,第6版。
③ 陈守仁:《共为慈善谱新篇:在两会成立五周年庆典暨"爱心满泉州慈善晚会"上的致辞》,《慈深善笃:香港泉州慈善促进总会成立五周年纪念特刊》,第4页。

香港泉州慈善促进总会的出色工作也得到了政府部门领导的肯定。2006年,全国政协副主席罗豪才对其评价是"团结乡亲,造福桑梓;扶贫济困,共建和谐";曾任中国侨联主席的林兆枢对其评价是"慈爱扶贫弱,善举惠乡亲";中共福建省委统战部长张燮飞对其评价是"善心相温暖,人间大光明";福建省侨联主席李欲晞对其评价是"博施济众,惠泽清寒";福建省政协副主席陈荣春对其评价是"慈善济世,千秋功德";泉州市委副书记对其评价是"扶贫济困,功德无量";泉州市人民政府副市长洪泽生对其评价是"行善积德,名垂千古";福建省人大常委会委员、泉州市慈善总会会长薛祖亮对其评价是"乐善好施,春满人间";泉州市慈善总会常务副会长陈金榜对其评价是"惠风和畅,爱荡泉州"。① 2006年泉州市人民政府侨务办公室因为香港泉州慈善促进总会的热心家乡公益事业,自2001年至2005年以来累计捐资人民币2251.805万元,对其进行立碑表彰,碑文如下:"香港泉州慈善促进总会,情系桑梓,集聚旅港同胞之善举,慷慨捐资兴办公益事业。为颂扬功德,特立此碑。"并授予"福建省捐赠公益事业突出贡献奖"金质奖章、奖匾和荣誉证书。

在改革开放以来的新时期,香港闽商社团也发生前所未有的改变。传统的闽商社团开始向专业性和规模化转变,其领导机制也开始发生变化。它们或是尽量扩大规模,由下设的不同的专门委员会来分头负责各类工作,或是和目的地的其他社团组织积极配合,携手并肩,共同完成社团的目标。近30年来,香港和祖国大陆的紧密关系既是闽商社团热心推动的结果,又使得闽商社团开始愈加关注大陆和香港之间的联系。闽商社团的重心不再仅仅是香港的闽籍移民社会,而是已经发展到利用整个香港社会、移民来源地以及重要经济城市这样三个重要舞台的阶段。这既是机遇,又是挑战。这样广阔的"舞台空间",足够闽商社团发挥自己所有的能力,而这样的"广阔空间"是否会削弱以地缘、血缘、亲缘为基本纽带的闽商社团?闽商社团已经开始向着不同方向分化,而形成的新兴社团又大多能够获得成功,干出一番成绩。这样的成绩是闽商社团的骄傲,也是其前进的动力,希望香港闽商社团能够更加兴盛。

---

① 《慈深善笃:香港泉州慈善促进总会成立五周年纪念特刊》,第5页。

第四章

闽商与当代香港社会

香港是一个多族群以华人为主的社会,来自祖国各地的新老移民组成了香港社会的主体。闽籍商人作为仅次于粤籍的主要群体,对香港当代社会的发展做出了巨大贡献。他们不仅积极涉足加工制造业、房地产业、金融业、服务业等经济领域,还热心参与政党组织、地方选举、慈善事业等公共政治活动。同时,香港闽商还通过组织专门的文化社团、设立学校、开办移民课程等方式,来帮助新移民增强适应能力,加强同乡情谊,传承和弘扬中华文化。

第一节 香港经济转型与闽商产业

在二战前后,香港经济中占传统优势地位的转口贸易开始呈现出整体下滑的趋势,香港经济结构也出现了明显的向加工工业转变的势头。到20世纪60—70年代,香港的加工制造业已经成为香港最为重要的经济产业,在香港经济中起着举足轻重的作用。在这其中,活跃着大量从事相关行业的闽籍企业家。到20世纪70年代中后期开始,香港经济迎来了另一次转变,制造业在香港经济中的地位开始下降,而商业、金融等服务行业的地位则迅速提升。到20世纪90年代为止,香港已经全面转变成为一个以服务业和金融业为主导产业的城市。与这个过程并行的是,大量香港企业,包括闽商企业,大范围地将自己的加工制造部门向中国内地转移,覆盖范围从与香港地缘接近的"珠三角"地区到邻近的福建地区,最远甚至到达了"长三角"地区。自此以后,香港和祖国大陆之间的经济往来越来越频繁,经济关系也越来越紧密。当然,闽商在香港经济中并不仅仅从事加工制造业,在地产、金融等各个产业都能看到闽商的身影。特别是在香港文化产业中,闽商占据了较有影响力的地位。进入21世纪以来,香港作为国际金融贸易中心的地位愈加重要,这对广大闽商既是一个重要的机遇,也是一个重大的挑战。

一、闽商与香港发达的加工业

100多年来,作为一个自由贸易港口,香港的自身经济发展经历了较大的结构变化,其经济曾经在一个相当长的时期中以转口贸易为主。20世纪中叶,受到朝鲜战争爆发,联合国对中国实行贸易禁运等的影响,香港的转口贸易一落千丈,传统的经济发展道路受阻。这一时期,香港的制造业利用这一机遇,快速发展,促使香港经济结构发生了重要变化,实现了从转口型到出口加工型贸易经济的转变。到20世纪60年代末,香港制造业产值已占到本地生产总值的30%,就业人数则几乎占了一半,成为香港经济的第一大产业。在这一过程中,涌现出大批从内地城市移居香港的华人实业家,其中包括大量的闽籍企业家。这些企业家连同其携带的资金、机器设备、技术以及与海外市场的紧密联系,为香港奠定了最初的加工制造业基础。在20世纪60—70年代,伴随着香港工业化的快速步伐,整体经济的稳步起飞,香港闽商不仅在制造业占据一席之地,而且相继在船运、地产等重要行业展现出了不俗的实力。在香港闽商和其他华商的共同努力下,香港经济迅速迈向工业化,从传统的贸易转口港转变为远东出口加工中心和工商并重的城市。据统计,1950—1970年,香港的工厂数量从1478家增加到16507家,工人从8万人增加到55万人。1970年,香港制造业在香港本地生产总值中所占比重达30.9%,成为香港经济中最大的行业。但是,进入20世纪70年代以来,制造业在香港经济中的地位开始下降,而商业、金融等服务行业则迅速上升。但是直到20世纪90年代以前,香港的加工制造业一直都在经济中占有重要地位。[1]

早期香港加工制造业中较为发达的是纺织业和制衣业。二战结束后,香港第一间纺织厂于1947年建立,其后纺织业在港发展迅速。到了1976年,行业出现高峰,工厂的数量增长至11000家,聘用工人43万。在这20年间,工厂和工人的数量均以几何级数攀升,这反映了香港工业增长强劲,同时也为香港晋身"亚洲四小龙"奠下了坚实的基础。早期的香港纺织业主要是掌握在外省人的手中,而来自广东的潮州人和资本技术雄厚、办厂经验丰富的上海人在这一过程中起到了重要作用。闽商在这两个行业虽然起步不算太早,但是他们对于国内外先进的生产技术和产品的销售把握较好,因而也在香港的纺织和制衣业中占有重要地位。

在香港激烈的纺织和制衣行业的竞争中,闽商的优势集中体现在重视新产品的开发和新技术的运用这两个方面。如1969年4月,杨孙西在观塘建起了香港国际针织制衣厂,这一资本只有区区60万元的小制衣厂最终发展为庞大的香江国际集团。从一开始,经验丰富的杨孙西就认识到,服装业是一个推陈出新速度极快的行业。若不能把握先机,不断推出新款式、新花样,便会很快落伍;当然,保持产品的高质量也是吸引客户的重要因素。杨孙西从开始独立创业起便孜孜不倦地探讨新的花样款式。他率先采用精纺羊毛制作时装,发展出多品种的时装系列,一举改变了过去单一的编织毛衫的生产格局。他亲自到国外企业仔细考察先进的工业技术和西方的管理方式,购买德国先进的设备投入使用,建成香港毛衣业中技术水平最高的全自动化生产线。新产品推出后,受到海内外客商的极大欢迎,杨孙西的企业规模不断扩大,最后,旗下拥有10余家企业的香江国

---

[1] 冯邦彦:《香港华资财团(1841—1997)》,上海:东方出版中心,2008年,第110页。

际集团诞生了,成为香港制衣业发展速度最快的企业集团之一。① 值得一提的另一位纺织业翘楚是开创南益集团的林树哲。他在20世纪70年代来到香港之后,也将目光投向了纺织行业,在1976年,林树哲就和朋友一起合办了一个小型的针织厂,虽然也就十几、二十来个工人,但生意红红火火。不久,旅港实业家吕振万改造属下的南益织造厂,诚邀林树哲等加盟,两家公司合并为一家。林树哲全面出掌改组后的南益织造,并从此开始了自己事业的新天地。如今,南益已经成为一个多元化跨国经营的企业集团,一年的营业额达到60亿港元。

香港闽商和内地之间往来一向密切,在香港和内地交流不便的时期,闽商和内地之间的合作既对闽商在香港的商业营销起了重要作用,也有利于两地之间的交流和内地产品走向国际。曾星如从20世纪60年代开始经营布匹服装业,为把国产布匹销往印尼等地,他与华润纺织公司建立起长期密切的生意关系。通过市场调查,他发现,香港服装市场虽有各种国产服装,但没有国产西装,于是曾星如殚精竭虑奔走于内地与香港,同上海、北京等地的西装生产厂家建立密切关系。最终让国产西装进入香港市场及国际市场,国产西装在港的销售量从最初的年50余万元增至数千万港元,对推动祖国内地纺织业的发展大有裨益。亿裕有限公司董事长、永春同乡会永远名誉会长颜彬声,利用早年的纺织业经营经验,成立了亿裕这一家现代化企业,以经营亚麻纺织品贸易为主,市场供应量在香港同业中首屈一指。②

塑料业是香港经济发展的主要推动力之一,很多重要工业,例如光学、相机、电子、电脑、电讯、电器及玩具等,都依赖塑料业提供零部件。20世纪60年代末至70年代中期,塑料工业在香港一直稳定而蓬勃发展。香港闽商积极参与到这一行业中,且成为该行业的翘楚。如香港联侨企业有限公司董事长黄保欣,于1958年创办侨联企业,从事自己的化工本行,搞塑料原料贸易,办塑料工厂,并于1972年办起日本以外的亚洲第一家生产人造革的工厂,被称为"塑料原料之王"。③ 黄保欣率先带领香港工商界代表团到国外参观、访问、学习新技术,引进新工艺,使香港20世纪60年代还处于萎靡状态的塑胶工业脱颖而出,跃入世界前列。④ 1974年,香港塑料业界专门成立了香港塑料原料商会,在业内享有声望的黄保欣被大家推举为商会主席,一直任职到1989年。其间,他领导会员撇开恶性竞争,相互磋商、联谊,齐心为发展香港工业和经济尽力。在他的推动和塑料业者的共同努力下,香港塑料产品成为香港的三大支柱产业之一。

塑料产业在几十年间发展为香港的支柱产业之一,在其带动下,玩具业等其他相关产业也大多从中受益,发展成为香港的重要产业。从20世纪50年代开始,玩具的制造原料开始以塑料为主,这时期的香港玩具业开始发展,其中又以制造塑胶玩具产品为主,

---

① 刑凤炳:《香港名人录》,香港:香港文教出版企业有限公司,1997年,第39页。
② 柯达群:《港人访问录(续集)》,香港:罗兰出版公司,1997年,第52页。
③ 柯达群:《港人访问录(续集)》,香港:罗兰出版公司,1997年,第198页。
④ 中国新闻社厦门支社编:《厦门市荣誉市民风采》,香港:闽南人出版有限公司,1998年,第135页。

成为香港玩具业最重要分支。香港凭着低廉的生产成本,在销售价格上极具竞争优势。到了20世纪80年代初,香港的玩具出口已超越日本,成为全球最大的玩具出产地。时至今日,香港出口的玩具产品仍占世界市场的六成以上。李群华创办的锦多玩具有限公司是玩具工业界业绩最好的企业之一。20世纪80年代中期,万千美国儿童曾经为一阵"椰菜娃娃"玩具浪潮而风靡,李群华即是生产商之一。其至1995年已经创下了在全球销售6000万只的纪录。① 至20世纪90年代,锦多每年生产玩具数以百款计,纯生产性出口额达数亿港元,而出售设计专利的营业额也逾亿美元,李群华因而被誉为香港"玩具大王"。

香港荣利集团主席卢文端则是靠着4台旧塑胶机,生产录音带起家,继而成为香港最重要的录音、录影器材生产企业之一。他于1978年开始设立工厂生产录音带,继而在1983年开始生产录影带,1985年取得日本松下机构JVC专利权,每月产量超过千万盒,仅次于英资太古集团。由于成本高涨,日本、韩国的竞争对手近年已经转为他的买家,香港成了全国录音、录像带的最大供应基地,他则是香港最大生产商之一。连一些世界上著名的厂家,诸如韩国的三星、金星等公司,也授权卢文端生产录影带。②

在香港加工业大发展的时期,很多闽商从事的都不只一个行业。他们往往在一些行业取得一定成绩后,将自己的资金投入其他行业中,最终在其他行业或者多个行业都取得了较高的成就,形成了较大规模的集团企业。如香港华星投资集团有限公司董事长邱季端早年创办了"海洋轻胶制品厂",在香港具有一定的影响力。其后,他又和福建省内的企业合资生产塑胶、海绵等产品,为福建省首创。在此基础上,邱季端还创办了一系列的公司,所涉领域颇广,包括家具制造、房地产开发等方面,最终成为在国内外都具有相当声誉的实业家。庄重文从20世纪50年代起,先后创办了味精厂、餐具厂等企业。经过20余年的不懈努力,终于建立了拥有轻工、电子、地产、金融等多元化业务的集团公司——庄土机构有限公司。业务遍及新加坡、印尼等东南亚国家,产品行销欧美和世界各地。他还出版过专著《香港工业之成长》,该书被称为"珍贵的香港工业断代史"。③

香港的加工制造业从20世纪中叶到80年代末以来,经历了一个"U"型的发展过程,早期靠着廉价的劳动力和自由港的税收优势,香港逐步成长为世界轻工业产品的重要出产地。但是20世纪70年代以后,随着劳工工资水平升高、土地成本上涨,香港的优势渐渐被削弱。与此同时,东南亚新独立国家日渐崛起,这些国家利用更廉价的劳工和广阔的发展空间作为招徕,积极对外招商,发展轻工业。香港碍于地理环境狭窄,工业发展空间有限,加上缺乏生产资源出产,加工制造业开始逐渐衰落,但是这一衰落主要是指香港内部的加工制造业。而从闽商企业角度来看,事实证明了他们的远见卓识,因为他

---

① 柯达群:《港人访问录(续集)》,香港:罗兰出版公司,1997年,第9~16页。
② 金效琦:《精勤创业、爱乡报国——记香港著名企业家和社团领袖卢文端先生》,《统一论坛》1996年第1期。
③ 中国新闻社厦门支社编:《厦门市荣誉市民风采》,香港:闽南人出版有限公司,1998年,第79页。

们早在20世纪70年代末开始就认识到了香港发展劳动密集型产业的弱势,开始将制造工厂逐步转移到内地,主要分布在福建、广东等省市。香港岛内主要保留设计、服务等部门。在20世纪80年代以后,伴随着大陆的改革开放,香港闽商经济越来越和内地产生了密切的联系。闽籍港商更是受到内地优惠投资条件的吸引,纷纷到内地投资设厂。在这一过程中,香港也完成了自己的第三次经济转型——由制造业出口经济转为以金融、服务业为主的经济。

二、闽商与香港文化事业

香港作为一个国际化的大都市,在文化上长期处于东西方文化的交汇冲击之下,于是,形成了有着浓郁香港特色的文化。2000多年来,香港人口以华人为主,深受中华文化影响,可以说,香港文化是以浓厚的中华文化为底色的。而在过去的100多年中,它作为英国殖民地的历史,又使其浸淫于西方文化之中。除此之外,香港早期是作为自由港开放,而后又发展为国际化的大都市,世界各地的文化也都在此交流融合。这些因素导致了香港文化呈现出一种中西合璧的多样化趋势。在香港华人社会中,虽然传统的中国文化仍得以大部分保留,但是,西方文化对于华人社会的影响也在二战后逐步增强。一些带有西方文化特色的活动,如赛马、足球等也在华人社会得以普及。中西方文化的交流与交融在香港随处可见,香港发展出了在世界上独树一帜,并占据一定地位的文化事业。就电影事业而言,香港在二战后成为全球华人社会最为瞩目的电影天堂,此外,其漫画、电视、赛马等产业也都处于世界领先地位。在半个世纪以来的香港华人文化事业的发展中,闽商在不同领域为香港文化的繁荣发展发挥了突出的作用,做出了杰出的贡献。

"有华人的地方就有'港产片'。"多年来香港电影作为中华文化品牌风靡全球,香港电影金像奖也成为华语电影的一大指标。香港电影自20世纪40—50年代起步,从粤语片开始,逐步成为重要的电影制作地。在20世纪70年代,以李小龙为代表的功夫片开始崛起,直至20世纪80—90年代迎来了香港电影的黄金期。这一时期港产片无论产量、票房,还是质量、艺术性均创作出惊人奇迹,形成庞大的电影工业,电影总产值更超过亚洲电影强国印度,跃居世界第二位,仅次于美国的好莱坞,香港更成为亚洲第一的电影生产基地和电影出口基地。在这个过程中,有大量的电影公司出现。其中,闽商的企业占有重要地位,一批闽商投资的电影企业在这一时期兴起,也出现了在香港电影业中一些具有较大影响的人物。在20世纪80—90年代,香港电影的黄金期,每年差不多有200来部电影问世。在香港影坛梦一般的传奇经历中,李国兴和他的美亚娱乐是大家都耳熟能详的。1978年,李国兴来到香港,开始穿街走巷推销录像带,到了1982年,他就拥有了自己的录像带出租店。很快,他抓住香港电影飞速发展的机遇,把资产全部投入影片发行业务之中,正式成立美亚公司。经过多年奋斗,目前,美亚集团成为香港规模最大的电影片、电视片录像带和影碟的发行商之一。在2007年香港媒体公布的香港娱乐圈权力榜上,选出50位最具影响力的人物。李国兴与创立香港TVB的邵逸夫、方逸华夫妇等人一同傲居前十位。美亚娱乐资讯集团于1984年成立,是亚洲电影制作及影视产品发行的领导者,电影制作是其集团四大核心业务之一。美亚电影制作公司和天下电影制作公司均属美亚娱乐资讯集团。1993年至今,美亚电影制作公司和天下电影制作公司已制作约100部电影。除了电影拍摄制作以外,李国兴还开办了美亚电影娱乐频道,全天候播放精选华语电影。借助跨越全球各大华人地区的庞大而完善的发行网络,李国兴的美亚集团制作拍摄、发行音像一条龙,已发展成为亚洲娱乐资讯行业的中流砥柱。[①]香港电影金像奖是香港及大中华电影界最重要的奖项之一,香港电影金像奖创立于1982年,当时正值香港电影新浪潮蓬勃发展之时,经过20多年的发展,已经成为华语电影圈最重要的奖项之一,与台湾电影金马奖和内地电影金鸡百花奖并称为华语电影最高成就的三大奖。而在金像奖的发展历史上,洪祖星是一位不可或缺的人物。在香港的电影圈,年过花甲的洪祖星一直是电影人公认的大佬。因缘际会之下,他从在电影发行公司打工,到踏入电影发行业,一晃就近40年。至今,他向中国香港、台湾及东南亚等地引进了700部以上的欧美片。洪祖星还连任了七届的香港影业协会理事长,是香港著名的电影金像奖第七、八、九届的评委主席,他与同行们一道,将不为人所知的金像奖,推广成颇具影响力、载入香港电影史册的电影节。[②]

除却这些从事着电影制作、引进的闽商以外,不少闽商也在报纸和电视等方面在香港占有一席之地。早在1938年,著名的闽商胡文虎就创办了《星岛日报》,这是一份历史悠久、发行网覆盖全球的中文国际报纸,旨在为中产阶层读者群提供客观而深入的新闻报道,尤以教育和地产新闻深入人心。亚洲糖王,出生在马来西亚的闽商郭鹤年在香港的传媒业和电视业中也占有重要地位,他的旗舰嘉里集团从英国人手中收购香港英文报《南华早报》(South China Morning Post),使他成为当地举足轻重的传媒大亨。创刊于1903年的《南华早报》是香港最大的英文报纸,发行量为11万份左右。其后,该集团又入主香港无线电视,业务版图跨入影视业。[③] 热心于公共事务的黄保欣也在1998年被委任为亚洲电视主席的职务,在香港电视业占有一席之地。[④] 除却从商业投资渠道进入影视业的闽商以外,也有一些人从一开始就在这些行业从事相关工作,并取得不错的成绩。著名的时事评论员杨锦麟出生于中国福建厦门,"文革"阻断了少年时期的求学梦,但在恢复高考后,他考入厦门大学历史系,并历任辅导员、研究员,出版过学术专著如《李万居评传》等,在1988年赴香港定居后,先后担任报社编辑、主笔、杂志主编等职,并在凤凰卫视长期从事时事评论,是活跃于华语世界的媒体工作者,其后担任了香港卫视副总裁兼执行台长。[⑤]

[①] 晋江市文史资料研究委员会编:《晋江文史资料选辑·晋江人在香港》第20辑,1989年,第52~55页。
[②] 晋江市文史资料研究委员会编:《晋江文史资料选辑·晋江人在香港》第20辑,1989年,第189页。
[③] 菡涵:《华商传奇郭鹤年的两瓣心》,《中华儿女》2010年第4期。
[④] 柯达群:《港人访问录(续集)》,香港:罗兰出版公司,1997年,第198页。
[⑤] 徐敏:《杨锦麟:从下乡知青到知名主持》,《新西部》2006年第8期。

在20世纪60年代以后,香港漫画开始尝试摆脱固有的日本漫画风格,在日本漫画与欧美漫画双重影响下,香港漫画业形成了独有的流水线制作模式。这一特殊模式,由于分工细致,每个画者都可以尽其所能,发挥每个人的特长,在整合的过程当中,既节约了时间,又优化了人力资源配置,极大地提高了漫画作品的面市频率,从而最大限度地满足读者对漫画的期待,保持了漫画在阅读上的延续性。香港漫画的内容及人物设定上受中国传统的武侠观念影响,情节曲折细腻,题材广泛,大多数作品商业色彩浓厚,题材兼及科幻、社会、娱乐、励志、黑帮、搞笑等。如今,香港漫画业市场总额达到10亿港元,读者人数达30余万,普及程度在亚洲仅次于日本。生于福建晋江的施仁毅,1977年来港定居,自幼热爱漫画,1994年为邝氏出版社策划游戏漫画杂志,同年,独资成立电脑分色"精艺电脑制作"公司,为玉皇朝黄玉郎制作第一本全电脑分色漫画。其后,策划并出版了多部知名漫画,他还创办香港首本电脑游戏杂志。在2000年,与友人创办"Gameone Group",并出任集团副主席,2003年出任Gameone Group行政总裁兼游戏制作人至今,同时出任了香港游戏产业协会创办人及理事会主席。

在香港文化事业中,闽商们关注的重点还表现在体育方面,香港福建体育会在香港体育发展过程中起到了推动作用。该会成立于1925年,最初是由福建同乡组织而成,创立之初就在香港体坛享有一定声誉。该会在历届理监事会的领导下逐渐成为集工商、文体、联谊为一体的组织。福建体育会有别于其他体育会,在开展体育的同时也发展其他类型的文体活动,并且参与小区事务,积极参加一切旨在促进香港繁荣稳定和家乡现代化建设活动。香港福建体育会设有两个委员会,负责开展经常性活动,一个是"康体委员会",一个是"南音戏剧委员会"。香港福建体育会还组织自己的足球队参与港内比赛。除了专业团体之外,还有一些闽商个人爱好参与体育事业,在多个体育组织担任职务。人称"福建杭"的金丰盛投资有限公司董事长洪祖杭就是其中一个。他担任了很多社会职务,这些职务的特点是全和体育沾边,如香港足球总会副会长、香港篮球联会副会长、香港南华体育会副会长、香港康乐管理协会名誉会长、香港影视明星体育协会会长。其中影响最大的是中华全国体育基金会副会长一职,为了振兴祖国体育事业,他在1996年捐资国家体委5000万港元,参与发起组织了这个全国性的体育基金。[①]

香港赛马,最初始于《南京条约》香港岛割让给英国殖民地后,赛马被引入香港,并且逐渐成为香港重要的体育赛事。1884年自香港赛马会成立后,赛马规模开始不断扩大。自1988年举办第一次国际赛马事,赛马水平不断提高,马主愿意花钱输入实力较高的马匹。如今香港的大企业家大多名下有自己的马匹。每年在12月举行的香港国际赛事吸引平地赛马一流国家参战。生于福建省泉州市的黄至刚1954年移居香港,其后在美国和台湾的著名汽车企业从事工作。在1996年获聘担任香港赛马会行政总裁,在其任职前,黄志刚自称对赛马一无所知。但在其任职之后,采取了不同于以往的经营手法,将收入的97%回馈社会,剩余3%用作自身的管理及更新设备费用,在其励精图治之下,终于

---

① 柯达群:《港人访问录(续集)》,香港:罗兰出版公司,1997年,第18页。

使香港赛马会成为公益、慈善、娱乐之非营利性机构,并且创办了香港体育学院,资助兴建香港科技大学,捐助慈善机构,支援各种福利建设、基层公共建设等。①

三、回归前后的香港闽商经济

"九七"香港回归标示着中国恢复对香港行使主权,香港和内地终于成为一体。不过从经济上来讲,在20世纪80—90年代,香港经济与内地经济就开始逐渐交流,在香港回归前后,香港和内地经济已经密不可分,尤其体现在香港的实体经济上。由于受到劳工短缺、生产成本上涨的影响,20世纪80年代,香港经济在取得高速增长的同时,经济结构发生了显著的变化。香港传统的四大经济支柱——制造业、对外贸易、金融业、旅游业中,制造业的发展势头逐年减弱,服务产业产值比重上升,到回归后香港特区政府开始推动"新经济"政策时,服务产业比重已达85.12%,包括制造业在内的第二产业比重仅为14.17%,余下的0.11%是微不足道的第一产业,香港成为以服务业为主的经济体系。在这个过程中,以制造业为主要的劳动密集型产业在改革开放的大潮中不断向内地转移,最早的闽商企业就开始在"珠三角"的各个地区投资建厂,大力发展"前店后厂"模式,在其后,产业扩张的热潮涌向其他各省、福建、上海、广西等省、自治区均为港资闽商投资的热点地区,甚至远至东北各省、新疆、内蒙古等地,都有闽商投资的身影。虽然香港本土的制造业下滑,金融业和服务业上升,但是在闽商企业中体现出如下特点:香港本土开始作为设计、服务中心,而制造中心转移到内地的各省份中。

在制造业转移的过程中,不少闽商企业最早在香港设厂经营,从一个个小厂成长为知名的大型企业。但是随着经营成本的不断增加,以及大陆改革开放政策的吸引,闽商企业开始在"珠三角"地区设立工厂,但仍然没有放弃香港的老厂,在新的工厂取得了一定效果之后,便在内地其他地区增设工厂,并且逐步将香港的老厂裁撤,只保留设计和服务部门。人称"录像带大王"的闽商卢文端便是这样,他创立的荣利集团是香港最主要的录影带生产商之一,早期的录音录影带工厂在柴湾,1982年搬迁到鲗鱼涌。1984年即开始在东莞建厂投资,是较早在内地投资的香港闽商企业家。而其在香港鲗鱼涌的工厂仍维持了六七年才停产,停产后留下40多人处理接单、运输和财务等业务,后来又逐渐减少至二十几人。与之相对应的是东莞的工厂在不断扩大。其后,卢文端又在福建投资设厂。② 鲗鱼涌华南路一带当年形成的工业区,99%的工厂后来搬进内地,闽商企业逐步地将自己的制造工厂转移到了内地,其"推力"是香港工业成本不断上升,生产的竞争力直线下降,没有办法维持较好的利润,阻碍了企业发展;"拉力"是内地推行改革开放政策,不断有对香港企业在内地设厂的优惠政策,以及内地有较为廉价的劳动力等设厂成本优势。在推拉之间,大量的闽商企业从香港走向了内地。

---

① 吴晓燕:《香港赛马会行政总裁黄至刚》,《经营者》2005年第2期。
② 金效琦:《精勤创业、爱乡报国——记香港著名企业家和社团领袖卢文端先生》,《统一论坛》1996年第1期。

在产业转移地区的选择上,香港闽商并非只钟情于在地缘上接近的"珠三角"地区,更多闽商将目光投向自己的根——福建。大批闽商在福建投资创办各类工厂,支援家乡建设。在投资家乡的过程中,这些闽商的企业也得到了巨大的发展,香港企业和内地经济实现了互相促进,共同发展。香港侨红集团总裁、福建政协委员许奇锋就是中一员。侨红集团于20世纪90年代中期北移到家乡福建莆田市,市场则遍及日、美、加及欧洲等地,香港总部只保留行政策划、调度、贸易功能。侨红以生产塑料装饰品和玩具起家,现在是涉足化工、皮革、纺织、房地产等领域的跨国公司。20世纪90年代中期其业务的迅速发展,正是得益于产业转移到家乡的机会。施建新16岁就赴香港当表面厂学徒,1985年和朋友在港合办一家小型表面厂,开始了创业历程。1986年他到家乡石狮开办合资的建新表业有限公司,建起工业大厦。随后又在内地开办数家钟表工厂,资产逾亿元人民币。1993年,与国家科委在北京成立高新技术开发公司。① 除了这些在香港创业,后又将产业转移到内地的企业之外,一些闽商企业则是从创业之初就开始和内地发生密切关系,最终依托内地的广阔舞台,实现自己的人生价值。香港宝佳集团董事长陈进强早在1984年,就抓住中国要卖锰石的机会,成为外商代理,开始进入冶金行业。20世纪80年代末,他开始从事来料加工贸易,努力为中国的锰铁合金产品打开海外市场。进入了20世纪90年代,他选择了在内地参股大型冶金企业,在随后的1992年4月宝佳集团在香港交易所挂牌上市,市值4亿港元。其中,中国的首都钢铁厂成了宝佳最大的股东,1993年年初,陈进强将宝佳卖给首钢,作为首钢走向世界的桥头堡。② 更有一些闽商,利用自己的投资,回乡寻求发展。1992年,祖籍福建莆田的林平基利用自己的几十万元资本起家,在莆田创办了莆田德基电子有限公司,生产计算器。由于他设计的产品款式新颖,质量可靠,投放市场深受客户青睐,订单不断,企业获得了良好的发展机遇,蒸蒸日上。如今,德基公司已是成为世界上中、低档计算器的主要生产厂家。香港和内地之间的经济来往,在闽商的投资创业中逐渐密不可分。

20世纪80年代以来的香港经济发展过程中,闽商开始逐步从餐饮、制造等行业,转向房地产等行业,并在地产业高速发展的过程中不断壮大。在20世纪60年代末,香港基本完成了由转口贸易港向工业化城市的转变,由于其政治和经济局势较为稳定,吸引了大量移民的涌入。在20世纪70—80年代,香港经济由制造业主导转向第三产业主导,香港已经发展成为世界第三大金融中心,加之大陆改革开放的逐步加深和完善,香港成了中国与世界联系的重要通道。此时香港房地产业呈现出一派全新的景象。诸多闽商也在这段时期进入了地产行业。

闽商杨孙西就是从制衣业向房地产业转型的典型人物。1939年生于福建石狮的杨孙西,于1969年在观塘建起了香港国际针织制衣厂,到20世纪80年代末该厂已经发展成为香港制衣业首屈一指的大型集团——香江国际集团。进入20世纪90年代以后,他

---

① 柯达群:《港人访问录》,香港:罗兰出版公司,1997年,第95页。
② 柯达群:《港人访问录》,香港:罗兰出版公司,1997年,第20页。

开始把投资重点转向大规模的土地开发及房地产项目。1992年,杨孙西联合香港的闽籍财团老板卢文端、许荣茂等在家乡石狮永宁投资开发占地4平方公里的"闽南黄金海岸旅游度假区"。该项目总投资额逾10亿港元,力图打造一座融旅游、园林、建筑、民俗等为一体的新兴商业旅游城。在北京,他也兴建了占地4.5公顷的"北京国际友谊花园"和耗资30亿港币,占地22万平方米的北京科技会展中心。① 而在内地有着广泛投资的地产商人许荣茂也是走过了这样一条路。1950年出生于福建石狮的许荣茂在20世纪70年代赤手空拳去香港闯荡,20世纪80年代中期在香港投资建立纺织厂,开始从事纺织业。此后经营的触角不断深入内地,且逐步走上投资房地产的发展新途径。②

当然,也有一些闽商从一开始就从地产事业入手,数十年如一日,终成大器。黄廷芳、黄志祥父子的信和集团在20世纪70年代即宣告成立,现在已经成为香港主要地产发展商之一,居香港地产前四强,旗下业务都集中在房地产业,包括有发展住宅、写字楼、工业及商场物业,投资酒店、酒店管理和会所管理等。祖籍福建晋江的庄启程创办的维德集团,经营房地产及贸易等业务,完成的建筑有维德广场(现称无限极广场)、蓝湾半岛等。著名建筑实业家闽商何耀光更是较早进入香港地产业,在1938年就创立福利建筑公司。及后成立香港建造商会、学校、医疗所、福利置业有限公司、福利地产有限公司等,并曾经担任香港建造商会主席。③

无论是从其他行业进入地产业的闽商,还是一直在地产行业耕耘的闽商,他们在20世纪80—90年代都做出了相同的选择,那就是扩展自己的从业地区,进入大陆这个巨大的市场,以此作为自己发展的契机。闽商们做出的这个选择也促进了其企业的进一步发展扩大。在大陆实行改革开放之后,地产政策也开始松动,从几个特区开始,各地都逐渐放开土地使用权有偿转让,闽商相继在深圳、厦门等地取得土地使用权,并开发了一批具有较高水准的房地产项目。此后,港资闽商逐渐成为大陆房地产界的重要成员。厦门是国内较早推出土地拍卖使用权拍卖制度的城市,也是闽商们不能忽略的福建重要城市。1988年举办土地拍卖的时候,黄廷芳、黄志祥父子通过香港信和集团,用压倒他人的价码标下厦门推出的5块地皮中的4块,成功投得位于厦门市中心的地块,自此拉开了在大陆房地产开发的序幕,现已在深圳、广州、福州、厦门、漳州、上海、成都及重庆等城市开发多个商业、住宅项目。1982年,施祥鹏是首位进入福建厦门投资改造经营中外合资酒店(鹭江宾馆)的企业家,他也是第一批踏入中国投资房地产开发业务的。1987年,他又率先在福建泉州、石狮组建房地产开发公司,并从当年起,连续在国内投资了10个项目,包括在珠海、宁波、苏州、沈阳、吉林、青岛、葫芦岛等10个地区投资房地产开发。施子清自1985年起,先后在上海、江苏、福建等地投资创办10多个工厂企业经及大型房地产项目,并且开发了全国第一个土地成片开发项目——泉州成州工业区。近来又先后于北京、河北、湖南、江西、福建等地与有关方面合作,投入巨资在桥梁隧道、国道公路等基础

---

① 柯达群:《港人访问录》,香港:罗兰出版公司,1997年,第217~218页。
② 易辛:《许荣茂:30年独特投资路》,《长三角》2008年第10期。
③ 《福莆仙人物志》:新加坡:福莆仙文化出版社,1996年,第186页。

建设工程项目。①

当然在大陆房地产业发展最好的闽商企业之一要数许荣茂的世贸集团了。出生于福建石狮的许荣茂在1993年，国内广泛鼓励改革开放和招商引资的气氛下，以投标方式购得福建武夷山500亩土地，以2亿元资金投资开发旅游度假区，开始了他在大陆的房地产之战。此后的十几年里，由于眼光精准，投资果断，许荣茂投资的房地产事业都是一路高歌。1995年北京的房地产市场正处于极其低落的时期，众多房地产商都显得不知所措，而许荣茂却逆势而动，认为这是个好机会，选择进入并一举以高价拿下当时最为火热的"亚运花园"的开发权，其后他在北京开发的"华澳中心"、紫竹花园、御景园都获得了成功。许荣茂几乎抢占了北京1/3以上的高档住宅市场。在北京大获成功后，他决定转战上海，投资当时面临亏损的上海万象集团，万象更名为"世茂股份"，而后着手开发上海世茂国际广场、世茂滨江花园、世茂湖滨花园、世茂国际广场、世茂余山庄园等项目，上海一役再次"告捷"。②

在20世纪80—90年代，有相当数量的闽商的经营范围从制造、餐饮等行业转向了地产业，在香港的地产界取得了一定的地位。同时，在大陆改革开放政策和香港制造业经济疲软的情况下，大批闽商从"珠三角"、福建着手，进入大陆市场，并在此取得了巨大的成功，许多闽商旗下拥有的产业大部分都在大陆，反而在香港只留下核心的管理部门而已。无论是坚持传统制造业还是新兴的地产业，香港闽商越来越不能离开大陆，闽商和大陆的经济联系越来越紧密。

四、香港经济国际化与闽商机遇

经济国际化，从静态方面讲，是指一个国家或地区与他国经济相联系达到一定程度；从动态方面讲，是指具有一定经济联系的发展过程，它包括市场、生产、资本和技术四个方面的国际化。跨国公司的发展、区域经济集团化和一体化是当今经济国际化的主要体现和发展趋势。经济国际化是一个国家或地区经济发展的重要条件和手段，它不仅是一种"引进来"，给一个国家或地区带来市场、资金、技术和管理经验等，而且也是一种"走出去"，使一个国家或地区的经济参与国际竞争。③ 就香港而言，进入20世纪末以来，经济全球化、信息化以及周边国家地区和内地经济的发展，使香港面临的国际竞争压力越来越大。回归后，香港经济国际化的进一步发展，已经不仅仅是本地区的问题，还影响到中国的经济国际化的发展。香港作为一个独立经济体，不仅要保持和巩固自身在国际经济中的地位，还肩负着促进中国经济与国际接轨的重任。为适应全球化的发展，香港特区政府把香港定位为"亚洲国际都会"，这是符合香港和国家利益的。

在这一轮全球化浪潮中，香港能够迎头赶上，主要还是得益于多年来在市场、资本、

---

① 《福莆仙人物志》：新加坡：福莆仙文化出版社，1996年，第186页。
② 易辛：《许荣茂：30年独特投资路》，《长三角》2008年第10期。
③ 王子昌：《香港、新加坡经济国际化的比较与启示》，《东南亚研究》1998年第5期。

专业人才等方面累积的优势,这些优势既是香港保持现有国际金融中心地位的重要基石,又是香港进一步融入全球化浪潮中,成为一个更加国际化大都市的有利条件。首先,香港是世界重要的金融、贸易、航运和旅游中心。目前,香港仍是全球主要的金融中心之一,是全球第十二大国际银行中心、成交额第六大的外汇市场、第四大的黄金市场、市值第六大的股市,外汇储备居世界第五位。目前,香港保持着全球第十一大贸易地区的排名。香港作为海陆空运输枢纽继续保持着国际物流中心地位。其次,香港拥有各方面的专业服务人才的优势。香港拥有一大批国际金融、国际贸易专才和高素质的会计师、律师、评估师等专业服务人才队伍,从而保证了香港专业服务的诚信和可靠性。香港专业服务水平的优势在亚洲区内无可比拟。再次,香港拥有自由港等方面的制度优势。香港是全球政府干预最小的最自由的经济体系,已经连续13年被美国传统基金会和《华尔街日报》评为最自由的经济体系。香港与130余个国家、地区互享入境免签证或落地签证待遇。它是全球最开放的自由港,香港金融监管制度严密,但资金进出自由、汇兑自由。最后,香港还拥有无与伦比的区位优势。香港已经从过去的贸易中介地位逐渐转变成为供应链的管理者和统筹协调者,为供应链中高增值的工序部分。香港充当了中国经济现代化和中国经济晋身世界市场的推动者。①

利用香港在金融、市场、人才方面的优势地位,香港逐渐成为亚洲地区首屈一指的国际化经济中心。这一转变既是20世纪末以来香港经济转型的必然结果,也是2003年以来,香港在这一轮经济危机中迎来了复苏繁荣期。2002年下半年随着世界经济的复苏,在贸易增长的带动下香港经济开始了复苏之路,直到中央支持香港特区的CEPA(Closer Economic Partnership Arrangement)系列政策的公布,加快了香港经济复苏的步伐。②在这一轮的经济复苏中,港府致力于提升服务业素质,以提高金融、商贸、航运、旅游和专业服务等的国际竞争力,并且推动产业向多元化方面发展,以利于拓宽香港经济结构的基础。这一切的努力,使香港经济从金融危机的重创中逐步走向复苏,并促使香港经济走向国际化。这主要体现在以下几点:首先,香港制造业兴起至今已经向着制造业地区总部发展,其生产基地已遍布世界上许多国家和地区,其中也包括发达国家。伴随着这一过程的发展,以及在全球化的影响下,企业的发展策略已向全球化转变。香港制造商已从以对外直接投资为纽带的生产扩张策略,转变为世界市场需求拉动的发展策略,紧跟世界潮流的发展趋势,增加研究开发的投入,加大产品开发、市场推广和品牌推广,生产模式也从OEM(Original Equipment Manufacture)逐步向ODM(Original Design Manufacture)和OBM(Original Brand Manufacture)转变。尤为重要的是,香港的制造工厂全面地向内地转移。在过去的30年间,许多港商早期都在"珠三角"设厂,而如今港商在内地的投资正随着产业转移而逐步向中西部更广阔的区域推进,江西、湖南、湖北等地最近密集赴港招商。其次,经济全球化的一个特点是服务业

---

① 郭国灿:《回归十年的香港经济》,成都:四川人民出版社,2007年,第338~341页。
② 郭国灿:《回归十年的香港经济》,成都:四川人民出版社,2007年,第15页。

在全球范围内配置,服务业链条向低成本地区转移。香港对外直接投资的状况也反映了这一动态。近几年来,香港对外投资规模的不断扩大,主要来自服务企业,尤其是投资控股、地产及各项商用服务行业。香港制造业向外转移之后,服务业向境外转移已成为不可扭转的趋势。其中,向内地转移成为其最重要的转移方向,内地和香港的经济越来越密不可分。最后,香港的总部经济日益发展壮大。香港总部经济发展有三个特点:一是海外母公司在港设地区总部和地区办事处不断增加;二是内地企业在香港设立地区总部或办事处日益增多;三是随着全球化策略的实施,香港本地企业的企业模式也逐渐向公司总部演变,按照区域比较优势原则,企业价值链逐步往越来越多的国家和地区延伸。目前香港生产基地主要分布在内地以及其他发展中国家和地区,而服务环节已从发展中国家、地区向发达国家扩展。[①]

会计师事务所安永联合经济学人智库发布全球化指数,结果显示香港的全球化程度连续两年冠绝全球60大主要经济体。安永香港及澳门地区主管合伙人陈瑞娟表示,香港仍然保持全世界全球化程度最高的经济体地位,主要得益于文化整合性、贸易开放程度以及资本流动三方面的优异表现。海外投资者把香港视为进入内地投资的重要门户,而内地企业亦将香港作为进军国际市场的跳板。在这个过程中,闽商具备自己独特的优势,近年来,两地经贸关系到了第三阶段,内地经济已步入一个新的高速发展期。中国作为一个高度全球化、资讯化和市场化的巨大经济体,正在全球发挥着举足轻重的作用。香港作为一个地区性的商贸金融中心,与内地这样庞大经济体的合作,其模式及定位正发生根本变化,由以前的投资者、合作者角色,转为服务者角色。因为中国内地这样一个庞大、高速发展的经济体,在国际化、市场化进程中,需要商贸服务业的支持,以及在拓展国际市场方面的协助,香港作为国际化程度较高的金融贸易中心,可在资金、人才、资讯、市场、物流、法律、会计等方面提供服务,为国家的经济发展做出贡献。而香港经济也可以在为国家经济发展提供服务中,得到自身的发展。香港特区政府和工商界要认清自己未来的定位,在两地经济融合及互动的新进程中,真正做好"服务者"的角色,与内地工商界及民营企业携手合作,把内地和香港经济高度结合,推展上新台阶。

福建与香港地缘相近,人缘相亲,香港居民中福建籍乡亲有120万人,占香港总人口的1/6,香港目前更有百多个闽籍社团;通过高速公路,福州到香港只要12小时,而福宁高速公路的通车,更打通了福建与长三角间的联系,使福建这个位于中国最有活力的"长三角"与"珠三角"的连接点,真正起到串联两大地区的重要作用。

福建与香港的紧密关系,不仅体现在地理人文方面,经济上更是互相牵动,不可分割,主要有以下几个原因:一、两地产业资源互补。香港的服务业、金融业、资讯业比较发达,而福建劳动力资源丰富,在电子、纺织、食品、农副产品加工等制造业方面有较大优势。二、两地的特殊地理条件。香港位于中国经济最具活力的"珠三角",对周边地区起

---

① 陈广汉:《全球化和区域经济一体化中的香港经济》,广州:中山大学出版社,2006年,第156~158页。

着重要的辐射和带动作用,而福建北接"长三角",南邻"珠三角",是"长三角"和"珠三角"的连接点。三、闽港贸易往来密切。改革开放以来,香港在福建的对外贸易中一直占有重要位置。1979—1995年间,香港占福建的对外贸易额高达50%左右。虽然,这个数字近年来一直下降,但两地的经贸往来仍然不可忽视。四、香港是福建外资的主要来源地。从20世纪起,香港资本就一直在福建的外商直接投资中起着举足轻重的作用。进入21世纪,港资不仅在数额上增加,涉及的行业也越来越广。截至2006年年底,福建累计吸引外资逾600亿美元,其中一半来自香港,位居各国及地区之首,涉及行业包括基础建设、制造业、房地产、农业、旅游业等。[①]

正如曾荫权在谈及香港发展方向时表示,香港要汇聚人才,扩大市场,"背靠内地,面向亚洲,辐射全球",谋求长远发展。闽商借着香港产业转移地区的机会,已经逐步将大量制造业转向内地各省区,从最早在地缘上接近的"珠三角"地区,到闽商的家乡福建,都有着大量的投资。大批闽商在福建投资创办各类工厂,支援家乡建设。在投资家乡的过程中,这些闽商的企业也得到了巨大的发展,香港企业和内地经济实现了互相促进,共同发展。在将生产部门转移到内地之后,闽商在香港的产业模式也逐渐向公司总部演变,按照区域比较优势原则,企业价值链逐步向越来越多的国家和地区延伸。维达企业有限公司董事长、香港中华厂商会会长梁钦荣论起香港经济认为:虽然香港生产成本高涨,迫使劳动力密集型的制造业北迁,但并不等于说香港没有能力留住工业。要留住香港工业的唯一出路就是为制造业引进高新技术,生产高附加值产品,使传统劳力密集型工业转为资本密集型工业。[②] 即香港只保持高新技术产品的设计等总部经济的要素,而将企业的生产链向全球发展,尤其是依靠内地作为生产基地,发挥香港的"桥头堡"优势,从而帮助闽商在国际化浪潮中赢得先机。

在近几十年的经济转型浪潮中,闽商始终紧跟香港经济发展的步伐,并在此过程中抓住机遇,不断壮大自身规模,实现产业的优化升级。闽商们凭借着高瞻远瞩的商业眼光、灵活大胆的商业思维,从20世纪50—60年代的加工制造业开始,到20世纪70—80年代转向投资内地,乃至今日在制造业、地产业、金融业、文化业等行业,都持续地发挥着他们的巨大影响力。香港闽商能够顺应时代的发展变化,并且在香港经济发展的过程中引领潮流。近二三十年来,香港对内地的投资总量呈现出明显的上升趋势,投资的区域集中在"珠三角"和"长三角"一带,而福建作为连接两处的最佳核心,又是闽商的家乡,正是未来吸引更多投资的热点地区。香港闽商凭借过去几十年里纵横商海的成功经验,在如今香港国际化和对内地进一步投资的热潮中,必能再次引领潮流,取得更大的发展。

[①] 杨汝万、沈建法、卢一飞:《"十一五"下泛珠三角与香港研究系列》,香港:香港中文大学亚太研究所,第12页。

[②] 柯达群:《港人访问录(续集)》,香港:罗兰出版公司,1997年,第66~67页。

第二节　闽商与当代香港社会政治

闽商作为香港社会的一个重要群体,在香港社会的各个方面都起着重要作用。在香港回归的过程中,众多闽商都利用不同的方式,积极发动、宣传、促进香港回归。他们坚决地同彭定康提出的各项不合理政策做斗争,推动香港有序、繁荣地回归祖国大陆。在此过程中,多位闽商被委任为港事顾问,也有很多闽商获得大紫荆勋章。闽商在香港社会的作用也体现在他们多年来积极参与香港地方政治活动。在回归前,就积极地推动闽籍移民融入香港社会,多位闽商曾经担任过立法局委员。在回归前后,闽商开始致力于组织政党,参加地方选举,积极地参政、议政,在香港公民政治的发展中起到了推动作用。社团作为社会活动的重要舞台,一贯深受闽商重视,尤其在香港慈善事业中。在香港较大规模的慈善组织中,都可以看到闽商的身影,他们既在这些专业慈善社团中推动香港慈善事业发展,又利用闽籍社团,将慈善事业向内地推动,进而成为香港和内地之间慈善事业的纽带。

一、闽商与推动香港回归祖国

香港,包括香港岛、九龙和"新界",自古以来就是中国的领土。19世纪,英国通过与清政府签订的三个不平等条约,先后强行割占和租借了香港。清朝被推翻后,中国历届政府都没有承认英国对香港的永久主权。1972年,我国驻联合国代表向联合国非殖民化特委会重申了中国政府的立场,指出香港和澳门是中国领土的一部分,解决香港和澳门问题完全是属于中国主权范围内的问题,根本不属于通常的所谓"殖民地"范畴。当年的联合国第27届大会通过决议,从殖民地名单中删去香港和澳门两个地区。1982—1984年,中英两国就如何解决香港问题进行了2年共22轮慎重而艰苦的谈判。到了1984年12月19日,两国正式签署了《中英联合声明》。联合声明向全世界宣告:中华人民共和国政府决定于1997年7月1日对香港恢复行使主权,英国政府在这一天将香港交还给中华人民共和国。但是在香港回归的过程中,尤其是过渡时期,英国千方百计地制造各种混乱,设置种种障碍,以破坏香港的平稳过渡。特别是在彭定康担任香港总督后,更是不断地制造各种事端。广大香港人民,包括闽籍移民,都积极支持中央政府,热烈拥护香港回归。

在过渡时期,英国在香港问题上采取了与中国不合作的态度。首先,英国单方面停止了中英联合联络小组会议,接着又相继抛出了"居英权计划"、"人权法案"等方案。尤其是彭定康于1992年担任港督之后,打着"扩大民主"的旗号,有计划有步骤地兜售"政改制方案",企图改变香港现行政治体制,扶植亲英反华分子。"政改制方案"出笼后,遭到香港各界人士的强烈批评,受到中国政府的抵制。1994年9月、1995年3月和8月,彭定康不顾中方的严正警告,先后强行进行了区议会、市政局和立法局三级政治架构的选举。中国政府表明了立场:港英当局单方面通过的彭定康"政改方案",违背了中英双方已达成的协议和谅解,因此,按照这个方案选举产生的三级政制架构只能到1997年6月30日为止。全国人大常委会决定,1997年7月1日将重组香港三级政制架构。①

在此斗争基础上,1993年7月16日第八届人大常委会第二次会议通过了《关于设立全国人大常委会香港特别行政区筹备委员会预备工作委员会的决定》,筹委会预委会于当日正式成立。预委会由内地和香港的各方面人士和专家组成,其职责是在香港特别行政区筹备委员会成立前,为1997年我国对香港恢复行使主权,实现平稳过渡,进行各项有关准备工作。筹委会预委会下设政务专题小组、经济专题小组、法律专题小组、社会及保安专题小组、文化专题小组。1996年该会撤销,正式成立香港特别行政区筹备委员会。下设小组改为推选委员小组、第一任行政长官小组、临时立法会小组、经济小组、法律小组、庆祝活动小组、第一届立法会产生办法小组、秘书处。② 筹委会预委会和筹委会成立之后,广大爱国华侨积极加入,并在任内为香港回归和祖国统一献计献策。其中香江国际集团董事会主席杨孙西就是最为活跃的一员。杨孙西在香港回归前被国务院港澳办公室和新华社香港分社聘为港事顾问,也是筹委会内"第一任行政长官小组"和"经济小组"成员。他活跃于过渡期政治舞台,但他又表示决不从政,他的能力始终在工商界得到尽情发挥。只不过在香港,尤其是在后过渡期,工商界是一个十分重要的界别,应该和社会各个阶层共同关心社会事务。因为港人治港,首先必须爱港。③

在筹委会中积极发挥作用的闽商还有香港大正国际集团总经理黄宜宏、香港中国投资集团有限公司总裁王英伟等。④ 他们是当时香港政坛里坚定的"亲中声音"。所谓"亲中",是在殖民地社会时时处处维护民族与同胞的根本利益。尤其是在香港回归前的后过渡期,面对中英政体谈判破裂,平稳过渡受到威胁的实际情况,更要维护香港整体利益,维护基本法的权威。⑤ 通过中国政府和广大香港华人的共同努力,英国的殖民主义政策受到重挫,确保了香港回归的平稳过渡。香港特别行政区筹委会预委会和筹委会面对重重的障碍及港英当局的不配合,顶住压力,通过各种形式与香港各阶层、各界人士广泛接触,不仅深入了解到广大港人的想法和意见,而且通过交流,澄清了一些问题,进一步宣传了中央政府有关香港的方针、政策,推广介绍基本法,从而使更多的港人自觉投身到香港平稳过渡的工作中来。且针对政务、经济、法律、社会及保安司各小组,就香港各项事务如何与基本法相衔接展开了大量的专题调查、分析和研究,对如何保证香港平稳过渡和特区筹组中的许多重大问题进行了认真、细致的探讨和研究,取得了大量的

---

① 《走向97:香港回归的历程》,《记者观察》1996年第10期,第45页。
② 《全国人大常务委员会公报》1997年第2期,第302~310页。
③ 柯达群:《港人访问录》,香港:罗兰出版公司,1997年,第217~218页。
④ 中国新闻社厦门支社编:《厦门市荣誉市民风采》,香港:闽南人出版有限公司,1998年,第23页。
⑤ 柯达群:《港人访问录(续集)》,香港:罗兰出版公司,1997年,第131页。

成果。①

　　港英政府还在1989年抛出了跨越"九七"耗资巨大的香港"机场及港口发展策略",即动用1270亿港币,到2006年建设一个现代化的香港国际机场和港口。英方在香港过渡期的最后几年里执意修建这么大的工程,其目的在于:在政治上,想在撤离香港之前留下一座"纪念碑";在经济上,要花光香港历年来的财政积蓄,给在港的英资企业临走前大捞一把,并给未来的特区政府留下一大堆债务。中方对此表示不同意,但为了香港人民福祉考虑,前后数次和港英政府谈判,最终在1995年6月30日达成了协议,香港新机场问题终于得到解决。② 闽商黄保欣在当时认为该机场是应该要建的,并因此到北京跟国家有关部门沟通,建议让英国人来建设,因为建好以后,对香港有利,而且是英国人无法带走的。黄保欣在其后的中英之间的联络和磋商中起到了重要作用。1991年,中英就机场建设达成协议后,联合成立了新机场及有关工程咨询委员会,黄保欣获任为委员会主席,负责监督工程计划实施。1995年,黄保欣又被委任为机场管理局首任主席。

　　除了积极参与中央政府组织的涉及香港回归事务的委员会之外,闽商还发挥自己了解香港社会的长处,积极组织各种民间组织来推动香港回归,关心香港回归祖国的前途问题。其中较有影响的是以工商界、专业界为主要成员,成立的香港协进联盟这一政治团体。该团体的成员多是工商界、专业界人士,年龄在30~50岁之间,许多人是工商社团或专业界团体的负责人,十分热心商会工作,关心香港回归祖国的前途问题。著名闽商杨孙西积极参与发起组建该团体,并且就任香港协进联盟监委会的主席。香港联侨企业有限公司董事长黄保欣则在1990年与友人成立了"一国两制"经济研究中心,该中心为一独立的学术机构,不隶属于任何政府,也非政治团体,纯粹从事经济研究,旨在就香港后过渡期的社会情况和"九七"之后的展望从事调研工作,成了中国政府听取港人意见的一个重要渠道。③

　　在自行成立各种组织来推动香港回归的同时,闽商固有的乡缘组织——香港闽籍社团的功劳也不可抹杀。各个社团的主要成员都积极参与各项推动香港回归的事务,并利用社团资源推动香港回归。同时,在促进回归的过程中带动闽籍华人的凝聚和社会参与。如曾任国务院港澳办公室和新华社香港分社聘任的香港事务顾问的洪清源就认为:"福建社团一向旗帜鲜明,爱港爱国,可以在过渡期的社会事务中发挥更大的作用。我希望可以利用自己的社团工作经验,把福建同乡会的工作融入社会事务之中。"其在香港回归期间,把商务全部交给太太处理,把全部精力投入社会事务之中。为了能从商务中脱身投入社会活动,1993年其买下大厦内的另一层楼,专门用于处理同乡会和其他社会事务的办公室,始终强调,福建同乡会的主要任务之一,就是在后过渡期为香港的平稳过渡做出贡献。④ 香港晋江同乡会会长卢温胜认为"晋江同乡会正准备成立社会事务部,在

---

① 刑凤炳:《香港名人录》,香港:香港文教出版企业有限公司,1997年,第30~32页。
② 《走向1997:香港回归的历程》,《记者观察》1996年第10期,第45页。
③ 柯达群:《港人访问录(续集)》,香港:罗兰出版公司,1997年,第198页。
④ 柯达群:《港人访问录(续集)》,香港:罗兰出版公司,1997年,第47~48页。

后过渡期扮演积极角色,为维持平稳过渡和繁荣安定竭尽港人责任。社团工作在特定历史时期应该更上一层楼,积极关注后过渡期社会事务,晋江同乡会的工作中心已经转到这个方面"。①

二、闽商与香港地方选举及公民政治

在沦为英国殖民地之后,香港的政治生活就直接受到英国政府管制。英国政府在行政、立法、司法、防务、外交等方面握有最终决定权。香港总督由英国女王直接任命。他既是英王在港全权代表、港英政府首长、驻港英军总司令,又是港英政府的两个高级咨询机构——行政局和立法局的当然主席,统揽行政大权并握有实质上的立法权。第二次世界大战后,英国人出于在香港维持殖民统治的目的,改变了过去的做法,开始积极地将华人精英纳入香港政治架构中以减弱华人的抵抗意志,扩大英国人的统治基础。但是这些做法并没有从根本上改变英国人掌控政治权力的局面。因此,长期以来香港华人在香港政治生活中只是受英国人指挥的配角。由于这一时期,华人的政治作用主要体现在两个极为重要的咨询机构——行政局、立法局中。但是行政局、立法局均属于港督的咨询机构,港督及英国政府握有最后决定权。所有在行政局讨论的事项,均由总督做最后决定,总督有权颁布法令,同意或否决立法局通过的法律或议案。

在华人长期没有足够政治权利的情况下,华人社会普遍对于参政、议政没有兴趣,这种情况在闽籍移民的群体中表现得更为突出。据1971年5月在观塘(该地区是闽籍移民较为集中的地区之一)进行的一次调查显示,82%的被调查者认为他们对于不公平的政府法令无能为力。在1976年12月到1977年3月另一次对港九市区的抽样调查中,91.1%的人觉得自己无力改变香港社会,97.6%的人认为自己对政府政策的形成毫无影响,而88.5%的人声称自己从未同政府官员和社会领袖讨论过任何公共事务。② 尽管为数不多,但是港英当局通过金耀基所说的"行政吸纳政治"的方式,把传统的华人领袖纳入政府体系中,充当官民联系的中介。③ 因此,一些工商界较有贡献的人士即受港英政府委任从而发挥参政作用。如曾出任多家大型国际企业的董事会主席的郑明训在1987年成为香港美国商会首位华人会长,1988年即被香港政府委任为立法局议员。

由于香港回归祖国后将在"一国两制"基础上实行高度自治,这一前景是促使香港华人努力实现向主导性政治角色过渡的最大推动力。英国人逐步开始让华人担当更大、更积极的政治作用。在过去,港英当局虽然不断重申起用更多的本地公务员,却"只打雷不下雨"。在中英协议之前,这仅是一种姿态,以此显示港府很重视起用华人。此后,香港华人在主要政治机构中的作用持续上升。香港回归之后,香港政治的中心体现在华人中

---

① 柯达群:《港人访问录》,香港:罗兰出版公司,1997年,第59页。
② 埃姆伯罗斯·金、兰斯·李主编:《香港的社会生活与发展》,香港:香港中文大学出版社,1984年,第207~208页。
③ 徐克恩:《香港:独特的政制架构》,北京:中国人民大学出版社,1994年,第6~7页。

间,虽然基本法没有排斥外国人在香港的政治体制中发挥作用,但是他们的比例被降至较低水平。香港政治团体的纷纷涌现和活跃就表明了这一趋向。此后,香港成立了众多以参加选举为目的的政治团体,同以往的社会团体不同的是,他们主要关心的不是经济,而是政治。① 1992年7月10日成立的民主建港联盟就是这样一个政党。它在成立时以左派分子为骨干,在香港政坛十分活跃。而1994年成立的香港协进联盟则更具工商界色彩。该团体是一个以拥护基本法、维持香港繁荣稳定为主旨的政党。其成员多是工商界、专业界人士,年龄在30～50之间,许多人是工商社团或专业界团体的负责人,十分热心商会工作。2005年2月,民主建港联盟和香港协进联盟合并,改名为民主建港协进联盟。这是香港华人积极参政的产物,它是香港最大的政治组织,也香港立法会第一大政党。在这一政党的发展过程中,闽商在其中也起到了不小的作用。在港进联组建的时候,就得到了广大闽商的支持。著名闽商杨孙西就积极参与发起组建该团体,并且就任香港协进联盟监委会的主席。② 而香港荣利集团主席卢文端也是香港协进联盟发起人之一,并且就任香港协进联盟监委会的副主席。③ 在这一政党中更为活跃的闽商代表当属香港东伟集团总经理蔡素玉。蔡素玉过去一直都是港进联成员,但为了协助民建联赢得立法会议席而借调,并成功当选。她在后过渡期时把关注点放在商界和知识分子阶层中,尤其是港大同学会的那班同学,了解他们的心态,反映他们的意见。谈起从商从政,何者是她的最终目标时,她认为"我是一位活跃的社会活动人士,我希望成为一个更具影响力的社会活动家"④。

闽商不但积极参加政党,并有所作为,在传统优势的工商业界更是发挥自己能力,在各个方面都对香港的政治参与做出贡献。香港荣利集团主席卢文端于1971年出任主席的香港东区工业联会,是港府政务总署于1985年协助成立的区内组织。他主政后将其扩大为包括全港岛工商界的独立组织。⑤ 香港中国投资集团有限公司总裁王英伟,也以热心地方公事而著称,他担任过香港工商专业联会副主席、中国海外联谊会理事、沪港经济发展协会理事、闽港经济合作促进委员会委员等多项社会职务。⑥ 而在工商界以关心政治事务而著称的则是香港联侨企业有限公司董事长黄保欣,他曾经任"一国两制"经济研究中心副主席、香港机场管理局主席、香港事务顾问、香港特别行政区筹委会委员。20世纪80年代中期,其参加了香港基本法起草委员会工作,被费彝民称为"香港工商界的学者"。其1979年出任香港立法局议员;1985年成为基本法起草委员会委员,担任经济小组港方召集人;1993年成为特区筹委会预委会委员;1996年1月再获全国人大任命为

---

① 孟庆顺:《九七香港回归与华人政治角色的转变》,《世界历史》1996年第3期。
② 柯达群:《港人访问录》,香港:罗兰出版公司,1997年,第217～218页。
③ 柯达群:《港人访问录》,香港:罗兰出版公司,1997年,第49页。
④ 柯达群:《港人访问录》,香港:罗兰出版公司,1997年,第91～92页。
⑤ 柯达群:《港人访问录》,香港:罗兰出版公司,1997年,第49页。
⑥ 中国新闻社厦门支社编:《厦门市荣誉市民风采》,香港:闽南人出版有限公司,1998年,第23页。

特区筹委会委员;1997年担任香港廉政公署贪污咨询委员会委员,参与反贪污宣传活动。① 除了以工商业界身份热心政治的众多闽商之外,也有一些闽商循着工商业界人士转入政坛,永固纸业有限公司主席黄宜弘即是如此。自从1991年立法局选举开始,到2008年立法会选举,黄宜弘以中华总商会副会长身份从政,即受香港中华总商会的推举而进入立法会。其人生经历,从工程专家到经商到议员。②

闽籍社团在香港福建人的生活中占据重要地位。闽籍社团的起源正在于香港开埠之后,福建人与内地其他地方的人们一样大量涌入香港,他们既无本国政府做后盾,又受到英国殖民当局的歧视与欺压。他们只好利用传统的社会组织形式,结成血缘性的宗亲会、地缘性的同乡会或业缘性的同业公会、行会等,承担起保护自我和加强联谊的社会职能。这样的社会职能之下,参与当地的政治活动就变成尤为重要的一项工作。许多闽商在参与香港地方选举的时候,都是通过闽籍社团,加强对于地方社会的服务,从而能够一举成功,在地方社会中更好地服务市民。他们以闽籍社团为中介,从服务地方社会到选举成功,进而更好地服务地方社会。闽籍社群对于政治和选举的参与热情,正是在这些闽商的不断努力下,渐渐提高,进而更好地融入香港社会当中。

原籍福建省长乐市的陈金霖,1958年随父母来港。后毕业于荃湾官立中学。1972年在香港中文大学工商管理系毕业。后与朋友合伙做玩具生意,1975年独资创办香港志乐实业有限公司。20多年来陈金霖先生在从事商业之余,热心服务社区,积极参与多个社区委员会的工作。1991年获委任为荃湾区议员;1994年起自动当选荃湾区民选议员,同时担任旅港福建商会协调主任、香港协进联盟中央委员、荃湾工商联合会永远会长、荃湾社群协会会长等十几个香港社团的职务。③ 曾任港事顾问的洪清源更是直接认识到发动福建社群,推动他们参与政治活动的重要性。他认为当时东区的闽籍乡亲大部分社会参与热情不高,热衷商业活动而患政治冷感症。香港岛东区人口60多万,闽籍人士占了近半。这个区,是全港"福建帮"势力最强大的地区,想在区内参选的人士,最主要的工作之一,就是争取福建社团的支持。洪清源认为"福建社团一向旗帜鲜明,爱港爱国,可以在过渡期的社会事务中发挥更大的作用。希望可以利用自己的社团工作经验,把福建同乡会的工作融入社会事务之中"④。

三、闽商与香港社会慈善活动

在香港,慈善不仅是一项公益活动,更是一项薪火相传的事业。捐赠助人理念深入人心,政府、市场以及数以千计的慈善组织和团体,都尽心竭力扶危济困,长期而悠久的慈善文化历史已经融入社会各个阶层,成为社会生活不可缺少的部分,甚至已成为主流

---

① 柯达群:《港人访问录(续集)》,香港:罗兰出版公司,1997年,第198页。
② 潘少权编:《香港精英录》,香港:香港商报出版社,1995年,第123页。
③ 《福州十邑旅港同乡会成立六十五周年纪念特刊》,第11页。
④ 柯达群:《港人访问录(续集)》,香港:罗兰出版公司,1997年,第47~48页。

的社会核心价值。香港"小政府、大社会"的社会管理模式,为慈善事业发展创造了发展空间。香港政府的管理机构极为精简,大量的社会事务是由非政府组织来共同参与完成的。政府把那些可以让非政府组织来承担的社会服务性工作,交给包括慈善组织在内的非政府组织来承担。在香港,将近有90%的社会福利服务,是由非政府机构承包的。这些服务涉及市民生活的每一层面,对象从老年、中年、青年至孩童,从妇女、残障到复康人士,极其广泛。香港闽商在社会慈善事业中发挥了积极作用,大量闽商都参与各项慈善事业。从捐款捐物到亲身参与,亲自组织兴办的慈善事业都深入人心,除了展现闽商热心社会慈善事务,还真正让慈善变成一种社会教化的资源和世道改善的力量。

香港的慈善团体有着悠久的发展历史,历史最长团体迄今已近一个半世纪。本土的民间组织既有符合当地情况的丰富经验,又将西方理论和管理模式进行"过滤"并移植过来,恰到好处地形成香港特色。如今,慈善机构已成为维护香港地方稳定,为香港市民扶危解困的重要社会力量之一。许多慈善组织的发展过程中,都能看到闽商的身影,他们慷慨大方的捐赠,以及对慈善工作积极主动、持之以恒的热情,都推动着香港慈善事务的健康、快速发展。

东华三院是香港历史最悠久、规模最大的慈善机构,一直致力于为香港市民提供广泛并且多元化的慈善服务,目前主要的服务包括医疗服务、教育服务及社区服务。据不完全统计,东华三院在香港至少设有共194家服务中心、5家医院,以及53所学校。东华三院每年举办多项筹款活动,并设有全年捐款热线。其中每年12月与电视广播有限公司合办的"欢乐满东华"是最重要的筹款活动,该节目创办于1974年,被吉尼斯世界纪录列为全球最长寿的电视慈善筹款节目。如香港恒通资源集团执行董事施荣怀就曾担任过香港东华三院总理,其热衷东华三院工作的原因中有一点就是闽南子弟朴素的感恩之情。1961年父母创业的艰难日子里,施荣怀诞生在东华三院的产房。① 人称"塞班王"的陈守仁先生在担任东华三院的总理期间,向东华三院捐资100万港币。他积极促成东华三院管理层和泉州市领导的互访,将东华三院运作模式和经验介绍给家乡泉州,促进了家乡慈善事业发展。②

在1878年11月8日,东莞县侨商卢赓扬、冯普熙、施笙阶、谢达盛等联名上书当时的港督轩尼诗爵士,请准设立保良公局,以保赤安良为宗旨,筹集资金,缉拿拐匪。保良局的"保良"二字,为"保赤安良"的意思。初期的工作为防止诱拐,保护无依妇孺,并协助华民政务司调解家庭与婚姻纠纷。随着香港社会的转变,现已成为一个庞大的社会服务机构,提供优质多元的服务。保良局目前共办有超过200个服务单位,遍布香港、九龙、新界。现今设立的服务机构以医疗机构、幼儿和长者服务机构、教育机构为主。闽商在其发展过程中也积极参与和提供帮助。如曾星如于1984年60寿辰时,捐一笔资金给香

---

① 柯达群:《港人访问录》,香港:罗兰出版公司,1997年,第108~109页。
② 陈守仁:《共为慈善谱新篇:在两会成立五周年庆典暨"爱心满泉州慈善晚会"上的致辞》,《慈深善笃:香港泉州慈善促进总会成立五周年纪念特刊》,第38页。

港保良局举办慈善事业,荣获委任保良局甲子年总理之职。① 施建新,香港建新控股集团总裁,石狮旅港同乡会副理事长,香港保良局总理;内地方面的头衔是福建省政协委员,石狮市青年联合会副主席。积极参与社会活动。先是投身同乡会工作,继而热心于整体的社会福利事业,参与保良局慈善活动,先后为公益事业捐资百万港元,其对保良局的工作投入了巨大的热情。② 1985年创立厦门联侨企业有限公司的黄保欣、吴丽英伉俪也亲身参与,助力保良局的发展。吴丽英1972年担任香港保良局总理,建树颇多,深得同僚敬仰。为了筹集慈善资金,她多次积极带头捐款,并在电台号召市民关心公益事业,呼吁市民共同捐款。③ 成为保良局的总理,是一种只有付出而没有回报的义务工作,需要投入金钱和精力。但可以借此更加了解香港社会,融入香港社会,为香港市民贡献自己的力量。

博爱医院是香港的一间公立医院,位于元朗区的凹头。博爱医院除了提供医疗服务外,其董事局是一个慈善机构,经常举办慈善筹款活动,帮助弱势社群。此外,它的董事局和历届总理联谊会都有开办中、小学和幼稚园。王东昇就任香港博爱医院董事局副主席后,在社会服务方面花了很多时间和心血。他认为当时港府对社会福利方面的投资还远远不够,有许多服务是依靠博爱医院、东华三院、保良局、仁济医院四大慈善团体提供的。这四个团体以及其他志愿服务团体,每年可以为港府节省很大数目的社会服务开支。王东升积极促进安老院的建设,认为香港已经进入老年化高峰期,安老院缺口很大,私人安老院即便是收费高,也得排队轮候,积极促成安老院的落成可以稍微缓解这一问题。④

除却这些传统意义上的慈善组织以外,香港赛马会的慈善运作则是令人耳目一新的慈善组织方式。香港赛马会由香港政府批准,专营香港的赛马、六合彩及海外体育赛事博彩。香港赛马会在1884年成立,初期的赛马活动为业余性质。1971年以后,香港赛马转为职业活动。马会收益扣除营运开支后所得盈余,交由属下的香港赛马会慈善信托基金管理,主要用作体育、文娱、教育、社会服务、医疗方面用途。马会每年的慈善捐款总额达10亿元以上,是香港最大的慈善资助机构之一。香港赛马会成功地将赛马运动与慈善事业共冶一炉。马会由董事局掌握,在行政总裁领导下的管理委员会负责执行日常管理工作。生于福建省泉州市的黄至刚1954年移居香港,其后在美国和台湾的著名汽车企业从事工作。在1996年获聘担任香港赛马会行政总裁,在任职前,黄志刚自称对赛马一无所知。但在其任职之后,采取了不同于以往的经营方式,将收入的97%回馈社会,剩余3%用作自身的管理及更新设备费用。在其励精图治之下,终于使香港赛马会

---

① 李鸿阶等主编:《闽籍著名华人风采录(安溪卷)》,福州:福建人民出版社,1997年,第109页。

② 柯达群:《港人访问录》,香港:罗兰出版公司,1997年,第67页。

③ 中国新闻社厦门支社编:《厦门市荣誉市民风采》,香港:闽南人出版有限公司,1998年,第83页。

④ 柯达群:《港人访问录》,香港:罗兰出版公司,1997年,第84~85页。

成为公益、慈善、娱乐之非营利性机构,并且创办了香港体育学院,资助兴建香港科技大学,捐助慈善机构,支援各种福利建设、基层公共建设等。①

香港闽商除了在本港热心于慈善事业以外,也将自己的爱心散播到祖国大陆。近年来,随着闽商和内地之间的联系越来越密切,闽商给予内地慈善事业的捐赠也非常可观。其中,尤以香港福建希望工程基金会较为典型。该会是由施展望、许奇锋、施建新、肖寒、邱祥坤、郭国耀、陈进强等一批香港闽籍中青年企业家共同发起,于1994年组成。他们对筹到的每一分钱,都精打细算,尽量用到刀刃上——援建的希望工程项目。共同的爱心和责任感,令香港福建希望工程基金会在港埠社会越来越焕发出其巨大的影响力。近20年来,基金会一直以联系团结香港各界人士,关心支持闽省和中国内陆省区发展教育,期望为国家和福建家乡培养人才,造福国家,造福乡梓。从成立至今,基金会已筹得善款港币1.62亿元,在全国23个省、市、自治区援建希望学校435所,其中福建208所(捐资9000多万元),基金会还在闽及其对口帮扶省区资助贫困大、中、小学生16500名,资助金额达1000万元,捐资各类教育基金数百万元。②

闽商多年来在香港慈善领域的努力和付出,既是闽商慈善互助精神的真实写照,又是闽商积极融入香港社会的表现。在香港社会,慈善组织和慈善行为,是社会普遍参与并且可以得到好评的活动。在参与过程中,不但可以展示出自己的才干和善心,而且可以与其他族群、其他阶层有更多往来,能够更好在香港社会中凸显出闽商群体。

香港闽商作为闽籍移民的代表,在一个多世纪香港的发展过程中,从一个外来者的角色逐步向当地人的角色转变,作为香港第二大的外来族群,闽籍移民更加关心香港社会中的各项社会事务,从新移民渐渐融入了香港社会。在这一过程中,重要的特点就是闽商在香港社会生活中愈加活跃,能够在香港基层选举和公民政治中发出自己的声音。在香港回归的伟大历史进程中,发挥在中英之间的优势,帮助为香港的顺利回归奠定基础。同时,又能热心社会公共事务,参加香港社会的慈善事业,在政府难以触及的地方努力为香港市民服务,进而将自己的大爱延伸到内地乡亲。这些都表现出了闽商群体对香港社会高度参与及举足轻重的影响力,这是百年来香港闽商不断奋斗和进取的结果。

第三节 闽商与香港的中华文化传承

香港是一个移民社会,主体是内地以及东南亚各国移民。香港文化表现为既具有中国文化的底色,又是多元文明的混合产物。在香港社会中,文化的交流和碰撞使得中华文化逐渐淡化自己的特色,而且香港长期在英国殖民统治之下,英国殖民者的文化入侵使得中华文化的保存和传承更为不易。闽商作为香港社会中的一个重要群体,一向注重

---

① 吴晓燕:《香港赛马会行政总裁黄至刚》,《经营者》2005年第2期。
② 林劲:《以善为本——香港福建希望工程基金会捐资逾亿》,《政协天地》2011年第8期。

中华传统文化的学习、实践和传承。香港闽商组织的社团、学校等机构也在实践着这一传统。在传统的综合性同乡会中,中华传统文化既体现在爱国、爱港、爱乡的具体行为上,也体现在同乡会维系乡亲所兴办的各类活动中。为了更好地将中华文化发扬光大,香港闽商组织了专门的文化社团,既加强了同乡联谊,又有利于文化的传承和发展。闽商一贯重视教育,对于培养下一代不遗余力。于是设立了专门的香港福建中学,一方面能够给予闽籍移民子弟较好的培养环境,另一方面积极开办新移民课程,尽力帮助新移民适应香港社会。闽商作为香港福建移民社会的中坚分子,对于闽籍社群中的中华文化传承有着强大的推动力量。

一、香港福建同乡会的爱国爱港爱乡情怀

香港福建同乡会在抗战的炮火声中成立,具有60余年的悠久历史。它的会员众多,涵盖福建各地来港同胞,是个规模较大的社团组织。该会原名"福建旅港同乡会",于1986年改名为"香港福建同乡会"并注册为有限公司。该会一贯坚持和发扬爱国爱港爱乡的光荣传统,秉承"联络乡谊,共谋福利,为旅港乡亲服务"的宗旨,积极开展各种内容丰富、多姿多彩的文化活动,团结乡亲,增进乡谊,为会员争取更多的福利和权益。从其诞生的一刻开始,就与国家和民族的命运紧紧联系在一起。无论是抗战救国,还是迎接新中国的诞生;无论是改革开放,还是见证香港回归祖国,香港福建同乡会都扮演了其应有的角色,并做出了不懈的努力。① 该会经历了四个时期:一、由抗战到新中国成立的头10年,二、由新中国成立到改革开放的30年,三、由改革开放到香港回归的18年,四、由香港回归到现今。这四个时期历史背景不同,该会所起的作用亦不尽相同,然而该会"联络乡谊,团结乡亲,服务乡亲,服务社会"的宗旨和爱国爱港爱乡的精神,却始终如一。该会在抗战中积极参加支援前线、安置难民等与抗战紧密相关的活动,新中国成立后,则坚决拥护新中国。在"九七"香港回归祖国前后,该会积极参与基本法草委、咨委、香港特别行政区预委、筹委、推委及港事顾问等各项工作,为实现香港稳定繁荣、平稳过渡做出较大贡献。自内地改革开放以来,该会大力发动广大乡亲到家乡及全国各地投资、兴办各项公益事业,卓有成效,为家乡和国家的建设事业贡献良多。该会的发展可用十六个字来概括:起于抗战,成于建国,兴于开放,盛于回归。②

福建同乡会自建立开始,就是建立在爱国之情和为国出力的目的上的。自香港开埠以来,就不断有闽人来此谋生。其中,大多是经营家乡土特产品者,集中于上环文咸东、西街和永乐东、西街一带。直到抗战前夕,估计在香港的福建同乡已有10万人以上。1939年7月,抗日战争爆发后,金门、厦门、福州、长乐、连江、福建相继沦陷,大批难民涌入香港。由于语言不通,谋职不易,许多乡亲颠沛流离,求助无门。在胡文虎、郑玉书、庄

---

① 柯达群:《港人访问录(续集)》,香港:罗兰出版公司,1997年,第49页。
② 《乡谊·香港福建同乡会成立六十周年特刊》,1996年11月,第121页。

成宗等著名闽商的带领下,首先借用香港胜斯酒店召开座谈会,倡议组织福建旅港同乡会,以"联络乡谊,共谋福利,为旅港乡亲服务"为宗旨,号召福建乡亲积极参加,得到热烈的响应。于当年2月25日,召开福建旅港同乡会成立大会,通过章程,选举胡文虎为首届主席,郑玉书为副主席。当时中华民族正处在日寇威胁之下,创会宗旨是团结旅港乡亲,支援内地抗日救亡活动。不仅筹募款项、支援前线抗敌、赈济战区难民、安置流落本港乡亲、组织爱国义士前线抗敌,而且还主动为定居本港乡亲谋求福利等,面对这些工作,同乡会都群策群力。虽然福建旅港同乡会是以联络乡谊为宗旨之社团,但实际上却是在国难当前,抗战炮火纷飞之际,首先为拯救受难乡亲而组织起来的团体。福建旅港同乡会的成立,体现了高昂的民族正气,发扬了高度的爱国主义精神。该会成立伊始即与旅港福建商会一道,参加爱国华侨领袖陈嘉庚领导的东南亚华侨抗日大联盟,曾经受到陈嘉庚的关怀与鼓励。[①] 新中国成立之际,在庄成宗、黄长水等诸位的发动与努力之下,香港福建同乡会坚决拥护新中国,毅然领先在会所升起五星红旗。

　　1993—1997年的4年间,香港社会正处于中英矛盾十分突出、斗争最为激烈的后过渡时期。特别是在最后一位总督彭定康提出"三违反"的"政改方案"以后,围绕着如何促进香港平稳过渡、社会安定,保证两国政府顺利交接,使香港防务交接后保持继续繁荣这一系列问题,理监事会同仁和同乡会广大会员做出了很大的努力,并且全力推动同乡会从单纯的内部服务型社团,向对社会公共事务的关注和参与型社团转化。同乡会各级组织有意识地推动同乡会及乡亲会员,广泛参与香港的各项社会公共事务,态度鲜明地反对彭定康提出的"政改方案",积极参与地区性的国庆庆祝活动,筹备和组织庆祝与迎接回归的活动;参与特区政府的筹备组织,并公开支持特区政府依法施政,动员会员乡友参与各级助选和选举等工作,培养了一批热爱社会工作的骨干青年和人才。持续参与20世纪90年代以来的历届区议会、市政局、立法局选举等工作,从单纯的助选打气,到积极动员参选和举荐适合人物,无论是组织架构的运作,还是组织协调能力的培养,都日渐成熟,成为参与香港社会公共事务的一股重要力量。

　　香港福建同乡会一向重视对乡亲的各种服务功能,早在抗战时期,就非常重视来港乡亲的安置和接济,在其后的岁月里,该会一直都秉承着为乡亲服务的理念,不断地在各个方面为在港福建移民以及福建各地提供各种援助。其中表现尤为突出的是医疗和教育方面。早期在港福建移民大多生活在北角,居所较为狭窄破旧,医疗条件较为落后,该会在1959年,即由理事会在北角渣华街设办事处,此时的福利工作最重要的是中医施诊,还有组织回乡观光团、出版会刊、举办图片展览和各种联欢会等方面。在随后的岁月里,这些服务有增无减,并且愈加周到。到了1961年,随着会员人数激增,为会员、乡亲和侨胞提供医疗服务、签发回乡证、年货供应等工作,亦有进展。直至1972年,该会办妥会所房屋所有权证,同年拨出会所之八号房,开为中、西医诊疗所,收费低廉、颇受会员与乡亲欢迎。其后,在1979年设立西环及北角医疗所,方便会员和乡亲就医,每年可节省

[①] 《乡谊·香港福建同乡会成立六十周年特刊》,1996年11月,第124页。

数以十万计的医疗费。1983年聘请挂牌西医、牙医,为会员提供低收费医疗服务。到了1996年,西环诊所为4500多人次诊病。除此之外,其他方便乡亲的活动也不断举办,如1979年该会协同旅港福建商会在沙岭及和合石坟场,为会员和乡亲免费提供墓地,其后也一直协助会员及其家属申请低价墓地。①

福建作为朱熹过化之地,备受中国传统文化浸润。闽商一向以儒商作为自己学习和向往的对象。对于让孩子们能够普遍地接受应有的教育是所有闽商共同的心愿,对于教育领域的服务是新中国成立以后该会最重要的领域。香港福建同乡会对于中小学的教育投资最为重视。其中,香港福建中学是最重要的一个捐助对象。多年来,香港福建同乡会多次赞助奖学金给香港福建中学,用来奖励成绩优良的学生,为使香港的福建中学成为一个现代化高科技的理想校园,在香港经济受到1997年金融风暴重创的情况下,校董会决定除在课堂及校舍设施方面支付650万元之外,还额外捐款320多万元。1989年决定成立教育基金会,培养人才,帮助贫困会员解决子女就学问题。另外,还拨出基金给福建中学、培侨中学、汉华中学、香岛中学、老公子弟学校等爱国、爱港、爱乡学校毕业班第一、二、三名成绩优良学生做奖学金。1990年年初倡议成立福利基金会。成立之后,从中拨款,奖励学习成绩优异的旅港乡亲子女。这种奖励活动,每年都结合新春联欢举行一次,很好地推动了乡亲子女的向学求进精神。1998年该会权益委员为与香港家庭福利会在本会会所开办"新移民儿童英文辅导班"。每逢周末下午在会所为新到港学童免费授课辅导。除了捐款给本港的学校,该会也非常重视对于福建地区的中小学捐助建设。特别是近些年来和香港福建希望工程基金会合作,在福建各地援助建立了一系列中小学的教学设施。如2006捐资建立了安溪县湖上乡盛富村畲族小学,2008年香港福建同乡会捐建了安溪县长坑乡玉湖村小学,2011年捐建永春珍卿希望小学综合楼。正如香港福建同乡会理事长颜金炜在珍卿希望小学综合楼奠基所讲的,"儿童是祖国的希望、将来的栋梁。为学龄儿童提供更好的学习环境和教育资源,就是为了将来学有所成,贡献祖国,回馈社会。今日亲为树人培土,经年喜见栋梁辈出"。②

香港福建同乡会历届监事会都是以爱国爱港爱乡为自己的行为准则,在每年都安排一系列活动,其中包括参加当地社会政治活动,关心儿童,参与内地的贸易投资活动,以及举办各种文化娱乐活动。单以2002年之年度活动为例,2002年为理监事会的换届之年,因此3月23日,举办了第17届理监事就职典礼。其后,5月26日,在新光剧院举办"六一"儿童节电影招待会,此为该会的传统项目,几乎每年"六一"都会举办。7月17日,香港东区民政事务专员谢美珊等一行到访座谈。7月25日,参观惩教署赤柱监狱及职员训练院。这都是和香港地方社会互动的活动。9月8日,参加在厦门举办的第六届中国投资贸易洽谈会。9月28日至10月1日,国庆访京庆贺团,这是在政治上、经济上和内地进行交往。8月13日,举行了2001—2002年度"会员优秀子女奖励计划",该计划

---

① 《乡谊·香港福建同乡会成立六十周年特刊》,1996年11月,第127页。
② 《乡谊·香港福建同乡会成立六十周年特刊》,1996年11月,第128页。

持续了10年以上,其奖励金额和范围在不断扩大。8月25日,举办了首届香港闽籍乡亲卡拉OK大赛(初赛)。9月15日,首届香港闽籍乡亲卡拉OK大赛(决赛)。12月1日,主办2002年福建节开心嘉年华,这些活动都属于文化娱乐活动,活跃了闽籍移民的文化生活,推广了福建文化。这些活动有些是经久不衰的经典活动,有些是新近举办的活动,但是都折射出了香港福建同乡会参与地方政治、热心于和内地进行互动交流,重视文化娱乐和文化推广活动,以及儿童教育方面的特点。[①]

香港福建同乡会成立以来,在支援祖国抗战和现代化建设方面,在促进香港平稳过渡、顺利回归和繁荣稳定方面,在推动乡亲参政议政、支持香港特区政府工作方面,在沟通海峡两岸推动祖国统一方面,在投资兴华、捐助香港和内地公益事业方面,在服务乡亲、增进乡谊方面,做了大量工作,做出重大贡献。诚如行政长官董建华所说,香港的福建人眼光远大,有创业精神,又有排除万难的拼劲,他们以敬业、守业、低调见称,在商场上长袖善舞,在照顾同乡特别是新来的移民时,特别亲切,从未受到香港过分竞争性的都市文化的影响,他们爱国爱港,希望香港继续繁荣,国家继续强大,确实是一个相对重要的社群。

二、香港福建体育总会的文化追求

20世纪初,英国对香港的管治逐渐步入正轨,香港随之发展成为与东南亚贸易的重要转口港。伴随着人口的稳步增加,市区面积不断扩大。1911年的辛亥革命推翻了清政府,中华民国成立,然而其局势一直动荡不安,大量内地民众逃难来到香港。截止到1914年,香港人口已增加至50万。福建人亦大量涌入香港,并利用传统的社会组织形式,承担起保护自我、加强联谊,以及促进共同发展的社会职能。

成立于1925年的香港福建体育会,由一群热爱体育、热心公益的福建同乡组织而成。历史悠久的福建体育会,与福建同乡会、福建商会,合称为香港的三大福建社团。其创建之初,便得到包括诸如陈嘉庚、胡文虎、郭春秧等多位闽籍知名人士的大力支持,设有篮球队与足球队,并且积极参加香港各项体育赛事。

自1931年起,随着日本占领中国东北三省,香港更开始面对日本的威胁。1937年,抗日战争正式爆发,其后广东、香港相继沦陷,体育会也随之关闭,直到1947年,国内外形势好转才逐渐复会,以提倡国术为当时活动的重点,协会会址位于跑马地黄泥涌道11号的地下,张石泉、黄长水先后担任理事长。

在会务正常发展几年后的1954年,香港福建体育会又一次陷入停滞状态。直到1956年,由17位福建同乡发起,在47位旅港闽籍人士的倡议下,利用福建体育会的牌照进行复会申请,香港福建体育会的会务得以再一次恢复,并选举出陈嘉庚之子陈阙祥担任理事长、李成埔担任监事长的第四届理监事会,继而开展了篮球、足球、乒乓球、太极

---

① 《第十七届监事会工作报告(2002—2004年)》。

拳、棋类比赛、南音、戏剧等文化体育活动,会址也变更为英皇道 79 号。1959 年,在理事长陈阙祥发起后,55 位闽籍乡贤慷慨捐资,购置铜锣湾电器道金殿大厦五层作为新的协会活动场所。

几年后,会务又再一次陷于停顿状态。1956 年,在香港经营侨汇业的福建同业及几家中资银行和华资银行倡议恢复福建体育会会务,开展体育、南音戏剧等活动,借以团结旅港的福建同乡和联系海外,特别是东南亚等地的闽籍侨胞。1957 年,在 40 多位乡贤的主持下,正式复会。先后推举陈阙祥及黄福俊任理事长,由此开始,会务得以顺利开展。随着会员的大量增加和会务的日益扩大,乃于 1976 年正式改组注册为有限公司。

20 世纪 70 年代以来,香港福建体育会打破只吸收闽籍人士入会的限制,大量吸收非闽籍人士加入。随着会员的日益增多和协会活动的不断扩大,1975 年,庄材雁理事长发起筹集 120 万元,购置位于北角的新会所,面积扩大近一倍。一年后,香港福建体育会正式注册为有限公司。先后推选庄材雁、王为谦、陈金烈、李群华、陈瑞添、苏千墅担任理事长。自第 11 届起开始聘请会长,全国政协委员洪祖杭博士遂担任首届会长。会务从此进入了一个新的里程,明确了集工商、文体、联谊为一体的办会方向。2004 年,使用了近 30 年的会所残旧不堪,苏千墅理事长主持了全面装修,会所焕然一新。

体育会设有两个委员会——康体委员会和南音戏剧委员会,来开展经常性的活动。康体委员会分别组建了男子和女子篮球队、足球队、乒乓球队。

篮球是香港市民最欢迎的体育运动之一,因此,体育会把它列为该会重点发展的项目之一,篮球队包括男、女甲组与乙组,其中甲组篮球队在香港夺冠无数。1958 年,陈阙祥理事长提议再次组建篮球队,先后以"闽青"、"福建"、"闽星"等名义参加香港篮球总会和全港的篮球赛事。[①] 在体育会热心人士的支持下,特别是林树哲会长、陈守仁监事长出钱出力,苏千墅理事长亲临观战、带队比赛,王为谦理事长悉心扶持,李群华理事长主办大型赛事。教练、队员不懈努力,多年来该篮球队成绩斐然。除了积极参加香港本地的各项比赛外,为了提高技艺、增进感情交流,篮球队还常常回到内地和奔赴国外其他城市交流比赛。

体育会足球队成立于 1930 年,当年便加入了新成立的香港丙组足球联赛,但数年来一直徘徊在乙、丙组。足球队于 1976 年重新组建,1989 年获全钢初级银牌赛冠军和"总督杯"冠军,以及乙组联赛季军,这一系列成绩成为球队历年的最好成绩。在 2002 年乙组联赛夺冠后,体育会在经济状况不佳、足球事业低迷的情况下募集巨资,帮助足球队由乙组晋升为甲组。三年后,也就是 2004—2005 年度球季,球队在甲组联赛护级失败,降回乙组。足球队在 2009—2010 年度和 2010—2011 年度两个球季的香港乙组足球联赛中,连续两季位列倒数第二,按规定降级丙组。

而乒乓球队则包括男子高级队和女子队。乒乓球队成立于 1970 年,每逢周一、周五

---

① 香港福建体育总会:《动感岁月——香港福建体育总会成立八十周年纪念特刊》,第 113 页。

晚上在体育会所进行训练。该队不但积极参加全港性比赛,而且持续主办十八届"福建杯"乒乓球全港公开邀请赛,并邀请到中国国家队乒乓球队前来表演。

南音戏剧委员会设有南音组和戏剧组,20世纪70年代更增加了舞蹈组、歌咏组和民族乐队,其中以南音组最为著名。

南音组成立于1957年,是体育会各种文体组织中成立最早的。[①] 20世纪60年代颇为活跃,其办会宗旨为"弘扬南音艺术,推动文化交流,增进乡情弦谊"。一大批热爱南音艺术的乡贤——陈金烈、李群华、林树哲、苏千墅、陈守仁、庄材雁、陈本铭、李光弼等出钱出力,从日常练习到排练演出,从经费募集到杂物后勤,一一尽心。南音组的成员来自各行各业,均系业余,长期以来,南音组坚持每逢周日晚上在会所排练。近年来,一方面,受到香港电台、香港商业电台、两大电视台、教育署、香港大学、香港中文大学、香港城市大学、联合国教科文组织驻港机构的多次邀请,进行学术专场演出或福建南音专场演出,并且吸引了不少外乡人和外籍人士前来学习。另一方面,南音组从1981年开始不断参加内地和国外的南音大会唱,开展弦友间的交流学习。20世纪80年代中后期,体育会其他文艺活动日渐式微,只有南音组的活动依然如故。1989年,参加厦门市主办的"海峡两岸金秋南音同乐会",这是两岸南音弦友隔绝40年后,首次同台献艺。

1996年3月,南音代表团应邀参加"中国泉州国际民间艺术节",参与创造了南音连续演出48小时的世界纪录。1999年,南音组应香港教育署音乐科邀请在香港大会堂拍摄中国传统音乐普及教育的南音专辑,应临时市政局邀请参加香港文化艺术中心举办的"中华艺术节·福建古乐·南音"专场演出、"香港地方曲艺月"福建南音专场演出,以及"中国古典诗词演唱会"等一系列文化艺术表演活动。2001年,南音组先后接待印尼东方音乐社、石狮市南音社与菲律宾、台湾、泉州、惠安等地弦友的交流访问,次年,在会所先后接待菲律宾长和郎君社、国风郎君社、南乐崇德社、金兰郎君社等团体的到访。2003年,香港城市大学文化中心师生40多人莅临体育会会所观摩南音演出,共同探讨南音艺术再发展,同年10月,南音首次以传统形式出现在香港庆祝国庆节的街道大巡游中。2005年9月,南音代表团在厦门参加了"海峡两岸南音展演暨民间艺术节",与来自厦门、漳州、泉州、台湾、金门、澳门、印尼、新加坡、菲律宾等多地弦友切磋技艺、同贺中秋。通过大量的交流访问,南音组的技艺水平大幅提高,并且加强了海内外弦友的友谊,增进了文化传播。

除了南音组的常规活动外,还先后排练了许多高甲戏——《人面桃花》、《花亭会》、《二度梅》、《昭君出塞》等剧目,分别在会所、酒楼、中国银行小礼堂、高声戏院、大会堂音乐厅等地公开演出。[②] 1979年,南音戏剧委员会排练的《三打白骨精》等戏剧更是座无虚席。20世纪70年代初,体育会决定聘请刘素琴女士为舞蹈老师,加之,打破省级界限,组成了近30人的舞蹈团,在一两年间排练了《走雨》、《化蝶》等20多个剧目,包括维吾尔

---

① 香港福建体育总会:《波澜曲——香港福建体育总会成立七十周年纪念特刊》,第82页。
② 香港福建体育总会:《动感岁月——香港福建体育总会成立八十周年纪念特刊》,第150页。

族、蒙古族、藏族、朝鲜族等少数民族在内的舞蹈剧目。第二年,组建了32人的民族乐队,之后又成立了声乐歌咏小组,并配合演出了大型歌舞剧《东海渔歌》,轰动香港文艺界。1973—1983年的10年间,是香港福建体育会各项文艺活动的全盛时期,先后建立南音戏剧组、舞蹈团、民族乐队、声乐组等,人数接近百人。

体育会不仅组织众多文化体育活动,更设立了多家中医诊所,给会员与普通大众提供便利低廉的医疗保健服务。

随着闽人在香港经济实力的增强,闽籍社团的活动范围和社团功能也随之变化发展,从联络乡谊、提倡体育文娱的简单活动,进而参与到参政议政等社会公共事务中来,服务乡亲,服务社会。特别需要指出的是,在香港回归的过渡期,香港福建体育会积极参与了香港回归祖国这一重要的历史进程。1996年4月,体育会联合其他兄弟社团登报支持设立临时立法会,1997年3月,积极参加第一届立法会选举方法和《公民自由和社会秩序》咨询文件的咨询工作,并对日后特区政府的重要问题发表意见。先后多次支持爱国爱港人士参与香港立法会和议会选举。2004年11月,致函香港政制事务局表达对香港2007年特首选举、2008年立法会选举和香港未来政制发展的意见。①

香港福建体育会,多年连续参加香港公益慈善募捐活动,组织多样的游览参观活动,并支持教育事业发展,推动学校体育运动的开展。2002年底,筹备了"2002香港—福建节",承办篮球赛,参与了武术、舞狮、南音、惠安畲族民族风情等节目的表演。在非典型肺炎肆虐的2003年,体育会还联合其他机构举办讲座,帮助市民预防疾病。同年,组织会员参加庆祝神舟五号载人飞船发射成功的大巡游活动。

在香港闽籍社团中,香港福建体育会可以说是最早参与家乡经贸活动的社团之一。自20世纪50年代开始,体育会的主要负责人王为谦、陈金烈、庄材雁等便已经积极参与侨汇侨批工作,为国家争取到大量外汇。而后的20世纪80年代初,体育会就与厦门总工会合资成立了民谊有限公司,几年后进而开设了经营茶叶生意的佳和有限公司。渐渐地大量会员投资内地,行业广泛,推动了国家经济建设,也进一步成就了自己的事业。在内地参与各类公益事业,建造路桥、助学扶贫、赈济灾区、捐钱捐物。如1998年体育会捐款资助福建龙岩、三明两地的失明患者,林树哲会长捐建了福建省泉州师范大学行政办公大楼,陈守仁理事长捐建了福建省华侨大学陈守仁经济管理大楼。为了与内地的经贸关系更加密切,体育会还不定时来内地进行交流访问活动,并接待内地赴港访问团体,来加深相互了解,促进交流。林树哲会长、苏千墅理事长等多位会员还曾当选全国政协委员、福建省政协委员,以及其他省市的政协委员。

三、香港福建中学与人才培养

福建移民在香港由于人地生疏、语言不通的问题,青少年接受教育一直是突出问题。

---

① 香港福建体育总会:《动感岁月——香港福建体育总会成立八十周年纪念特刊》,第101~105页。

香港各个社团也在积极地解决这一问题。特别是抗战后,大批移民迁往香港,教育问题更是突显。因此,许多社团都设立了自己的学校。其中旅港福建商会创办的香港福建中学是历史较为悠久、规模较大、影响力较为突出的一所中学。旅港福建商会本着"关怀同胞、作育英才"的办学宗旨,于1951年3月19日创办香港福建中学。该校的主要教育对象为来港的闽籍乡亲及侨属子弟,特别是新来港的学童。经历半个多世纪的发展,香港福建中学不断发展壮大,在香港教育事业中发挥越来越重要的作用。不但连续数年在香港中学会考中取得优异的成绩,而且学校更由一间发展为三间:官塘的福建中学(直接资助中学)、福建中学(小西湾)(津贴中学)、福建中学(北角)(启动学校)。①

香港福建学校的前身为旅港福建商会兴办的义学。福建侨民多受朱熹礼教熏陶,本就注重文化教育。自旅港福建商会成立以来,即致力于兴校办学。早在1926年,旅港福建商会即在商会办公所在地德辅道开办义学。直至1941年香港沦陷后,义学停办。1945年抗战胜利之后,再次复办。但是考虑到福建侨眷陆续捎带子女往港定居人数较多。他们初抵港地,人地生疏,语言不通,广东话不会听和讲,英语只字不识,给生活带来很大不便。许多学龄儿童、少年,上学读书困难。旅港福建商会数次向港英政府申请拨地,建设学校,不幸被当局拒绝。直至1951年,方由理事黄长水、庄成宗、郭每甫为主牵头,募集资金,租赁校舍,选聘教师,创办福建中学。地址在港岛西环大道西。当年就招收幼儿、小学、初中生153人入学。但是此时备受港英当局的歧视和限制,加之香港地皮、楼房价格昂贵,抑制了学校发展和正常教学。上体育课和开展文艺活动,只好租借校外场所。② 在20世纪60年代,学校得到了较快发展,招生人数超过了700人。校舍也于1966年新建于北角渣华道。其后,不但增设了高中部,而且在七姐妹道开设了分校。1968年9月,在新校舍开办夜中学,设立初中、小学班级,招收在职青少年入学。全盛时期,日夜校在校人数超过2000人。③

随着人口增长、赴港人数增多和提高教学质量的要求,学校多次向港英政府教育局提出转为津贴学校的要求,未获接纳。1988年,校董会正、副主席黄光汉、王为谦、曾星如等,花费财力、人力和物力,增设备课专用室,增添图书、仪器和设备,增聘教师等,使学校办出特色、办出成效。经过长期的努力,终于在1991年1月,获得教育署的正式通知,同意接纳福建中学渣华道正校中学部加入"直资计划",作为政府直接资助学校,而七姐妹道分校,不符直资要求。从此,福建中学进入"一校两制"新阶段。随着办学资源的增加,学生成绩更加突出,不但中学会考继续保持优异成绩,升读大学的人数也在不断增加。

由于办学成绩斐然,1997年7月获得特区政府编配在香港柴湾小西湾创办一所津贴文法中学,命名为福建中学(小西湾)。1998年12月19日上午举行福建中学(小西湾)举行新校舍落成揭幕典礼,香港特别行政区行政长官董建华应邀担任主礼嘉宾,同时题

---

① 王道平主编:《旅港福建商会办学五十周年暨福建中学校庆特刊》,第39页。
② 晋江市文史资料编委会编:《晋江文史资料选辑》第20辑,1998年,第390页。
③ 王道平主编:《旅港福建商会办学五十周年暨福建中学校庆特刊》,第48页。

写校训:"求真择善。"该学校是一所津贴文法全日制男女子学校,占地6000多平方米,设备先进完善。目前学校共有27个班级,学生1170人,教职员工近90人。2000年9月,特区政府更批准北角福建中学搬到九龙观塘振华道的校舍办学,而原有渣华道校舍则改办为启动学校。这一启动学校面向新到港移民,为其提供相应培训,以期使其尽快融入香港生活。至此,旅港福建商会辖下的学校由西环一间规模较小的学校,发展到拥有不同的办学种类、设备先进、校舍新颖的三间学校。为了更好地统筹和办好三间学校,旅港福建商会于2000年成立了旅港福建商会教育基金有限公司,从此福建中学进入新的阶段,在香港的教育版图里扮演更重要的角色。

福建中学走过了半个多世纪办学的"坎坷路程",也饱尝过不少艰辛,但终于换来了桃李满园的辉煌业绩。该校学生90%以上是福建籍子女,也有少数来自菲律宾、印度尼西亚、美国、韩国、台湾等国家和地区。他们主要是学中文。教师有1/3以上是福建人,1/4是国内大学毕业生。该校办学质量不断提高,先后培养了成千上万名初高中毕业生,他们遍布香港和世界各地。该校从1963年第一届高中毕业生,参加香港高中会考,五科成绩平均合格率为69%,1982—1997年连续16年高中会考,五科成绩平均合格率均在92%以上,其中有三年五科成绩合格率,达到100%,比全港每年平均合格率62%,高出38%。而各科成绩达到A、B、C优良等级的比例,也大大超过全港水平。20世纪70年代以前,毕业生大多数在港直接就业;20世纪80年代以后,毕业生大多数考进香港和国内外高等院校,且人数不断增加。[①]

半个多世纪以来,香港福建中学始终坚持高举爱国主义的旗帜,以爱国、爱港、爱乡为办学宗旨,坚持为祖国培养人才贯彻执行德、智、体、群、美全面发展的教育方针。早在20世纪80年代就开始率先推行普通话教学,坚持中、英文并重。其学生自1982年起在全港校际普通话朗读比赛中多次获得优胜。在1997年香港回归前后,该校筹办一系列"庆祝香港回归祖国"活动。1998年年底,其学生就开始参加"爱我中华、建树香江"公民教育系列活动,开始远赴北京考察。1953年出任福建中学校长的黄潜回忆道:"自执教鞭之后,为祖国培养爱国事业接班人的理想代替了工业救国的梦想。33年来担任校长期间,为福建同乡、为香港教育事业,做出了积极的贡献。"这样鲜明的爱国主义教育思想与当时的港英政府发生了矛盾,并受到了排挤。但是香港福建中学始终没有屈服,在福建侨民和闽籍社团的支持下,最终赢得了胜利。曾担任校长的许东亮在回忆时说:"福建中学经历过一段十分不平坦的路,特别是香港回归之前,由于高举爱国旗帜,坚持爱国主义教育,因此受到当时港殖民地统治者的压迫和排斥,建校申请长期得不到批准。当时担任校董会的董事长的许东亮和校董们积极筹款,结果在20世纪70年代初期以200多万港币购买在七姊妹道的土地,使学校能够进一步发展,满足了福建同乡子女求学的要求。"[②]

[①] 晋江市文史资料编委会编:《晋江文史资料选辑》第20辑,1998年,第390~392页。
[②] 王道平主编:《旅港福建商会办学五十周年暨福建中学校庆特刊》,第65页。

香港福建中学始终坚持为闽籍移民乡亲服务的宗旨。早在建校之初,就以解决闽籍乡亲教育问题为最根本的办学理念。在数十年的办学过程中,不断根据闽籍移民的要求来调整自己的办学方式。自1995年起,香港教育署批准该学校开办"中国新移民学童适应课程"及新移民学童英文延续班。很多内地新移民都喜欢送子女就读福建中学。在2000年学校由北角福建中学搬到九龙观塘振华道的校舍办学之后,更是将北角的学校旧址改办为启动学校。该学校主要教授为新移民学童服务的"启动课程",成为港岛区唯一开办此课程的学校。对新移民子弟,学校根据不同情况以普通话、粤语,甚至闽南话释讲。同时,开办英语补习班,举办电脑知识讲座,组织新生港岛游、介绍香港地理位置、环境概况、历史文化、文物古迹、风俗习惯、法规法令,以更好适应香港社会的生活。

香港福建中学由旅港福建商会创办,从一开始就与商会密不可分,在几十年的发展过程中也与香港福建团体关系密切。其校董本身也多是福建团体领导。学校有典礼及筹款时,香港福建团体必定支持。[①] 1983—1994年期间,担任旅港福建商会董事长的黄光汉、许东亮都兼任校长。虽然自1993年开始,校长由董事会推荐而通过教育署同意的人士担任,但福建中学校长一职自1993起即由原籍福建的曾安琪出任,她身兼多个香港福建团体的要职。2000年,香港福建中学注册为有限公司的时候,旅港福建商会将价值不菲的北角渣华道校舍(和其地皮)资产赠送给香港福建中学有限公司。[②] 除此之外,也有多位社团重要人士为香港福建中学添置校舍、教学用品,设立奖学金等。香港宝源珠宝公司董事长、香港晋江同乡会会长卢端胜亦于香港福建中学设立晋江同乡会教育基金。[③] 而该校培养出的学生也有很多在社团工作中非常活跃,以捐助体育事业而著称的香港南华体育会副会长洪祖杭亦曾就读于香港福建中学。[④]

福建中学已奠定了坚实基础,受到社会各界人士的赞许和各级领导的好评。1995年,江泽民主席在北京亲切会见新老校长曾安震、邓统元时,对福建中学的业绩给予充分肯定,并勉励香港爱国教育者,继续为祖国培养人才做出新的贡献。

1996年12月7日,新华社香港分社副社长张浚生在福建中学四十五周年校庆联欢宴会上的讲话中说:"福建中学虽然历经各种风雨和困难,但老一辈人艰苦创业,新一代人继往开来,共同创造了辉煌的业绩,辛勤培育了累累的硕果。"新华社香港分社社长田南、香港特别行政区行政长官董建华、香港教育署署长余黎育萍、福建省委书记陈明义等领导,分别为福建中学四十五周年校庆纪念特刊惠赠"发扬爱国精神,培育治港英才"、"建国建港,教学为先"、"兴学弘道,桑梓之光"、"英才辈出,誉满香江"贺词。勉励全体师生员工,继续发挥爱国主义精神,为祖国培育新一代治港人才做出新贡献,让福建中学再创业绩,再增辉煌。2004年6月,外交部驻港特派员杨文昌到访学校担任专题讲座主讲嘉宾;2004年6月,福建省省长卢展工率领代表团到访学校。几位嘉宾均赞许学校在短

---

① 《福建中学第五十届毕业典礼特刊》(2002年),第32页。
② 王道平主编:《旅港福建商会办学五十周年暨福建中学校庆特刊》,第65页。
③ 柯达群:《港人访问录》,香港:罗兰出版公司,1997年,第59页。
④ 柯达群:《港人访问录(续集)》,香港:罗兰出版公司,1997年,第21页。

短几年间取得了不俗成绩。

　　以闽商为中心的香港闽籍社团有 200 多个,多年来闽商在社团建设中尽己所能,竭力奉献。闽籍社团的活动重点除了联络乡谊之外,十分重视开展文化活动。这些社团一贯都重视改善和丰富闽籍移民的文化生活,在精神层面上引导着闽籍移民。香港福建同乡会、香港福建体育总会、香港福建学校等关注点在文化传承方面的社团等机构较早在香港创办,它们在创办之时,往往条件简陋,工作艰难,但是闽商们并没有因此而放弃,而是给予极大的热情和巨大的力量,以办好这些文化事业为第一要务。即使在全球金融危机的时候,在闽商们自身经营都很困难的情况下,仍然坚持为香港福建学校更新了教学设施。无论在顺境还是在逆境,闽商们并不是一时地热血上涌,而是保持着对传承中华文化的责任感,尽自己最大的努力将这件事情办好。这体现了香港闽商对于中华文化传承的重视,也说明了千年来闽商的儒商精神不灭,后继有人。

第五章

香港闽商与祖国社会经济繁荣

长期以来,香港闽商始终秉承爱国爱港爱乡的优良传统,在立足香江的同时,时刻关注家乡福建和祖国其他地区的发展,为祖国的改革开放和社会经济建设做出了积极贡献。近几十年来,广大香港闽籍同胞为家乡经济建设尽心尽力,纷纷到福建投资兴业,捐办社会公益事业,为促进福建的经济建设和社会进步做出了巨大贡献。特别是在闽台交流方面,香港闽商充分发挥其桥梁纽带作用,大大推动了海西发展和两岸交流的进程。香港闽商在关注家乡发展的同时,也为祖国大陆其他地区的发展做出了重要贡献,尤其是"珠三角"区域一体化进程的发展深入、港深关系的不断密切,都离不开香港闽商的支持和推动。

第一节　香港闽商和福建经济建设

"联络乡谊,服务乡亲,共谋发展,回馈社会"不仅是旅港福建商会长期以来的办会宗旨,也是广大香港闽商的共同心声。广大闽籍同胞在为香港的繁荣发展积极努力的同时,始终不忘桑梓之情,为福建的社会经济发展建设做出了巨大贡献。大多闽籍港商在事业有成之后,便开始积极投身于家乡公益事业,捐资兴学、架桥修路,为家乡建设不遗余力,抒发出浓郁的乡土情缘。

广大香港闽商在捐助家乡公益事业之外,亦将大量资本投入福建各地,按照经济互补、互惠互利、共同发展的原则,积极推进闽港两地在产业、金融、旅游等领域的合作,不仅为福建的改革开放和经济发展注入活力,带来诸多新的发展机遇,也加速了香港经济发展、产业结构调整的步伐,实现了闽港经济共赢。此外,香港闽商还充分发挥闽台间的桥梁作用,大力推动闽台合作交流,积极投身海西建设之中。

一、香港闽商的乡土情缘

恋祖爱乡是闽商的显著特性,在港闽商亦秉承了这一特性,回报桑梓是他们投资兴业之外的另一要务,他们中的很大一部分人在事业有成后,甚至将重心从商业领域转到家乡公益事业上来,为家乡发展建设做出积极贡献,乡土情怀彰显无遗。捐资教育事业、兴建基础设施、引入技术资金等是他们为家乡奉献力量的主要选择。

广大闽商在事业取得一定成绩后,通常都会拿出大量资金捐助家乡教育事业。福建希望工程基金会的成立就是香港闽商为了更为规范、有效地支援家乡及内地其他地区教育事业的产物。该基金会成立于1994年,18年来,基金会一直以联系团结香港各界人士,关心支持闽省和内地其他省区发展教育为宗旨。成立至今,基金会已筹得善款1.62亿港币,在全国23个省、市、自治区援建希望学校435所,其中福建208所(捐资9000多万元),福建对口帮扶省区70所。基金会还在福建及其对口帮扶省区资助贫困大、中、小学生16500名,资助金额达1000万元;捐资各类教育基金数百万元。同时,董事会成员也由创会时的47人,发展到最多时的123人,而且由闽籍乡亲扩大到其他省籍人士,成为香港社会各界慈善家鼎力支持和热心参与的社会慈善团体。基金会始终秉持"人人有书读,个个读好书"的理念,支持福建及其他贫困地区的教育发展,并积极参与赈灾济困。① 2010年夏,福建南平、三明等地接连受到两次暴雨山洪的袭击,不少学校校舍损毁严重。香港福建希望工程基金会捐款150多万元,在南平市延平区和三明市泰宁县各捐建一所希望小学,为受灾儿童早日复学提供了有效保障。基金会的会员们除向基金会捐助资金外,有的还亲自投入捐助家乡的教育事业中去。正如基金会第14届主席徐伟福在就职典礼的致辞中所说的那样,要"实实在在做善事,全心全意育人才"。② 而他本人也严苛恪守了这一承诺,10多年来积极投身教育慈善事业,在国内各地捐建了12所希望小学,外加泉州慈善总会等项目累计共捐600多万元。在母校泉州五中百年校庆之际,他捐资100万元助建了"徐伟福艺术楼",设有美术、音乐、舞蹈、书法等多间教室以及多媒体教室演播厅,为培养学生的综合素质提供了良好平台。2007年,他为大田县屏山乡奕茂希望小学师生捐助662册图书,很大程度上解决了贫困山区孩子课外阅读困难的问题。

除依托基金会和社团捐助家乡教育事业外,广大在港闽商也亲自投身于这一事业,为家乡教育的发展贡献自己的力量。

泉州籍港商吴庆星为了家乡高等教育的发展,创办仰恩大学。在学校创建之时,年过半百的他依然事必躬亲,为学校发展建设付出了巨大心血。1986年,吴庆星为了完成父亲的遗愿,放下香港繁忙的商务活动,回到家乡泉州投资办学。经过19个月的勘察和施工,占地80多万平方米的校区竣工,吴庆星从父母名字中各取一字,为这所新诞生的学校取名仰恩。1998年8月,经国家教委批准,仰恩大学正式成立。在师资建设上,吴先生高薪聘请国内一些高校的离退休老教师,还从厦门大学、华侨大学等国内知名院校聘请教师在仰恩兼职,有效保障了雄厚的师资队伍的稳定。在教学目标的设定上,借鉴香港先进的办学理念,英语和计算机成为仰恩办学的两条主线,将教学与社会需求紧密

---

① 林劲:《以善为本——香港福建希望工程基金会捐资逾亿》,《政协天地》2011年第8期。
② 沈郑燮:《捐资助学、爱心广被——访香港福建希望工程基金会主席徐伟福》,《炎黄纵横》2009年第1期。

结合。与其他公立院校不同的是，为了有源源不断的自我造血功能，吴庆星把仰恩建设成了一个集教学、科研与生产为一体的新型高等学府，包括仰恩大学、仰恩科研机构、协昌果林场和协昌综合养殖场。3000亩的果林场，2万株的龙眼树，3000株的荔枝树，不仅使荒山变绿林，而且给仰恩带来了几亿元的收入。吴庆星还从丹麦引进"丽佳"鸭，投资1700万美元建成了全省最好的养鸭场，同时投资5000万元建成一座饲料厂。吴庆星呕心沥血、"挥金如土"为家乡建设了一个高质量、有特色的大学，而且还高瞻远瞩地为仰恩将来的发展送来了一个"造血机器"。①

与吴庆星亲身创办学校不同，更多的香港闽商选择通过捐建学校基础设施、设立奖助学金等途径支持家乡教育事业。施子清、陈进强、杨孙西、黄保欣、许奇锋、庄重文、颜彬声、曾纪华、黄克立、王为谦、吕振万、施学慨、卢文端、施展熊、李尚大和李陆大兄弟、钟铭选家族等为家乡教育事业发展捐助了大量资金。在这其中，许奇锋尤为值得一提，他在资金紧张的情况下始终坚持捐助家乡贫困学子。许奇锋对家乡教育事业的热心是从其父那里秉承而来。20世纪50年代，其父亲许国雄从福建农学院毕业后，看到家乡没有一所学校，毅然辞去安逸的工作，投资创办上店小学，当起教师兼校长，并坚持到1972年举家定居香港为止。许奇锋还清晰地记得，1986年，当时为了买下价值人民币100万元的一套130多平方米的房子，家中可以拿出的现金仅20万元，其他只得按揭贷款。但即便这样，许国雄还是决定在家乡莆田设立奖学、奖教金，每年奖励全市百名左右品学兼优的高考优秀学生及部分学校。自1988年起，许奇锋继承父亲创下的事业。1992年设立以母亲之名命名的"许阿琼奖学金"。1997年，公司遭受金融风暴的冲击，但许奇锋仍一如既往奖学奖教。许奇锋的奖学义举同样被其儿子秉承。20年来，在"许阿琼奖学金"的激励下，获奖者中已出现了104名博士、150名硕士，其他获奖者大学毕业后均成为各个行业的骨干。据莆田市的资料，许氏父子已为家乡教育捐资千万元人民币。② 广大闽商投资兴学，不仅提升了家乡教育的品质，更重要的是托起了广大学子的未来。

捐建基础设施、修桥铺路、改进医院设备是香港闽商服务家乡的另一重要方面。良好的公共设施是发展经济的基础，也是造福广大民众最为直接的措施之一。广大闽商正是深刻认识到了这一点，在服务家乡、造福桑梓的过程中做到了有的放矢。早在新中国成立前，香港闽商就开始热心支持家乡各项建设事业，新中国的成立进一步激发了他们奉献家乡的热情，改革开放则在更大程度上掀起了他们建设家乡的热潮。例如，钟铭选家族虽身在海外，却始终心系家乡。在新中国成立前就曾修筑安溪第一条公路，创办泉州地区最早的侨办医院之一（官桥医院）。新中国成立后，该家族继续在家乡兴办各项公益事业。1958年，独资在善坛村修建五座桥梁和乡间道路。1959年，捐资参加兴建官桥侨联会办公楼和赤岭芦汀桥。1961年，家乡遇到暂时困难，他进口一批面粉和大米，帮

---

① 苏文菁、郑有国：《奔流入海：福建改革开放三十年》，福州：福建电子音像出版社，2008年，第128页。
② 柯达群：《港人访问录》，香港：罗兰出版公司，1997年，第95页。

助乡亲渡难关,并进口一批麻油赠给家乡产妇。① 此后陆续捐建校舍、医院病房楼、救护车等,并于1992年创办了安溪铭选医院。像钟铭选这样积极捐资家乡公益事业的香港闽商不胜枚举。但只要我们走在路上,抬望四周,便不由自主地会想起他们的名字。走进晋南医院我们便会想起施子清先生,坐在鸳鸯池公园会想起卢文端先生,坐上飞机旅行会想起洪祖杭、庄重文先生,遥望星空会想起李尚大、李陆大兄弟……他们的无私捐助,造福了家乡万千百姓。

牵线搭桥、引入技术和资金是香港闽商奉献家乡的又一重要途径。广大香港闽商时常利用香港方便快捷的国际信息渠道和自己广泛的人脉关系为家乡建设提供新的发展机遇。例如,福建省电力设施的完善与杨佰成的努力是分不开的。1994—1995年间,杨佰成为福建引进外资8000万美元,在漳平、福州、晋江、厦门建起四家柴油机电厂,投资总额达1.4亿美元。目前这四家电厂已经投产,每年为福建增加的电力不少于18亿度。② 进行电力投资的同时,他还为当地管理部门提供有益建议,建议引进调峰能力高的小型机组,有效避免了用电高峰停电的问题。王为谦也常常把美国、日本、韩国、加拿大、新加坡、马来西亚、台湾等国家和地区的商人企业家,带回祖国,介绍他们与有关部门洽谈生意。曾星如曾帮助引进台湾乡亲的资金到福建内地投资办厂。此外,我们现今几乎人手一张甚至几张的VISA卡和Master卡就是在吴连烽的帮助下顺利进入中国的。杨佰成、王为谦、曾星如、吴连烽等人虽只充当起穿针引线的无名英雄角色,却为家乡建设引入了大量资金和先进技术及管理经验,可谓事半功倍,为福建经济发展做出了积极贡献。

香港闽商的广泛参与和鼎力支持,为福建的发展和进步做出了巨大贡献。然而热心家乡公益的多是在商界打拼多年的老一代香港闽商,正如杨孙西先生所建议的,"希望以后能有更多的机会让第二代、第三代更年轻的闽商回家乡走走看看,让他们感受到家乡的魅力"。家乡的文化和传统以及寻根观念是新一代香港闽商回归福建参与建设的有效动力。

二、香港与福建的经济互补

福建是全国最早实行对外开放的省份之一,改革开放以来,福建充分发挥毗邻香港、闽籍香港同胞众多的地缘、人缘优势,借助香港作为国际金融中心、贸易中心、航运中心的地位,积极拓展闽港经济合作,有力地促进了福建的改革开放和现代化建设。易位相看,闽港合作也给香港经济增添了活力。闽港双边贸易的平稳增长,促进了香港对外贸易和航运业的发展,有助于巩固香港国际贸易和航运中心的地位。香港的中小企业利用福建价格比较低廉的土地、劳动力资源以及国家和省赋予的优惠政策,拓展了发展空间,

---

① 李鸿阶主编:《闽籍著名华人风采录》(安溪卷),福州:福建人民出版社,1997年,第38~41页。

② 柯达群:《港人访问录(续集)》,香港:罗兰出版公司,1997年,第73~78页。

提高了国际竞争力,有利于香港的经济结构转型和产业升级。绝大多数港资企业在福建经营状况良好,获得了良好的经济效益。以华闽、华福、中福、武夷等集团公司为代表的一批在港闽资企业,涉及贸易、金融、地产、工业、船务、旅游等诸多领域,不断发展壮大,为香港的繁荣稳定做出了积极贡献。

闽港合作之所以能够实现双赢与双方极强的经济互补性密不可分。首先,福建与香港在资源、产业结构等方面有很强的互补性。一方面,福建在改革开放和经济建设的许多方面都需要与香港紧密合作,比如在拓展经贸合作方面,在实施国际市场多元化战略方面,在吸收科技、信息、人才、资金方面,在推动海峡两岸实现"三通"方面等,都需要充分发挥香港作为对外窗口、桥梁和纽带的作用。另一方面,香港的稳定繁荣也离不开包括福建在内的内地各省市在资源、人才、市场等方面的支持和密切合作。当香港面临着一个产业升级换代,即由劳动密集型向技术、资金密集型转移的产业调整期时,福建完全成为香港产业转移的优选地区。改革开放30多年来,福建与香港通过优势互补、互相促进,实现了共同发展。

其次,福建与香港在金融、市场、技术领域具有较强的互补性。香港作为一个高度开放的国际金融中心,是全球资金在亚太地区的集散地。无论过去、现在还是将来,国际资本都在香港金融市场中扮演重要角色,是双方合作互补性最强的。在国外资金进一步看好中国市场的情况下,在我国改革开放不断深入发展和福建加快工业发展的过程中,已高度国际化的香港金融市场正是福建筹集外资、引进外资和利用港资的重要资源。从地缘看,香港依托内地,面向东南亚,并与欧、美、日等国有着密切的经济往来,因此香港市场具有广阔的辐射面和巨大的潜力。此外,香港本身的市场拓展能力也相当高。随着福建经济的不断发展,福建工业品对香港市场的依存度越来越高,香港市场在福建工业结构调控中发挥越来越重要的作用。在技术方面,香港本身并不具备很强的高新技术开发的优势,但香港的技术窗口优势较明显。福建大部分的技术、装备都是从香港获取信息后并通过香港引进的。福建的科研力量有一定的基础,通过香港吸纳先进技术、装备有一定的优势。福建的一些企业,如实达电脑集团派科研人员到香港开发新技术,带着科研成果到内地生产。这种技术窗口优势,对福建工业结构调整相当重要。目前香港的技术信息、产品信息,已经成为福建技术引进工作决策中十分重要的参数。①

再次,福建与香港在经贸领域具有较强的互补性。香港是福建主要的贸易伙伴和最大出口市场,香港以其得天独厚的地理位置以及作为国际贸易、金融、航运中心的优越条件,在促进福建对外贸易发展中起了巨大的作用。福建是香港对内地经济辐射的主要省份之一。它既是香港转口贸易的一个有稳定基础的货源地、销售地、投资地以及产业升级中劳动密集型产业的重要转移地,又是其积累经验,进一步同内地各省市发展广泛密切的经贸合作的实践地,是香港作为国际自由港、国际贸易中心和国际金融中心所依托

---

① 贺国强主编:《携手迈向新世纪:闽港经济合作研究》,福州:福建人民出版社,1997年,第114~115页。

的广大经济腹地之一。闽港之间这种密切的经贸合作关系,是在福建率先实行"特殊政策、灵活措施"的条件下,在长期经济交往中逐步形成的。总之,香港是福建发展外向型经济,走向国际市场的一条便捷的通道,是福建经济建设中的资金、技术、管理经验和市场信息的重要来源。同时,福建也是香港在内地的重要经济腹地。

香港与福建在资源、产业结构、金融、市场、技术、经贸等领域各具优势,彼此间能够取长补短,双方加强合作,对于促进彼此经济发展具有重大意义,符合两地经济发展的根本利益。回顾闽港合作的发展历程,大致经历了由浅入深的三个阶段。

第一阶段(1978—1996年):从改革开放之初开始,闽港民间自发经贸往来,主要是以闽籍乡亲为主的香港客商率先来到福建投资兴业,并带动台湾等其他地区客商来到福建设立三资企业。福建产品通过香港出口到世界各地,闽港经贸关系的发展带动了两地交流与合作规模扩大。这一阶段,香港是福建对外开放最主要的合作伙伴。香港企业家到福建投资逐年增多,特别是1992年后增长迅速,1995年福建当年实际使用港资已达到了24亿美元。截至1996年年底,福建累计批准港商投资项目1万多项,合同金额270亿美元,分别占福建利用外资项目数和合同金额的62%和60%;闽港贸易总额达到385亿美元,占同期福建对外贸易总额的48.3%,是当时福建最大的贸易伙伴;到福建的香港游客累计近400万人次,占福建同期接待境外游客总数的46.8%。

第二阶段(1997—2003年):1997年香港回归后,闽港合作意识加强,民间往来更为频繁。但是由于受到东南亚金融危机的影响,香港经济在1998—2002年两度衰退。同时,福建海外市场开始多元化,闽港投资和贸易水平有所下降。2002年随着金融危机影响的消除和香港经济走出低谷,闽港经贸合作开始回升,2003年香港对福建的投资和贸易恢复到1997年以前的水平。这一阶段,闽港合作上升到政府层面,两地政府均做出许多的努力来促进闽港合作。

第三阶段(2004年以来):2003年6月底中央政府与香港特别行政区《内地与香港关于建立更紧密经贸关系的安排》(简称CEPA)的签署,为内地和香港扩大服务贸易领域的合作创造了条件。为了落实CEPA精神,深化闽港合作,2004年时任福建省委书记卢展工率团访问香港,在与时任特首的董建华会晤时提出建立闽港合作八大平台,即联合招商、基础设施和公用事业发展合作、金融合作、贸易合作、中小企业发展合作、旅游合作、人才合作等八大平台的重要思路,得到港澳特区政府的认同和港澳工商社团、闽籍乡亲的广泛支持,闽港合作进入了新的阶段。在政府的支持下,两地工商社团的交往更为频繁,香港中华总商会、厂商会、旅港福建商会等先后赴闽考察,并与泉州市、福州市、三明市、南平市和省经贸委等联合在香港成功举办招商活动,闽港两地企业积极跟进,开展了各种形式的交流活动,在物流、金融、旅游等服务业的合作大大增加。闽港合作形成了以八大平台为主要内容,政府、商会、企业共同推动的全方位合作态势。这一阶段,香港在CEPA框架下加快了与内地经济的相互融合,受益颇丰,香港经济连续三年快速增长,2004年经济增长达8.1%,2005年增长7.3%,2006年第一季增长8.2%,香港与内地合作信心增强。闽港合作水平大为提升,2005年福建实际使用港资及香港进出口总额都有较快的增长,双双突破30亿美元大关。①

香港和福建在经济互补的优势下,积极拓展合作领域,深化合作水平,有力地促进了双方的共同发展。如今,闽港合作由浅入深走过了30余年的发展历程,成绩显著。以经贸领域的发展为例,双方贸易不仅实现了数量的迅速增长和规模的迅速扩大,而且合作的层次和水平也得到很大提升。香港作为福建利用外资最主要的来源地,2006—2010年5年间累计实际利用港资218亿美元,占同期福建全省利用外资的47.7%;香港是闽企海外上市的主要渠道,截至2010年年底约有70家福建背景的企业在香港上市,融资超过400亿港元,在内地各省市中居于前列;香港作为福建企业对外投资的首选地,2006—2010年5年间福建累计在港设立企业304家,闽方投资9.38亿美元,占同期全省对外投资总额的54.5%;香港作为福建主要的贸易伙伴,2010年闽港进出口贸易额达47.2亿美元,比上年增长30.5%。② 但是,在世界经济发展形势愈发复杂的背景下,中国经济发展进入加快转变增长方式的新时期,特别是海峡西岸经济区发展战略上升为国家战略和《海峡两岸经济合作框架协议》(简称ECFA)的签署,积极探索深化闽港经济合作的新模式和新举措,成为充分发挥香港与福建经济互补优势,推动双方社会经济全面发展的必由之路。

三、香港闽商与福建改革开放30年经济

1978年党的十一届三中全会后,中央赋予福建省对外经济活动实行"特殊政策、灵活措施"的政策,闽籍华人华侨和港澳同胞率先迈开了对家乡投资建设的步伐,使福建取得了举世瞩目的成就。改革开放30年来,福建已经形成全方位、多层次、宽领域的对外开放格局,成为全国对外开放的先进区域和对外经济贸易大省。

改革开放的30年,是福建经济快速增长,整体实力不断提升,民众生活水平显著提高的30年。生产总值从1978年的66亿元上升到2008年的10823亿元,年均增长12.8%,比全国9.8%的平均水平高出3个百分点;人均GDP从1978年的24位上升到2007年的第8位;③社会劳动生产率也从1978年的735元/人提高到2007年的46655元/人。④ 福建的快速发展主要得益于中央正确领导下福建大力发展外向型经济的思路和政策,其中闽港合作在福建对外开放中起到了极为重要的作用,而香港闽商又是闽港合作的中坚力量,为福建改革开放30年来的经济发展做出了巨大贡献。

福建的对外开放,首先从对香港开放开始。20世纪70年代末至80年代,香港闽商掀起了赴福建投资的热潮。随着1997年闽港经济合作促进委员会成立和香港回归,香

---

① 赵宏:《港经济合作的新阶段与加快合作的几点思考》,《亚太经济》2007年第1期。
② 李闽榕:《拓展闽港合作新空间,携手提升两地竞争力》,《发展研究》2011年第5期。
③ 中共福建省委党史研究室编:《福建改革开放30年》,北京:中共党史出版社,2008年,第1页。
④ 福建年鉴编纂委员会:《福建年鉴2009》,福州:福建人民出版社,2009年,第13页。

港和福建的经贸合作领域不断拓宽,合作层次不断提升。改革开放以来,福建经济之所以能始终保持快速增长的势头,外向型经济一直走在全国各省前列,重要的原因就是毗邻香港的地缘优势和拥有近120万在港闽籍同胞的人缘优势。香港闽商成为福建经济、社会发展的重要推动力量。

首先,为福建经济发展带来大量资金。港商是最早、最踊跃的来闽投资者,投资总额一直雄居榜首,其中在港闽商的投资占有相当比重。截至2008年年底累计实际使用港资400.46亿美元,①约占实际到资总数的50%,名列来闽投资各国家和地区之首。福建省虽然与台湾有特殊的地缘和人缘关系,台商投资在福建外商投资中占据重要地位,但就福建引进外商直接投资的整体情况而言,港商投资仍占福建外商投资的主导地位。在2008年,福建实际利用外商直接投资金额56.72亿美元,其中来自港商直接投资达23.64亿美元,占41.69%,位居第一。② 此外,从1985年起,福建实际使用港资一直处于增长的态势,且增长速度达18.7%,高于福建经济整体增长的速度。港商的投资为福建经济增长注入了极大活力。

其次,促进福建产业结构的优化。改革开放以来,以闽籍港商为首的香港企业家纷纷在福建投资设厂,很大程度上推动了福建产业结构的调整。改革开放前,福建的经济结构以农业为主,工业基础薄弱,服务业发展落后。1978年第一、二、三产业的比例为36.0∶42.5∶21.5,经历了30年的改革发展,2008年三大产业的比例调整为10.7∶50.0∶39.3。③ 此外,香港闽商的投资领域也逐渐由传统的以纺织、服装为主的劳动密集型产业转向现代农业、能源、电力、旅游、物流、房地产等多元产业模式,这一转变大大加速了福建经济结构的调整,增强了经济发展的竞争力。

再次,引领福建经济与世界接轨。长期以来,香港一直充当福建与世界接轨的桥梁,为福建经济走向世界提供良好平台。改革开放以来,大批福建企业在香港上市融资。据统计,至2007年,已有超过50多家有福建背景的企业在香港上市融资,融资金额超过百亿港元。此外,香港一直是福建对外承包工程和劳务合作的传统市场。早在20世纪80年代初,福建就开始向香港输出劳务、承揽工程,取得了不少成功的经验,数量逐年增多。仅2005年,新签对港承包工程和劳务合同就达2821万美元,完成营业额6394万美元。④ 大批福建企业通过在港融资和发展,积累了国际化运作的经验,为进一步走向世界奠定了基础。

改革开放30年来,福建的整体经济实力、民众生活水平、对外开放程度都发生了翻天覆地的变化,而这种飞速发展与闽港逐步深入的合作密不可分,尤其离不开香港闽商对家乡的大力支持和无私奉献。自1978年改革开放之后,大批香港闽商回乡投资办厂,

---

① 福建年鉴编纂委员会:《福建年鉴2009》,福州:福建人民出版社,2009年,第183页。
② 福建省统计局、国家统计局福建调查总队编:《福建统计年鉴2009》,北京:中国统计出版社,2009年,第5页。
③ 福建年鉴编纂委员会:《福建年鉴2009》,福州:福建人民出版社,2009年,第13页。
④ 赵宏:《港经济合作的新阶段与加快合作的几点思考》,《亚太经济》2007年第1期。

重振积弊重生的企业,使福建经济发展焕发了勃勃生机。

1980年春,旅港实业家林积锁将人造塑料花样本和技术带回家乡泉州。面对当地手艺精湛,却无先进设备和资金匮乏的现状,林积锁无偿引进了10多万元的生产设备,并且亲自进行技术指导,由工艺美术公司提供厂房、工人进行试产。就这样,一方出资,一方出力,福建省首家中外合资企业——泉州人造花厂有限公司诞生了。1980年6月,人造花试制成功,林积锁带上新产品奔赴广州春季交易会。这是福建省最早的合资企业在广交会上拿到的第一份订单。这种简洁而又收效显著的合资方式随即风靡一时,为许多闽籍华商争相仿效。

20世纪80年代初,当改革开放的春风吹拂闽南大地时,南安籍港商吕振万委派林树哲回家乡考察,以南安官桥锅厂一幢800平方米的简陋车间作为厂房,创办了南丰针织厂,成为南安第一家外资加工企业。自20世纪80年代以来,吕振万创办的南益集团在国内投资逾20亿港元的"南"字号现代化企业,拥有基础设施、地产、机械纺织、漂染、运输、花卉等40多家,拥有厂地近百万平方米,3万多员工,年产逾25亿的优质产品远销美国、日本、欧洲等30多个国家和地区,为泉州市政府带来了几百万美元的创汇收入。更重要的是,南丰的成功让海外那些犹豫观望的投资者们一颗悬着的心终于可以安然放下,他们开始相信改革开放的方针政策是不会改变的,中国内地与东南亚等地相比,有着更多的优势与便利。随后就有很多在香港闽商开始了在福建家乡的投资。

安溪县长期以来都是福建省,乃至全国的重点贫困县,经济十分落后。改革开放初期,安溪被列为经济开放区之后,经济发展获得了前所未有的良好机遇,众多闽籍港商开始回乡投资,曾星如就是其中之一。曾星如一直以来都想在家乡投资办企业,为安溪的脱贫致富出力,改革开放为他回到家乡考察投资项目提供了政策保障。20世纪80年代初,基于安溪正在探索如何发展竹藤工艺品产业时机,曾星如决心为家乡竹藤工艺发展开辟出新的发展出路,他和家乡人都认为经营竹藤工艺品是投资少、用人多、见效快的劳动密集型项目,适合当时安溪劳力多、资金短缺、资源丰富、有传统编织工艺的县情,双方一拍即合。经过一段时间的酝酿商讨之后,双方于1984年2月签订合同,由安溪联益发展公司与曾星如物业有限公司合资,创办安溪第一家中外企业——安星藤器企业有限公司,投资100万元。经过公司董事会、经理和全体同仁精心经营,企业办得很成功,做到当年投资、当年建厂、当年投产、当年出口、当年收益。1985年1月正式投产,产品全部外销,第二年就收回全部投资并有盈利,第三年就完成产值2000多万元。到1989年年底,5年共创汇2230万美元,盈利841万元,成为福建首批外商投资产品出口企业,为福建省的创汇大户之一,荣获福建和全国外经贸行业先进单位、全国出口创汇先进企业、外商投资双优单位、海关信得过企业等称号。

曾星如在家乡创办的"安星"企业,始终把扶持安溪脱贫作为一项重要的任务。从1986年开始,公司先后在15个乡镇设立62个加工点,共安置7000多名劳力就业。公司还向贫困山区收购竹梢、地瓜藤、芒草心等做原辅材料,使贫困山区农民增加收入1500多万元,为安溪的脱贫致富做贡献。曾星如将投资创办的"安星"所得红利的一部分用于捐办公益事业,另一部分继续投资扩大再生产。

安星藤器公司充分利用安溪丰富的物质资源和劳动力资源,生产竹、藤、草、木及金属等材料制作的各类工艺品、圣诞礼品和家具,产品远销海外。企业在全县80%的乡镇设立了加工点,随着规模不断发展壮大,并培养出一大批行业精英。20世纪90年代初期,公司里的一些技术骨干和工人靠着掌握的工艺技术,纷纷办起了小竹藤加工厂或加工点,竹藤工艺开始逐渐渗入许多乡镇,并迅速向整个安溪辐射。到2004年3月,全乡18个村有17个村从事竹藤工艺品加工行业,有竹藤加工企业130多家,此外还有1000多个竹藤工艺加工点,人均年收入近万元。1998年东南亚金融风暴的影响也波及安星藤器公司,公司产品主要销往东南亚国家,以竹藤编织工艺品为主的安溪竹藤工艺行业面临了一次危机。正当此时,公司积极寻找新的发展出路,将市场转向欧美,并根据欧美市场的需求积极创新产品的设计和品种,从"竹藤"到"铁藤",不仅降低了成本,提高了产品的附加值,迅速占领了欧美市场,而且改变了原有单一的经济结构,由单一的竹藤类发展到藤、铁、木、陶瓷、树脂等十三大系列产品,大大提高了安溪工艺品的市场覆盖面。

不仅如此,曾星如还进一步扩大经营范围,从藤器扩展到服装、丝花、纸品、玻璃等领域,经营日益多元化。1987年2月,曾星如扩大经营服装项目,投资200万元,引进先进的西装生产线,生产西裤出口;1988年8月,投资100万元,扩大经营丝花项目,生产人造花卉,与竹藤产品配套出口。为方便管理,1989年1月成立安星服装有限公司,注册成为独立法人;同年10月成立安星丝花厂有限公司,注册成为独立法人,三家公司同受总公司董事会领导。1992年11月,香港曾星如物业有限公司属下香港富亨实业有限公司,投资1000万元与国有安溪彩印纸盒厂合作,创办安星纸品工业有限公司。1993年起,曾星如再次投资1000万元,建设安星工业城。1997年5月,香港曾星如物业有限公司申请获准,注册成立外商独资福建安星玻璃工艺有限公司,注册资本50万美元,1997年8月正式开业。1999年10月,藤器、丝花、服装三家公司改为外商独资企业,并增加注册资本1700万元。至此,五家公司注册资金总额折合人民币4613万元。截至2000年,藤器、丝花、纸品、玻璃四家公司累计出口收汇10100万美元,内销纸箱28180万元。五家公司共发放工资27477万元,纳税2113.7万元。就业人数3500人(最高时达7500人),先后共扶持全县农村近6000户脱贫。2002年9月8日,安溪被国家农业部授予"中国藤铁工艺之乡"的称号。①

为推动家乡经济的发展,曾星如不仅在产业领域为家乡发展注入大量资金,还积极联络广大香港闽籍同胞为家乡发展贡献力量。1986年,曾星如联合香港知识界知名人士,包括香港经济导报总编辑陈可昆等,创立香港福建经济发展协进会,并任首届会长,其宗旨是为福建省的经济建设提供科技方面的服务,并做了大量实际工作。1988年,曾星如率香港福建省考察团访闽,为家乡经济发展建言献策。

进入20世纪90年代,不少香港闽商开始把投资重点从办厂转向大规模的土地开发

---

① 苏文菁、郑有国:《奔流入海:福建改革开放三十年》,福州:福建电子音像出版社,2008年,第88~91页。

及房地产项目。1992年,杨孙西联合香港的闽籍财团老板卢文端、许荣茂等在家乡石狮永宁投资开发占地4平方千米的"闽南黄金海岸旅游度假区"。该项目投资总额逾10亿港元,首期工程于1993年展开。全部工程完工后,一座融旅游、园林、建筑、民俗等为一体的新兴商业旅游城将耸立在闽南沿海,成为繁荣的标志。随着改革开放的深入发展,民众最基本的温饱问题得以解决,生活需求开始多样化,旅游经济也得到快速发展。近年来,黄金海岸已接待海内外游客千万人次,成为闽东南、福建乃至中国内地的新兴旅游景点,名声远播港澳台和东南亚。

经历了改革开放最初阶段的风雨洗礼,福建的民营企业迅速壮大。而与此同时,在国有企业的改革问题上,国家虽然采取了诸多措施,但其发展仍然没有太大起色。国有大中型企业引进外资是20世纪90年代发生在神州大地上的一场工业制度革命。一家名为"中策"的对华投资公司仅在1992年4月到1993年8月间,即斥资4.52亿美元购入196家国有企业,随后又间接收购了100多家,被国内舆论界称作"中策现象",轰动一时。1992年4月,祖籍泉州的中策董事长黄鸿年与泉州市人民政府签订了合作开发项目意向书。4个月后,中策公司与泉州市国有资产投资经营公司签订了对该市37家国有企业实行的正式合约。这些企业包括了除"水、电、交通运输"等公用事业和烟草加工等专卖事业之外的几乎全部市属国有工业企业。9月16日,中策公司与泉州市国资公司正式合作组建了泉州中侨集团股份有限公司,投资总额10亿元人民币,合资期限100年。至此,开中国利用外资成批改造国有企业的先河。然而,组建后的中侨集团只出现了短暂的繁荣,并未对37家国有企业进行过任何脱胎换骨的改造。泉州的"中侨现象",虽然留给我们太多的遗憾,但它存在的意义已经不单纯是地方的经济改革行为,更是中国国内民营资本并购国企的里程碑事件。海外华商对中国企业的并购,虽然其投资规模、涉及领域及并购成功率有限,但并购所产生的作用和所带来的影响、经验、教训等,对中国企业如何更好地运用海外华商资本以实现双赢,具有重大启迪意义,利用外资改组改造国有企业已经成为历史的必然选择。[①] "中策现象"固然有诸多问题,但中侨集团的发展对于泉州乃至整个福建经济而言都具有开风气之先的意义。黄鸿年用他的资本和经验,创造出了一种国有企业改革的新模式。

改革开放30年来,福建的社会经济建设取得了巨大进步,而香港闽商在推动家乡发展和对外开放过程中扮演了重要角色。伴随着改革开放的不断深入,香港闽商对福建的投资规模从最初的数十万元增至数百亿元,投资领域从传统的服装、手工艺品等劳动密集型产业扩展至金融、房地产、电子等资金、技术密集型产业。此外,香港闽商在福建对外贸易和闽台交流中承担着桥梁纽带作用。

---

① 苏文菁、郑有国:《奔流入海:福建改革开放三十年》,福州:福建电子音像出版社,2008年,第48~53页。

四、香港闽商与海西发展战略

　　长期以来,香港闽商一直是福建社会经济建设的积极贡献者,且随着改革开放程度的不断增强,香港闽商对家乡的贡献也由点到面,呈现出全方位拓展的态势。自20世纪80年代起,香港闽商在福建省改革开放和社会经济建设中发挥了积极的"桥梁"、"中介"和"纽带"作用,并开始出现回乡投资的高潮。改革开放后,香港闽商对家乡的贡献从物质建设层面扩大到物质、文化齐头并进。香港回归,闽港合作由民间、自发的状态进入政府引导、高层推动的新阶段,香港闽商充当着促进闽台交流的重要中介和桥梁。海西发展上升为国家战略为闽港更紧密合作提供了新的战略机遇,香港闽商成为海西发展建设的积极参与者。

　　海峡西岸经济区,简称"海西",是指台湾海峡西岸,以福建为主体包括周边地区,南北与"珠三角"、"长三角"两个经济区衔接,东与台湾岛、西与江西的广大内陆腹地贯通,具有对台工作、统一祖国,并进一步带动全国经济走向世界的特点和独特优势的地域经济综合体。它是一个涵盖经济、政治、文化、社会等各个领域的综合性概念,总的目标任务是"对外开放、协调发展、全面繁荣",基本要求是经济一体化、投资贸易自由化、宏观政策统一化、产业高级化、区域城镇化、社会文明化。经济区以福建为主体,涵盖浙江、广东、江西3省的部分地区,人口为6000万～8000万人,预计经济区年经济规模在17000亿元以上。[1] 它面对台湾,毗邻台湾海峡,地处海峡西岸,是一个肩负促进祖国统一大业历史使命的特殊地域经济综合体,因此海峡西岸经济区的建设有着重要的意义。截至目前海峡西岸经济区扩张,包括福建周边的浙江温州、丽水、衢州、金华、台州,江西上饶、鹰潭、抚州、赣州,广东梅州、潮州、汕头、汕尾、揭阳以及福建福州、厦门、泉州、漳州、龙岩、莆田、三明、南平、宁德共计4省23市。

　　海峡西岸经济区的建设构想大致经历了以下阶段。自20世纪90年代开始,福建省委、省政府围绕党中央、国务院提出的重大发展战略以及重大战略决策,不断调整区域发展战略。1995年,福建省委、省政府提出了"建设海峡西岸繁荣带"区域发展战略,首次提出了"海峡西岸"概念,并将发展战略向闽台合作交流延伸,突出闽台合作在福建发展中的战略地位。2004年,福建省委、省政府创造性地提出了"建设对外开放、协调发展、全面繁荣的海峡西岸经济区"区域发展战略,巧妙地实现了福建省的发展战略与"长三角"、"珠三角"的"率先发展战略",江西省的"中部崛起战略"的战略融合,提升了闽台合作的战略空间,为把海峡西岸经济区建设成为科学发展的先行区、两岸人民交流合作的先行区,建设社会主义现代化强省创造了条件。2005年1月福建省十届人大三次会议做出了《促进海峡西岸经济区建设的决定》,省第八次党代会对加快推进海峡西岸经济区建设做出了全面部署,进一步明确了海峡西岸经济区建设的内涵、意义和总体部署。

---

[1] 福建年鉴编纂委员会:《福建年鉴2009》,福州:福建人民出版社,2009年,第2页。

2007年2月16日,福建省第十届人民代表大会第五次会议批准了《福建省建设海峡西岸经济区纲要》。2009年5月国务院出台的《关于支持福建省加快建设海峡西岸经济区的若干意见》,将海峡西岸经济区由地方发展战略上升为国家发展战略,赋予福建加快建设海峡西岸经济区的重大使命和历史责任,要求福建省到2012年人均GDP接近或达到东部地区的平均水平,力争在一些领域走在全国前列;到2020年,科学发展达到新的水平,实现全面建设小康社会的目标。实现这些目标难度不小,福建在靠自身努力的同时,还必须依靠与包括香港在内的周边地区的有效合作。

长期以来,闽台经贸往来、人员交流多以香港为媒介,香港在两岸之间扮演着非常重要的角色,不仅是两岸贸易中转的重要据点,而且为两岸物流、客流、金融和服务合作交流提供了良好的平台。据统计,有近八成赴祖国大陆投资的台商以香港作为中介地。海西发展被提升到国家发展战略后,闽台合作交流日益紧密,但香港在闽台合作中发挥的作用并未由此削减,香港依然是闽台经贸交流的主要桥梁,福建对台贸易有相当部分依然经香港转口转运,部分台商投资福建亦是通过香港公司进入。展望未来,闽港合作的潜力很大,在投资、金融、贸易、物流、旅游、科技、创意产业、专业服务等方面仍大有可为。尤其是香港作为国际金融中心,金融基础设施良好,在未来两岸的金融合作上,香港继续发挥其纽带和桥梁作用,海峡两岸资金流动、资本市场整合依然离不开香港。

海西发展建设需要包括香港闽商在内的广大港澳同胞和海外侨胞的大力支持。对此,政府制定了相应的策略。2007年2月16日,福建省第十届人民代表大会第五次会议批准了《福建省建设海峡西岸经济区纲要》(以下简称《纲要》),充分发挥海外闽商作用是《纲要》的一项重要内容。此外,福建省政府也积极联络港澳和海外闽商积极参与海西发展建设。2011年2月28日,福建省委书记孙春兰率福建省代表团开展为期三天以"叙友情、谋合作、促发展"为主题的香港推介活动,希望包括福建乡亲在内的各界香港人士参与海西建设。①

对于海西发展建设,香港闽商展现出了极高的热情。2004年,闽港签订"八大"合作平台后,福州率先推动榕港全方位合作,两地在金融、旅游、文化、教育等领域的合作不断加强,人员往来日益频繁。随后,闽港合作全方位展开。陈嘉庚于1947年在香港创办的集友银行陆续在福州、厦门设立分行。截至2010年年底,福建累计引进港资项目23492项,累计实际利用港资482亿美元,约占同期福建实际利用外资的一半,名列来福建投资各国家和地区之首。

2009年5月,国务院通过《关于支持福建省加快建设海峡西岸经济区的若干意见》,广大香港闽商欢欣鼓舞,纷纷表示要积极投身海西建设,为推进海峡西岸经济区又好又快发展建言献策。施子清表示,台湾的气候、地理、人文环境跟福建有相似之处,如今台湾创意农业的开拓与发展已取得公认的成绩,福建可借此发展创意农业。此外,台湾不少产业优势明显。如何运用好国家支持海西建设政策,加强对台贸易等各领域的往来,

---

① 《中国日报》2011年3月29日。

取其长补己短,对福建来说将是一个大课题,需好好研究。香港地区两岸和平发展联合总会理事长吴天赐说:"得知国务院原则通过《意见》的喜讯,我特别高兴。建设海西是适应国家发展的又一个重大战略决策,有利于与'长三角'、'珠三角'、中西部及海峡对岸更紧密地联系起来,实现优势互补。作为香港地区两岸和平发展联合总会的一员,我们特别希望能通过频繁的文化经贸往来活动,做些实实在在的工作,让大家的心越走越近,早日实现祖国的和平统一。"元泰茶业有限公司总经理魏文生认为,《意见》获原则通过,标志着国务院将发展海西提升至战略高度,将进一步推进两岸全方位产业合作,对海峡两岸所共有的特色产业——茶产业发展而言是个发展机遇。在新形势下,两岸茶人应紧抓发展契机,以茶为纽带,进一步增强茶业经济、科技与文化的交流,乘势而上,共同投入到建设繁荣海西的热潮中,促进海峡两岸的和谐发展。①

除建言献策外,香港闽商还积极参与到海西发展建设之中。2004年,福建省委、省政府提出建设对外开放、协调发展、全面繁荣的海峡西岸经济区的战略构想后,反应最快的、最强烈的就是海外侨胞、港澳同胞,他们对参与海峡西岸经济区经济建设充满热情,香港各闽籍社团召开会员大会、座谈会,介绍"海西"构想,通过会刊乡讯广泛宣传建设海西的意义,部分社团、侨领还在《人民日报·海外版》发表"海外侨领谈海峡西岸经济区域建设"专版,表达对海西经济区建设的支持和参与之情,为海西经济区建设呼吁。香港南益集团总经理林树哲等著名闽籍港商都认为建设海峡西岸经济区是谋划福建发展的大突破,表示要扩大在福建的投资,为海西经济区建设做出贡献。②此外,香港各级社团不断赴闽考察,积极促进海西建设。2010年12月,谭耀宗团长率领的香港民建联代表团访闽,与福建省相关部门举行"深化闽港合作,促进海西建设"座谈会,并实地考察平潭综合实验区建设情况。③ 可见,广大港商对海西发展建设具有极大的热诚,并积极参与其中。

目前,香港有近120万闽籍乡亲,其中不乏成功的企业家和专业人士,可谓参与"海西"建设的一支生力军。虽然香港在福建省的投资已达400亿美元,但与香港市场的强大功能和百万闽籍乡亲的巨大能量相比,仍有很大的增进空间。为了更好地发挥香港在"海西"建设中的作用,可以建议未来给予台湾企业特殊政策的同时,同样能够赋予香港企业同等待遇。同时,为了发挥香港闽籍乡亲建设家乡的积极性,可在港设立"海西建设基金"架构,把闽籍乡亲等香港市民的资金集中投入福建省有稳定回报的基础设施建设及城市建设等项目。香港闽籍人士资金实力雄厚,若能善加运用,不仅可以支持"海西"发展,更可以使他们分享家乡发展的好处,从而带动更多海外闽籍乡亲投入"海西"建设的洪流中去。④

---

① 《福建日报》2009年5月8日。
② 福建年鉴编纂委员会:《福建年鉴2009》,福州:福建人民出版社,2009年,第22页。
③ 福建年鉴编纂委员会:《福建年鉴2011》,福州:福建人民出版社,2011年,第155页。
④ 刘义圣:《海峡西岸经济区建设及其发展前途探略——兼论香港在其中的重要作用》,《发展研究》2011年第5期。

建设海峡西岸经济区,是中央战略决策的重要组成部分,是福建贯彻落实十六大以来党中央提出的一系列重大战略思想的伟大实践,是福建服务全国发展大局和祖国统一大业的历史责任,是站在新的历史起点上加快福建发展的战略选择,具有十分重要的意义。海西发展建设不仅有利于促进全国区域经济布局的完善,有利于在加快东部发展中发挥福建优势,有利于形成服务中西部发展的东南沿海新的对外开放综合通道,而且有利于构建促进祖国统一大业的前沿平台。[①]广大香港闽商积极投身于海西建设,不仅为海峡经济区的构建创造了历史性的良机,为加强闽港交流合作提供了良好平台,而且也为其自身发展带来了新的发展机遇。

第二节 香港闽商与"大珠三角"经济发展

20世纪70年代末开始,珠江三角洲凭借改革开放的制度创新优势、毗邻港澳的地缘优势、劳动力与土地的低成本优势和社会文化相通的人文优势,吸引了包括香港闽商在内的广大港澳同胞的大规模投资,形成了"前店后厂"式跨界经济体系,开启了港澳与"珠三角"的经济合作过程。随着国内外政治、经济和社会环境的变化,香港闽商在"珠三角"的投资规模日益扩大、形式日益多元,粤港澳的区域经济一体化进程逐渐由"前店后厂"的产业分工体系扩展至金融、贸易、地产、会展业、信息技术等多领域、全方位区域经济合作模式。香港闽商在"大珠三角"经济发展中所做的努力,不仅有效推动了港深关系的进一步深入,促进了粤港澳一体化进程的加速,而且带动了香港经济的调整和转型,使其向着更加国际化、合理化的可持续方向发展。

一、香港闽商与港深发展

深圳作为中国的第一个经济特区,经过30多年的发展,已经从一个人口不足3万人的边陲小镇,发展成为一个人口1000余万、地区生产总值11502.06亿元、城市综合竞争力位居全国前列的特大城市。过去30年来,香港为深圳的发展提供了强大动力,两地经济与社会的密切联系和互动正在南中国催生出一个跨界的国际都会。香港和深圳位于珠江口东岸,一衣带水,紧密相连,便利的地缘优势、开放的制度支持及廉价的劳动力和土地成本吸引了大批香港闽商赴深圳投资,有效推动了港深关系的深入和发展。

30多年来,港深关系的发展大体经历了三个阶段:1979—1996年,"前店后厂"的跨界地域生产体系在香港与深圳间形成,市场(跨界投资)成为引领港深一体化的主要推动力,政府是区域一体化中缺失的部门;1997—2003年,随着国内外政治、经济和社会环境的变化,香港特区政府开始调整自己的区域政策,对区域一体化重新认识;2004年以来,

---

① 福建年鉴编纂委员会:《福建年鉴2011》,福州:福建人民出版社,2011年,第2页。

制度化的区域一体化开始在港深两市出现,"港深都会"成为两市合作的旗帜,区域一体化加速发展。① 港深关系的日益密切为香港闽商等广大投资者提供了良好的发展平台,香港闽商与港深发展形成良性互动。

真正意义上的港深合作,发端于20世纪70年代末80年代初。这一时期,广大香港闽商对深圳的投资多集中在加工制造业领域。在改革开放的推动下,不少闽籍港商开始在毗邻香港的深圳投资办厂,寻求更为广阔的发展空间。例如,福建南安籍港商戴明瑞,1982年在香港创办了瑞基实业有限公司。之后不久,为寻求更好的成长空间,加上改革开放政策的鼓舞,戴明瑞率领瑞基进入深圳发展。不到三年时间,瑞基就与香港部分手袋厂实现加工业务的合作。1985年,接单对象的变化,使得公司有了更高的利润空间。1987年,瑞基自建1万平方米的工厂厂房,在效率与质量不断提高的前提下,开始与国外客户合作,产品从此走向海外市场。1991年,瑞基在深圳横岗六约建成三厂;1992年,横岗深坑四厂建成;1995年,瑞基走出国门,在菲律宾建成五厂;紧接着,1996年,六厂在广州增城建成;之后的1998年,瑞基开始在深圳龙岗区南联村大规模投资兴建瑞基工业城,建立第七工厂。2001年,建筑面积9万多平方米、员工3000多人的大型综合性生产基地在深圳沙湾建立,标志着瑞基实业有限公司进入一个新的发展阶段。现在,瑞基实业已经发展成为以生产手袋、箱包为主,相关配件为辅的大型企业,工厂分布在香港、深圳、广州乃至东南亚的菲律宾等地。②

30多年来,港深合作涉及经济、社会、文化、人员往来、跨境建设与城市管理等各个方面,其中经济合作是深港合作的主要形式和重要动力。概括来说,港深经济合作是在"一国两制"模式下,通过港深两地比较利益引导,以香港产业北移深圳为主要方式和动力,从而把香港的资本、市场和管理的优势与深圳的区位、政策和成本的优势结合起来进而形成深港两地优势互补、分工协作的区域型经济合作。

改革开放后,由于深圳和"珠三角"其他城市在劳动力、优惠政策等方面的比较优势,香港将其大部分制造业北移深圳和"珠三角"其他城市。深圳因此成为香港的制造业基地,香港为深圳和"珠三角"其他城市提供厂商服务,转变为"珠三角"的"前店"。1979—1996年,港深关系可被描述为"前店后厂"的关系。

这一时期,香港和深圳的跨界联系主要由市场驱动。香港是深圳外商投资的主要来源地,1986年深圳接收了投向内地港资的27.1%,1997年为8.1%。1986—1996年的10年间深圳累计实际利用外资中(按港澳投资计算),港资达69.9亿美元,占实际利用外资总量的63.9%。根据香港工业总会的一项调查,2002年香港企业在广东省建立了53300个工厂或分厂(占全国港资企业的85%),雇用1034万员工。其中29.5%的港资

---

① 罗小龙、沈建法:《从"前店后厂"到港深都会:三十年港深关系之演变》,《经济地理》2010年第5期。

② 苏惠苹:《瑞基实业(沙湾瑞记手袋厂)调研报告》,《厦门大学博士团2009年赴深圳调研报告》,第123页。

工厂或分厂设在深圳,雇工人数占总数的25%。① 占香港人口近1/6的闽人,在深圳的投资自然不容小觑。晋江籍香港闽商施展熊20世纪80年代初在深圳投资的中华自行车公司一时间享誉海内外。施展熊1944年出生于晋江市龙湖镇,1954年到香港定居,协助其父从事进出口生意。从1970年开始,他购买台湾的自行车和电子零件,进行组装后,出口美国,随后在香港创办自行车厂,产品主要销往欧美国家。20世纪80年代初,国内实行改革开放,深圳水贝地区刚刚被划为工业开发区,他就进去投资办厂。1983年,深圳中华自行车有限公司一厂落成,1985年1月创办深圳中华自行车(集团)有限公司,1991年完成股份制改造,更名为深圳中华自行车(集团)股份有限公司,是全国B股流通量最大(有1亿多股)的上市公司,不足10年时间,便由一家年产值不到800万人民币的装配小厂,发展成为拥有固定净资产超过10亿元人民币,全世界最大的自行车单一出口为主的上市公司。每年总产量210多万辆,总产值超过20亿元人民币,创汇接近2亿美元,年利润2.5亿元人民币,曾被外国商界誉为"世界自行车界的一颗耀眼的新星"。② 像施展熊这样在改革开放之初就在深圳投资办厂的港商还有很多。大批香港制造业大举进军深圳,据统计,1990年年底,深圳市共引进"三资企业"3269家,"三来一补"企业6400多家,累计协议引进外资61.84亿美元,实际利用外资32.53亿美元,其中七成以上与港资、港企和港人具有多方面的联系。③

除制造业北移"珠三角"外,香港的一些低端服务业,如零售、财会、休闲旅游等产业也从20世纪90年代中期开始逐渐北上。这种以市场为主导的跨界生产网络的出现被视作自下而上的次区域一体化。

香港回归后,闽港在经济领域的合作更加密切,两地合作主要集中在产业层面,贸易、投资、消费等经济活动不断增强。在延续"前店后厂"产业模式的情况下,两地产业合作从传统制造业扩展到高新技术产业领域。另外,包括金融业、物流业、旅游业等在内的服务业合作也显著增强。从产业合作的具体形式来看,深港双方在贸易、投资、金融、地产、电子等具体经济活动方面的合作不断增强和深化。伴随着深港合作的不断加深,香港闽商在深圳的投资领域不断拓宽,投资规模不断增加。当人们经过深圳火车站时,都可以看到附近的鹏运广场,该广场投资规模10多亿元,其中的大股东就是香港金丰盛投资有限公司董事长晋江籍港商洪祖杭。在电子行业,从事电脑配件以及电脑整机贸易和代理的闽籍港商李贵根自20世纪90年代中期开始进军深圳,1995年,成立深圳市伟宇达工贸发展有限公司;1999年,成立深圳金美威电子有限公司;2000年,成立深圳煜琛实业有限公司。2001年、2002年、2003年由这三家主要企业所组成的企业集团由于产值高,出口创汇额大被评为深圳市"双百强"企业,同时也是全国出口五百强企业。2003年,目前集团主干企业所处的深圳金美威电子工业园建成。2004年,李贵根认识到制造

---

① 罗小龙、沈建法:《从"前店后厂"到港深都会:三十年港深关系之演变》,《经济地理》2010年第5期。
② 刑凤炳:《香港名人录》,香港:香港文教出版企业有限公司,1997年,第54～55页。
③ 汤山文:《深港经济合作的理论与实践》,北京:人民出版社,2010年,第322页。

业企业生存和发展所面临的各方面压力,顺势而为,将公司分拆进行企业转型,主要从事信息产业研究和成果的转化。截至目前,转型比较成功,目前其核心技术正交频分多址电缆以太网(OFDM-EOC)已经研究成型,正在与中国联通共同将这项三网合一技术推向市场实践。[①] 李贵根领导的电子信息企业在深圳市已发展近20年,其发展历程一定程度上折射了伴随着电子信息工业的崛起,深圳经济发展腾飞的历史。

香港回归之初,港深在经济领域的密切合作并未有效推动政府间的跨界合作,自2004年开始,港深区域一体化才开始全方位启动。深圳市政府对跨界合作一直态度积极,但香港特区政府却经历了从消极区域一体化到积极推进区域一体化的转变。在回归的最初几年,"堡垒香港"政策被香港特区政府所沿用,仍然对跨界合作采取消极一体化的态度。从2003年开始,香港特区政府开始反思其与内地的关系,"堡垒"香港的思维开始逐渐消融,开始积极地推进跨界合作。2004年6月,港深两地政府签署了《关于加强深港合作的备忘录》。该备忘录提出了港深合作的总原则,并且确定了口岸及跨境基础设施建设、经贸、生态环境保护、文化教育等合作方向。在备忘录的基础上,港深两地有关政府部门签署了经贸、旅游市场管理、投资推广、法律服务等8个部门合作协议。备忘录与8个部门合作协议一起被称作"1+8"合作协议。2004年以来,两地政府积极介入区域一体化,进入了制度化的区域一体化新阶段。就制度化区域一体化的框架来看,两地政府主要通过合作备忘录、部门合作协议、港深合作论坛、专责小组等一系列制度安排,形成了多层级的政策网络。区域一体化制度的出现,极大地推进了港深区域一体化进程,使港深走向深度融合,港深国际大都会建设目标的早日实现。

按照共建国际大都会的战略目标,港深合作应以经济一体化为基础,促进两地社会文化交汇,拓展两地城际协同合作,探索"一国两制"原则下适应深港发展需要的合作模式,最终把深港合作提升到共同建设依托于"珠三角"都市圈、对全国经济有重要引领作用、在全球城市体系中发挥重大影响力的国际大都会。

首先,经济一体化是深港合作的初始方式和主要动力,目前仍然是两地合作的主要领域。区域经济一体化的最终目标是要形成一个统一的区域经济共同体,在形成共同利益机制、资源优化配置机制和经济高效运作机制的过程中,要从单一的产品合作、产业转移和要素流动,向跨境服务、跨境城市运作体系、经济运作机制、管理制度与体制、政策体系扩展。

其次,从经济一体化扩展到城市相互衔接,是深港两地之间合作的一个明显特征。由于深港合作是处于同一区位的两个相邻城市之间的相互合作,因而在合作中必然要求增加跨境基础设施投资与建设、环境保护、口岸运作、城市管理、城市功能与定位等方面的内容。深港合作需要强化城市基础设施及城市管理等硬件与软件两个方面的衔接,使两地合作形成和增强紧邻城市合作的特有印记,形成以同城化、双子城、一都两市等为外

[①] 姜俊:《论新闽商形象和闽商成长背景对企业管理的影响——以深圳金美威电子工业园为例》,《厦门大学博士团2009年赴深圳调研报告》,第130页。

在标志和走向的深港大都市圈,培育和形成深港国际大都会。

再次,伴随经济一体化和城市融合,深港合作需要进一步推进到社会文化层面。随着深港合作向更高阶段推进,需要向社会互动、文化交流、人员往来等领域不断扩展,形成多领域、全方位的合作趋势。①

长期以来,香港的投资一直是深圳最重要的外资来源,随着港深一体化进程在政府领域和城市建设方面的相继展开,包括香港闽商在内的港资企业在深圳的投资额逐步攀升。据统计,1979—1996年,港资在深圳实际累计投资76.4亿美元,占同期外商在深圳实际投资总额的66%。1997年以来,港资在深圳实际利用外资中的比重虽然有所下降,但仍然保持在50%以上。从港资实际投资深圳的增长率来看,1987—1994年达到21.5%,1995—2001年则降至9.1%,2004—2006年略回升到10.98%。② 目前,深圳外来投资中约有七成来自香港,在深设立的港资企业有1万多家,占全市外商投资企业总数的70%以上,而在深圳投资的港资企业中福建籍港商仅次于粤籍港商,是港深合作的重要推动因素。同时,随着港深一体化进程的加速,香港闽商在深圳的投资也更加便利。

推动深港区域经济一体化,不仅保持了深港区域内经济社会的良好发展势头和发展后劲,提高了经济增长的质量和效益,实现了速度与结构、质量和效益相统一,实现了经济发展和人口、资源和环境相协调,同时保护和增强了深港经济发展的可持续性。因此,深港经济及其经济一体化与共同发展,必然地成为一个转变合作与发展观念、创新发展模式、调整优化经济结构、提高发展质量的动态过程。

深港区域经济一体化的实现过程,是一个在两种不同社会制度、不同关税区、不同货币区之间推进一体化的过程,是两种不同经济运行机制、不同法律制度、不同管理理念之间进行的区际合作,是我国区域经济合作的一个全新尝试和大胆突破,需要香港闽商和社会各界及港深政府的共同努力。

二、香港闽商与粤港澳区域经济一体化

粤港澳经济合作始于20世纪70年代末,迄今已走过了30多个年头。特别是香港、澳门回归祖国以来,在全面落实"一国两制"的条件下,内地和港澳地区逐渐形成和完善了特殊的区域合作发展格局,粤港澳互利互助、共同发展,粤港澳区域经济合作发展取得了累累硕果,实现了港澳与珠江三角洲的优势互补、合作共赢。这种以优势互补为基础,以国际市场为导向,以参与国际产业分工体系为特征的区域经济合作:一方面,带来了珠江三角洲高速的经济增长和工业化,使"珠三角"成为世界性制造业基地;另一方面,使香港从劳动密集型制造业中心发展成为国际金融、贸易、航运和商贸服务中心。

20世纪后半叶,伴随着经济全球化的迅猛发展,区域经济合作和区域经济一体化的

---

① 谭刚:《港深国际大都会:港深合作的总体目标与主导策略》,《深圳特区经济研究》2008年第1期。

② 谭刚:《深港合作的发展历程与总体评述》,《中央社会主义学院学报》2008年第2期。

2003年中央政府与香港签署了《关于加强香港与内地更紧密经贸关系的安排》(即CEPA)协议,及时未来打开放部分内地市场作铺垫,"香港停滞,自用不行"等提法烟消云散。目1从2004年开始,在CEPA和国际经济复苏的影响下,香港经济走出了连续三年负增长的阴霾,开始连续多年较快增长,购加GDP增长率高,物价指数,失业率,国际收支和外汇储备走向正常。综合起来看,香港经济具有明显的"W形"的运动特征。①可以说,在"一国两制"的框架下,回归后的香港经济发展是成功的。但是,不容忽视的是香港经济发展的第三次转型尚未完成,未来香港经济的持续发展将面临挑战。

改革开放以来,香港经济虽然历尽一系列严重冲击,但在香港国民及各届同胞的努力和祖国强大的后盾的支持下,香港经济依然保持稳健增长。

其一,经济总量持续增长。近20年,香港经济总量增长约为一倍,人均GDP年均增长率为3.8%,远于七国经济同期增长率的3.2%的增长率。同期,香港人均收入增长率更为接近1倍,即平均每年实质增长2.7%。2011年香港人均GDP达到34288美元,位居亚洲前列。

其二,贸易和投资持续增加。20多年来,随着全球化特别是中国的崛起,香港与其他地区的贸易范围不断扩大,经贸合作关系明显加强,贸易金额数额巨大。近20年来,香港的货物贸易增长近4倍,服务贸易增长近3倍。2009年,有形贸易(包括转口,港产出口以及货物进口)的总值达51980亿港元,相当于本地生产总值的318%,比亚洲金融危机爆发前的1989年的209%及1999年的215%。未来服务贸易出口额占服务人口的比重由1989年的199%和1999年的249%及251%。②
长期则更高,2009年达为380%,而1989年和1999年则分别为249%及251%。②

其三,产业结构出现重大变化。改革开放以来,香港的大批制造业转移到内地,香港的"占有新"已经占据,但是,产业增速大幅度转型面临挑战,第三产业急剧发展,香港出现了去工业化的经济转型第一产业(包括种植业、采矿、业和水电气供应)在GDP所占比重持续下降,第二产业(包括制造业、建造业和水电气供应)在GDP所占比重持续下降,由1988年的20%以下降到1998年的6%,2008年进一步下降为3%。香港也在本地生产总值中所占比重,在1988—2000年间维持在约5%的水平,随后持续下降至2008年的3%。水电气供应业在本地生产总值中所占比重相对平稳,均为20世纪80年代初期的,在2%~3%,自20世纪80年代中期,香港经济日趋构向以服务业为主。内地的开放改革及经济发展,不仅为香港制造业提供了大量的廉价和丰富的劳动力,也为服务业向内地扩张提供了条件。随着内地不同行业和各类经济活动对香港服务业的需要加大,香港经济由以内地制造为依托的一部分国际经济服务体系向内地服务业的转移,内地经济变为香港服务业的强大后盾,借升了内地的服务业的竞争力,也推动的香港经济朝知识型服务业进行发展。由于工商业集聚效应等,第三产业成为香港经济发展的增长主力。

① 陈广汉:《香港回归后的经济转型和发展研究》,北京,北京大学出版社,2009年,第1页。
② 《港澳经济年鉴2010》,北京,港澳经济年鉴社,2010年,第139页。

第三节　香港国际关系的内部构筑

从20世纪80年代开始，香港国际关系在开放式的东西和经济发展中扮演了几个新的重要角色。成为引领内地经济走向世界和世界经济向内地的重要桥梁，成为内地的发展的主要境外资源之一，成为内地转型升级、香港经济发展的支持和支援，而且在发展最重要的动力上，香港因以依赖效益，使内地进一步发展创造了新的机遇，搭建了更广的网络，同时也作为其源为香港国际进一步发展创造了新的动力。

香港国际在内地的经济人经济的以繁荣了。在内地其他地区的经济的进展，总体上看，"北上"的经济持续发展并建设了人口数。

从空间分布来看，但是是经济的以来看，"珠三角"仍增建为核心北部地区不到"的经济扩展，开始出现由来向西，由南向北，由沿海向内陆全面扩展的新趋势。从投资模式来看，但是早期以来调整者不同报道的"前店后厂"模式，转向以数码为主向不同领域拓展，由经济领域逐步向服务业扩展，由独资为主向股权合资、并购方式等多元化转变。

一、香港经济的持续发展与香港国内产业化

回顾100年来香港经济的发展历史，大致经历了几次经济以工业化、工业化到国际多功能服务中心的过程。20世纪初期，随着香港为第一次工业的兴起，香港出现了工业的繁荣。至20世纪30年代，港产大多有工厂，已报告100家。香港开始形成内地转口商品的港口角色。到20世纪50年代香港使出现了第一次工业的复兴。至20世纪70年代，香港的工业迎来了第二次发展高潮。香港的工业产品一度达到了多亿元，而且了，等离、电子和机构户等新兴发展。20世纪80年代初期，随着内地的改革开放，香港经济结构起来了新的变化，以工业为主导转变为金融中心。

1997年7月1日香港回归祖国，开启了香港经济发展的崭新时期。在香港回归对外转接为经济的、内地方为香港的经济发展带来了一种强劲的动力。从而，香港回归以来，在"一国两制"的框架的国际的，经济持续发展。其国际客户全国、首都和其他中心的力度的不断加强，以致香港的发展经济。但1998年亚洲金融危机、2000年美国网络经济泡沫破灭和2003年"非典"一系列事件的重创，经受出的阶段涨跌之后，仍实现严肃的复兴，

---

① 陈威、谷晓鹏：《香港回归以后港资投资内地的区位布局与发展因素分析》，《亚太经济》2008年第1期。

地区。总之,特区后来又以改制和扩区的形式拓展区的功能,同方方在度,中国具有本地使用的以开拓来探讨的余地和发展的余地的方式,佛底一些土地之后,以开拓来探讨的余地和发展的余地的方式,佛底一些土地之后,深圳市政府以以开拓来探讨的余地,佛底一些土地之后。当在这种大规模的转化后,其经济繁荣其他的地方,信和市有雄图之资,"珠三角"似乎在成为重要的产区之一。历经近20年的发展,该公司的员工数的新技术及新工艺。历经近20年的发展,该公司的员工数人,许多重,该公司的员工数人,许多,"珠三角"的制造业经济系统演进,在着顽强的生命力。

1994年成立,是"珠三角"地区又一家著名企业之一。历经近20年的发展,该公司的员工从4000多人,许多年。许多年,"珠三角"的制造业经济系统演进,在着顽强的生命力。

香港因为为"珠三角"的经济腾飞提供了重要的资金支持,对"珠三角"的GDP增长,对外资金的聚集,转移技术和优秀的人才。等动力,都发挥做出了巨大贡献。也是珠三角,"珠三角"的分工"别居","珠三角"的分工模式下,"珠三角"的分工的作用,也就是处于他们地的地方,以较发展加工制造业为主体的广东省,成为世界著名的制造业基地,为GDP增长率来在1978—2007年间水平均达到21.2%。[1] 然而,这一模式的延续增长无疑也具有许多消极影响,现代化的经济模式的发展,经济结构的外延性在扩展,香港资源海外市场波动的影响,现代化的经济模式的发展,经济结构的外延性在扩展,低能加工制造业和重加工工业的效率不高,产业性质有差异。低能耗的内地发展外地区,投身于后来效能高,节排低的"珠三角",不利于"珠三角"的低能的产业,不利于"珠三角"的生产环境的内外污染海外地区,投身于后来效能高,节排低的"珠三角",不利于"珠三角"的低能的产业。

对于发展问题,2008年12月国务院颁布的《珠江三角洲地区改革发展规划纲要(2008—2020)》提供了明确答案。制造业从地方面,要把提升在产业发展地方,加强自主创新能力,大力发展现代水务业。同时,要使在绿色制造化的服务方,整体级到了点,其中一个关键就是提高自主的创新能力,将经济模式由"制造"提升到"创造",创造性地提升经济系统的能力,以创新经济名义的"珠三角"的国际竞争力。[2]

综上可知,改革开放30多年来,香港国际城市经济,珠三角和市场和技术经验的为推动力支持珠三角地区,为其经济持续性发展作出了重要的贡献,塑造了其发展为基础的"珠三角"制造"加工"的地位。香港因因为"珠三角""珠三角"的经济发展的地位,"珠三角"的经济腾飞,尤其年来,香港因因为"珠三角"的经济发展的主要因素,而目自己成为"珠三角"的经济腾飞的主要的源头,"珠三角"的经济主要的源动力的主要因素,而目自己成为"珠三角"对外开放经济的主要窗口和重要平台,这得益于"珠三角"的经济转移升级,也将离不开香港的持续推动,为"珠三角"经济的转移升级输送人工动力。

---

[1] 毛艳华:《珠三角增长模式、特征、影响与转型》,《广东社会科学》2009年第5期。

[2] 《港澳经济年鉴2011》,北京:港澳经济年鉴出版社,2011年,第31页。

的85%左右。①由及港投资大部分集中在"珠三角"，2008年香港在"珠三角"未投资总额为105亿美元，其中港商投资珠江三角洲地区97亿美元，占比91.83%。港成为一部分的主要原因，看因为"珠三角"未经济发展快，市场空间大等之外，通信，港口、机场等基础设施建设便利的也。同时珠江三角洲与香港地理相近，人缘相关，语言文化相通，交通运输便捷，港澳到珠江三角洲投资有得天独厚的条件。

除"珠三角"的地缘和成本优势外，香港经济转型发展的需求也是了大量香港投资者"珠三角"的一重要因素。20世纪80年代初以后，随着香港生产成本不断增长和劳动力短缺，港三角"的一重要因素。20世纪80年代初以后，随着香港生产成本不断增长和劳动力短缺，香港转移到内地之后，香港及其投资者将更多的加工制造业转移到内地，港三角"因此便成为香港加工制造业转移的首选之地。据香港经济研究中心的调查，至2003年为止，大约有95%的香港服装业和电子工业、90%的钟表业工业、85%的印刷工业和90%以上的印刷手表与钟表工业工作已经转移到了珠江三角洲为主的内地地区。从"前店后厂"的合作模式发展来看，之后经过几十年的合作进程与持续的国际分工特点，珠江三角洲越来越多，之工内地的加工贸易区域利用的已经不再是初始简单的加工装配出头，而以加工贸易形式发展的"前店后厂"区域性经济一体化运作和发挥着，"前店后厂"的合作模式只是香港来说，所以在香港看了的一部分也不能体现"珠三角"的作用和地位重要性。在"珠三角"的分分工是中，"珠三角"的"前店后厂"，以"前店后厂"为香港和内地的香港与"珠三角"的工合作体系。

在珠江三角洲地域优势和香港经济发展转移多种因素的吸引下，大量香港公司纷纷前往珠江三角洲投资设厂。最早稳健港主要为地集港古集团东开放之初的1978年就已经以在深圳（深圳）经营有限公司。同时为以珠江三角洲发展迈力之初的20世纪80年代初期于开业珠江三角洲发展发来，他们显示抓机器引进技术的新生工、据统计、至1995年代初为开业珠江三角洲的总数达到了180多万人。是结果因素未资源成本也是最早开始转向"珠三角"的投资原因因素之一。他们开始发展为化了、在中共打造期间，"珠三角"的大批国籍聚集几乎是排了大、大样江三角洲地区。据粗略估，几乎是排了大、大样江三角洲地区。除深圳、东莞外，也是港经团在被"珠三角"的投资的一重要分，早在1987年，随其服装业就已经开始在深圳北设立了多家投资经济和投资设厂。并我其品有开发、并在者，乃集团与几个所属的信和集团等都开始进其投资等"珠三角"的辐射较地之一。1987年9月，深圳市几办方式有投资化中国界下的第一

三、香港國際化在"泛珠三角"經濟發展中的作用

"珠江三角洲經濟區"（以下簡稱"珠三角"）作為一個正式的經濟名詞，是自 1985 年國務院正式文件設立"珠江三角洲開發經濟區"，1994 年中國廣東省政府正式確立的"珠三角"，不但是香港、澳門特別行政區，包括廣州、深圳、珠江、江門、佛山、中山、惠州部分地區和肇慶部分地區共 9 個地市組成，面積約 54744 平方千米。"珠三角"的改革開放，人口的回流結構化，人口總數近 9000 萬人。從經濟總量上看，"珠三角"的 GDP 已成為"廣東大經濟區所佔的份額"。"珠三角"所佔的比重既然江、浙等沿海經濟發達區，據稱為中國內地的"四大經濟區"。

改革開放以來，香港國際與"珠三角"經濟緊密相連不斷提升，這為"珠三角"經濟發展做出了重要貢獻。香港國際與"珠三角"經濟發展展現出了重要意義，香港國際與的高速度，為推進"大珠三角"、"珠三角"經濟發展的一體化"，出現了"珠三角"的廣東區經濟發展一體化中的主導趨勢。"珠三角"經濟發展—體化是其中的互為重要趨勢，隨著 CEPA 的出台，在廣東鬥志關注，行政體等多方面加入了香港國際的更為重要的為保持香港與"珠三角"的緊密聯合作的更為良好的條件。

"大珠三角"的國際經濟歷了四個多步驟的人員變化：(1) 1979—1982 年的起飛，香港依賴綠洲移區帶，進入計特區的加強速，廣州等所所等都緊緊，深圳等所利用外資佔全省數額"珠三角"的 40%。(2) 1984—1992 年的加工生作的階段，香港在兼特特地，珠江三角洲的加工工、測試和紐配，紛紛"的有色"，"的起色"。(3) 1993—1997 年的調整的趨勢，家庭利用外資進行持，"有起色"，"的起色"。(3) 1993—1997 年的調整的趨勢，家庭利用外資形成了一個高層（南沙向了客觀加的為二、三產業。此項目到水利投資額其佔達 200 萬美元。隨著"珠三角"的緊急，港商出正式投資。(4) 1998 年至今的分區日的重合，香港經濟的出發向了廣東加等都區的深層的趨勢，"珠三角"、珠江三角洲對珠區向他較資源通，開始走著重地視形金穩力量。"珠三角"日新穩作一個文比趨的擴壯體，傳統的"街伙的"，"鄰屋的"，正面臨了新的內涵。① "大珠三角"的往來密因也是其東開放近 30 多年來香港國際在"珠三角"經濟的擴散引。

香港國際性後東開放以來，"珠三角"經濟之發展的巨大推動力。在"珠三角"的對外經濟合作關係多中，香港以來與了其中的其他地視聯市作，广泛用来和深其文化相他的溝通作用，成為了多種樣大內地資源，並且視已不少於 50%較入那訓部是港的加入的，尤其是珠江三角洲地區，當香港因為在"珠三角"的技接中占介有較大的比重。

自改革開放以來，港澳就以 50%较入了广东。1985—2008 年，广东累計實利用港澳直接投資金額 1344.1 亿美元，占同期广东累計實利用國外直接投資金額 2124.1 亿美元的 63.28%，而 1979—1995 年期間，港澳作了，不斷藉大港澳地視累計引進外資投資金額及較大的重。

---

① 林殷、许智锋：《大珠江三角區经济一体化研究》，《经济视讯》2005 年第 5 期。

出口货运量 3 亿吨,同比增长 0.3%。

第三,"自由行"带旺的香港旅游三地人流、物流、资金流互动。据统计,2003 年 7 月 28 日个人游政策实施至 2007 年年底,广东已有办理个人游 4 个城市的港澳旅游签注 4417 万份,其中香港 2376 万份,澳门 2041 万份,占总签注的 8 成左右。2007 年来港日岸人境旅客人数达 1.03 亿人次,其中香港同胞 7134 万人次,占总人次约 70%;澳门同胞 2283 万人次,占总人次的 22%。

第四,粤港澳服务业开放度为第三产业增长的推动力。由于内地市场蓬勃带来的各面开放,不断扩大开放对外资本港澳居民进入,促进了广东服务业的产业也是澳动发展。2007 年广东服务贸易总额达 10598.14 亿元,同比增长 16.2%,历年持续其次增长了亿元,其中港澳行以及境外投资机构在内地使用不可忽视。据有关部门研究表明,某地也以以不足 3%的企业数(限额以上)和 11%的从业人员,贡献了超过 15%的零售销售额。

第五,信息软件等服务业正在有新的突破。香港双方共同推进软件产业合作,并建信息软件资源共享平台,签署了《香港软件行业协议》、"香港开放源软件联盟研讨合作协定书",以推各电路港澳两地产生业的相关系资源,并共双方共有关部门及能服务的国际市场。为推进香港 RFID(Radio Frequency Identification,无线射频识别)技术应用,广东和香港分别于 2006 年成立了广东 RFID 公共技术支持中心,香港物流及供应链管理应用技术研发中心,开展香港 RFID 技术应用。比如,围绕香港物流和便利化,粤港双方和国内品牌物流、美国联邦、深圳沙头角集车集装箱进出口总公司等企业开展 RFID 试点建设。

第六,金融领域的合作不断加深。截至 2007 年年末,共有 13 家香港持牌银行在广东设立了 55 家银行分行和 4 家代表处。2007 年年底止,在广东香港银行外资机构在广东总投资达 1028.6 亿元,同比增长 24.17%,较 2003 年翻了几倍多。另有其他外资银行在广东的 50%以上。截至 2007 年年底,并有 34 家在广东业务港交所有上市,超市情况业额达 8357.6 亿港元。2006 年年底止,有 5 家香港金融机构的内地使用 QFII(Qualified Foreign Institutional Investors)资格,9 家香港金融机构以内地被告委许管理 B 股转持别内、H 股持许等投资资产管理。此外,目前已有 2 家港资证券公司、7 家港资保险公司在广东设立了分支机构。

第七,会展业的合作成为一大亮点。广东是中国会展业的发展重镇,在重点发展的每年 181 个中型展会中,国际展有 100 多个,占 55%以上,规模未做大,其中在广州、深圳等未举办"泛三角"城市举办中国际展览历史比例很大,分别达到 76.9%~88%;其中与港澳共同为港澳金融业市地合作机展规模投制市场展出在升超在了人以上,某新一年因为港澳企业来参加的中小型规模展览面的展览更加国际企业因为的增高位新。

在以上所述,改革开放 30 多年来,香港资源经济合作共同了千百亿万美的展注化之中,双方各领域的全面化下程度不断强展,但由前各项不断强调。

向进一步提升三地分工发展的新格局,重要表现为一系列新的趋势。①因此,构建三地经贸合作的新模式,加强整合,必然成为粤港澳合作迈向新阶段的重要课题。

为了顺应形势发展的要求,也鉴于中国改革开放以来取得的经济成就,更利于粤港澳经贸合作与交流,2003 年 6 月 29 日和 10 月 17 日中央政府与香港、澳门特区政府分别签署了《内地与香港关于建立更紧密经贸关系的安排》和《内地与澳门关于建立更紧密经贸关系的安排》(简称 CEPA),粤港澳经贸关系进入了一个崭新的阶段。CEPA 实施后,粤港澳经贸关系发生巨变。以粤港贸易为例,在货物贸易方面,广东对香港进出口(含转口)贸易,经海关口岸监控、统计,包括关、科技、教育、文化、体育,其粤港服务贸易与广东省经贸合作迅速推进,合作领域不断扩展,层次和水平不断提高。截至2006 年年底,香港投资兴建的粤港澳合作项目已超过 9 万家,实际投资或香港接受其投资累计为 1100 多亿美元,占全省累计实际利用外资的 63%。CEPA 实施后其三年也内为全省增加约 3.6 万个新增职位,带动澳门对外经济增长 51 亿港元,截至 2006 年年底,已有超过 600 家内地企业来港投资,涉及股资总额达 39 亿美元。②

作为区域性的双边贸易安排,CEPA 有自各的内容,它其核心部分是服务贸易、服务业、几乎涉及所有的领域和行业,且在很大程度上,给双方国家积极作用法相顺利,交行合作的互动,为香港因困在经贸起便了了更为便利的条件。在 CEPA 框架下,粤港间服务业与几乎所有合作在以下方面的突出特点:粤港服务贸易的项目多而且合作范围广、形式较为多样,粤港服务业合作的项目从数量大,以服务业项目中港资和澳资为主以及其多样,现代化物流业项目推进步伐加快,旅游业项目已经发展成为能力较强的增长的新势头。③

在香港国际金融贸易中心的地位受到各方新挑战的同时,CEPA 实施以来,粤港澳服务业合作取得了显著成效,主要表现在以下几方面:

第一,进出口贸易和水幅上涨有限。2007 年粤港澳进出口总额为 4103.1 亿美元,同比增长 17.1%,占广东进出口总额六成六以上,其中向香港直接其出口总额为 1363.7 亿美元,同比增长 21.1%,粤港进出口总额 32.8 亿美元,同比增长 17%。"零关税"进出下货物进口额步增长,2004—2007 年年度,广东口岸累计进口香港 CEPA 项下零关税货物的货值为 9.59 亿美元,核算税款 6.97 亿元人民币,占全国 60% 以上。进口澳门 CEPA 货物为 430 万美元,征税税款 408.22 万元人民币。

第二,口岸通关更加便捷。广东对外开放口岸众多,粤港澳主要口岸每年均有频繁的客、货、邮、水火的往返,是各国都重要的港澳通其口岸。2007 年粤港澳进出境旅客通口岸人次顺利加开并运行,粤港口岸通关压力有效减缓不断缓解。2007 年经各港澳口岸出入境人员出境旅客总量 2.76 亿人次,同比增长 6.2%,约占全国 80%,出境交通员工具 1862 万辆次,同比增长 2.3%,约占全国八成以上,其中出入人境车辆次数 1823 万辆次,同比增长 2.3%,基

---

① 周运源:《粤港澳区域经济合作新探究》,广州:中山大学出版社,2011 年,第 99 页。
② 周运源、李鹏:《泛珠时期珠区域经济发展中的粤港澳经贸合作问题》,《广东经济》2008 年第 7 期。
③ 郑海名、刘乎、张剑凯:《粤港澳服务业合作发展现状及对策研究》,《中南财经大学学报》2009 年第 2 期。

184

相联系也在不断加强。香港、澳门三地地域接近、文化相通，且具有开展地区间经济合作的天然关系和人文优势。改革开放后，广东省借先行一步的制度创新的便利化，开启了与港澳地区的经济合作的新篇章，把港澳市场作为重要目标市场，以长期代表香港为主导，以国际市场为导向的"粤港澳"经济合作方式，形成了区域经济的良好互动，促进了广东持续的高速经济增长和地区产业结构的优化升级，也使得港澳地区的资源配置得以获得更加广阔的空间。但这一时期的合作，主要还是基于不同于其较优经济之上的市场体系自身自发形成的转接型，三地经济的整合方式仅是一种功能性的基础上。

改革开放以来，粤港澳之间的经济合作在主要涉及一种其要部分工合作的关系，香港国际的特点是：三地经济的整合分工也以市场为基础，以长期代表优势为前提，以国际市场为导向的"粤港澳"经济合作方式，形成了区域经济的良好互动，并带动广东等沿海地区的能源和劳动力资源与香港的大量资本及技术接轨。"粤港澳"大量劳动密集型工业的北移，给广东省及长江三角洲地区带来了新的发展机遇，加入了其它新兴工业。"专业的手工艺品和轻工业加工，初期的劳动密集型产品的新加坡信心了"，开启了他随后在大陆投资汇聚三角洲一带及长江沿岸等地被经济发展的广东省是其中山市接收珠江水系统"。右派投港商在广东以家庭在1984年即开始在永福发展集团了,被劳密集港风人数你在1992年被使得在20世纪的70年代初的广东家东门了"雇员密集港企业投资香港企业之间,每加加控股6000万港市,是广东其主辉煌项目,对制造业训练,成主业化提供广大新密训在股之间,等加加控股6000万港市,是广东其主辉煌期,对水,手机,铺包,手袋,雨伞等等项目,有条非互相产总配,有在世界都占有。20世纪90年代中片期，"准准化"模式一开始加强后为"大红桥"。"②。"准准港 图书馆都接受都比是为多为"狙击后,"的传统合作方式，此后便以在此为准准准 经济合作的主力力干涉势。"香港作为国际贸易中心,且具备强大的国际经济能力,港准国际 将各庞大的人力,不经济资源对接起了资本来源,同时是被称为最大压轨路到资本相对的

进入21世纪以来，随着国内外经济环境的不断变化，粤港澳之间的传统合作模式正面临着崭新的挑战。"珠三角"不经济活力不明其经济技术长，已经奠定了压制着比重要的地位。"珠三角地区长距与准准之间的经济差距亚为级小，甚至在某些领域已经赶后面超。广东压降有进市的进与准准之间的经济差距呈为缩小，广东进步步步上升，劳动工资的改善吸入国家过渡一点为来自发挥的资源和其他这类等动力成为上涨，劳动,加工,劳动已经政策便同居的国家之间价值链内分工的挑战。这恶让作为国际金融、贸易与国际事务的大陆区进与中心，而作为世界商品的采购地和转载，它是在国内资源，作为国际金融、贸易与国际中心，都呈有新的经济动力，也蕴含着新的外来源底前瞻的，他们以为未能提供了已经发展的国际来看一家家大，只分外降低中央地底接着国际知识要求，城市能源电力持续和利益和信用压力最优重的消耗持续的区域经济在工作长，家庭和不断区的成员加改合作面面临的挑战重。地区的多元新的阻挡。

发、零售、进出口贸易业;饮食及酒店业;运输、仓库及通信业;金融、保险、地产及商业服务业;社区、社会及个人服务业;楼宇业权)在香港生产总值中所占的比率明显上升,由1988年的73%升至1998年的86%,在2008年续升至92%。就业方面也有相类似的发展,过去20年,受雇于第三产业的劳工在总就业人数中所占比率由1989年的59.7%显著上升至2009年的88.0%,而第二产业的就业人数所占的比率则持续萎缩,由1989年的38.9%降至2009年的11.8%。①

其四,国际金融中心地位稳固。香港一直是卓越的国际贸易、金融、商业和通信中心之一,2009年香港在国际经济中依然占有重要地位。2009年,香港是世界第十一大贸易体系;以吞吐量计算,是全球最为繁忙的集装箱港之一;以国际货物处理量和乘客量计算,香港国际机场是世界上最为繁忙的机场之一;以银行对外资产计算,香港是世界第十五大银行中心;以成交额计算,香港是世界第六大外汇交易市场;以市值计算,香港的股票市场排列全球第七,亚洲第三。美国传统基金会连续第16年把香港评为世界上最自由的经济体系。②

香港经济的持续发展,一方面,源于香港经济自身的灵活机制和坚实的发展基础;另一方面,与中国内地经济强劲增长的带动密不可分。同时,广大香港同胞的共同努力也是香港经济稳步发展的主要因素。其中,香港闽商在推动香港经济持续发展方面所起的作用不容忽视。

香港闽商作为港商的重要组成部分,在香港经济发展中做出了重要贡献,其合理的产业布局为香港经济健康持续发展提供了重要保证。

首先,经营领域涉及广泛。无论在香港还是内地,香港闽商的经营领域涉及制造业、电力、生化、医疗、教育、金融、贸易、房地产、酒店、旅游、影视等行业。广泛的经营范围不仅有利于香港闽商群体的自身发展,而且有利于建立合理、健康的经济发展机制,为香港经济的持续平稳发展奠定了基础。

其次,注重经营质量,力图做到最佳。香港闽商继承了福建人吃苦耐劳、力争上游的拼搏精神,在发展产业的过程中不怕吃苦、勇于创新,力图将自己的经营做到本行业的最佳。不少香港闽商获得了"玩具大王"、"钟表大王"、"塑胶大王"、"服装大王"等称号,成为自己所从事行业最佳代表。香港闽商在经营过程中的高标准、严要求成为香港经济在国际竞争中处于优势地位的有力保证。

再次,注重高新技术产业的发展。高新技术产业虽然开发难度较大,技术、人才和资金的依赖程度较高,但一旦开发成功,经济效益和社会效益皆会高于普通产业。香港闽商对高新技术产业有着较高的兴趣,且其中不少人有着扎实的专业基础,为其从事该领域提供了技术保障。例如,惠安籍港商杨佰成不仅是一位成功的商人,也是一位电力专

---

① 陈广汉:《香港回归后的经济转型和发展研究》,北京:北京大学出版社,2009年,第139~140页。

② 陈广汉:《香港回归后的经济转型和发展研究》,北京:北京大学出版社,2009年,第153页。

家。他分别于1973年、1980年获得香港大学机械工程学士学位和工业工程管理硕士学位。曾参与多项不同的发电工程项目的建设,其中包括大亚湾核电站和香港青山发电站等,且对福建家乡的发电技术进行了有效改进。① 香港闽商在高新技术领域所做的尝试、努力和成效为香港经济的转型升级指引了发展方向。

香港闽商广泛的经营领域、高标准的经营方式和前瞻性的经营理念为香港经济的持续平稳发展奠定了坚实基础。同时,香港良好的地缘优势和国际金融、贸易中心的地位为香港闽商自身发展和产业优势的发挥提供了有效保障。

近100年来,香港经济虽经历了风风雨雨,但取得了飞速发展,从起初几乎无工业的港口小城发展成现今国际化的大都市。然而,目前香港经济依然面临经济结构失调和经济转型困难等问题。首先,香港经济结构仍存在两个主要问题:一是太过于依赖服务业,服务业占香港本地生产总值的比重高达90%,大大超出与香港相同类型的新加坡、瑞士等地65%的比例,经济结构不够多元化;二是知识型行业占整体经济比例太小,只有26.7%,与发达地区以知识为基础的行业产值占GDP50%的标准相差甚远。② 亚洲金融风暴和全球性金融海啸重创香港经济,不断暴露出香港经济结构的脆弱性,经济转型的问题一再引起社会讨论。对此,中央政府给予了高度关注,明确提出香港需解决"深层次"的经济结构问题,并通过CEPA等助港措施,大力支持香港的经济转型,且取得了较大成效。其次,香港经济转型面临三大难题。香港历史上有两次成功转型,但回归以后发展"创新及科技中心"为目标的第三次转型遭遇挫折。目前,香港经济转型仍需解决三大难题:一是产业结构的单一化发展趋势与多元化发展要求的矛盾;二是香港经济的长远战略定位是城市型经济还是相对独立的经济体;三是经济转型过程中香港自由经济体制是否需要改变或调整。③

近年来,随着香港经济转型定位和方向的逐渐明确,在内部条件和外部环境的双重作用下,香港已逐步摆脱亚洲金融危机造成的经济困境,经济社会开始走上良性发展道路。但是,要从根本上解决香港经济转型的一系列难题,成功推动香港经济的结构转型,需要政策和措施的配合。第一,培育多元的产业发展环境,积极发展高新技术产业。推动产业多元化发展需要培育大量科研型、领导型和技能型的各种专门人才。由于传统上香港政府对经济干预少,教育投入一直不足,致使香港的基础教育一直未能达到令人满意的水平。与经济发展水平相比,香港的教育投入水平明显偏低,需要坚定不移地加大基础教育的投入。在培养香港本地人才的同时,还应该有一套积极吸引各地人才来港发展的策略。第二,加强政府与企业的战略合作。长期以来,香港实行自由放任的"积极不干预"政策,没有形成一种有利于创新科技发展的商业文化和制度。为了促进香港高技术产业的发展,以及激励中小企业运用新技术和新知识,香港政府应与企业在技术创新领域加强战略合作。第三,密切香港和内地的合作。改革开放以来,香港和内地的经贸

---

① 柯达群:《港人访问录(续集)》,香港:罗兰出版公司,1997年,第73~78页。
② 《港澳经济年鉴2010》,北京:港澳经济年鉴社,2010年,第263页。
③ 毛艳华:《香港经济转型的三大难题探析》,《学术研究》2007年第4期。

联系不断加强,广大港商纷纷赴内地投资兴业,然而很长一段时间以来,港商与内地的合作多集中于"珠三角"等沿海地区,对内陆省份的投资较少。CEPA 签订后,香港和内地的合作有所升级,但仍存在较大进步空间。香港和内地不仅要改造双方在制造业领域的合作,而且要加强技术创新和人才的互动。

二、香港闽商在内地各省区

改革开放以来,香港闽商一直发挥着内地各省市引进外商投资、发展对外贸易的基地和平台作用。香港闽商不仅在家乡福建和毗邻香港的"珠三角"有大量投资,而且也是其他绝大多数省市的重要投资来源。近年来,香港闽商在内地的投资逐步从广东、福建等沿海地区向中西部扩展,呈"北上西进"的趋势,且投资规模、投资领域不断扩大,很大程度上推动了内地的经济发展。

自 20 世纪 70 年代开始,香港闽商掀起了赴内地投资的热潮。在这一阶段,香港闽商的投资主要集中在制造业方面,由于内地丰富而低廉的劳力和土地资源,香港大量劳动密集型产业转移到内地。20 世纪 90 年代初期,随着改革开放程度的不断加深,香港闽商在内地的投资领域更加多元,房地产投资异军突起。香港回归后,内地和香港的联系更为紧密,香港闽商对内地的投资开始转向服务业,且投资额日益增加。

随着国内外经济、政治形势的不断变换,经济发展水平的逐渐提高和对外开放程度的逐步深入,包括香港闽商在内的广大港商对内地的投资大致可分为以下三个阶段。[①]

第一阶段:启动萌芽期(1978—1991 年)。中共十一届三中全会后,内地开始推行改革开放政策,国民经济进入调整时期。在这一阶段港商对内地的直接投资增长并不快,总量也不多,并且投资金额还有一定波动。1979—1982 年,香港参加内地的项目数达 851 项,占当时内地外资项目的 92.5%。著名福建籍港商施祥鹏自 1882 年开始,在宁波、苏州、沈阳、吉林、青岛、葫芦岛等 10 多个地区投资开发。1984 年左右,中英双方正处于关于香港的主权回收的谈判阶段,香港的前景不甚明朗,港商对内地的投资出现了短暂的低潮。但不少香港闽商依然没有停止在内地投资的脚步,尤其是施子清,这期间他不但没有收缩在内地的投资规模,反而开启大规模投资的进程。自 1985 年起,施子清先后在上海、江苏、等地投资创办 10 多个工厂企业及大型房地产项目,并且创下两个全国"第一"的纪录。1985 年,他投资 150 万美元,在上海崇明岛与上海方面合作创办了华通毛纺织公司,成为最早赴内地投资的港商之一。1986 年,他又斥资 102 万美元,在内蒙古赤峰市创办毛纺毛衫厂。[②] 1988 年内地计划终结价格双轨制,加之随后出现的通货膨胀,香港对内地的投资出现了一个小高潮。

第二阶段:飞速发展期(1992—1997 年)。1992 年,邓小平"南方讲话"后,中国的政

[①] 王莹莹:《香港对内地直接投资及其经济效应分析》,湖南大学硕士学位论文,2008 年。
[②] 柯达群:《港人访问录》,香港:罗兰出版公司,1997 年,第 15~16 页。

局更加稳定,改革开放的政策更加明朗,当年内地的 GDP 增长率达到 14.2%。良好的经济形式吸引了广大港商投资,香港对内地的直接投资迸发出一股热潮。1992 年香港对内地的直接投资额达到 77 亿美元,是 1991 年直接投资额的三倍之多。例如,祖籍泉州的中策集团董事长黄鸿年,自 1992 年开始大规模参与内地企业的收购合资,在不到一年的时间里在大连收购 101 家企业,收购改组后的企业取得了良好成绩。而后,他开始参与内地企业的合资,在中国改革开放沙场上别具一格地走出老企业嫁接改造的新路子。[①] 随着香港回归祖国的日期日益临近,港商在内地的投资增长更为迅速,至 1997 年,投资额已经达到 206.32 亿美元。闽籍港商庄启程的韦德集团就是在这一时期开始进军内地的。自 1993 起,庄启程在苏州郊区墅关开发区兴建维德工业城,占地约 1 平方公里,总投资 3 亿美元,目前已注册维德木业、维隆木业、德华建材、维德建材、维德房地产等五家企业。在国内投资兴办的项目有中国江海木业有限公司、西安木业有限公司,并在北京等地创办了独资或合资的度假村、宾馆、建筑设计公司等多家企业。[②]

第三阶段:调整稳定期(1998—2007 年)。一方面,由于第二阶段香港对内地的投资增长速度太快,1997 年以后,港商对内地的投资已经开始放慢脚步,进入了调整期。另一方面,由于亚洲金融风暴的影响,香港经济遭受沉重打击。2000 年香港对内地的直接投资额降至 155 亿美元,随后逐步回升,至 2004 年已达 189.98 亿美元,而后又有所下降,2006 年后开始稳步上升。这一阶段,由于政治、经济形势的波动,港商对内地的投资不断进行调整,但港商始终是内地吸收外商投资的最主要来源。1998—2006 年,香港对内地的直接投资额达 1598.3 亿美元,超过香港回归前 19 年的总和。香港回归后,亚洲金融风暴、"非典"、2008 年"金融危机"等一系列事件并未阻止香港闽商大规模进军内地的步伐,其中房地产行业取得飞速发展。杨孙西、卢文端、许荣茂等将大量资金投入内地的房地产开发,尤其是许荣茂几乎将全部精力都投入内地地产业,自 1997 年开始先后承接多项大型开发项目,成为目前中国的超级富豪。

不同时期香港闽商及其他港商对内地的投资表现出不同特征,期间也曾出现短暂的波动,但其总体趋势是投资总额日益增加、投资地域不断拓展、投资结构日趋优化。

第一,投资总额日益增加。随着改革开放的不断深入、香港经济的持续发展和内地经济的良好前景,香港闽商及其他港商对内地的投资不断增加。从香港在内地的投资发展变化情况看,无论是投资项目数还是实际投资金额都呈现持续增长趋势。1979—1992 年,香港华商在内地投资的企业共计 61068 家,协议投资金额达 704.8 亿美元,占内地全部外商直接投资项目和协议金额均在六成以上。[③] 随后港商在内地的投资更是大幅增

---

① 柯达群:《港人访问录》,香港:罗兰出版公司,1997 年,第 123~124 页。
② 泉州市政协、泉州晚报社编:《拼搏·奉献·中国心——香港特区首届政府推委会泉州籍委员风采录》,厦门:鹭江出版社,1997 年,第 92~95 页。
③ 陈怀东:《香港华人经济现况与展望》,香港:世华经济出版社,1995 年,第 123 页。

加。仅1995年,内地从香港引进资金204亿美元,占当年全国实际利用外资总额的42.4%。① 2000年香港在内地建立投资企业7199家,实际投资金额155亿美元,而2008年投资企业增至12857家,投资金额增至410.4亿美元。② 可见,改革开放以来,港商对内地的投资总体上呈增长态势。从投资比重来看,港商在内地的投资居于其他国家和地区之首。截至2008年,香港在内地的直接投资项目29.86万项,占同期内地引进外商直接投资项目总数的45.25%;香港在内地累计合同投资金额5908.78亿美元,占全国累计合同外资总额的39.94%;香港在内地累计直接投资金额为3484.95亿美元,占内地累计外商直接投资金额的40.3%。③ 无论是投资项目数、合同投资金额还是实际投资金额,香港在内地的投资都高居榜首。

第二,投资地域不断拓展。随着中国内陆地区的不断开放、政府政策的扶持导向和丰富的资源及廉价劳动力优势,香港闽商及其他港商在内地的投资逐步从广东、福建沿海地区向"长三角"及内陆地区拓展,呈现出"北上西进"的趋势。长期以来,港商在内地的投资一直集中在广东、福建地区。1992年春,中国进入对外开放的新阶段以后,港商对内地的投资出现一系列重要变化,投资地域从华南沿海地区向工业基础雄厚和资源丰富的华东、华北和东北地区扩散,从沿海开放地区向中西部扩散,上海浦东成为投资的新热点。曾经占据港资半壁江山的广东省和福建省,无论绝对金额,还是相对份额均连年下降,目前港资正快速涌入江苏省、浙江省和山东省。2006年,"长三角"三省市(上海、江苏、浙江)实际吸引港资75.7亿美元,首次超过广东与福建的总和(1998年广东省与福建省共实际吸引港资101.7美元,约为"长三角"三省市总和的4倍)。④ 港资呈现出加速"北上"的发展趋势。从港商在东、中、西部的投资来看,2000年,香港在东部沿海地区投资134.3亿美元,占同期香港在内地投资总额的86.6%,在中部地区投资14.4亿美元,比重为9.3%,同期投资西部地区为6.3亿美元,比重4.1%。⑤ 至2008年,香港在东、中、西部的投资比率分别为85.17%、9.20%和5.61%。其中,东部除广东外,江苏所占比重达15.58%;中部地区湖南为优先区位,占2.57%;西部地区以四川最多,占1.11%。⑥ 从总的投资地域分布情况看,表现为由东部向中西部递减的梯度格局。港商在内地的投资东部地区始终居于优势地位,长期集中了全国80%以上的港资,但近几年来出现缓慢下降的趋势。中部地区在2000年以后明显呈现稳步上升的态势;西部除2003年波动较大外,也基本表现为平缓上升的趋势,尤其1999年西部大开发提出后,2001年就出现了港商投资西部的小高峰。

---

① 胡序威、陈佳源、杨汝万主编:《闽东南地区经济和人口空间集聚与扩散研究》,香港:香港中文大学香港亚洲经济研究所,1997年,第41页。
② 中华人民共和国商务部台港澳司统计资料。
③ 中华人民共和国商务部外国投资管理司统计资料。
④ 王军:《近年来香港在内地投资的主要特点》,《中国外资》2007年第7期。
⑤ 中华人民共和国商务部外国投资管理司统计资料。
⑥ 陈恩、吴健鹏、吴鹏飞:《香港回归后港商投资内地的区位布局与决策因素分析》,《亚太经济》2008年第1期。

第三，投资结构日趋优化。随着香港经济的逐步转型升级、内地改革开放和工业化进程的不断推进，香港闽商和其他港商在内地的投资逐步从制造业向通信、计算机、交通运输、服务等产业扩展。首先，制造业投资增速减缓，高技术产业投资快速增长。制造业是香港投资者在内地投资的主要领域，但近年来，香港在该领域的投资增速明显减缓，占总投资比重逐渐下降。2006年，香港在制造业领域实际投资额为119.1亿美元，约占香港对内地实际投资总量的58.9%，比1998年减少了19.1亿美元，所占比重降低了15.8%。但是，香港在通信设备、计算机及其他电子设备制造业、通用设备制造业、专用设备制造业、交通运输设备制造业等高技术领域的投资却快速增长。相对于1998年，至2006年这四个行业分别增长了185%、422%、308%和509%，占香港对内地投资总量的比重也由4.7%上升到15.5%。其次，服务领域投资快速增长。在服务领域，港商对内地投资总体保持稳定、快速增长，这得益于内地全面、认真履行加入世贸组织时所做的服务贸易承诺以及CEPA各项政策的顺利实施。内地经济的快速发展及其对现代服务业需求的快速膨胀，也促进了香港发达服务业对内地投资。2006年，香港在服务领域的投资达78.1亿美元，约占香港对内地投资总量的38.6%，比1998年上升15.2%。以批发零售业为例，2006年香港实际投资额达4.3亿美元，比2000年增长了5倍多。交通运输仓储业已上升为香港在内地服务领域投资中第二大行业。2006年香港在交通运输仓储业中的实际投资达9.1亿美元，占香港对内地实际投资总额的4.5%，并占到该行业全国实际使用外资金额的45.9%。此外，中小企业在内地的投资十分活跃。CEPA签订以来，香港在内地投资新设企业快速增长。2006年，香港在内地投资新设企业达15496家，相比2000年增长115%，且远高于同期香港对内地实际投资金额的增幅。[①]由此可见，香港闽商及其他港商在内地的投资由起初单一的制造业向电子、金融、地产、贸易、服务等多元产业拓展，极大地促进了香港和内地经济朝着健康、合理的方向发展。

综上所述，自改革开放以来，香港闽商在内地的投资逐步从广东、福建向"长三角"及内陆地区拓展，呈现出"北上西进"的发展趋势，中、西部地区吸纳港资的数量稳步增长。从投资金额来看，香港闽商在内地的投资呈逐年递增态势，尤其是对"长三角"及中、西部地区的投资增幅较大。从投资模式来看，香港闽商在内地的投资逐步由"前店后厂"的制造业主导模式转向电子、金融、地产、贸易、服务多元化的市场导向模式。香港闽商的投资，不仅为内地经济发展注入了大量资金，带来了先进的技术及管理经验，有效促进了内地经济的持续健康发展，而且香港闽商还充当内地与其他国家和地区交流贸易的桥梁，极大地推动了内地的国际化进程。此外，香港闽商在内地的投资、交流与合作，也促进了自身的发展，带动了香港经济结构的转型升级，实现了香港与内地的双赢。

三、香港闽商的前景

香港闽商在注重香港本岛企业发展的基础上，积极实施向外拓展战略。自20世纪

---

① 王军：《近年来香港在内地投资的主要特点》，《中国外资》2007年第7期。

70年代末,内地迈开改革开放的步伐以来,香港闽商的对外投资策略从以欧美为主的西方经济转向以广东、福建为主的内地沿海地带。伴随着中国其他地区的逐步开放及资源和劳动力的优势,香港闽商在内地的投资呈现出"北上西进"的趋势,投资模式也由最初以制造业为主导的单一模式发展到电子、金融、地产、服务等产业共存的多元模式。

改革开放30多年来,香港闽商在内外兼顾的基础上,其产业取得了巨大发展。主要原因除香港闽商特有的勇于拼搏、力争上游、合群团结精神品质和香港自由、开放、国际化的社会经济环境外,内地广阔的腹地为香港闽商的发展壮大提供了重要依托。

自20世纪70年代末开始,福建和广东成为内地最早实行对外开放的省份。在改革开放的推动下,香港闽商开始了向家乡福建和毗邻的"珠三角"投资的高潮。内地廉价的劳动力和土地资源促使了大量香港制造业内迁。大批香港闽商利用内地充裕的廉价劳动力和土地,缓解了香港劳动力紧张、工资和地价不断上升的压力,大大降低了生产成本,使自己的产品在日趋激烈的国际市场竞争中立于不败之地。在土地使用上,深圳市于1987年率先采用公开拍卖方式有偿转让土地,其后广州、福州、厦门、海口、上海也开始试点。全国人大常委会亦相应修改了《土地管理法》,规定国有土地和集体所有土地的使用权可以依法转让,国家依法实行国有土地有偿使用制度,为香港闽商企业迁入内地使用土地提供了法律依据。在劳动力使用上,内地的职工平均工资水平不到香港的1/10,香港闽商每年从中获得了巨额利润。① 此外,大批劳动密集型产业迁入内地,为资金筹措、产品设计、品质管理、市场经销等生产活动在港发展提供了更为广阔的空间,不仅有利于香港闽商制造业从劳动密集型向资金、技术密集型方向转变,而且促使了香港闽商企业向第三产业拓展和转移。

香港回归后,在"一国两制"基本国策的指导下,香港和内地的联系更为紧密。在经受了亚洲金融风暴、美国金融泡沫和"非典"一列事件的严重冲击下,香港闽商依靠内地广阔经济腹地的支持,依然坚挺下来。为了给香港和内地经济优势互补提供更为广阔的平台,促进两地经济更为紧密的合作,2003年中央政府和香港签订了《内地与香港关于建立更紧密经贸关系的安排》(简称CEPA),之后双方又签订了一系列补充协议,至2010年,香港与内地共签订7份CEPA补充协议。CEPA及其补充协议的签订,使两地的合作更为便利,有效促进了双方的共赢发展。2008年,受国际金融危机的冲击,内地和香港经济发展受到严重冲击。在中央政府"一揽子"政策作用下,内地和香港经济增长下滑趋势得到遏制,经济形势总体呈现良好发展势头,两地的经贸交流、产业合作平稳发展,为香港闽商企业发展创造了良好的社会环境。

从香港闽商30多年的发展历程来看,内地为其发展壮大提供广阔的平台。一方面,内地廉价的土地和丰富的劳动力资源,为香港闽商企业带来了丰厚的利润,很大程度地带动了其产业结构的转型升级。另一方面,内地广阔的市场,为香港闽商企业的产品销售带来了巨大商机,并成为其应对金融危机等国际复杂形势的强大后盾。可见,内地为

---

① 国世平:《香港经济的转型及未来繁荣》,北京:人民出版社,1999年,第106、108页。

香港闽商的发展壮大提供了有力的支持。因此,加强香港与内地的经济合作不仅为香港闽商企业带来了良好的发展机遇,而且有效促进了香港与内地的共同发展、合作共赢。进一步推动内地与香港的经济合作可以从以下六个方面入手:①

第一,建立经济合作的新机制。在新的历史时期,特别是在"十二五"时期,为推进内地与香港在经济各领域的深度合作,按照"政府引导,企业为主,各界参与"的互动合作模式,应考虑建立两地政府牵头,各成员联手、务实推进两地经济领域合作新机制,以增进两地相关部门以及业界的相互了解和互信。当前,一是加快筹备成立中央政府和香港特区政府联合工作小组,以加强经济领域内有关问题的组织协调、沟通与合作;二是着手建立中央政府、各级地方政府和香港特区政府联席会议合作机制,加强中央、各省市和香港的合作与交流。

第二,加强对相关产业转移的引导。由于相关产业发展到一定阶段后会在地理上形成集聚,在形成规模效应和产业配套优势的同时,也会提高当地土地、劳动力等生产要素的成本。因此,吸引了大量港商投资的"珠三角"地区在经历了30多年的高速发展之后,逐渐丧失了要素成本优势,从而引发新一轮的产业转移需求。而且,在2008年国际金融危机冲击下,国际市场需求的大幅萎缩,更让一直受高要素成本困扰的港资中小企业不堪重负,产业转移的需求异常强烈。当前,针对港资企业由粤东向粤西和粤北转移以及由东部沿海向中西部地区转移的新趋势,一是在"坚持政府推动与市场导向相结合原则"下,应通过不断完善承接港资企业产业转移地区的基础设施建设,优化投资环境,提升相关配套能力建设,为港资企业产业转移提供便利;二是应积极在有关地区筹建港资中小企业产业转移的示范基地和示范园区,宣传和引导港资涌向具有竞争力的产业承接地,提高其产业市场竞争力。

第三,积极扶持和引导港资企业实现转型。长期以来,内地沿海地区大量的港资企业,主要采取来料加工等形式进行生产,其产品大多附加值和技术含量较低,在国际分工中处于产业价值链的底端。这些企业不但盈利能力受到限制和挤压,在抵御市场风险方面也相当脆弱。2008年的国际金融危机对这些港资企业的冲击比较大。未来这类企业要实现转型,必须加强国内外先进技术的吸收和利用,积极出台各项政策予以扶持和帮助。一是提升自主研发能力,大力发展具有自主知识产权的高新技术,提高其在产业价值链中的位置。二是国家应给予港资中小企业以资金上的帮助,为外向型的港资中小企业在内地开拓市场,建立销售渠道,并相应地减免这些企业的税收和费用。

第四,加强内地与香港在节能与环保方面的合作。多年来,内地GDP的快速增长在创造巨大财富的同时也带来明显的问题。以"高投入、高消耗、高污染"为特征的增长所带来的破坏超过了环境的承载能力,对资源的掠夺性消耗和对生态环境不可恢复性的破坏,将在未来制约内地的经济和社会发展。尽管内地在节能环保产品的科研能力上具有优势,但由于科研体制和生产体制之间尚未能建立起有效的联系,因此在科技成果产业

---

① 张厚明:《内地与香港经济合作前景与对策》,《亚太经济》2011年第3期。

化、商品化方面存在许多不足。香港在节能环保产业发展方面拥有许多优势,面对内地的巨大市场需求,两地在该领域的合作前景广阔。当前,一是中央政府和香港地方政府应加强联系和沟通,发挥中介和桥梁的作用,实现香港和内地在节能和环保领域的合作;二是各地政府应积极支持港商开拓内地环保产业市场;三是在港资企业集中的地区应鼓励投资发展清洁能源,从而产生双赢的效果。

第五,加强两地生产性服务业的合作与融合。当前,内地已经形成门类齐全的制造业生产体系,数百种产品产量位居世界第一。在劳动密集型和部分成熟技术资本密集型制造业领域,具有明显的国际比较优势,对生产性服务的需求非常旺盛。香港在金融、物流、供应链管理、专业服务、营销、设计开发等生产性服务行业,具有丰富的国际经验和悠久的商业传统。面对内地对生产性服务业巨大的市场需求,两地在这一领域的合作具有较大的发展空间。加强两地生产性服务业的合作与融合:一是应着力加强两地在承接国际服务业和软件外包方面的合作。增强香港和内地沿海中心城市的接单能力,提高服务业供应链管理水平,培育两地中高端生产性服务供应商,发展新型的香港接单、内地生产模式,使两地逐步成为承接世界服务业外包的领军者;二是由中央政府推动在某些区域范围内设立"生产性服务业开放试验区",将目前尚难以在全国范围内全面推行的服务行业开放制度在试验区内试行,以便总结经验为更大范围内全面运行提供决策参考。

第六,加强宣传推广活动,促进内地与香港经济合作深入开展。为应对国际金融危机,促进产业升级,引导资源合理配置,内地和香港必须建立更为紧密深入的合作关系,促进两地经济的共同发展。推动内地与香港的深入合作:一是中央政府可以定期在香港举办内地经济各领域产业政策的论坛和发布会等,多形式、多渠道、大范围宣传推广,促进两地合作互动进程;二是内地要发挥行业协会和有关商会作用,加强与香港服务推广机构、投资促进机构及大型商会组织的合作,帮助香港服务业者争取内地制造业企业客户,满足其在市场信息、管理、资金、物流等各个方面的需求。

加强内地和香港在经济合作机制、产业转移、企业转型、环保产业、生产服务业、宣传推广活动等方面的合作,不仅能够为内地和香港未来经济的共同发展创造良好的发展机遇,而且能够为香港闽商企业带来新的发展前景。

目前,香港闽商企业发展存在两方面优势。一方面,香港自由、开放的经济环境和内地广阔的腹地为香港闽商发展提供了良好的外部环境;另一方面,香港闽商广泛的经营领域、高标准的经营方式和前瞻性的经营理念及闽商自身勇于拼搏的精神为其企业发展奠定了坚实的基础。然而,香港闽商在高科技创新产业方面的发展方面仍面临不足。以科技、知识创新为主导,发展以金融业、会展服务业、创新科技资讯应用服务业、文化创意产业、医疗保健服务业和教育培训业为支撑的知识型创新产业,成为未来香港闽商企业发展的新方向。

参考文献

一、著作类

1. （日）滨下武志：《香港大视野——亚洲网络中心》，台北：牛顿出版股份有限公司，1997年。
2. 曹纯亮主编：《香港大辞典》，广州：广州出版社，1994年。
3. 陈高华、吴泰：《宋元时期的海外贸易》，天津：天津人民出版社，1981年。
4. 陈广汉、袁持平主编：《全球化和区域经济一体化中的香港经济》，广州：中山大学出版社，2006年。
5. 陈广汉：《香港回归后的经济转型和发展研究》，北京：北京大学出版社，2009年。
6. 陈怀东：《香港华人经济现况与展望》，香港：世华经济出版社，1995年。
7. 陈其鹿：《英国对华商业》，上海：商务印书馆，1930年。
8. 陈衍德：《集聚与弘扬：海外的福建人社团》，长沙：湖南人民出版社，2002年。
9. 陈支平、詹石窗：《透视中国东南：文化经济的整合研究》，厦门：厦门大学出版社，2003年。
10. 丁又：《香港初期史话》，北京：三联书店，1958年。
11. 冯邦彦：《香港金融业百年》，上海：东方出版中心，2007年。
12. 冯邦彦：《香港华资财团：1841—1997》，上海：东方出版中心，2008年。
13. 高京：《魅力香港》，北京：中国文联出版社，2009年。
14. 郭国灿：《回归十年的香港经济》，成都：四川人民出版社，2007年。
15. 郭伟锋：《香港华商传奇》，北京：龙门书局，1997年。
16. 国家计委对外经济研究课题组：《香港、内地之间产业合作的前景及对策》，2001年。
17. 国庆主编：《港深经济一体化》，北京：人民出版社，2005年。
18. 国世平：《香港经济的转型及未来繁荣》，北京：人民出版社，1999年。
19. 何志毅、王贤斌主编，方宝璋执行主编：《闽商史研究》第1辑，北京：中国工商出版社，2013年。
20. 贺国强主编：《携手迈向新世纪：闽港经济合作研究》，福州：福建人民出版社，1997年。
21. 侯书森：《百年沧桑：香港的过去、现在与未来》，北京：中国文联出版公司，1996年。

22. 胡序威、陈佳源、杨汝万主编:《闽东南地区经济和人口空间集聚与扩散研究》,香港:香港中文大学香港亚洲经济研究所,1997年。

23. 黄纯艳:《宋代海外贸易》,北京:社会科学文献出版社,2003年。

24. 简泽源:《崛起中的经济金三角:中国大陆、香港、台湾》,香港:永业出版社,1994年。

25. 金应熙:《香港史话》,广州:广东人民出版社,1988年。

26. 金应熙著,邹云涛等整理:《金应熙香港今昔谈》,北京:龙门书局,1996年。

27. 柯达群:《港人访问录》,香港:罗兰出版公司,1997年。

28. 柯达群:《港人访问录(续集)》,香港:罗兰出版公司,1997年。

29. 李鸿阶主编:《闽籍著名华人风采录(安溪卷)》,福州:福建人民出版社,1997年。

30. 沈寂:《风云人生》,上海:上海书店出版社,1998年。

31. 李罗力主编:《透视:深港发展与大珠江三角洲融合》,北京:中国经济出版社,2005年。

32. 李庆新:《明代海外贸易制度》,北京:社会科学文献出版社,2007年。

33. 栗建安:《考古学视野中的闽商》,北京:中华书局,2010年。

34. 林翠芬:《香港文化名人采访录》,香港:获益出版事业有限公司,1996年。

35. 林国平、邱季端:《福建移民史》,北京:方志出版社,2005年。

36. 林天蔚、萧国健:《香港前代史论集》,台北:台湾商务印书馆,1985年。

37. 刘家泉:《香港沧桑与腾飞》,北京:中共中央党校出版社,1997年。

38. 刘蜀永:《香港的历史》,北京:新华出版社,1996年。

39. 刘义章:《香港客家》,桂林:广西师范大学出版社,2005年。

40. 刘泽生:《香港古今》,广州:广州文化出版社,1988年。

41. 鲁言等编:《香港掌故》第12集,香港:广角镜出版社,1989年。

42. 罗香林:《客家源流考》,北京:中国华侨出版公司,1989年。

43. (英)迈因纳斯著,伍秀珊、罗绍熙译:《香港的政府与政治》,上海:上海翻译出版公司,1986年。

44. (日)木宫泰彦著,胡锡年译:《日中文化交流史》,北京:商务印书馆,1980年。

45. 彭慕兰、史蒂夫·托皮克著,黄中宪译:《贸易打造的世界》,西安:陕西师范大学出版社,2008年。

46. 彭琪瑞:《香港、澳门地区地理》,北京:商务印书馆,1991年。

47. 泉州市政协、泉州晚报社编:《拼搏·奉献·中国心——香港特区首届政府推委会泉州籍委员风采录》,厦门:鹭江出版社,1997年。

48. 宋恩荣:《香港与华南的经济协作》,北京:商务印书馆,1999年。

49. 苏文菁、郑有国:《奔流入海:福建改革开放三十年》,福州:福建电子音像出版社,2008年。

50. 苏文菁:《闽商文化论》,北京:中华书局,2010年。

51. 汤山文:《深港经济合作的理论与实践》,北京:人民出版社,2010年。

52. 王赓武：《香港史新编》，香港：三联书店（香港）有限公司，1997年。
53. 王光伟、陈奇：《香港经济及其与内地关系研究》，香港：新华彩印出版社，1999年。
54. 王铁崖：《中外旧约章汇编》第1册，北京：三联书店，1957年。
55. 香港文汇报编辑部：《香港的历史与发展》，香港：文汇出版社有限公司，1997年。
56. 萧国健：《清初迁界前后香港社会之变迁》，台北：台湾商务印书馆，1986年。
57. 萧国健：《香港历史与社会》，香港：香港教育图书公司，1994年。
58. 萧国均、萧国健：《族谱与香港地方史研究》，香港：显朝书室，1982年。
59. 刑凤炳：《香港名人录》，香港：香港文教出版企业有限公司，1997年。
60. 徐克恩：《香港：独特的政制架构》，北京：中国人民大学出版社，1994年。
61. 许锡辉、陈丽君、朱德新：《香港跨世纪的沧桑》，广州：广东人民出版社，1995年。
62. 杨元华、鲍炳忠、沈济时：《香港：从被割占到回归》，福州：福建人民出版社，1997年。
63. 俞常森：《元代海外贸易》，西安：西北大学出版社，1994年。
64. 余绳武、刘存宽：《19世纪的香港》，北京：中国社会科学出版社，2007年。
65. 元邦建：《香港史略》，香港：中流出版社有限公司，1988年。
66. 张晓辉：《香港华商史》，香港：明报出版社，1998年。
67. 张晓辉：《香港近代经济史：1840—1949》，广州：广东人民出版社，2001年。
68. 漳州市地方志编纂委员会编：《漳州市志》卷五，北京：中国社会科学出版社，1999年。
69. 郑定欧：《香港辞典》，北京：北京语言学院出版社，1996年。
70. 郑佩玉主编：《香港对外经济关系发展与展望》，广州：广东高等教育出版社，1999年。
71. 郑宇硕、岳经纶：《香港与两岸互动及其相互影响》，香港：香港远景基金会，1999年。
72. 中共福建省委党史研究室编：《福建改革开放30年》，北京：中共党史出版社，2008年。
73. 中国新闻社厦门支社编：《厦门市荣誉市民风采》，香港：闽南人出版有限公司，1998年。
74. 钟坚：《深圳与香港经济合作关系研究》，北京：人民出版社，2001年。
75. 周运源：《区域一体化——香港在泛珠三角的作用研究》，北京：社会科学文献出版社，2009年。
76. 周运源：《粤港澳区域经济合作发展研究》，广州：中山大学出版社，2011年。
77. 周子峰编著：《图解香港史（远古至一九四九）》，香港：中华书局，2010年。
78. 《福建年鉴2008》，福州：福建人民出版社，2008年。
79. 《福建年鉴2009》，福州：福建人民出版社，2009年。
80. 《福建年鉴2010》，福州：福建人民出版社，2010年。

81.《福建年鉴 2011》,福州:福建人民出版社,2011 年。
82.《福莆仙人物志》,新加坡:福莆仙文化出版社,2000 年。
83.《港澳经济年鉴 2007》,北京:港澳经济年鉴社,2007 年。
84.《港澳经济年鉴 2008》,北京:港澳经济年鉴社,2008 年。
85.《港澳经济年鉴 2009》,北京:港澳经济年鉴社,2009 年。
86.《港澳经济年鉴 2010》,北京:港澳经济年鉴社,2010 年。
87.《港澳经济年鉴 2011》,北京:港澳经济年鉴社,2011 年。
88.《旅港福建商会八十周年纪念特刊》,香港:旅港福建商会,1997 年。
89.《香港经济年鉴 2008》,香港:香港经济导报社,2008 年。
90.《香港经济年鉴 2009》,香港:香港经济导报社,2009 年。
91.《香港经济年鉴 2010》,香港:香港经济导报社,2010 年。
92.《香港经济年鉴 2011》,香港:香港经济导报社,2011 年。
93.《香港与中国:历史文献资料汇编》,香港:广角镜出版社,1981 年。

二、论文类

1. 陈恩、吴健鹏:《香港回归后港商投资内地的区位布局与决策因素分析》,《亚太经济》2008 年第 1 期。

2. 陈恩、吴健鹏、吴鹏飞:《香港回归后港商投资内地的区位布局与决策因素分析》,《亚太经济》2008 年第 1 期。

3. 陈丽君、唐晓玲:《试论香港政治生态现状、特点及其原因》,《当代港澳研究》2009 年第 1 期。

4. 冯邦彦:《香港早期华商经济的崛起》,《港澳经济》1998 年第 7 期。

5. 葛金芳:《两宋东南沿海地区海洋发展路向论略》,《湖北大学学报(哲学社会科学版)》2003 年第 3 期。

6. 关怀广:《中英关系在新中国建立和"文化大革命"时期于香港地区的体现》,暨南大学硕士学位论文,2000 年。

7. 郭海宏、卢宁、杨城:《粤港澳服务业合作发展的现状及对策思考》,《中央财经大学学报》2009 年第 2 期。

8. 菡涵:《华商传奇郭鹤年的两瓣心》,《中华儿女》2010 年第 4 期。

9. 胡沧泽:《略论唐宋时期福建与日本的海外贸易》,《海交史研究》2001 年第 1 期。

10. 黄顺力:《地理大发现与中国海洋观的演变》,《厦门大学学报(哲学社会科学版)》2000 年第 1 期。

11. 黄滋生:《浅析战后东南亚国家的排华及其趋势》,《华侨华人历史研究》1993 年第 3 期。

12. 贾绍凤:《移民曾经并将继续促进香港的发展与繁荣》,《人口研究》1997 年第 5 期。

13. 兰静:《近代香港外来移民与香港城市社会发展(1841—1941)》,暨南大学博士学位论文,2011年。

14. 李蓓蓓、钱英:《香港内地移民政策演变简论》,《历史教学问题》2000年第6期。

15. 李鸿阶、林心淦:《海外闽商资本研究及其政策建议——以"国际华商500"为例进行分析》,《亚太经济》2005年第3期。

16. 李佳鸿:《港商在珠三角投资的区位布局与经济效应研究》,暨南大学硕士学位论文,2011年。

17. 李金明:《明代海外朝贡贸易中的华籍使者》,《南洋问题》1986年第4期。

18. 李闽榕:《拓展闽港合作新空间,携手提升两地竞争力》,《发展研究》2011年第5期。

19. 李培德:《香港的福建商会和福建商人网络》,《中国社会经济史研究》2009年第1期。

20. 李若建:《香港人口迁移及其社会问题》,《南方人口》1997年第1期。

21. 李若建:《中国大陆迁入香港的人口研究》,《人口与经济》1997年第2期。

22. 李一平:《香港开埠以来英人经济与华人经济的对比研究》,《世界历史》1997年第2期。

23. 林蔼云:《漂泊的家:晋江—香港移民研究》,《社会学研究》2006年第2期。

24. 林枫:《明清福建商帮的性格与归宿——兼论中国封建社会的长期延续》,《中国经济史研究》2008年第2期。

25. 林耿、许学强:《大珠三角区域经济一体化研究》,《经济地理》2005年第5期。

26. 林瀚:《清代广州十三行在中西交流中的历史地位》,《广州大学学报(社会科学版)》2006年第8期。

27. 林民盾、蔡勇志:《新形势下闽港经贸合作问题研究》,《经济前沿》2005年第5期。

28. 林仁川:《清初台湾郑氏政权与英国东印度公司的贸易》,《中国社会经济史研究》1998年第1期。

29. 林振平:《重构闽港经济合作的新格局》,《国际经济合作》1997年第7期。

30. 廖大珂:《试论宋代的私人航海贸易活动》,《南洋问题研究》1996年第1期。

31. 廖大珂:《元代私人海商构成初探》,《南洋问题研究》1996年第2期。

32. 刘存宽:《英国强占香港岛与所谓"穿鼻条约"》,《世界历史》1997年第2期。

33. 刘蜀永:《早期香港经济的发展》,《文史知识》1997年第7期。

34. 刘义圣:《海峡西岸经济区建设及其发展前途探略——兼论香港在其中的重要作用》,《发展研究》2011年第5期。

35. 罗小龙、沈建法:《从"前店后厂"到港深都会:三十年港深关系之演变》,《经济地理》2010年第5期。

36. 毛艳华:《香港经济转型的三大难题探析》,《学术研究》2007年第4期。

37. 毛艳华:《珠三角增长模式:特征、影响与转型》,《广东社会科学》2009年第5期。

38. 孟庆顺:《九七香港回归与华人政治角色的转变》,《世界历史》1996年第3期。

39. 钱江著,亚平、路熙佳译:《古代亚洲的海洋贸易与闽南商人》,《海交史研究》2011年第2期。

40. 仇宇浩:《宋代海外贸易》,《历史教学》1996年第5期。

41. 邵一鸣:《大陆移民对香港人口和社会的影响》,《人口研究》1997年第5期。

42. (日)斯波义信:《宋代福建商人的活动及其社会经济背景》,《中国社会经济史研究》1983年第1期。

43. 谭刚:《港深国际大都会:港深合作的总体目标与主导策略》,《深圳特区经济研究》2008年第1期。

44. 谭刚:《深港合作的发展历程与总体评述》,《中央社会主义学院学报》2008年第2期。

45. 王冬青:《明朝朝贡体系与十六世纪西人入华策略》,复旦大学博士学位论文,2005年。

46. 王军:《近年来香港在内地投资的主要特点》,《中国外资》2007年第7期。

47. 王侠:《宋元福建对外贸易发展及原因初探》,《中国市场》2012年第36期。

48. 王晓文:《试析历史地理环境中福建海商的兴衰》,《经济地理》2003年第5期。

49. 王莹莹:《香港对内地直接投资及其经济效应分析》,湖南大学硕士学位论文,2008年。

50. 王子昌:《香港、新加坡经济国际化的比较与启示》,《东南亚研究》1998年第5期。

51. 吴建雍:《清前期中西贸易中的文化交流与融合》,《清史研究》2008年第1期。

52. 夏维中:《关于16、17世纪的东亚贸易圈(提纲)》,第五届中国明史国际学术讨论会暨中国明史学会第三届年会,1993年8月。

53. 萧致治:《英国是怎样强占香港地区的》,《理论月刊》1997年第3期。

54. 徐舸:《中国内地移民与香港的经济建设》,《港澳经济》1997年第8期。

55. 杨国桢:《洋商与大班:广东十三行文书初探》,《近代史研究》1996年第3期。

56. 杨翰球:《十五至十七世纪中西航海贸易势力的兴衰》,《历史研究》1982年第5期。

57. 杨益生、朱四海:《中国区域经济新格局与海西发展战略提升》,《东南学术》2009年第4期。

58. 叶农:《宋元以前香港地区的工商业及发展》,《暨南学报(哲学社会科学)》1998年第4期。

59. 叶显恩、谭棣华:《明清珠江三角洲农业商业化与墟市的发展》,《广东社会科学》1984年第2期。

60. 张厚明:《内地与香港经济合作前景与对策》,《亚太经济》2011年第3期。

61. 张学惠:《海外闽商在"海西区"建设中作用的形成与运行规律探析》,《福建论坛(社科教育版)》2008年第12期。

62. 张燕清:《英国东印度公司对华贸易中心从厦门转向广州的原因》,《学术研究》

1999年第8期。

63. 张振江:《早期香港华人流出地试析》,《南方人口》2008年第1期。

64. 张振江:《试论早期香港华人族群语言的竞争与选择》,《中山大学学报(社会科学版)》2008年第2期。

65. 赵宏:《港经济合作的新阶段与加快合作的几点思考》,《亚太经济》2007年第1期。

66. 周运源:《珠三角一体化中的粤港澳合作》,《南方经济》2009年第8期。

67. 周运源、李潇:《论新时期区域经济发展中的粤港经济合作问题》,《广东经济》2008年第7期。

68. 庄国土:《论17—19世纪闽南海商主导海外华商网络的原因》,《东南学术》2001年第3期。

后 记

　　《闽商发展史》香港卷、澳门卷、台湾卷和海外卷是2009年由时任中共厦门大学党委书记朱之文、厦门大学校长朱崇实教授从省委统战部接下的项目,厦门大学副校长李建发教授、厦门大学统战部长林辉给予该项目若干具体细致的关照,该项目的总负责人是福州大学闽商文化研究院苏文菁教授。王日根和林枫教授负责《闽商发展史·香港卷》这一卷的写作任务,几年来我们组织了写作班子,搜集和整理资料,开展调研,搭建写作大纲,其中得到了福建师范大学唐文基教授、福建省历史研究所徐晓望所长等人的大力支持和认真指导,终于完成了书稿。

　　参与本书写作的有林枫教授、徐鑫博士后和涂丹助理教授。

　　谨在此一并表示衷心的感谢!

王日根

2016年5月于厦门大学